FRIEDERIKE SCHMÖE

Schweigfeinstill

TOTGESCHWIEGEN Ärger für Ghostwriterin Kea Laverde: Erst raubt ein Einbrecher all ihre Unterlagen und stirbt kurz darauf bei einem Verkehrsunfall; dann wird ihr Kunde, Andy Steinfelder, der nach einem Schlaganfall an Aphasie leidet und seitdem nicht mehr sprechen kann, des Mordes beschuldigt.

Doch wer die gerechtigkeitsliebende Ex-Journalistin einschüchtern will, sollte sich warm anziehen: Während die Polizei noch ermittelt, geht Kea den Dingen selbst auf den Grund. Gegen den Willen von Hauptkommissar Nero Keller nimmt sie im winterlichen München den Kampf gegen ihre unsichtbaren Feinde auf.

... Ein mysteriöser Unfall
... Ein dreister Diebstahl
... Eine kämpferische Ermittlerin
Ghostwriterin Kea Laverde in ihrem ersten Fall.

Friederike Schmöe wurde 1967 in Coburg geboren. Heute lebt sie in Bamberg. Neben ihrer schriftstellerischen Tätigkeit ist die habilitierte Germanistin als Dozentin an den Universitäten in Bamberg und Saarbrücken tätig. Mit Katinka Palfy, der kultigen Heldin ihrer ersten acht Romane, hat sie sich in der Krimiszene längst einen Namen gemacht. »Schweigfeinstill« bildet den Auftakt für ihre neue Krimiserie um die charismatische Ghostwriterin Kea Laverde.

Bisherige Veröffentlichungen im Gmeiner-Verlag:
Spinnefeind (2008)
Pfeilgift (2008)
Januskopf (2007)
Schockstarre (2007)
Käfersterben (2006)
Fratzenmond (2006)
Kirchweihmord (2005)
Maskenspiel (2005)

FRIEDERIKE SCHMÖE

Schweigfeinstill

Kriminalroman

GMEINER *Original*

Besuchen Sie uns im Internet:
www.gmeiner-verlag.de

Im Ehnried 5, 88605 Meßkirch
Telefon 07575/2095-0
info@gmeiner-verlag.de

1. Auflage 2009

Lektorat: Claudia Senghaas, Kirchardt
Herstellung/Korrektorat: Katja Ernst/Susanne Tachlinski
Umschlaggestaltung: U.O.R.G. Lutz Eberle, Stuttgart
unter Verwendung eines Fotos von www.photocase.com, tac6
Druck: Fuldaer Verlagsanstalt, Fulda
Printed in Germany
ISBN 978-3-89977-805-2

Für Ilse

Sogar das Licht steht
Ganz unbewegt und kreisrund
Die Winterstille
Yaha

SONNTAG

1.

Ein Tag wie ein Fremdling. Der erste graue Schimmer des Tages quälte sich durch die Lamellen der Jalousien. Irgendwo musste es so etwas wie Licht geben. Ich zog die Beine an und fühlte dem Hämmern in meinem Kopf nach. Ich hatte einiges getrunken. Das Piranha ist kein Ort für Mineralwasser. Wie viele von Carlos durchtriebenen Drinks ich intus hatte, wusste ich allerdings nicht mehr. Das war Teil des Samstagabendspiels. Hier draußen gab es nicht viele Vergnügungen, aber das Piranha gehörte ohne jeden Zweifel dazu. Die Leute kamen aus Fürstenfeldbruck, Starnberg, sogar aus München. Wegen der Cocktails, die im Piranha einen legendären Ruf hatten. Und natürlich wegen der Musik und der Leute, die man kennenlernte, ganz locker und ohne Verpflichtungen.

Ich rollte mich aus dem Bett und blieb ein paar Minuten auf dem Bettvorleger hocken, bis sich das Schwindelgefühl legte. Schließlich rappelte ich mich auf und wankte aus dem Schlafzimmer auf der Suche nach ein paar Aspirintabletten.

Aus der Erinnerung heraus fällt es mir schwer zu sagen, ob ich überrascht war, als ich den Mann hinter meinem Herd stehen sah. Ich musste überrascht gewesen sein, denn ich kannte den Kerl nicht und er war auch hundertprozentig nicht mein Typ. Fönfrisur und Slippers, so was kam mir nicht ins Haus. Ich war mir sicher, auch in seinem Gesicht Verblüffung gesehen zu haben, als ich stehen blieb, die Hand noch an der Klinke zur Küchentür. Er hielt die Espressokanne in der Faust, als brauche er ein Wurfgeschoss. Sah mich von oben bis unten an. Ich wurde mir schmerzlich meiner 80 Kilo bewusst und der Tatsache, dass ich nur einen String und ein T-Shirt trug.

Ich nahm ja ganz gerne mal einen Mann mit nach Hause. Nur für eine Nacht. Etwas Festes war nichts mehr für mich, besser, eine Frau kam allein im Leben zurecht, dann gab es keine Enttäuschungen. Aber für die Erotik tat ein Mann schon gut, und deswegen hatte ich mir angewöhnt, samstags im Piranha nach geeigneten Exemplaren Ausschau zu halten. Ein wenig Intelligenz konnte nicht schaden, und selbstverständlich mussten es Männer sein, die Spaß an runden weiblichen Formen hatten. Wer mit einem Telegrafenmast ins Bett wollte, bitte, sollte er, aber dafür war ich nicht die richtige Kandidatin. Ich war auch nicht traurig, wenn ich einige Wochen lang keinen Kerl fand, der meinen Ansprüchen genügte. Aber den Fuzzi, der nun die Espressokanne abstellte, sie aufschraubte und mit wichtiger Miene den Kaffeesatz in die Spüle klopfte, hatte ich garantiert nicht mit nach Hause genommen.

»Morgen«, deklamierte er und grapschte sich die Dose mit dem Kaffeepulver. »Espresso?« Er grinste mich an. Hatte sich in diesem Moment schon wieder gefasst, hatte wohl die Absicht, sich davonzumachen, bevor ich aus den Federn kroch, aber nicht ohne ein anständiges Dope. Routiniert schraubte er die Kanne zusammen und stellte sie auf den Herd. Ich rückte sie weg, bis mir einfiel, dass ich eine gute Dosis Koffein vertragen würde. Also schob ich sie wieder zurecht.

»Hau ab.«

»Na, komm schon.« Er grinste. Kurze Stummelzähne schwebten für einen Augenblick über seiner Unterlippe. Nein, danke. Mit diesem Knallkopf hatte ich nicht geschlafen, nicht einmal im Traum. »War es nicht schön mit mir?«

Ich war noch zu weggetreten, zu ausgelaugt von der Nacht in der Bar, den Drinks und der Musik. Sonst hätte ich etwas gemerkt. Aber in meinem derangierten Zustand war ich zu k. o., um ihn hochkant rauszuschmeißen. Ich hockte mich auf einen meiner Barhocker und lauschte der Espressomaschine, die leise zu summen begann, bis der Kaffee sich brausend wie die Brandung des Mittelmeeres in die obere Hälfte der Kanne ergoss.

Er steckte den Kopf in meinen Kühlschrank und beäugte die ausgeweideten Fächer. »Keine Eier?«

»Fehlen dir welche?«

Er warf die Kühlschranktür zu und fühlte sich wie der Held in einem amerikanischen Film. Sorry, Darling. Für Eier mit Schinken reicht es nicht mehr.

»Verpiss dich!«, sagte ich, während ich mir eine Tasse angelte. »Und fang bitte keine Diskussion an.«

Er mimte den Enttäuschten. Ich griff in die Dose

mit den Zuckertütchen, die ich in Cafés immer mitgehen lasse, und schleuderte ein paar in seine Richtung. »Zisch ab!«

Er schien einen Moment zu überlegen, zuckte die Achseln, griff nach einer Aktentasche und machte sich auf den Weg. Die Haustür schlug zu. Draußen schnatterten die Gänse los. Sie mochten keinen unbekannten Besuch. Ich rührte Zucker in den Espresso und kippte die erste Tasse. Goss den zweiten ein, während ich auf den Motor lauschte, der röchelnd ansprang. Mein Besucher gab Gas. Ich sollte mir die Autonummer merken, nur für den Fall, dachte ich, aber ich war zu müde und brauchte ein Aspirin. Oder zwei. Rasch rutschte ich vom Barhocker und ging ins Bad, wo ich meinen übel zugerichteten Erste-Hilfe-Schrank abtastete. Glücklich schüttelte ich zwei Brausetabletten in mein Zahnputzglas und gab Wasser dazu. Ich liebte das Sprudeln von Brausetabletten in Zahnputzgläsern. Es inspirierte mich. Doch seit diesem Tag würde das sanfte Schäumen für immer überwuchert sein vom Kreischen und Knallen eines Autounfalls.

Ich riss das Badezimmerfenster auf und beugte mich hinaus, konnte aber nichts erkennen als die schlammige Auffahrt zu meinem Haus und den maroden Schuppen am oberen Ende, an dem der Nebel leckte. Ich war im Sommer eingezogen und hatte nach und nach das Haus renoviert und Stall und Auslauf für die Gänse hergerichtet. Da war noch keine Zeit geblieben, den Schuppen zur Garage umzufunktionieren oder eine hübsche Zufahrt zu pflastern. Ich rannte in die Küche, schnappte mir auf dem Weg dahin Jeans und Pulli, quälte meine nackten Füße in die eiskalten Gummistiefel, die vor der Haustür auf mich warteten, und hopste die vier Stufen runter in den Schlamm.

Ein Haufen qualmendes Blech klebte wie eine Bienenwabe an dem Betonpfeiler unten an der Straße. Noch heute mache ich mir Vorwürfe, dieses hässliche Teil, eine Altlast der Vorbesitzer, nicht weggerissen zu haben. Der klobige Betonklotz, an dem einst ein automatisches Tor befestigt war, sah scheußlich aus und war völlig nutzlos. Aber ich brauchte meine finanziellen Reserven, um den Kredit für den Hauskauf abzubezahlen und eine vernünftige Heizung, neue Fenster und allerhand anderen Kram einbauen zu lassen. Der Pfeiler stand ziemlich weit unten auf der Prioritätenliste.

Ich schlitterte die Auffahrt hinunter. Feiner Regen nieselte aus den Nebelschwaden. Langsam ging ich um den demolierten Wagen herum. Als ich direkt neben dem Pfeiler stand, sah ich Stummelzahn in die Augen. Er hatte Pupillen wie eine Katze und Blut auf der Stirn. Sein Kopf sah seltsam verdreht aus. Kein Wunder, denn er schlummerte irgendwo zwischen Steuerrad und Motorhaube. Eine Windschutzscheibe gab es nicht mehr, ihre Überreste knackten unter meinen Stiefeln. Ohne nachzudenken tastete ich nach seinem Hals, um den Puls zu fühlen.

Null.

Ich wich zurück. Mein Bewusstsein hatte ein paar Minuten lang die Geräusche ausgesperrt, aber nun forderten sie Einlass in das Vakuum zwischen meinen Ohren. Gänseschnattern. Ein Auto weit hinten, an der Kreuzung nach Ohlkirchen. Das Heulen des Dezemberwindes oben im Wald. Ich taumelte ein paar Schritte und übergab mich in Sichtweite meines Schlafzimmerfensters. Wischte mir den Mund ab und schleppte mich ins Haus.

2.

Juliane sagte immer, mit einem Klecks Fond de Teint im Gesicht und einer schicken Klamotte kommst du durch. Egal wie und wo und was, aber zieh dir die Lippen nach, Herzchen!

Genau das tat ich, nachdem ich den Notruf gewählt und die Situation erklärt hatte. Ich stellte mich vor den Spiegel im Bad, band mir das wirre Haar zu einem Pferdeschwanz zusammen und trug einen Hauch von Grundierung auf mein Gesicht, das die blassgrüne Farbe eines Krankenhausnachthemdes angenommen hatte. Ein Kater allein war schon schlimm genug, aber in Kombination mit Weltschmerz und Schock vernichtend. Ich wählte einen rostroten Lippenstift, der zu meinem dunklen Haar passte, tuschte die Wimpern und suchte mir einen sauberen schwarzen Pullover vom Wäscheständer. Schwarz gab Klarheit und stand mir. Die Jeans behielt ich an, stülpte ein paar dicke, schwarze Wollsocken über meine halb erfrorenen Zehen und zog Turnschuhe an.

Ich würde durchkommen.

In der Küche heizte ich den Herd vor und kramte

meine letzte Tiefkühlpizza aus der Truhe. Jeder weiß, dass Polizisten nie zum essen kommen, und ich hatte selber noch nicht den Hauch eines Frühstücks genossen. Ich goss den kalten Espresso weg und setzte neuen auf. Da kamen sie schon. Hielten draußen auf der Straße. Ein Zivilwagen, ein Van, zwei Streifenwagen, ein Notarztwagen. Also ging es los.

Ein baumlanger Mensch mit braunem Strubbelhaar und einem Dreitagebart stand schon unter der Tür. Seine Füße steckten in schicken italienischen Lederschuhen. Das sah toll aus zu seinen verwaschenen Jeans und dem Rollkragenpulli. Das spießige Cordjackett machte den Eindruck jedoch schnell zunichte. Hinter ihm warteten zwei Uniformierte. Er hielt mir eine Hand hin, sagte »Hauptkommissar Nero Keller« und musterte mich von oben bis unten. Jetzt zehn Kilo weniger auf den Hüften zu haben, hätte meinem Selbstwertgefühl Auftrieb gegeben. Ich straffte die Schultern.

»Kea Laverde«, stellte ich mich vor und bat ihn in die Küche, wo ich die aufgebackene Pizza gerecht in Viertel teilte und sie den Polizisten anbot. Jeder wusste, dass Polizeibeamte viel zu wenig verdienten, sich die Uniformklamotten von ihrem Gehalt kaufen mussten und seit der Polizeireform auch noch mehr arbeiteten als je zuvor. Sie bedankten sich artig, die beiden Uniformierten und Herr Keller. So eine Tiefkühlpizza war ja nicht üppig. Jeder schluckte zweimal, und das war's. Die Uniformierten gingen, der Hauptkommissar blieb neben mir auf dem Barhocker sitzen und stellte Fragen.

»Sie kannten den Mann nicht?«

»Überhaupt nicht.« Ich scharrte mit den Füßen. Natürlich dachte er wer weiß was und lag richtig damit. Oder zumindest nicht ganz falsch.

»Wissen Sie«, beeilte ich mich zu erklären, »ich habe einfach meinen Spaß daran, ab und zu einen Mann mit heimzunehmen. Für eine Nacht.« Ich wollte hinzufügen, dass ich über 18 sei, hielt es aber für überflüssig. Meine 38 sah man mir an. Gut, vielleicht schätzte er mich auch auf 36. Auf weniger garantiert nicht. Außerdem hatte ich den Eindruck, dass er zur anderen Seite gehörte. Zu den Leuten mit althergebrachten Moralvorstellungen, die immer Spießer bleiben würden, auch wenn sie auf tolerant machten.

Er warf mir einen Blick zu, aus torfbraunen Augen. »Schon o. k.«, sagte er. »Es ist also niemand gewesen, der üblicherweise im Piranha verkehrt?«

»Nein. Wissen Sie, das Piranha ist *das* Ziel in Ohlkirchen. Wer am Samstagabend nach Ohlkirchen fährt, will dorthin. Salsa und Merengue tanzen, kubanische Drinks schlürfen, Leute kennenlernen.«

Kellers Blick verfing sich im Winterdunst vor meinem Fenster.

»Wir werden uns im Piranha umsehen«, sagte er. »Mit wem haben Sie dort gestern geredet?«

Der stellte Fragen! Geredet! In dieser Bar konnte man ab 22 Uhr abends nicht reden. Man brüllte oder hielt die Klappe. Im Übrigen gab es Carlos Privatgemach, wo ich schon ab und zu mit einem Mann ein paar hübsche Momente hatte, auf einem violetten Sofa. Aber ich wollte Carlo nicht zu sehr ausnutzen.

»Im Piranha wird nicht viel geredet«, erklärte ich. »Das ist ein Tanzclub.«

»Und mit wem haben Sie getanzt?«

Auch so eine Frage. Man tanzte eben einfach.

»Meine Freundin Juliane Lompart war bis zum Schluss mit von der Partie, dann fuhr sie mich heim.« Ich sagte Julianes Adresse auf, verschwieg dem Hauptkommissar aber, dass Juliane 76 war. Seniorinnen vermutete er sicher nicht im Club, er fand, ab 60 sollten die Leute die Abende vor dem Fernseher verbringen und Wetten, dass …? schauen. Es stand auf seiner Stirn. In Blockbuchstaben.

»Carlo Fidelio kennt mich. Er ist der Barkeeper.« Mir fiel ein, dass ich Carlo unbedingt fragen musste, ob er Stummelzahn im Club gesehen hatte. »Ansonsten kannte ich ein paar Leute vom Sehen. Aber es waren nicht viele Ohlkirchener da. Das Piranha ist ein Club, wohin die Leute von außerhalb kommen. Die Musik ist gut, die Cocktails sind legendär.«

»Frau Lompart fuhr Sie heim? Kam sie mit ins Haus?«

»Nein. Sie setzte mich ab und fuhr weiter. Sie spielt meistens Taxi. Macht sich nicht so viel aus Drinks.« Außer aus dem einen kubanischen, fügte ich im Stillen hinzu, aber den trank sie nur in ihren eigenen vier Wänden.

Keller kritzelte alles in ein Notizbuch. Mir fielen seine großen Hände auf. Ziemlich muskulöse Hände.

»Heute Morgen kamen sie in Ihre Küche und sahen einen Fremden.«

»Ja.« Das Gesicht, die Fönfrisur, die Stummelzähne.

Und jetzt räumten sie das, was von ihm übrig war, in einen Zinksarg. »Entschuldigung!« Ich stürmte ins Bad.

Dort beruhigte ich mich. Ich hatte anderes gesehen und am eigenen Leib verspürt. Hatte lange nicht daran gedacht, aber es gab diese Schnittstellen im Leben, da bewegte sich irgendetwas, und schon geriet das mühsam erarbeitete Gleichgewicht aus den Fugen. Ich betrachtete mein Gesicht im Spiegel. Bisschen blass, trotz des Make-ups. Zu viele Erinnerungen. Ich löste das Haargummi, kämmte mich und fasste die Strähnen zu zwei lockeren Zöpfen zusammen. Erinnerungen und neue Ereignisse stießen bisweilen wie tektonische Platten der Seele gegeneinander. Dann folgten Erdbeben, Fluten, Chaos. Ich wollte nicht an damals denken. Nicht jetzt, solange die Bullerei bei mir im Haus war. Dieses Haus sollte eine Zuflucht sein, eine Parzelle der Sicherheit. Dieses Refugium gab ich nicht auf, obwohl es mir im Augenblick eher wie eine Kältekammer erschien. Ich tupfte Creme auf das Bläschen an meiner Lippe. Verfluchter Herpes. An einem Stück Blumendraht baumelte über mir eines meiner Lieblingshaikus von Takako. Die Einsamkeit, ach – ist Tag für Tag das Leben – von Wandergänsen. Wie wahr. Genervt ruckte ich an meinen Jeans. Diese Hüftjeans waren nichts für mich. Wenn ich nicht aufpasste, sah man die Narben, da musste der Pulli nur einen halben Zentimeter verrutschen.

In der Küche saß noch einer in Zivil und guckte mich neugierig an. Ein Riese, rund wie ein Baumkuchen, mit Vollbart, in dem ein mikroskopischer Rest Eidotter hing.

»Hauptkommissar Peter Jassmund«, sagte er. »Sie hatten wirklich keinen angenehmen Sonntagvormittag.«

Konnte man so sagen. Jassmund brachte Sonne herein in seinem ausgeleierten Sweatshirt und den Mephisto-Tretern. Seine Stimme tönte voll, sein Lächeln sah ehrlich aus. Ein klein wenig mitleidig, genau die Mischung, die ich jetzt brauchte. Er griff ungeniert in den Obstkorb und suchte sich eine Mandarine, die noch nicht kompostiert aussah. »Ich darf doch? Unser Frühstück ist schon eine Weile her.«

Unser Frühstück? Schwul sahen sie nicht aus. Frühstückten Polizisten zusammen? Unter Kollegen? Mit dem Rechtsmediziner, der Spurentechnik und dem Staatsanwalt?

»Das Piranha ist bekannt. Ich wollte schon länger mal hin. Gute Musik, gute Drinks.« Er warf einen Seitenblick auf seinen Kollegen und marschierte durch meine Küche.

Hier ist es an der Zeit, etwas über mein Haus zu sagen. Ich meine, vor einigen Jahren hätte ich mich kaputtgelacht, wenn jemand mir prophezeit hätte, dass ich mir jemals ein Eigenheim zulegen würde. Aber die Zeiten änderten sich. Irgendwann wurden die meisten Nomaden sesshaft. Jahrelang war ich umhergeirrt wie ein Zombie. Schließlich hatte ich einen Kredit aufgenommen und dieses Haus gekauft. Es war in den 60er-Jahren des vergangenen Jahrhunderts in einer Talfalte zwischen Ohlkirchen und Starnberg gebaut worden, als man flache Bungalows schick fand. Der Eigentümer hatte es in den

90ern aufgegeben. Danach hauste eine WG darin, in der einiges an Drogen konsumiert wurde. Jedenfalls waren die Bewohner nicht in der Lage, die nötigen Renovierungsarbeiten zu verrichten. Die Bude verkam, und schließlich zog die WG aus und das Haus fiel der Bank in den Rachen.

Mir war es eigentlich komplett egal, wo ich vor Anker ging. Hauptsache, ich hatte große Fenster nach Westen und Abendsonne. Meine Wahl fiel auf das Münchner Umland. Vielleicht, weil auch meine Vorfahren durch einen Winkelzug der Geschichte hier angesiedelt wurden. Die kniffligen Weichenstellungen meines Lebens wurden von einem übergeordneten Stellwerk vorgenommen, auf das ich keinen Einfluss besaß. Strandgut konnte schließlich auch nicht bestimmen, an welcher Küste es verrotten wollte.

Als ich im Sommer einzog, richtete ich zunächst die Wohnräume her: drei Zimmer, eine riesige Wohnküche und ein Bad. Mit dem Keller beschäftigte ich mich nur en passant, indem ich ein paar Mausefallen aufstellte. Zwei Zimmer bekamen neue Böden und einen vernünftigen Anstrich. Eines davon war mein Schlafzimmer, durch das man gehen musste, um ins Bad zu kommen, das andere das Arbeitszimmer. Das dritte war noch Baustelle. Der Parkettboden hatte Löcher, es rieselte von Wänden und Decke. Ich hatte mir vorgenommen, ab dem Frühjahr auch dieses Zimmer zu renovieren, aber ein paar Monate brauchte ich Pause vom Dielenschleifen, Pinseln und den vielen Fahrten zum Baumarkt. Auch die Außenansicht meines Eigenheims war nicht gerade Nummer eins der Charts. Der flüchtige Betrachter sah den Verfall. Der Putz bröselte grau, und das gesamte Grundstück, bis auf den Gänsefreilauf, bestand jetzt im Winter aus Schlamm. Das Gärtnern würde ich noch lernen müssen.

Mein Bruder Janne hatte mir bei den schwersten Arbeiten geholfen, sofern seine schnippische Ehefrau es ihm gestattete. Sogar sein ältester Sohn Theo hatte mitgepinselt. Der schönste Raum war die Wohnküche. Janne und ich hatten die Wand zwischen Diele und Küche herausgebrochen und dadurch den Raum auf stattliche 35 Quadratmeter vergrößert. Ich lebte quasi in der Küche. Sie beherbergte außer Barbrett, Kühlschrank, Herd und der üblichen Ausrüstung an Schränken ein rotes Sofa und einen Couchtisch voller Bücher und Zeitschriften. In passender Entfernung thronte mein Fernseher. Und ein CD-Spieler. Ein ziemlich guter. Die CDs stapelte ich sorgfältig in Regalen, die ich höchstpersönlich in die Wand gedübelt hatte. Alles war säuberlich sortiert. Ich liebte Musik und hing an allen meinen Aufnahmen.

»Jazz?«, fragte Jassmund, der vor den CD-Regalen stehengeblieben war, und schenkte ein neuerliches Lächeln her.

»Jazz, Klassik, Swing, Hip-Hop, Reggae, Romantik, Alte Musik, Chansons. Was Sie wollen.«

»Eine ziemliche Bandbreite!« Jassmund nahm eine CD aus dem Regal. Die Andrew Sisters. »Rum and Coca Cola! Ich liebe den Song.« Jassmund sang ein paar Takte, richtig sonor, und machte Tanzschritte. Trotz seines Übergewichts sah das anmutig aus. Täuschte ich mich, oder nistete ein Lächeln in den traurigen Torfaugen seines Kollegen?

»Ich singe im Polizeichor. Wir wollen ein kleines Ensemble gründen, für das Alternativprogramm.« Jassmund lachte. »Mal sehen, ob etwas daraus wird.« Er legte die CD zurück. »Was machen Sie beruflich?«

»Ich bin Ghostwriterin.«

Niemand wollte etwas dazu wissen. Entweder waren die beiden noch nicht richtig eingearbeitet an diesem nassen Sonntag, oder sie hatten eine besonders ausgebuffte Vernehmungstechnik.

»Ist das Ihr Arbeitszimmer?« Jassmund wies auf die halb offen stehende Tür. Ich nickte. Arbeitszimmer bedeutete für mich tatsächlich nur eins: ein Zimmer zum Arbeiten. Ich hielt mich dort auf, wenn ich schrieb, für ein Buch recherchierte, Rechnungen ausdruckte, mit Verlagen telefonierte. Ansonsten nicht. Es war schwer genug, Job und Freizeit auseinanderzuhalten, wenn man im eigenen Haus seiner beruflichen Tätigkeit nachging.

»Ja.« Ich stieß die Tür auf und machte eine Handbewegung, die den beiden Polizisten signalisieren sollte: Schon o. k., geht rein, hier hängt keine Leiche über dem Aktenschrank. Die Jalousien waren noch heruntergelassen. Ich schob mich an Jassmund vorbei, um sie aufzuziehen, auch wenn draußen nur schimmeliges Grau über der Landschaft lag und der Nebel die Sonne ausbremste.

»Ziemlich aufgeräumt, im Gegensatz zu meinem Schreibtisch«, stellte Jassmund fest.

Ich kniff die Augen zusammen und schaute genauer hin. Aufgeräumt. So konnte man es nennen.

Wo normalerweise mein Laptop thronte, ganz das Zentrum des Schreibtisches, streckte mir die neue Schreibunterlage die Zunge raus. Ich riss die Schubladen auf. Die CD-Mappe – weg. Der Behälter für meine Datenstifte – verschwunden. Sämtliche Notizbücher, die ich in der untersten Schublade stapelte – durchwühlt. Alle, in die ich bereits etwas eingetragen hatte, fehlten. Nur die jungfräulichen hatte mein Besucher übriggelassen. Ich ging zum Aktenschrank.

»Die Digitalkamera ist auch weg«, flüsterte ich.

Jassmund und Keller standen im Raum wie Außerirdische, die das Kommando über das Raumschiff übernehmen wollten.

»Ihr Ausweis, Geld, Papiere?«

Ich war ein ordentlicher Mensch. Was mit meinem Beruf zu tun hatte, war vernünftig sortiert und eingeräumt, auch Krankenversicherungsnachweise, Dokumente von der Bank, Ersatzschlüssel, sogar mein altes Studienbuch. Ich brauchte also keine Minute, um zu überprüfen, ob etwas fehlte.

»Alles da. Nur ...« Das Adrenalin schoss ein und machte mich wild. »Dieser Scheißkerl ...«

»Warten Sie!«, sagte Jassmund in seinem Bariton und ich fragte mich, warum der Mann nicht zur Oper gegangen war. »Ich sehe nach.«

3.

Keller spülte die Espressokanne aus, suchte nach der Dose mit dem Kaffeepulver, fand sie schließlich im Kühlschrank, gab ein paar Löffel ins Sieb und schraubte das Maschinchen zusammen. Wahrscheinlich merkte er, dass ich erst weitermachen konnte, wenn ich die nächste Dosis Koffein intus hatte. Er ließ mich in Ruhe, guckte stattdessen aus dem Fenster.

»Halten Sie Geflügel?«, fragte er erstaunt.

Jetzt musste ich erklären, weshalb ich zwei Gänse besaß.

»Ja. Waterloo und Austerlitz.«

Er schaute so verblüfft drein, dass ich lachen musste.

»Ich nenne sie Loo und Litz. Die Namen habe ich mir ausgedacht, um zwei Kerle zu ärgern, mit denen ich mal was hatte. Der eine war Franzose, der andere Österreicher.«

»Jetzt schleppen die armen Gänse zwei sperrige Namen mit sich herum«, stellte Keller nüchtern fest, während er sich auf einem Barhocker niederließ. Er musste denken, dass mein Leben in zwei Kategorien aufgeteilt war: Männer und Sonstiges. Andere Menschen warteten mit komplexen Hobbys auf. Für mich gab es nur das Schreiben. Da bedeuteten die Gänse wenigstens ein klein wenig wirkliches Leben.

»Die waren ursprünglich von einem Kunden als Bezahlung gedacht. Ich war dumm genug, einem Kunden die Memoiren zu schreiben, der mir zwei Gänse anstatt einer Banküberweisung zustellte.«

Keller kritzelte Notizen in sein Büchlein.

»Beschreiben Sie mir die anderen Gäste.« Der Espresso fauchte, und er goss zwei Tässchen voll. Die Männer fühlten sich an diesem Sonntag bei mir außerordentlich heimisch.

»Sie meinen, im Piranha?«

Er dachte vermutlich, ich wäre geistig retardiert. Sah mir zu, wie ich meine Portion Espresso in einem Zug leerte, und ich wurde mir wieder meiner 80 Kilo bewusst. Vollweib, sagte Juliane über meinen Typ. Juliane behauptete, sobald nur *eine* Frau im Zimmer wäre, hätten die Kerle keine Vergleichsmöglichkeit mehr. Sie bewundern dich, egal, wie viel Speck dir auf den Hüften schwabbelt, Herzchen. Ich war mir da nie so sicher. Jedenfalls verschüttete ich Espresso, als ich mir die nächste Tasse einschenkte, und machte in den traurigen Augen des Hauptkommissars vermutlich einen verdächtigen Eindruck. Aber was hatte ich getan? Der Furzknoten war definitiv selber gegen den Pfeiler gerast. Vielleicht gab es ein Gesetz, das Pfeiler an Auffahrten verbot.

Wir schwiegen beide. Er auf dem Barhocker am Fenster, ich hinter dem Herd, die Hände tief in den Jeanstaschen. Schließlich legte ich los. Erzählte, wen und was ich gestern gesehen hatte: Carlo Fidelios Glitzerjackett, Julianes Mieder, das Stroboskoplicht, ein paar Leute aus der Umgebung, Stammgäste wie ich. Auch das Musikprogramm konnte ich aufsagen, was mich beruhigte, denn dadurch bewies ich mir, dass ich durch Alkoholkonsum und den Schock am frühen Morgen nicht dement geworden war. Die Koksspuren auf dem Klo im Piranha ließ ich weg.

»Sie beobachten sehr genau«, sagte Keller schließlich.

»Sie denken, wenn ein Zeuge zu genau beschreibt, was er gesehen hat, stimmt etwas nicht«, erwiderte ich. »Dann hat er sich das vorher zurechtgelegt. Habe ich aber nicht.«

Keller legte seinen Stift auf mein Barbrett.

»Ich habe ständig mit den Erinnerungen von Leuten zu tun. Manche haben schon Probleme, sich ihre eigene Haarfarbe zu merken«, fügte ich hinzu. »Andere erinnern sich an die Farbe des Brautkleides ihrer Tante Agathe bei deren dritter Eheschließung.« Und im Übrigen sind Erinnerungen nichts als Täuschungen, wollte ich hinzufügen, offizielle Lügen und hübsche Fassaden. Ich ließ es bleiben. Als Ghostwriterin gewöhnte man sich daran, zu lügen. Dass sich die Grenze zwischen Wahr und Falsch so einfach nicht ziehen ließ. Alles, was ich erzählte, war Fiktion. Meine Biografien inszenierten die Leben meiner Kunden. Die Erinnerungen eines jeden Menschen verfärbten sich. Auch wenn wir es nicht wahrhaben wollten.

Endlich kam Jassmund zurück. Sofort wurde die Stimmung gelöster. Ohne abzuwarten, griff er sich Kellers mittlerweile leere Espressotasse und schenkte sie sich voll. Ich ahnte es. Meine Sachen waren nicht mehr da. Sonst hätte er sie unter dem Arm hier reingetragen.

»Bertram Kugler«, sagte er, »so heißt der arme Teufel. Die Unterlagen, die Sie vermissen, sind nicht im Wagen.«

Das war's dann wohl. Sie würden mich für verrückt erklären und ihrer Wege gehen, um ein Protokoll zu schreiben.

»Kennen Sie jemanden dieses Namens?«, forschte Jassmund. Er hatte wasserblaue Augen.

»Nein.«

»Woran arbeiten Sie zurzeit?« Das kam von Keller.

»Meine Kunden laufen unter Beichtgeheimnis. Diskretion ist mein Lebensunterhalt. Wenn sich jemand in meiner Branche verquatscht, kann er den Job vergessen.«

Er sah mich auf eine Weise an, die meinen Wunsch, mich zu verteidigen, ins Absurde steigerte. Ich durfte ihm nichts über meinen augenblicklichen Auftraggeber sagen. Sollten sie mich vorladen, mit einem richterlichen Beschluss oder was auch immer die Polizei dafür brauchte, aber bis die Abbruchkante erreicht war, würde ich dicht halten.

»Meine Spezialität sind Ratgeber«, sagte ich. »Rhetorik, Gedächtnistraining, Zeitmanagement. Meine Kunden sind ziemliche Cracks auf ihrem Gebiet, aber sie haben keine Zeit, ihre Bücher selber zu schreiben. Und die meisten haben auch keine Ahnung, wie man ein Buch plant, gliedert, schreibt und verkauft. Das ist alles meine Aufgabe.«

Keller sah mich weiter an.

»Eigentlich haben diese Typen es gar nicht nötig, Ratgeberliteratur zu schreiben. Sie verdienen in ihren Jobs gutes Geld, und so ein Buch gibt ja auch nicht viel her, aber für das Renommee in der Branche macht es sich gut, eine Publikationsliste vorweisen zu können. Sogar dann, wenn sie nur ein einziges Buch enthält.« Ich hatte den dringenden Wunsch, in mein Arbeitszimmer zu gehen und zu schreiben, solange mein Gedächtnis noch genug Infos über meinen momentanen Auftraggeber auszuspucken imstande war.

»Sie schreiben also keine Autobiografien?«

»Doch. Sicher.« Ich biss mir auf die Unterlippe. »Manchmal.«

»Sportstars, Börsenmakler, Politiker?«

»So ungefähr. «

»Haben Sie noch anderswo eine Kopie Ihrer Unterlagen?«

Ich schüttelte den Kopf. Keller glaubte mir nicht. Ich glaubte mir selbst nicht, und dennoch hielt ich seinem Blick stand.

4.

Von der Vortreppe aus beobachtete ich, wie die Polizei ihre Siebensachen zusammenpackte und abfuhr. Jassmund und Keller stiegen in den Zivilwagen, Jassmund winkte mir zu, als er den Motor anließ, während Keller stur vor sich hinstarrte. Ich hörte die Motoren immer leiser werden, bis sie hinten bei der Kreuzung nach Ohlkirchen verklangen. Hier draußen in den Hügeln schärften sich die Ohren und wurden präzise wie Radarschüsseln. Näherte sich ein Auto oder entfernte es sich? Nahm es den Weg nach Ohlkirchen oder in die andere Richtung? Was für ein Wagen war es? Mein Gehör hatte in den vergangenen Monaten schnell gelernt, die Geräusche zu sezieren. Als ich noch in der Stadt gewohnt hatte, waren meine Ohren zu jeder Tages- und Nachtzeit mit Lärm angefüllt gewesen.

Ich schlug die Haustür zu und sperrte ab. Menschen, die alleine leben, neigen dazu, abzuschließen und den Schlüssel von der Innenseite im Schloss stecken zu lassen, sobald sie ihr Zuhause betreten haben. Janne hatte mich darauf hingewiesen. »Wozu überlässt du mir deinen Ersatzschlüssel, wenn ich im Zweifelsfall gar nicht reinkomme, weil von innen dein Schlüssel steckt?«, hatte er gefragt. »Ich meine, immerhin könnte es ja sein, dass du einen Schlaganfall kriegst und ich dich rausholen will. Soll ich dann ein Fenster einschlagen?«

Seit ich mit meinem neuen Auftraggeber zu tun hatte, fürchtete ich mich vor einem Schlaganfall. Ich hatte zuvor noch nie darüber nachgedacht, wie häufig junge Leute unter 40 einen erlitten. Dennoch hatte ich Janne damals erklärt, er solle nicht mit Entsetzen Scherz treiben. Daraus wurde eine kleine, schnuckelige Kabbelei, wie man sie unter Geschwistern liebt. Aber dennoch spann sich ein feiner Faden der Angst seitdem durch meinen Alltag. Nein, nicht einmal Angst. Nur ein dummes Gefühl. Ich lebte allein, und wenn mir was passierte, konnte ich in meinem Eigenheim verwesen, bevor es jemand merkte.

Ich ging ins Schlafzimmer. Mein digitaler Rekorder wenigstens war noch da. Ich hatte ihn neben meinem Bett liegen, denn vor dem Einschlafen kamen mir meistens die besten Ideen. Aber über Andy Steinfelder gab es nichts mehr auf dem Chip. Ich hatte die letzten Interviews transkribiert, die Audiodatei auf den Laptop kopiert und die Speicherkarte im Rekorder gelöscht. Genervt drückte ich auf Play und sagte: »Scheiße!«

Mein Blick suchte die Wäscheleine über meinem Bett. Nein, da baumelten keine Slips. Sondern Fähnchen aus Architektenpapier, auf die ich mit viel Hingabe meine Lieblingshaikus getuscht hatte. Ich liebte Haikus. Sie schärften meine Gedanken. Ihre strenge Struktur half mir herauszufinden, was ich wirklich meinte. Drei Zeilen. Mit fünf, sieben und fünf Silben. Mehr war da nicht. Manchmal, wenn ich in einem Text feststeckte, wenn gar nichts mehr ging, schrieb ich ein Haiku. Ich stand dann am Fenster und sah in diese zärtliche süddeutsche Landschaft hinaus. Auf den Hügel, an den sich der Gänsestall schmiegte, und der nach Westen hin flach auslief. In die andere Richtung erstreckten sich Pferdekoppeln und Getreidefelder. Im Winter, wenn die Felder abgeerntet waren, sah ich die roten Giebeldächer von Ohlkirchen. Die Dreizeiler hingen an meinen Wänden, Möbeln, sogar im Gänsestall. Von Hand gekritzelt, manche auch kunstvoll gezeichnet. Natürlich hielt ich auch die Verse der großen Meisterinnen hoch. Die Haikus über meinem Bett stammten allesamt von Takako. Jeder Mensch brauchte das zarte Händchen des Trostes in seinem Alltag.

Ich schob die Lähmung und das Selbstmitleid beiseite. Ich hatte zwei Möglichkeiten: mit der Arbeit anzufangen oder nach München zu fahren.

Ich entschied mich für Ersteres. Es mochte an dem Nieselregen liegen, der eine Autofahrt nicht besonders ansprechend erscheinen ließ. Also marschierte ich ins Arbeitszimmer, legte einen Stapel leere Blätter bereit und griff zu einem Bleistift. Die grünen Faber-Castell Bleistifte der Stärke HB waren mein liebstes Schreibgerät. Ich besaß ein ganzes Arsenal davon, spitzte sie gewissenhaft auf Vorrat an, um stets eine ausreichende Anzahl einsatzbereit zu haben, und warf die zu kurzen mit Herzweh in den Müll. Also los. Dem leeren Blatt wohnte Magie inne, und doch entschlüpfte ihm manchmal so etwas wie eine Drohung. Die Angst, zu versagen, das Blatt mit Blödsinn zu verunzieren, wuchs, sobald man auf dem Schreibtischstuhl Platz genommen hatte. Ich räusperte mich. Das Geheimnis des Schreibens besteht in der Kunst, seinen Hosenboden mit einer Sitzfläche in Verbindung zu bringen, hatte Kingsley Amis die Welt wissen lassen. Womit er zweifelsohne richtig lag.

Ich fing an zu arbeiten. Mein Gehirn destillierte Erinnerungsschnipsel, und das Adrenalin überlistete die cleveren kleinen Gedächtnisfilter, die Unerhebliches von Ungewöhnlichem trennten, noch bevor es unserem Bewusstsein zugänglich war. Eine Art Müllsortierung zwischen den Schädelknochen. Meine innere Laterna magica spielte die Gespräche ab, die ich mit Andy geführt hatte. Auf einem Zettel notierte ich die Hauptpunkte, die mich durch den Text führen würden, dann legte ich diesen beiseite und schrieb erste Textfragmente, die die Inhalte unseres letzten Gesprächs auf den Punkt brachten. Man konnte nie alles aufschreiben. Irgendwie vereinfachte der Autor die Wirklichkeit. Das hatte ich schon als Makel empfunden, als ich noch für Zeitungen und Magazine schrieb. Inzwischen, da ich das Leben individueller Menschen nachzeichnete, gewöhnte ich mich daran. Auch meine persönliche Erinnerung gab eine vereinfachte und letztlich eingebildete Struktur meines Lebens wieder.

Irgendwann schaltete ich die Schreibtischlampe an und vergaß, mich um meine Beklemmung und die Gefühle zu kümmern, die der tote Mann in dem Blechhaufen in mir ausgelöst hatte. Um vier packte ich die Blätter zusammen. Ich stopfte sie mit einem Notizbuch und einem Federkasten in meine Schultertasche.

Nach einem kurzen Rundgang zu Waterloo und Austerlitz machte ich mich auf den Weg zu Carlo Fidelio. Es wurde dunkel, als ich meinen Wagen an dem Betonpfeiler vorbeisteuerte, der das ganze Chaos bis auf einen schwärzlichen Fleck unbeschadet überstanden hatte. Die Überreste des Unfallautos waren zur kriminaltechnischen Untersuchung abtransportiert worden. Ich bog nach rechts Richtung Ohlkirchen ab. Wenn man wie ich so weit draußen wohnte, musste man einige Nachteile in Kauf nehmen. Beispielsweise war man für jede Besorgung auf das Auto angewiesen. Im Sommer und Herbst hatte mir das nicht so viel ausgemacht, aber nun, in der Dezemberschwärze, die jedes Licht ins Universum hinaussaugte, schnitt ein kaltes Skalpell mich von allem Leben ab. Der böige Wind blies Reste von Laub in die Lichtkegel meiner Scheinwerfer. Die Äste der Bäume am Straßenrand wucherten in mein Blickfeld. Kurz fragte ich mich, ob sie wirklich lebende Organismen waren oder wenigstens irgendwann zu solchen erwachen würden, oder ob sie die Geister von Toten beherbergten, die unschuldige Frauen ins Reich der Finsternis riefen. Ich war ausgepowert. Kein Wunder also, wenn meine Fantasie kurzfristig ausscherte.

Der Barkeeper des Piranha lebte wohlweislich nicht direkt neben seinem Arbeitsplatz, sondern einige Kilometer weiter, in Seelbach. Noch kleiner als Ohlkirchen und nur über eine schmale Straße an die Zivilisation angeschlossen. Hier baumelten die Telefonleitungen noch an Masten über der Erde. Wie Carlo in der Dorfgemeinschaft bestehen konnte, war mir nie ganz klar geworden. Er war schwul, er schlief, wenn andere arbeiteten, und er hatte die Farbe von sehr milchigem Milchkaffee, die ihm seine eritreische Mutter hinterlassen hat. Das Häuschen gleich am Ortseingang hatte er vor Jahren günstig gekauft. Wir werden doch alle spießig, dachte ich, während ich meinen Alfa Spider an der Straße parkte. Das Gartentor schlug im Wind. Die Dunkelheit fraß den kurzen Weg von der Straße zur Haustür förmlich auf; ich beeilte mich. An der Tür klebte ein Schild mit Carlos bürgerlichem Namen: Karl Schöll.

»Soso, Kea«, sagte er, während er mich einließ. Er trug einen seidenen Kimono und drunter Jeans. Ich hatte ihn im Verdacht, dass er schon länger wach war, sich aber meinetwegen den Kimono übergeworfen hatte: Kindchen, ich stehe spät auf, du weißt ja, ich arbeite lang. Ein Ritual.

»Tut mir leid, dass ich dich zu nachtschlafender Zeit störe.«

Carlo hob die sorgfältig gezupften Augenbrauen.

»Willst du Kaffee?«

»Ja, gern. Und was zu essen. Ich habe heute außer einem Pizzaviertel noch nichts in den Magen bekommen.«

Carlo schraubte eine Dose Wiener Würstchen auf und setzte Wasser zu. Aus einer gigantomanischen Thermoskanne goss er mir dampfenden Kaffee in die Tasse.

»Schwarz?«

»Schwarz.«

Dankbar nahm ich den Kaffee, schob ein Buch beiseite und setzte mich. Ich liebte seine Küche. Den schwarzweiß gefliesten Küchenboden, die ledergepolsterten Teakstühle, die Schwarzweißfotos von Florenz, Genua und Venedig an den Wänden. Carlo war so wenig Italiener wie ich, aber er liebte das Land, lernte seit Jahren mit Begeisterung Italienisch und trieb sich auf irgendwelchen Italo-Plattformen im Internet herum. Carlo war computermäßig ziemlich begabt. Sprachlich war er damit allerdings nicht weit gekommen. Konnte nicht mal eine Pizza bestellen.

»Carlo, mit wem bin ich gestern heimgegangen?«

Er runzelte die Stirn.

»Allein. Das heißt, Juliane hat dich heimgefahren.« Er brauchte nicht nachzudenken. Es war sein Job, genau zu beobachten.

»Sicher?«

Ich wollte ihn mit meiner Nachfrage keinesfalls beleidigen. Er passte auf mich auf wie eine Mutter auf ihren Säugling, und es würde ihn in seiner Ehre kränken, wenn ich seine Fürsorglichkeit infrage stellte.

»Kindchen«, sagte Carlo, schenkte sich selbst Kaffee ein und gab Zucker in die Tasse. »Du hast bestimmt einen Grund, weshalb du das fragst.«

Ich erzählte. Von dem Gefönten in meiner Küche. Den verschwundenen Speicherkarten und dem geklauten Rechner.

»Das ist bitter.«

»O ja, bitterer geht's nicht.« Seltsamerweise wurde mir erst jetzt das ganze Ausmaß des Diebstahls bewusst. Nicht nur, dass ich meine Daten nicht mehr hatte. Schlimmer noch, nun war ein anderer im Besitz meiner Gedanken! »Verflucht, Carlo, ich habe alles auf diesem Rechner und diesen Speicherkarten. Alles. Mein ganzes neues Projekt.«

Carlo legte die Würstchen in das siedende Wasser. »Du erzählst mir besser nicht, worum es dabei geht, wenn es ein ganz großes Projekt ist.«

»Nein. Lieber nicht.« Dankbar registrierte ich, dass Carlo die Diskretion in meinem Job ohne Wenn und Aber akzeptierte.

Er stellte zwei Teller auf den Tisch, Besteck, Baguette, Senf. Ich wusste selbst nicht, warum ich mich aufregte. Es gab da ja noch mein Versteck. Allenfalls die Arbeit von drei, vier Tagen und meine Aufzeichnungen vom letzten Gespräch waren dahin. Schlimm, aber keine Katastrophe. Mein Laptop war mit einem Passwort geschützt, auch die USB-Sticks. Dennoch konnte ein cleverer Hacker an die Daten ran. Wenn man es schlau anstellte, waren alle Rätsel zu knacken. Auch die Enigma war entschlüsselt worden.

Ich beschrieb Carlo meinen unangemeldeten Besucher.

Er legte die Würstchen auf die Teller. »Der war im Piranha. Trank einen Pisco Sour. Und dann den ganzen Abend alkfreies Bier.«

»Kennst du ihn?«

»Nie gesehen.«

Ich nahm mein Würstchen zwischen Daumen und Zeigefinger und stippte es ins Senfglas.

»Carlo, ich war den ganzen Abend im Club, aber ich kann mich an den Heini nicht erinnern. Da ist nichts. Ein schwarzes Loch im Hirn.«

»Du hast ja auch einiges konsumiert. Noch Kaffee?«

Er wartete meine Antwort nicht ab, sondern schenkte mir ein.

»Die Polizei wird bei dir aufkreuzen«, murmelte ich.

»War schon da.«

»Was?«

»Ich habe geschlafen. Keinen reingelassen.«

»Sie sind abgezogen?«

»Sollten sie sich den Weg freischießen?« Carlo reichte mir das Baguette.

»Hauptkommissar Keller lässt sich bestimmt nicht so leicht abservieren«, grummelte ich zwischen zwei Bissen. Ich sah vor mir, wie Keller hier auf genau diesem Stuhl saß. Kaffee trank. Carlo mit seinen traurigen Torfaugen ansah und Sachen in sein Büchlein kritzelte.

Wir ratschten noch eine halbe Stunde, bis Carlo

Anstalten machte, sich für die Sonntagnacht im Piranha herzurichten. Ich verabschiedete mich und trabte eilig über den Gartenweg zu meinem Wagen.

Es hatte erneut zu nieseln begonnen. Ich fröstelte und hoffte, dass die Temperaturen nicht unter null Grad fallen würden. Ich musste nach München. Ich musste einfach herausfinden, ob meine Reservesicherung noch an Ort und Stelle war. Aber was, wenn jemand auch dort … Ich unterbrach meine destruktive Denke. Nach so einem Tag wie heute war es kein Wunder, wenn ich durchdrehte. Bevor ich den Schlüssel ins Zündschloss steckte, schaltete ich mein Handy an. Es meldete eine Nachricht auf der Mailbox.

Herzchen, die Bullen waren bei mir. Würdest du mich freundlicherweise anrufen und mir mitteilen, was das zu bedeuten hat?

Juliane Lompart den Wunsch nach Information abzuschlagen, kam einem Vaterlandsverrat gleich. Seufzend ließ ich den Motor an und wendete. Hinter dem hell erleuchteten Küchenfenster sah ich Carlo stehen. Er winkte nicht.

5.

»Zwei Bullen«, sagte Juliane und stellte eine Platte mit Aufschnitt und einen Korb Brötchen auf den Tisch. Warum meinten nur alle, mich mästen zu müssen? Verhungert sah ich wirklich nicht aus.

Neben unseren Tellern hockte die allgegenwärtige Flasche. Kubanischer Treibstoff, wie Juliane sagte. Ich hatte sie im Verdacht, von dem Rumverschnitt gar nichts zu trinken. Sie benutzte ihn eher als Abzeichen, als Wappen der karibischen Arbeiterklasse.

Juliane schleuderte zwei Visitenkarten auf meinen Teller. Polizeihauptkommissar Peter Jassmund. Das war der Nette. Polizeihauptkommissar Nero Keller. Der Mann mit den Torfaugen und dem Notizbuch. Während ich mein Brötchen mit Lyoner belegte, erzählte ich alles noch einmal. Schaute währenddessen Che Guevara an, der Julianes Brust zierte. Juliane war dünn wie ein Strich. Dabei aß sie wie ein Scheunendrescher. Sie musste eine begnadete Schilddrüse haben.

»Sie wollten alles wissen. Wann ich dich heimgefahren habe und warum du nicht selbst fährst, warum ich nicht mit zu dir ins Haus kam und warum ich auf Alkohol verzichte und dich fahre. Ich habe geantwortet, dass ich eine karitative Ader hätte.« Juliane goss mir Kaffee ein. In wenigen Minuten würde mein Herz implodieren. »Schwarz?«

Ich nickte. Das hatten Juliane und ich gemeinsam: Wir tranken den Kaffee schwarz wie die Nacht. Juliane schob eine angebliche Laktoseunverträglichkeit vor, aber ich hatte eher den Verdacht, dass sie Milch und Zucker ablehnte, um jugendliche Härte zu beweisen.

Ich fing an zu erzählen. Obwohl ich es nicht wollte, aber bei Juliane konnte ich mich nicht verstellen. Es mochte bei Carlo so leidlich funktionieren, bei meiner Mutter und Janne ein wenig leichter vonstatten gehen. Doch bei Juliane war Leugnen aussichtslos.

»Er heißt Andy.«

»Dein Neuer?«

Eine eherne Regel meines Metiers lautete, während der Arbeit an einem Projekt nicht über den Kunden und das Buch zu sprechen. Es könnte den eigenen Eindruck verwischen. Doch was sollte es. Juliane war mit ihrer Klugheit und Hintergründigkeit keine normale Gesprächspartnerin.

»Mein Auftraggeber. Andy Steinfelder, 50 Jahre alt. Seit einem Schlaganfall vor sechs Jahren ist er halbseitig gelähmt und Aphasiker.«

»Was heißt das?« Julianes Augen bohrten sich in meine.

»Durch den Schlaganfall wurde das Sprachzentrum in seinem Gehirn geschädigt. Andy kann sich nur bruchstückhaft verständigen, mit einzelnen Wörtern, die er in den Raum schleudert, als täte er sich weh dabei. Aphasie ist was anderes als Stottern. Der Sprachverlust ist tiefer, auf der Ebene der Nervenzellen im Gehirn. Er hat ein Problem mit dem Konzipieren einer Äußerung, nicht mit der Aussprache.«

»Wir unterhältst du dich dann mit ihm? Schreibt er alles auf?«

»Andy kann nicht schreiben und nur wenig lesen. Das hat nichts mit seinen Augen oder seiner gelähmten Hand zu tun. Er töpfert zum Beispiel mit links. Die Hirnregion, in der wir die Buchstaben enträtseln und unserer Hand den Befehl geben, Sätze zu schreiben, ist schwer gestört.«

»Das ist die reinste Einzelhaft!« Juliane nestelte an ihren Kreolen.

»Totale Isolation. Andy braucht quasi immer einen Dolmetscher. Jemanden, der ihn gut genug kennt, um zu verstehen, was er meint.«

»Ist er verheiratet?«

Das war typisch. Juliane kam in rasendem Tempo auf Beziehungen zu sprechen. Sie hatte selbst eine Menge Männer in ihrem Leben gehabt. Hatte sie in die Pilze geschickt oder sie schlicht überlebt. Das wäre eine Kerbe, in die KHK Keller schlagen könnte.

»Seine Frau heißt Gina und arbeitet in München als Wohnungsmaklerin.«

»Wenigstens ist der finanzielle Fortbestand der beiden gesichert.«

»Sie haben auch eine Tochter. Jenny. 14 Jahre alt.«

Juliane schwieg eine Weile. Sie war ein harter Knochen, aber wer sie gut genug kannte, wusste, dass sie nah am Wasser gebaut hatte. Ihr kamen öfter die Tränen, und sie setzte alles daran, sich nichts anmerken zu lassen.

»Andy erhofft sich also, dass du ihm eine Stimme gibst?«, fragte sie schließlich.

So treffend hätte ich es nicht sagen können. Andy hatte mich gebeten, seine Erinnerungen aufzuschreiben. Für seine Frau, aber vor allem für seine Tochter. Es war mühsam, mit ihm ein Gespräch zu führen. Das meiste musste ich selbst formulieren und ihn fragen, ob er es so gemeint hatte. Andys Konzentration reichte gerade mal für eine Stunde. Das war wenig bei einem Projekt wie diesem. Für eine anständige Autobiografie verbrachte ich durchschnittlich 40 bis 50 Interviewstunden bei einem Kunden, allerdings vier oder fünf Stunden am Stück, sodass ich im Schnitt zehn Gesprächstermine ausmachte. Bei Andy konnte ich so nicht rechnen. Ich war oft in München bei den Steinfelders, saß auf dem Sofa und hörte Andy zu. Er gab sich viel Mühe, aber wir würden uns noch viele Male treffen, um alles zusammenzukriegen, was er loswerden wollte. Seine Frau war nie dabei. Aber seine Tochter schaute ab und zu rein und half mir, Andys verstümmelte Sätze zu entschlüsseln. Juliane hatte es erfasst: Ich war Andy Steinfelders Stimme, und unser Buch würde etwas Materielles sein, das er in der Hand halten konnte, um sich seines Lebens zu vergewissern.

»Was kann am Leben eines Aphasikers so interessant sein, dass dir jemand deine Daten raubt?«

Ich betrachtete Julianes Gesicht. Die fedrig geschnittenen, kurzen weißen Strähnen, die ihr in die Stirn fielen. Den rot geschminkten Mund, den energischen Lidstrich, der in den 60ern des vergangenen Jahrhunderts der letzte Schrei gewesen war. Die prallen 76 Jahre voller Lust und Leben, zeitgeschichtlicher Schleifen und politischer Standfestigkeit.

»Habe den ganzen Tag gegrübelt. Keine Ahnung.«

»Findest du einen Verlag für dieses Projekt?«

Ich zuckte die Schultern.

»Möglich ist alles. Elend und Schmerz verkauft sich immer gut. Aber Andy ist nicht in erster Linie an einer Veröffentlichung interessiert. Er will das Buch für sich haben.«

Wir waren eine Weile still.

»Vielleicht waren nicht meine Aufzeichnungen zu

Andy das Ziel«, sagte ich schließlich und griff nach der Teewurst.

»Nein. Mag sein«, erwiderte Juliane. Sie musterte mich auf ihre direkte Art, und ich konnte ihr dabei nicht ins Gesicht sehen. Begnügte mich mit dem Anblick des alten Che. Der ja nie alt geworden war. Im frühen Tod schlummerte auch ein Vorteil. Das Andenken gehörte einem Menschen ohne Falten und Inkontinenz. Aber an den Tod wollte ich nicht denken. Sobald nur ein einziger Gedankensplitter den Begriff ›Tod‹ berührte, sah ich meine eigene Endlichkeit, das viele Blut, die Kälte, die meinen Körper in einer stählernen Klammer hielt, und die Angst vor dem Schmerz, die sich mischte mit der Resignation, dass nun alles vorbei sein würde.

»Die Bullen haben dir das nicht gesagt, nehme ich an«, sagte Juliane, »aber eines ist klar: Die Kerle waren mindestens zu zweit. Denn ein Toter kann das geklaute Notebook und die anderen Unterlagen nicht aus dem Wagen hexen.«

6.

Der Mann steht vor dem Spiegel und mustert sein Gesicht. Ein halbes Gesicht, denkt er. Aber er hat Glück gehabt: Die Lähmung hat sein Gesicht nicht erfasst. Nur seinen Körper. Mit dem Bein geht es schon wieder ganz gut. Zu Hause kommt er sogar ohne Stock klar. Am Anfang war er ein Jahr lang auf den Rollstuhl angewiesen. Wenigstens hat er darauf bestanden, mit der Physiotherapie weiterzumachen, obwohl Gina die Hoffnung aufgegeben hatte. Nun sieht er die Erfolge. Das Bein funktioniert beinahe einwandfrei. Aber der rechte Arm hängt leblos an seiner Seite. Andy Steinfelder blickt verächtlich auf die verkrampften Finger. Selbst damit könnte er leben. Er versucht ein Lächeln. Das Spiegelglas schickt eine Grimasse in den düsteren Flur. Er ist müde. Er hat ferngesehen. Andy sieht meistens fern. Viel zu tun gibt es für ihn nicht. Am Wochenende hat er keine Therapien, die ihn unter der Woche aus der quälenden Eintönigkeit reißen.

»Jenny?«, ruft er. Mit Jenny sitzt er manchmal am Computer. Sie hilft ihm, sich im Internet zurechtzufinden. Weil er kaum lesen kann, schafft er es nicht allein.

Seine Tochter öffnet ihre Zimmertür. »Was ist? Warum stehst du im Dunkeln, Papa?«

Andy Steinfelder geht auf sie zu und nimmt sie in den gesunden linken Arm. Das fühlt sich gut an. Er liebt seine Tochter. Sie hat sich erstaunlich schnell daran gewöhnt, einen kranken Vater zu Hause zu haben. Gina scheint sich ebenfalls damit ausgesöhnt zu haben. Auf ihre Art, verbittert, selbstironisch, ungeduldig. Immerhin ist Andy nun Hausmann. Gina hat genau das gewollt: eine Karriere, ein Leben außerhalb der eigenen vier Wände. Sie verdient ja gut. Die Steinfelders leben in einer schönen Villa in Bogenhausen. Hier kann man sich wohlfühlen, zumindest vordergründig, die Nachbarn sind nett, alle kennen Andys Situation und haben sich darauf eingestellt. Was sie untereinander reden, weiß Andy nicht. Er will es nicht wissen, denn er kann es sich denken. Hört ihr Mitleid raunen und die unausgesprochene Frage, ob es nicht besser wäre, wenn er an dem Schlaganfall gestorben wäre.

»Internet?«, fragt er und weist mit dem Kinn auf Jennys Computer. Sie macht sich aus seinem Arm los und schüttelt den Kopf.

»Ich mache Hausaufgaben.«

Andy nickt. Am schulischen Leben seiner Tochter kann er nicht teilhaben. Er kann nicht mit den Lehrern sprechen, an Elternabenden nicht das Wort ergreifen, Jennys Zeugnisse nicht lesen.

»Internet?«, fragt er noch mal.

»Willst du ins Internet?«

»Ja!« Er will sagen, natürlich nur, wenn du mit den Hausaufgaben fertig bist und dann noch Lust hast, es muss nicht jetzt sein. Aber er kann es nicht. Die Gedanken in seinem Kopf treten glasklar hervor. Doch irgendwo zwischen den Gehirnstrukturen, die die Gedanken formen, und jenen, die Sprache daraus machen, klafft ein unüberwindlicher Abgrund. Andy findet die Wörter nicht, manchmal fliegen ein paar vorbei, die er schnell festhält, auch wenn sie nicht passen. Oft irren in seinem Kopf Wörter herum, die es gar nicht gibt, alle schauen betreten drein, wenn er sie ausspricht. Jenny bemüht sich, diese fremden Dschungelwesen aus sinnlosen Silben zu entschlüsseln, aber selbst ihr gelingt es nicht immer. Andys Mund spult genau diese Eindringlinge immer wieder ab, er kann nicht aufhören. Die Sprachtherapeutin hat ihm erklärt, dass dies typisch wäre für seine Form der Aphasie. Das hartnäckige Festhalten an Äußerungen, die er selbst als Fälschungen erkannt hat, liegt daran, dass in seinem Kopf ein Mechanismus versagt, der jene Wörter aussortiert, die nicht gebraucht werden.

»Zeit«, sagt Andy hoffnungsfroh und hält die linke Hand hoch, damit Jenny auf seine Uhr schaut.

»Es ist kurz nach acht«, sagt Jenny.

»Nein.« Er lacht hilflos. »Zeit – Internet.«

»Ob ich Zeit habe, ins Internet zu gehen?«

»Genau!« Jedes Gespräch ist eine Steilwand, die Andy in Sandalen zu erklimmen versucht.

»O. k. Wenn ich fertig bin mit den Hausaufgaben, gehen wir ins Internet.«

Andy nickt und tippt mit dem linken Zeigefinger auf Jennys Nase. Sie weicht aus, wie alle Teenager das machen, wenn die Eltern Zuneigung zeigen. Er wünscht sich, dass der Schlaganfall und seine verheerenden Folgen Jennys Kindheit nicht zu sehr umschatten.

»Mama Konzert?«

»Ja. Mama ist im Konzert. Mit ihrer Kollegin.« Jenny schaut sich nach ihrem Rechner um. Ein Bildschirmschoner zeigt ein Spukschloss, in dem allerhand passiert. Eulen flattern um Schornsteine, aus Kaminen gleiten Geister.

Andy Steinfelder geht zurück ins Wohnzimmer. Er setzt sich hin, ohne Licht zu machen, und nimmt die Fernbedienung für den Fernseher in die gesunde Hand.

7.

Die Nacht fraß die Straße. Angespannt steuerte ich den Wagen über Gräfelfing nach München. Nachts zu fahren, ermüdete mich, und mit all der Erschöpfung hinter den Augen empfand ich nichts als Unlust gegen die spiegelnden Lichter, die auf den nassen Straßen schwammen. Genauso wenig mochte ich die Häuser rechts und links. Sie schienen auf mich zuzurücken, wann immer ich an einer Ampel halten musste, und ich ertappte mich alle paar Minuten bei einem angespannten Blick in den Rückspiegel.

Mein Leben als Landei war nur eine Seite meiner Persönlichkeit. Ich war zwar Eigentümerin einer zu 70 Prozent bewohnbaren Baustelle in einer Talfalte zwischen zwei winzigen Orten südwestlich von München, doch so ganz hatte ich mich von meinem alten, mondänen Leben nicht verabschiedet. Das ging niemanden etwas an, deshalb hielt ich das mikroskopische Zimmer in einer Schwabinger WG quasi anonym. Zwei Frauen bewohnten die Vierzimmerwohnung in der Hohenzollernstraße: Rabea verdiente ihre Brötchen als gestresste Sozialarbeiterin in der Brennkammer der Großstadt, und Myrthis arbeitete als Informatikerin im Atom-Ei in Garching, das sie selbst penetrant ›Forschungsreaktor‹ nannte. Vor ein paar Monaten hatten die beiden per Inserat eine Untermieterin gesucht, um ihr Budget aufzubessern, und aus der Bewerberschar mich ausgewählt. Ich war in Schwabing nicht offiziell gemeldet. Selbst Janne wusste nichts von dieser Zweitwohnung. Ältere Brüder verdienten zwar einen Vertrauensvorschuss, und mit Janne verstand ich mich prächtig. Wir waren altersmäßig fünf Jahre auseinander, sahen uns recht ähnlich, hatten beide schwarzes Haar und trugen es lang, wobei ausgerechnet Janne auf zarte Locken stolz sein durfte, während Mama Natur mir die glatten Strähnen mitgegeben hatte. Janne neigte auch nicht zu Übergewicht wie ich. Wenngleich wir einander vertrauten und uns in- und auswendig kannten, hatte ich Janne nie von dem WG-Zimmer erzählt. Eigentlich erzählte ich ihm in letzter Zeit nicht allzu viel. Ein ungewohntes Schweigen hatte sich eingeschlichen, aber ich ging davon aus, dass diese Phase dem beruflichen Stress geschuldet war. Seinem und meinem.

Ich war kein großes Orientierungstalent. Mein Alfa besaß kein Navigationsgerät, und im Dunkeln zu fahren und gleichzeitig den Stadtplan zu lesen, kriegte ich bei all der Nervosität, die in meinen Adern kochte, nicht hin. Deswegen verfuhr ich mich prompt, bis ich endlich die richtige Richtung erwischte und auf den Isarring einbog. Unter mir lag der Englische Garten in trüber Beschaulichkeit. Nur ein Loch aus Schwarz, gestanzt in die glitzernden Stadtlichter. Nun kannte ich mich besser aus. Münchener Freiheit war für viele ein Synonym für eine Band aus fünf kreativen Typen, die in den 80er-Jahren des letzten Jahrhunderts mit bayerischer Popmusik ins Geschäft kamen. Für mich stand Münchener Freiheit vor allem als Wegmarke an der Leopoldstraße, die mir half, mich im Großstadtdschungel zurechtzufinden. Ab hier verirrte ich mich nicht mehr.

Selbst mitten in der Stadt fand der Wind ausreichend Angriffsfläche. Die Weihnachtsbeleuchtung schaukelte hin und her, und Müllreste fegten vor mir über die Fahrbahn. Ich nahm einem Taxi die Vorfahrt und erntete prompt wildes Hupen und böse Beschimpfungen, deren Unflätigkeit rein optisch ausreichend rüberkam. Ich fand direkt in der Hohenzollernstraße eine Parklücke. Für schlappe zwölf Minuten verlangten sie hier 20 Cent, und das bis nachts um elf, aber darauf kam es nicht an. Mit zitternden Fingern schloss ich den Wagen ab. Trotz der Kälte begann ich zu schwitzen. Ich rannte knapp vor einer Trambahn über die Straße und zückte den Hausschlüssel.

Hinter mir hupte es, laut wie ein amerikanischer Truck.

»Sitzt dir der Arsch in den Nesseln?«, blökte der Taxifahrer von eben. »Nimm mal ein paar Fahrstunden, du Anfängerin, du saublöde!« Als Verkehrsteilnehmerin durfte man in München keine Zimperliese sein. Ich zeigte ihm einen Vogel und verschwand im Haus, einem vierstöckigen Bau mit versmogter gelber Fassade und eigentlich ganz hübschen Verzierungen, die ich für Jugendstil hielt. Ich stürmte die Treppen in den zweiten Stock hinauf und rammte den Wohnungsschlüssel ins Schloss.

»Hallo?«, rief ich halblaut in die dunkle Wohnung. »Rabea? Myrthis? Ich bin's, Kea!«

Keine Reaktion. Es war niemand hier. Meine beiden Mitbewohnerinnen suchten Ablenkung in den zahlreichen Kneipen der Umgebung. Das war etwas, was mir in meiner Einsiedelei wirklich fehlte: einfach spontan um die Häuser ziehen zu können. Früher hatte ich das gerne gemacht. Früher. Naja. Als ich noch eine intakte Frau war, ohne Albträume und schwarzgetuschte Erinnerungen.

Ich machte Licht. Sofort sprangen mich die Wände an. Das war die Kehrseite des Stadtlebens. Das Gefühl, von Mauern erdrückt zu werden. Ich ging in die winzige Küche, in der sich die Reste einer Kochsession stapelten, und riss das Fenster auf. Eine Straßenbahn ratterte vorbei. Von meinem Taxifreund war nichts mehr zu sehen. In der Wohnung gegenüber lief der Fernseher. Ich stand eine Weile da und guckte in die Nacht, während mir der Wind um die kalte Nase fegte.

Schließlich konnte ich den Augenblick der Wahrheit nicht länger hinausschieben. Mein Zimmerchen lag ganz am Ende des Korridors. Darin standen ein Bett, ein kleines Schulpult, ein kuscheliger Sessel. Mehr passte nicht hinein. Ich holte tief Luft, machte Licht, ließ die Rollos herunter. Hockte mich auf den Boden vor den Sessel und zückte mein Schweizer Taschenmesserchen. Sorgfältig trennte ich die Naht auf, die das linke vordere Sesselbein umschloss. Fädchen um Fädchen schnippte ich entzwei und dachte mit Abscheu daran, dass ich irgendwann die Naht richten musste. Doch nun kam es nur auf eines an: auf einen Speicherstift mit einer Kapazität von 512 MB.

Nach ein paar Minuten Geduldsprobe war das Loch groß genug. Den USB-Stick in der Hand, flitzte ich in Rabeas Zimmer und betete, sie möge nicht nach

Hause kommen, bevor ich auf ihrem Computer überprüft hatte, ob meine Daten noch auf dem Stick waren. Myrthis besaß als echte Fachfrau keinen privaten PC. Leider hielt mein klingelndes Handy mich davon ab, mein Vorhaben schnell in die Tat umzusetzen. Was in aller Welt hatte mich bewogen, ›Il core vi dono‹ aus Così fan tutte als Signalton zu aktivieren?

»Laverde?«

»Keller hier. Frau Kea Laverde?«

Meine Güte, ich hatte ihm meine Handynummer gegeben. Wen meinte er an der Strippe zu haben? Meine Mutter?

»Ja.«

»Ich wollte Sie daran erinnern, dass Sie morgen bei uns in der Polizeidirektion vorbeikommen müssen, um das Protokoll zu unterzeichnen.«

Natürlich. Die Diener des Staates hatten nichts als Papierkram im Sinn. Wenn das alles war … Ich schaltete Rabeas PC ein.

»Sicher«, murmelte ich zerstreut, während ich im Stillen betete, dass Rabea noch nicht auf die Idee gekommen war, ihren Rechner mit einem Passwort zu sichern.

»Wie meinen Sie?«, fragte Keller.

Teufel auch, hatte ich mein Stoßgebet laut ausgesprochen?

»Nichts. Ich komme vorbei.«

»Sie haben ja meine Nummer. Nur für den Fall, dass Ihnen noch etwas einfällt.«

»Klar.«

»Gute Nacht.«

»Tschüss.«

Ich legte das Handy beiseite und steckte den Speicherstift in die Buchse. Bittebittebitte. Ich will auch immer brav sein. Genaugenommen gab es keinen Grund, anzunehmen, dass jemand den Stift aus der Polsterung geschält, die Daten gelöscht und alles wieder fein säuberlich vernäht hatte. Aber man konnte nie wissen. Es gibt alles, sagte Janne immer, und er hatte recht damit.

Wenige Sekunden später Gewissheit. Vor mir baute sich die Datensicherung der letzten Woche auf. Alle Unterlagen zum Projekt Andy Steinfelder waren da, bis auf unser letztes Gespräch am vergangenen Donnerstag, das ich heute Nachmittag rekonstruiert hatte. Erleichtert zog ich den Stift ab und fuhr Rabeas PC herunter. Also wusste niemand von meinem Schwabinger Unterschlupf. Halleluja. Ich trabte beschwingt in die Küche und klaute mir aus Myrthis' generalstabsmäßig angelegten Vorräten eine Flasche Pepsi. Mundraub, Myrthis, dachte ich, während ich die Hälfte in einem Zug herunterspülte. Himmel, was war mein Hals trocken. Ich hatte eine Menge zu tun. Ich brauchte einen neuen Laptop, eine zusätzliche Sicherung. Und ich wollte meine Daten zurück. Nun, da ich den ersten Schrecken verdaute hatte, meldete sich schon der nächste zu Wort. Jemand hat deine Daten, Kea! Ja, danke, Stimme des Lebens, ich weiß es. Ich nahm noch ein paar Schlucke Pepsi. Passwörter ließen sich leicht knacken, und wer immer nun im Besitz meines Laptops war, würde einen Weg finden, Texte, Excel-Listen und Datenbanken anzuzapfen. So ein dämlicher Mist! Niemand machte sich die

Mühe, Unterlagen zu klauen, und zwar zweimal, einmal aus meinem Arbeitszimmer und einmal aus einem Unfallwagen. Wobei wir es mit zwei Tätern zu tun hatten, darauf wäre ich schon noch selber gekommen, auch wenn Juliane mir nicht auf die Sprünge geholfen hätte. Ging das überhaupt, den ganzen Krempel nach einem solchen Unfall ratzfatz einzusammeln und abzuhauen? Flogen nicht sämtliche Gegenstände in einem Auto herum, wenn es irgendwo dagegenraste? Mir fiel ein, dass Fönfrisur eine Aktentasche unter den Arm geklemmt hatte, als er sich aus meiner Küche davonmachte. Ich sah die Geste ganz deutlich vor mir. Sein gespielt entrüstetes Gesicht und der Griff nach der Mappe; einer ziemlich großen Mappe, mit Platz genug für meinen Laptop und sämtliche anderen Unterlagen, die der gute Mann zusammengeklaut hatte.

Wo zwei Täter waren, waren vielleicht noch mehr. Aber warum? Was war so interessant an meinen Daten? An Andys Leben? Wollte jemand Andys Buch sabotieren? Aber wer? Seine Frau? Quatsch. Sie war doch froh, dass Andy durch die Interviewtermine mit mir neben den Therapien noch ein wenig Beschäftigung hatte. Jedenfalls hatte Jenny, die Tochter der beiden, so etwas angedeutet.

Der Fernseher gegenüber wurde ausgeschaltet. Jemand kam auf den Balkon und sah zu mir herüber. Unwillkürlich trat ich ein paar Schritte zurück. In Städten bekam ich schnell das Gefühl, beobachtet zu werden, von tausend Augen. Als kröche ein Dschinn aus den Heizungsrohren, um zu beurteilen, was ich tat. Ich löschte das Licht in der Küche und fühlte nach dem Datenstift. Da war er, klein und fest, schmal wie ein Taschenmesser.

Plötzlich hatte ich es eilig. Besser, ich verschwand, bevor Rabea oder Myrthis zu Hause einfielen und Antworten auf Fragen einforderten. Ich rannte in mein Winzlingszimmer, flickte notdürftig das Sesselbein, vergewisserte mich in der Küche, dass nichts verändert aussah, packte Myrthis' Pepsiflasche und stürmte davon. Als ich aus meiner Parklücke fuhr, sah ich meine beiden Mitbewohnerinnen einträchtig nach Hause marschieren, untergehakt und gut gelaunt. Ich duckte mich hinter das Lenkrad. Sie sahen nicht in meine Richtung.

Der Nieselregen ging in Schnee über. Nasse Flocken legten sich auf die Windschutzscheibe. Die Scheibenwischer kamen kaum nach. Ziemlich schnell hatte die Scheibe einen weißen Rahmen mit schwarzen Dreckpünktchen drin. Auch das noch. Aber meine Sehnsucht, aus der Stadt rauszukommen, war so heftig, dass ich die glatten Straßen ohne Fluchen akzeptierte. Als ich die Innenstadt hinter mir ließ, atmete ich freier. Ich kurbelte das Fenster ein Stück herunter, um die beschlagenen Scheiben freizukriegen. Als ich an einer Ampel wartete, ging in der Bäckerei rechts das Licht an. Ich sah auf die Uhr. Mitternacht.

8.

Es war kurz nach eins, als ich zu Hause ankam. Mein Haus lag im Finstern. Immer noch fiel Schnee. Ab Ohlkirchen war die Straße nicht geräumt gewesen, aber ich hatte vor wenigen Wochen neue Winterreifen gekauft und war nun froh, diese Investition nicht auf die lange Bank geschoben zu haben. Jungfräulich weiß lag der Schnee in meiner Auffahrt. Friedlich, als habe es hier nie einen tödlichen Unfall gegeben. Kurz stellte ich mir vor, wie der Geist des toten Slipperträgers umging, seiner ewigen Ruhe beraubt, weil er seinerseits bestohlen worden und auf so schnöde Weise umgekommen war.

Nicht paranoid werden, Kea!, mahnte ich mich. Ich hielt vor dem baufälligen Schuppen. Der Schnee machte mich selbstsicher. Spuren von Eindringlingen, die behaupteten, Liebhaber zu sein, würde man deutlich sehen. Ich nahm die Taschenlampe aus dem Seitenfach und stieg aus. Janne hatte mir empfohlen, einen Bewegungsmelder zu installieren, damit sich die Außenbeleuchtung anschaltete, wenn jemand in Hausnähe kam. Ich hatte mich noch nicht darum gekümmert.

Der nasse Schnee legte sich auf Anorak und Haar. Ich lief zur Tür, schloss auf und drehte das Licht an. Hinter mir schlug ich die Tür ins Schloss und sperrte ab. Hängte meinen Anorak auf und betrachtete mich einen Augenblick im Garderobenspiegel. »Schon o. k., Kea«, murmelte ich mir zu und fand, dass meine Stimme in dem leeren Haus hohl klang.

Manche Menschen, die unfreiwillig allein lebten, empfanden das Heimkommen in eine leere Wohnung als bedrückend. Für mich galt das Gegenteil. Ich entspannte mich, sobald ich meine Ruhe hatte. Juliane warf mir Intoleranz vor. Weil ich es nicht ertrug, mich mit Menschen zu umgeben, die mir nicht lagen. Aber was war verwerflich daran, Unabhängigkeit zu schätzen? Einen Abend zu genießen, dessen Fernseh- und Leseprogramm ich alleine bestimmen konnte?

Ich versteckte den Speicherstift in der Aspirinschachtel im Bad. Ging in die Küche, köpfte eine Flasche Merlot und setzte mich auf einen Barhocker. Lange saß ich da und blickte in die Nacht hinaus, sah dem milchweißen Tanz der Schneeflocken zu. Ich würde Andy Steinfelder nicht aufgeben. Weder seine Sprachschwierigkeiten noch der gestohlene Laptop konnten mich von diesem Projekt abbringen. Genaugenommen fand ich es angenehm, endlich an einem Buch zu arbeiten, in dem zwischen den Zeilen so etwas wie Seele wohnte. Nicht diese spröden Ratgeber über Sachen, die sich jeder halbwegs intelligente Mensch selbst denken konnte. Zeitmanagement, du liebe Güte. Ich goss mir Wein nach und suchte eine CD von Françoise Hardy heraus. Hatte nicht jeder gleich viel Zeit und kam nicht immer neue Zeit nach? War das eigentlich immer dieselbe Zeit, oder jeweils neue? Was für ein Quatsch zu behaupten, man habe ausreichend Zeit, man würde sie nur falsch nutzen. Ich musste lächeln. Schon landete ich im Duktus des Ratgebers. Und dann diese Knalltüten mit Starallüren bis unter die Schädeldecke, die sich ihren Ruhm bestätigen wollten, indem sie ein Buch über sich selbst auf dem Ladentisch liegen sahen! Was war schon so interessant an einem Fußballspieler oder Rennfahrer? Sie waren zwar ungewöhnliche Menschen, die extravagant lebten, aber im Prinzip waren ihre Lebensgeschichten banale Angelegenheiten. Anders bei Andy Steinfelder: Nach außen hin sah er wie ein gewöhnliches, langweiliges Mitglied der Herde aus. Aber seine Lebensgeschichte war ungewöhnlich. Wenige Menschen brachten so viel Tapferkeit und Mut auf wie er. Andy eroberte sich sein Leben zurück. Trotz seiner vernichteten Sprache und der unbrauchbaren rechten Hand beanspruchte er Tatendrang und Lebensfreude. Ich wusste, wie es war, auf die entscheidenden Lebensfunktionen zurückgeworfen und zu Geduld gezwungen zu werden, zum Warten, zum Stillhalten. Wenn die Gedanken sich durch das Vakuum fraßen, die Zweifel, die Ängste, die Willensschwäche, die Griesgrämigkeit, die Grübelei, der Hass auf jene, die einfach aufstanden und davongingen, um irgendwo in einem Restaurant zu Abend zu essen. Ich wusste, was es hieß, nur zu atmen, zu essen und zu scheißen. Ohne Selbstvertrauen, ohne Trotz kam keiner durch solche Situationen durch. Und nicht ohne Liebe.

Aus den Lautsprechern knurrten Alain Delon und Françoise Hardy im Duett. ›La vie est faite de morceaux, qui ne se joignent pas, Mademoiselle Brown.‹ Das Leben besteht aus Stücken, die nicht zueinander passen.

Kurz sauste das Porträt eines Mannes durch mein Bewusstsein. Eines Mannes mit kurzen, braunen

Locken. Es verschmolz beinahe sofort mit der Dunkelheit.

Stücke, die nicht zueinander passen. Bruchstücke. Stückwerk.

Lange saß ich so da und starrte in die Schneenacht.

9.

`23. Juli 2005, 19:30`

Die Frau stand vor dem Spiegel und steckte ihr Haar hoch. Langhaarige ertragen die Hitze nur mit freiem Nacken, hatte gestern jemand gewitzelt und an ihren Strähnen gezogen. Sie musste grinsen. Mario trat hinter sie.

»Na? Gut erholt?«

»Klar!« Sie war gut erholt nach zwei Wochen Griechenland, und sie würde die Sinai-Reportage hinbekommen. Die anfänglichen Selbstzweifel waren verflogen, der Wind der Ägäis hatte sie weggepustet.

»Gehen wir ins Hard Rock Café?«

»Habe ich mir gedacht, dass du das vorschlägst.« Die Frau zupfte an ihrem Haar und griff zum Lippenstift. »Nein, rechtfertige dich nicht, ich weiß, warum du ausgerechnet da hinwillst.«

»Ach?«

»Aber sicher. Ich habe mitgekriegt, dass du gestern mit der Schönen aus Haifa ein Date ausgemacht hast ...«

Er packte sie an den Schultern. Drehte sie zu sich und küsste sie. Ließ seine Hände zu ihren Brüsten wandern. Sie genoss die Berührung. Als er sie losließ und prüfend musterte, prustete sie los: »Lippenstift, überall, dein ganzes Gesicht ist voll davon!«

Er sah in den Spiegel und lachte ebenfalls. Mit ihm konnte sie sich frei fühlen. Keine unterschwelligen Anforderungen. Tu dies für mich, lass das für mich. Trinken wir mit meinen Eltern am Sonntagnachmittag Tee? Nun komm schon, lass dich nicht immer bitten, wie sieht das denn aus, wenn ich alleine hingehe ... Darauf konnte sie ein für alle Mal verzichten. Sie riss ein Kleenex aus der Schachtel und hielt es ihm hin. »Richte dich her, Hübscher, und lass uns gehen. Die Schöne aus Haifa hat bestimmt schon den Schampus kaltgestellt, damit der Herr seinen Geburtstag gebührend feiern kann.« Sie stupste ihn auf die Nase und verließ das Bad.

Die türkise Tunika und die weiten schwarzen Leinenhosen hatte sie erst gestern gekauft. Prüfend besah sie sich im Spiegel. Sie war rund, aber alles saß an der richtigen Stelle. Seit einem knappen Jahr, seit sie mit Mario zusammenwar, ging es ihr gut, so gut. Sie hatte wenig Glück mit Männern gehabt. Vielleicht musste eine Frau bis Mitte 30 warten, um endlich den Richtigen aufzustöbern. Sie lächelte ihr Spiegelbild an. Sie hatten in Griechenland Urlaub gemacht und waren vor zwei Tagen in Scharm al-Scheich angekommen. Mario hatte noch frei, und sie würden die Recherchen für ihre Reportage gemeinsam unternehmen. Sie genoss die Vorfreude. Sie war zu oft allein durch die Welt geflogen.

»Kea? Kommst du?«

Mario stand an der Tür und klimperte mit dem Schlüssel, während sein Blick wohlgefällig auf ihrem Hintern ruhte.

»Schon unterwegs.« Sie zog die Tür hinter sich zu und folgte Mario in die Lobby. Als sie vor das Hotel traten, empfing sie die trockene Hitze der Wüste.

MONTAG

10.

Hauptkommissar Nero Keller hatte ein Telefongespräch geführt. Nun saß er da, den Hörer in der Hand, und betrachtete beiläufig seinen Schreibtisch. Die Arbeitsplatte räumte er stets akribisch auf. Es verging kein Arbeitstag, an dem er nicht wenigstens 20 Minuten der Ablage und Büroorganisation widmete. Die Leere vor ihm verunsicherte ihn unerwartet.

»Na?« Sein Kollege Peter Jassmund saß ihm gegenüber und strahlte ihn an. »Lass mich raten. Du hast den Job. Ich gratuliere. Heute Abend gebe ich einen aus, soviel ist sicher.«

Keller legte endlich den Hörer auf und lächelte. »Ja.«

»Na, bravo!« Jassmund freute sich ehrlich, und das tat Keller gut.

»Ab ersten Januar. Was bedeutet, dass ich meinen Resturlaub ab sofort nehmen muss.« Keller deutete auf das Telefon vor sich, als sei das Gerät an sich der Vorgesetzte, von dem er die Zusage und alle weiteren Weisungen entgegengenommen hatte. Er blickte auf die Telefonnotiz, die er angefertigt hatte. Das hatte er auf einem Seminar zum Thema Zeitmanagement gelernt. Notieren, Ablegen, Aussortieren. Sehr einfach im Prinzip, aber nur durch starke Selbstdisziplin durchzuhalten. Nero wunderte sich, dass es ihm so gut gelang.

»Sieh an.« Wehmütig strich sich Jassmund über den Vollbart. »So muss ich dich also ziehen lassen.«

»Wen setzen sie dir wohl hier rein?« Keller sah sich im Büro um. Plötzlich wurde ihm schwindelig. Dieses Bürokratenstübchen, wie er es nannte, war sein Zuhause. Schon sonderbar. Wieso sein Zuhause? Es war nur ein Büro.

»Pah!«, machte Jassmund. »Das werde ich schon sehen. Mann, mach ein freundliches Gesicht. Du wolltest ans LKA. Da gehörst du auch hin. Was hast du hier noch vor dir? Niedergestochene Dealer, Drogentote, Alkis, die sich das letzte Glas gönnen. Come on, Nero, forget it!«

Nero lächelte. Er hatte immer gerne in der Polizeidirektion in Fürstenfeldbruck gearbeitet, und als sein Leben in Stücke gebrochen war, hatten die Kollegen ihm mehr Heimat gegeben, als er sich jemals hätte vorstellen können. Besonders Peter Jassmund. Aber nun, zwei Jahre später, spürte er, dass es Zeit für etwas Neues war. Nicht nur wegen seiner Computerkenntnisse, die er sich in seiner Freizeit angeeignet hatte. Er ging nun mal nicht zum Angeln und hatte auch keinen elfjährigen Sohn, mit dem er ein Hobby teilen könnte, so wie Jassmund. Nein, der Wunsch nach einer anderen Welt, nach der richtigen, großen Welt, steckte seit Kindertagen in ihm. Wahrscheinlich hatte er erst 42 werden müssen, um das zu bemerken.

»Fassen wir zusammen«, sagte Nero und streckte

die Schultern. »Ich würde den Fall Laverde gerne noch abschließen. Es sind genug andere Akten offen.« Er wies auf Jassmunds Schreibtisch. Jassmund hatte auch an dem Zeitmanagementkurs teilgenommen, aber nicht einen einzigen Tipp beherzigt. Stattdessen hatte er einen Cartoon an die Wand hinter seinem Stuhl gehängt, auf dem *Genius braucht Chaos* stand und ein Mädchen mit hängenden Zöpfen abgebildet war. Es tüftelte an irgendeinem abstrusen Apparat, während die Aktenberge um es herum in die Wolken wuchsen.

»Erstens: Bertram Kugler liegt in der Rechtsmedizin. Das Ergebnis kriegen wir heute noch. Zweitens: Er ist geschieden und hat keine Kinder. Seine Exfrau Irmi Perm lebt in Kronach, ist mittlerweile wieder verheiratet. Sie kommt morgen, um Kugler zu identifizieren. Es könnte interessant sein, sich über seine Hintergründe zu informieren. Ich übernehme das.«

Jassmund zog die Augenbrauen hoch. »Wie war das mit deinem Resturlaub?«

»Drittens: Irina von der KT sagt, dass die Wagenspuren auf dem Bankett an der Straße, 100 Meter von Kea Laverdes Haus, am Sonntagmorgen dort hinterlassen wurden, keinesfalls früher als 8 Uhr. Eher später. Es hat geregnet, lange wären sie nicht so deutlich gewesen. Auch die Schuhabdrücke sind nützlich. Größe 43, also vermutlich ein Mann, stieg aus dem Wagen an der Straße aus, lief zu dem Unfallwagen. Warum? Nehmen wir an, er klaubte Laverdes Unterlagen heraus und marschierte davon. Er muss schnell gewesen sein, denn Kea Laverde brauchte nach eigener Aussage höchstens drei Minuten, um sich was drüberzuziehen, bevor sie aus dem Haus lief, nachdem sie den Aufprall des Wagens gehört hatte. Und sie hat definitiv niemanden bei dem PKW oder dem, was davon übrig war, gesehen.«

Jassmund kannte Neros Vorliebe für vollständige Ausführungen und wartete.

»Viertens. Ich habe Kea Laverde in den Registern gecheckt. Sie ist ein völlig unbeschriebenes Blatt. Fünftens: Sie war heute Vormittag hier, um Anzeige zu erstatten, immerhin könnte ihr die Versicherung die gestohlenen Unterlagen erstatten. Sie behauptet steif und fest, keine Ersatzdatensicherung zu haben.« Nero hielt inne und legte die Hände neben seine Telefonnotiz.

»Das glauben wir ihr nicht«, sagte Jassmund schließlich.

»Nein.« Nero riss sich zusammen. »Dafür wirkt sie zu professionell.«

»Wenn sie von ihrer Tätigkeit als Ghostwriterin lebt, kann sie sich so einen Lapsus gar nicht leisten. Übrigens: Sie ist eine tolle Frau.«

Nero räusperte sich. Seit gestern ging ihm Kea Laverde mit den runden Formen und dem dicken, glatten Haar nicht aus dem Sinn. Er dachte an ihre dunklen Augen. Sie standen ein wenig zu weit auseinander und wurden von schön geschwungenen, schwarzen Augenbrauen begrenzt, die an den Außenenden scharfe Winkel bildeten. Kea besaß ein Gesicht, das Männer sich merkten.

»Sechstens«, fuhr Nero fort, wobei er die Stimme etwas hob, »laut KTU ist Kuglers Zusammenstoß mit dem Betonpfeiler ein Unfall gewesen. Den Wagen haben sie untersucht, nichts weist auf eine Manipulation hin.«

»Nehmen wir an, dass Kugler nervös war, Gas gab wie ein Verrückter und in all dem Matsch ins Schleudern geriet?«

»Das stützt die KTU mit ihrer Auswertung der Spuren auf der Auffahrt.«

»Dumm gelaufen. Sein Komplize wartete an der Straße. Eigenartig, oder? Warum waren die zu zweit bei Laverdes Haus? Mit zwei Autos?« Jassmund öffnete seine Schreibtischschublade und holte eine Packung Elisenlebkuchen hervor. »Die Masche wäre ja nicht neu, sich als Herzensbrecher bei einer Frau in die Wohnung zu schleichen und dort zu klauen und zu rauben. Appetit?«

Nero schüttelte den Kopf.

»Eigenartig, was eine Frau wie diese Laverde in einer Abräumerkneipe treibt. Die Kollegen vom Rauschgiftdezernat können Lieder über das Piranha singen. Ein Fangnetz für einsame Seelen. Aber die Drinks müssen wirklich sagenhaft sein! Ich sage dir was«, erklärte Jassmund und biss in einen Lebkuchen. »Der Fall wird nicht von uns weiterbearbeitet. Ein Diebstahl und ein tödlicher Unfall. Keine Fremdeinwirkung. Das ist nichts für uns! Unsere Regale quellen über von Massakern ganz anderer Art. Was ist mit dem Dealer, den sie auf dem Schulhof erschossen haben?«

Nero rieb sich das Gesicht. Ja, er war froh, aus all dem hier rauszukommen. Er konnte nicht mehr. Mordkommission war interessant für ein paar Jahre, danach funkte die Seele Mayday. All das Irrsinnige, die Verstümmelungen, die Trauer und das Entsetzen waren mehr, als viele seiner Kollegen ertragen konnten. Als hätte er es nicht selbst schon durchlebt, den Augenblick, in dem das Leben wich und man hinweggespült wurde von diesem einen Gedanken: Es kann nicht wahr sein. Nero hasste seinen Job manchmal. Das LKA war die einzige realistische Chance zur Veränderung gewesen. Deswegen hatte er sich dort beworben, ohne große Hoffnungen, immerhin war er in Sachen Internet und Computer Autodidakt. Trotzdem hatten sie ihn genommen.

»Die schrauben den Deckel über unseren Köpfen zu, Nero«, insistierte Jassmund. »Dealer auf Schulhöfen – das geht der ganzen Stadt nahe und die Presse facht die allgemeine Empörung nur noch an. Und, mit Verlaub: Ich habe auch ein Schulkind, fünfte Klasse. Ich will nicht, dass die Drogenheinis auf den Trichter kommen, in der großen Pause Krieg zu spielen!«

Ein Stich im Herzen war das, nur ein kleiner. Nero hätte auch gern einen Sohn oder eine Tochter gehabt, einen Menschen, den er lieben konnte. An eine Frau dachte er nicht. Zu kompliziert, zu viele Verletzungen. Nein, er stellte sich manchmal vor, dass er wie Jassmund sein Kind morgens zur Schule fuhr, bevor er den Dienst antrat, und dass sein Vorgesetzter ihn wegen der zeitweiligen Verspätungen genauso runterputzte wie Jassmund. Ich bin erst 42, dachte er. Für einen Mann ist das nicht zu alt.

Er hatte gestern am späten Abend mit Karl Schöll gesprochen, dem Barkeeper aus dem Piranha, aber nichts erfahren, was ihm weitergeholfen hätte. Der Mann war ihm unsympathisch. Das hatte nichts damit zu tun, dass er schwul war. Nero hatte schwule Freunde, er hielt sich von Vorverurteilungen fern, obwohl man ihm nachsagte, altmodisch zu sein. Aber an diesem Schöll hatte ihm nicht gefallen, wie aalglatt er ihn abgefertigt hatte.

»Kugler hat in einem kleinen Malerbetrieb in Feldmoching gearbeitet«, sagte Nero und blätterte in seinem Notizbuch. »Seit einem guten Jahr war er dort beschäftigt, nachdem er mit seinem eigenen Betrieb pleite gegangen war. Ein Umzugsunternehmen war das. Er hat im Frühsommer 2006 Insolvenz angemeldet.«

Sie brüteten eine Weile vor sich hin.

»Suchst du dir eine Wohnung in München?«, wechselte Jassmund das Thema.

»Ich habe schon eine in Aussicht. Nordendstraße. Mitten in Schwabing.«

Jassmund lachte.

»Habe ich mir gedacht, dass es dich dorthin zieht.«

»Das lief über eine Maklerin. Halbwegs bezahlbar. Und es ist nahe an meinem neuen Arbeitsplatz.« Nero stand auf und trat an Jassmunds Schreibtisch. »Mensch, Peter, mir geht der Arsch auf Grundeis.«

»Wäre bei mir nicht anders.« Jassmund stand ebenfalls auf. Er legte Nero die Hände auf die Schultern. »Bei Philipp und mir bist du jederzeit willkommen, das weißt du. Wenn du Lust hast, schau heute Abend vorbei. Philipp wünscht sich zu Weihnachten einen neuen Computer. Vielleicht könntest du mich beraten. Du weißt ja, ich verstehe nichts davon.«

Nero nickte. Das Telefon schrillte. Er ging dran,

notierte, fragte nach. »Danke«, sagte er. »Sehr hilfreich, euer Hinweis.«

»Sag schon!«, verlangte Jassmund.

»In Kuglers Blut haben die Rechtsmediziner Reste von Clobazam gefunden. Das ist ein Bestandteil von Medikamenten gegen akute und chronische Angstzustände. Kugler muss sich richtig mit dem Mittel zugedröhnt haben. Typischerweise verlangsamt Clobazam die Reaktionszeit im Straßenverkehr. Manche Patienten bekommen auch paradoxe Nebenwirkungen, Angstzustände, Muskelspasmen, akute Reizbarkeit.«

»Das ist saublöd«, erwiderte Jassmund. »Ein Mittel gegen Angst, das Angst macht?«

Nero schwieg. Er hatte selber einmal an Angstzuständen gelitten, sich aber ohne Medikamente zu helfen gewusst. Neben einem einfühlsamen Therapeuten hatte vor allem Jassmund bei seiner Heilung eine wichtige Rolle gespielt; Nero wusste, dass Jassmund exakt in diesem Augenblick daran dachte.

»Es könnte sein, dass Kugler nicht die Gewalt über seinen Wagen hatte«, sagte Jassmund. »Als er auf Laverdes Auffahrt ins Schleudern kam, reagierte er zu heftig, riss das Steuer herum und raste gegen den Pfeiler. Überhaupt, gruselig dieses Haus da draußen am toten Ende. Man könnte meinen, da wohnt gar keiner.«

Nero malte Kreise auf seinen Notizzettel. »Also haben wir keine Fremdeinwirkung. Keinen Mord, keinen Totschlag, sondern einen Unfall mit Todesfolge.«

»Womit wir die Angelegenheit weiterleiten!« Jassmund klang richtig erleichtert, während er sich seinem Computer zuwandte und mit seinen beiden kräftigen Zeigefingern auf die Tastatur einzuschlagen begann. Nero sah ihm dabei zu.

»Kea Laverde *hat* eine Reservespeicherung«, sagte er schließlich mehr zu sich selbst als zu Jassmund. »Es kann gar nicht anders sein. Und die Lüge macht sie interessant.«

11.

Nach meiner Stippvisite bei der Bullerei parkte ich meinen Alfa am Fürstenfeldbrucker Bahnhof. Ich hatte keinen Nerv, mir meinen Weg in das Montagschaos der bayerischen Metropole über Schneematsch und Glatteis zu bahnen. Immerhin machte der MVV penetrant dafür Werbung, wie pünktlich und entspannt man mit öffentlichen Verkehrsmitteln ans Ziel kam. Ich schauderte beim Anblick der Münzen, die im Schlund des Ticketautomaten verschwanden. Auf dem Bahnsteig war es eiskalt. Der Wind pfiff über die Gleise und schleuderte Schneeflocken in mein Gesicht. Ich schlug meinen Jackenkragen hoch und war froh über das Lammfellfutter. Mein Aufzug aus kurzem Rock und ebenso kurzem Pulli war trotz der dicken Strumpfhose nicht das Wahre für einen Wintertag wie diesen. Ich dachte kurz an Nero Keller.

An diese traurigen Torfaugen. Er musste ein Pedant sein, seine Hälfte des Büros war – im Gegensatz zu der seines Jumbo-Kollegen – penibel aufgeräumt. Da haftete nicht ein Zettel am Bildschirm seines Computers, da lag nichts rum, keine Büroklammer hatte ein Überlebensrecht, wenn nicht in der dazugehörigen Schatulle.

Als die überheizte S-Bahn Richtung München ratterte, fiel mir auf, wie friedlich das flache Land unter seinem weißen Flaum aussah. Krähenschwärme zogen über die toten Felder. Der Wind zeichnete sanfte Wellen in den Schnee. Unter dem Schneetuch – beschirmt von weißer Kälte – wartet der Frühling. Ich kritzelte mein Spontan-Haiku in mein Notizbuch. Dann machte ich mir eine Liste, wer Weihnachtsgeschenke von mir bekommen sollte. Juliane hielt nichts von Weihnachten, da sie Atheistin war und als Sozialistin die kapitalistische Grundhaltung des Schenkens verurteilte; dennoch wollte ich ihr meine Anerkennung zeigen und ihr für ihre Freundschaft danken. Etwas Passendes würde mir schon noch in den Sinn kommen. Für Carlo wiederum fiel mir nichts Vernünftiges ein. Sobald ich einen Mann beschenken wollte, gingen mir die Ideen aus. Außerdem stand Janne ganz oben auf der Geschenkeliste, aus Höflichkeit auch seine Schnepfe von Ehefrau und die beiden Jungen. Ich sah kurz auf, als die Strecke unterirdisch weiterführte. Am Hauptbahnhof stiegen zwei Typen mit hängenden Hosenböden und Kapuzenpullovern ein. Sie hockten sich mir schräg gegenüber und steckten Zigaretten an. Ich hielt die Klappe und starrte in die Dunkelheit des Tunnels. In der spiegelnden Scheibe sah ich, wie sie mich provozierend musterten. Pech gehabt, Sonnyboys, mit euch werde ich mich ganz bestimmt nicht anlegen. Am Stachus stieg ich aus und wechselte in die U 4.

12.

Andy Steinfelder öffnete mir die Tür. Wir hatten keinen Termin vereinbart, aber montags war er immer daheim. Am Dienstag hatte er Ergotherapie, am Mittwoch Krankengymnastik und am Donnerstagabend kam er mit einer Selbsthilfegruppe zusammen. Freitags machte er sich früh auf den Weg nach Sendling, wo seine Sprachtherapeutin ihre Praxis hatte. Ich kannte Andys Agenda besser als meine.

»Hallo, Kea!«, rief Andy. Die Sprechmelodie machte ihm keine Probleme. Ich hörte sofort, dass er sich freute. Da mein Nachname für ihn zu schwierig war, redeten wir uns mit Vornamen an.

»Haben Sie Zeit?«, fragte ich. »Mir sind noch ein paar Fragen eingefallen.«

»Natürlich!« Die Wörter stürzten aus seinem Mund wie Steinschlag. Er ging mir voraus ins Wohnzimmer, wo der Fernseher lief. Er schaltete ihn aus und schaute betreten. »Kaffee?«, fragte er. So weit klang unsere Unterhaltung ganz normal. Die meisten Leute verständigten sich mit einzelnen Wörtern, wenn man genau hinhörte. Für ganze Sätze blieb keine Zeit.

Ich winkte ab, denn mit nur einem Arm brauchte Andy lange zum Kaffeekochen, und ich wollte schnell zum Kern der Sache kommen.

Ich kramte meinen Kollegblock aus der Tasche. Andy sah mich eifrig an. Er liebte diese Stunden mit mir, bei ihm zu Hause, manchmal in einem Café in der Au, dem Stadtteil, wo er aufgewachsen war. Erst jetzt, wo ich mit Juliane gesprochen hatte, wurde mir klar, was ich für Andy bedeutete: Als seine Ghostwriterin war ich sein Scharnier zur Wirklichkeit, zur Gesellschaft da draußen. Seine Synchronstimme.

Oft hatten mir meine Kunden begeistert berichtet, dass sie sich nach den Interviews mit mir wieder ›so lebendig wie früher einmal‹ gefühlt hätten. Es war mir gelungen, aus ihnen herauszukitzeln, was sie noch heute auf dem Gleis hielt: Erinnerungen an glückliche Stunden, an Augenblicke prallen Lebens, voller Selbstbewusstsein und Plänen für die Zukunft. Momente, in denen einem das Dasein golden vorkam. Mehr noch: Die Emotionen von einst stellten sich erneut ein. Meine Auftraggeber waren für Minuten, vielleicht sogar Stunden oder Tage wieder verliebt, auf Abenteuerurlaub oder hielten ihr erstes Baby im Arm. Bei Andy kam hinzu, dass jemand seine Gefühle artikulierte und ihm die Befriedigung vermittelte, die jeder von uns empfand, wenn er auszudrücken vermochte, was ihn wirklich bewegte.

»Wir haben schon viel über das Vergangene gesprochen.« Ich ließ ihm Zeit. Er verstand recht gut, brauchte aber länger als ein Gesunder, um den Inhalt zu verdauen. Es kam vor, dass er vor lauter Eilfertigkeit meinte, mich verstanden zu haben, und doch etwas ganz anderes herausgehört hatte. Bei Andy war Geduld vonnöten. In jeder Hinsicht. Um ihm Zeit zu geben, ließ ich den Blick schweifen. Viel Glas, viel Chrom. Alles dunkel, elegant, teuer und ungemütlich. Das Leder des Sofas unter meinem Hintern war eiskalt.

»Vergangenheit«, sagte Andy stolz, als habe er das Wort eben in einer Enzyklopädie nachgeschlagen.

»Bisweilen ist es wichtig, über die Gegenwart sehr gut Bescheid zu wissen, um die Vergangenheit zu verstehen.« Ich wusste selbst nicht, ob das stimmte. »Beim Schreiben über die Vergangenheit muss ich schon die Gegenwart einbeziehen. Es ist, als wenn man Fäden spinnt, die nachher ein Muster ergeben.«

»Ja, klar!« Andy rückte mit der linken Hand den gelähmten rechten Arm zurecht.

»Daher dachte ich, es wäre gut, wenn wir uns ein wenig mehr über Ihr aktuelles Leben unterhalten.«

Andy machte ein missmutiges Geräusch.

»Leben jetzt scheiße«, sagte er. »Montag Dienstag Ergotherapie«, sagte Andy. »Montag Dienstag Mittwoch Krankengymnastik …«

Wollte er einen Wochentag nennen, musste er sie alle aufzählen, von Montag angefangen. Er ertappte die Wörter nur im Zusammenhang. Immer lag ein Zettel parat, auf den er Zahlen oder Buchstaben als Verständigungshilfe kritzelte. Die Zahlen gingen ihm ganz gut von der Hand, er schrieb mit links, das sah schauderhaft aus, erfüllte aber seinen Zweck. Ganze Wörter gelangen ihm nicht, geschweige denn Sätze.

»Ich meine, was Sie zu Hause machen.«

»Haushalt. Langweilig. Fernsehen.« Er machte eine Geste zum Fernsehgerät, als wolle er es abschießen und lächelte. Andy hatte Humor.

»Unternehmen Sie viel mit Ihrer Frau?«

»Gina Arbeit.«

»Ihre Frau geht recht früh zur Arbeit, oder?«

»Acht.« Er rotierte, kritzelte etwas auf den Zettel und hielt ihn mir hin. 73 stand da.

»Um 7.30 Uhr?«, fragte ich. Ich würde noch heute Abend hier sitzen. Irgendwie war mir nicht klar, wie ich zum Punkt kommen sollte.

»Ja. 7.30 Uhr. Aufstehen, Kaffee, Jenny Schule.« Er schaute aus dem Fenster. Es schneite. Nervös trommelten meine Finger auf die Armlehne. Pardon, hatte ich eben über Geduld nachgedacht?

»Sie sind allein in der Wohnung, bis Jenny nach Hause kommt?«

Er nickte. Erneut begann er aufzuzählen.

»Montag Dienstag Mittwoch Donnerstag Freitag U 4.«

»Sie fahren mit der U 4.«

»Umsteigen Odeonsplatz U 6.« Seine Strecke zur Sprachtherapeutin hatte er sich eingeprägt. Wahrscheinlich piesackte ihn die gute Frau mit Fragen zu seinem Anfahrtsweg, um ein Gesprächsthema zu haben.

»Wenn Sie am Vormittag allein zu Hause sind, passiert dann manchmal etwas Außergewöhnliches?«

»Post.«

»Rufen Leute an?«

Er schüttelte den Kopf. Seine Bekannten wussten, dass Andy am Telefon keinen eloquenten Gesprächspartner abgab.

In der vergangenen Nacht hatte ich mir zusammengereimt, wo der Hase im Pfeffer lag: Entweder gab es etwas in Andys Lebensgeschichte, das nicht ans Licht sollte. Oder Andy hatte durch Zufall etwas gesehen oder gehört, was jemand anderem gefährlich wurde. Pure Spekulation, aber was sonst sollte man von Fönfrisur halten und von dem Komplizen, der meinen Laptop aus dem Unfallwagen gestohlen hatte?

Wenn meine These stimmte und Andy irgendwelche Informationen besaß, die Bertram Kugler bei mir gesucht hatte, musste ich das herausfinden. Aber ich wollte Andy nicht verunsichern und auf gar keinen Fall zugeben, dass jemand meine Daten geraubt hatte. Das würde einen verdammt unprofessionellen Eindruck machen.

»Haben Sie in den letzten Wochen etwas Ungewöhnliches gehört oder gesehen?«, fragte ich.

»Nein?« Es war, als gäbe er die Frage an sich selbst weiter.

»Haben Sie Besuch von Leuten bekommen, die sich sonst nicht bei Ihnen melden?«

Er schüttelte den Kopf.

»Anrufe?«

»Nein.«

»War nur so eine Idee«, sagte ich. »Ich arbeite gerne außergewöhnliche Details und persönliche Eindrücke in meine Texte ein. Sie machen die Geschichte lebendiger.«

Er nickte traurig. Sein linker Arm zitterte. Als wolle der Arm ausschlagen, während Andy ihn mit Gewalt daran hinderte.

»Haben Sie jemandem außer Ihrer Frau und Ihrer Tochter erzählt, dass Sie mich engagiert haben?«

Er brauchte eine Weile, bis er dahinterkam, was ich meinte.

»Warum?«, fragte er und schüttelte heftig den Kopf. »Niemand.«

Klar. Das Buch, das ich schrieb, war nur für ihn bestimmt. Er bezahlte mich, und er würde entscheiden, ob er das Buch veröffentlichte. Er wollte sein Leben in Händen halten. Nur darum ging es ihm.

»Auch Ihre Sprachtherapeutin hat keine Ahnung?«

»Nein!« Jetzt kam Zorn ins Spiel. Eine von Andys Spezialitäten. Sein Durchhaltevermögen war schnell aufgebraucht, wenn ich länger, als es ihm geboten schien, auf einem Punkt herumhackte.

»Kennen Sie einen Bertram Kugler?«

Er schaute verblüfft. »Nein.« Wollte etwas hinzufügen, kam nicht auf die Wörter, und ich hatte den Nerv nicht, nachzuhaken oder ihm mit meinen Worten weiterzuhelfen.

Wir redeten noch eine Weile über Belanglosigkeiten. Über Weihnachten. Er bestellte alle Geschenke im Internet. Jenny hatte ihm gezeigt, wie es ging. Aber weil er Probleme mit dem Lesen hatte, passierte ihm manchmal ein Fehler. Er hatte eine Topfpflanze bestellt und wollte doch einen Schnellkochtopf. Zum Glück konnte er die Bestellung stornieren. Noch wichtiger war, dass er über sein Missgeschick lachen konnte. Andy und seine Frau waren fast 25 Jahre verheiratet. Ich wollte nicht fragen, ob der Topf für sie bestimmt war.

13.

Die Welt sah ohne Ansammlungen von Stein und Beton angenehmer aus. In der Dunkelheit erkannte ich ohnehin nur, was in den Kegel der Scheinwerfer geriet. Ich musste mich konzentrieren, es schneite leicht. Zeitweilig hatte ich den Eindruck, ich selbst und mein Auto stünden bewegungslos in der Schwärze, während die Straße unter mir dahinraste. Immer wieder querte ich kleine Ortschaften. Die Wohnungen sahen anheimelnd und fremd zugleich aus. Ich war kein Lichterkettenfan, und bei mir krabbelte auch kein Nikolaus übers Dach. Lieber hielt ich es mit der guten alten Kerze.

Ich steuerte durch Ohlkirchen. Im Piranha brannte Licht, sie machten den Club für den Abend klar. Ich sollte Carlo bald anrufen, ich hatte ihm noch gar nicht vom neuesten Stand der Dinge erzählt.

Vorsichtig bog ich wenig später von der schmalen Straße in meine Zufahrt. Kurz huschte der vermaledeite Betonpfeiler ins Licht. Auf meiner Auffahrt sah ich Reifenspuren, halb vom Schnee zugeweht. Vielleicht der Paketbote. Er war ein netter Kerl und legte Post für mich in den Schuppen, wenn ich nicht zu Hause war.

Als ich den Motor abstellte und die Scheinwerfer ausschaltete, umfing mich totale Dunkelheit. In der Großstadt glitzerten Tag und Nacht Lichter. Aber hier blieb nur Finsternis in Nächten wie dieser. Dabei war es erst kurz nach sechs. Das war strenggenommen noch nicht Nacht. Allenfalls Abend, für meine innere Uhr aber später Nachmittag. Ich öffnete die Fahrertür, und das Klacken tönte laut über den dunklen Hof. Vom Auslauf her hörte ich das Geschnatter meiner beiden Grauen. Rasch angelte ich die Taschenlampe aus der Ablage, leuchtete mir meinen Weg zur Haustür aus und aktivierte die Außenbeleuchtung. Schon besser. Wenn ich den Lichtkegel direkt vor mir in die Dunkelheit schickte, sah ich die Schneeflocken treiben. Nach zwei Metern begann das Unbekannte.

Waterloo und Austerlitz warteten aufgeregt am Zaun. Ich streichelte ihnen über die Köpfe. Sie waren anhänglich wie Welpen, treue und wunderbar unkomplizierte Zeitgenossen. Ich inspizierte den Stall. Morgen musste ich dringend ausmisten und neu einstreuen, aber das schaffte ich heute Abend nicht mehr. Kraftfutter lag noch genug da. Ansonsten ernährten sich die beiden auf ihrer Weide. Sie sahen prächtig aus, wohlgenährt, zeigten stolz ihr glänzendes Gefieder. Wahrscheinlich waren sie die Einzigen ihrer Art im Umkreis, die in Sachen Weihnachtsbraten nichts zu befürchten hatten. Ich machte einen kurzen Spaziergang zum Teich. Der Strahl der Taschenlampe glitt über die hauchdünne Eisschicht. Auf der Straße fuhr ein Wagen vorbei. Ungewöhnlich um diese Zeit, zu der sich keiner mehr aus dem Haus wagte. Die Ohlkirchener fuhren in die andere Richtung, wenn sie ausgehen wollten. Ich hob den Kopf und lauschte. Langsam entfernte sich das Motorengeräusch. Ich ging zum Auto zurück, lud den Karton mit der Aufschrift ›Johnson Klein Digitaltechnik‹ aus und trug ihn ins Warme.

Als ich zugesperrt und meine Jacke abgestreift hatte, schaltete ich die Außenbeleuchtung aus und ging ins Arbeitszimmer. Der Anrufbeantworter blinkte. Zuerst sprach Juliane. »Herzchen, ich habe deine Mitbewohner betreut. Melde dich.« Klar, Juliane sah ab und zu nach Loo und Litz und wollte anschließend Lob und Dank einheimsen. Immerhin konnte ich jetzt die Herkunft der Reifenspuren orten.

»Grüß Gott, Frau Laverde, hier spricht Nero Keller. Wenn Sie so freundlich wären, mich zurückzurufen.« Es folgte seine Handynummer und ein »auf Wiederhören.« Warum konnten nicht alle Menschen so ausgesucht höflich sein wie dieser Nero Keller? Ich packte den Karton aus. Das superflache Fujitsu Siemens Notebook machte sich richtig gut auf meinem Schreibtisch. Johnson Klein hatte sich als super Tipp von Myrthis erwiesen. Er hatte mir nicht nur einen akzeptablen Preis gemacht, sondern sämtliche Programme installiert, die ich brauchte, und die Maschine internetfertig gemacht. Ich musste nur noch die Verbindung zum Router herstellen. Noch in Stiefeln und Jacke fuhr ich den Rechner hoch. Was tat das gut, wieder einen Computer im Haus zu haben. Mein Herz schlug schneller, als sich die Windowsoberfläche aufbaute. Probeweise klickte ich ein bisschen herum, bis ich das DSL-Kabel anschloss und das rosafarbene Heftchen mit der Anleitung für die Installation heraussuchte. Eine knappe halbe Stunde und ein paar unflätige Ausdrücke später hatte ich es geschafft: Ich surfte im Netz, probierte ein paar Seiten, checkte meine E-Mails, schloss das Postfach aber, als das Programm mir 22 ungelesene Mails androhte.

Nach einer heißen Dusche fühlte ich mich richtig leistungsstark. Endlich würde ich meine handschriftlichen Notizen in den Text einarbeiten. Ich nahm eine Flasche Chianti aus dem Weinregal unter dem Barbrett, füllte sie langsam in den Dekanter um, ließ den Wein dabei am Glas hinunterlaufen. Meine Güte, was für ein Tag.

Ich suchte mir ein Fertiggericht aus dem Tiefkühlfach, um mich für die kommenden arbeitsintensiven Stunden zu stärken. Ich sollte Juliane anrufen, mich wenigstens bedanken, dass sie bei Loo und Litz vorbeigeschaut hatte. Zwar hatte ich sie nicht darum gebeten, nach den Gänsen zu sehen, aber ihre Fürsorge vermittelte mir ein Stück Geborgenheit. Halbherzig streckte ich die Hand nach dem Telefon aus.

Irgendein Geräusch machte mich stutzig. Ich drehte den Kopf zum Fenster. Schon wieder ein Auto. Wer fuhr bei dem Wetter und um diese Zeit von Ohlkirchen kommend in die verschneite Pampa? Mein Haus hockte am toten Ende. Die Straße führte nach etlichen Kilometern als Flurbereinigungsweg weiter und endete bei Sieling. Ein Schleichweg im Sommer, wenn Touristen die Straße von Ohlkirchen Richtung Starnberger See verstopften. Neugierig spähte ich hinaus. Dunkelheit wie in einer Schuhschachtel. Hier draußen gab es nicht einmal eine Straßenbeleuchtung, und mein Häuschen leuchtete weithin in die Landschaft. Nachdenklich schaltete ich die Mikrowelle an und griff nach dem Telefon, um den

Anruf bei Juliane zu erledigen, bevor meine Rindsroulade mit Semmelknödeln heiß war.

Die Fensterscheibe barst mit einem ohrenbetäubenden Donnerschlag. Etwas Kaltes traf mein Gesicht. Instinktiv warf ich mich auf den Boden und landete auf dem Telefon, als müsste ich es beschützen. Ein Keilriemen quietschte. Ein Wagen raste weg. Schneller, als es die kurvenreiche Straße erlaubte.

Ich blieb liegen, die Nase auf dem Fliesenboden, und dachte, dass ich dringend putzen musste. Endlich hob ich den Kopf. Es wurde schnell kalt in der Küche. Auf meinem Ärmel waren Blutspuren. In der Mitte der Scheibe prangte ein riesiges Loch, das die Wärme in die Dezembernacht hinaussaugte. Ich versuchte, den Schwindel zu ignorieren, der meinen Kopf dumpf machte. Starrte das Telefon in meiner Hand an. Und den Stein, der auf dem Boden lag. Er war mit solcher Wucht aufgeprallt, dass er eine Fliese zerschlagen hatte. Ein Zettel war daran befestigt. Genau so, wie Janne und ich es als Kinder immer gespielt hatten. Erpresserbriefe hatten wir geschrieben, aus Blödsinn natürlich, und das Papier mit Schnur an Steine gebunden. Unsere Drohungen warfen wir nur durch geöffnete Fenster, es war ein Spiel für den Sommer.

Ich hob den Stein auf. ›Gib den Auftrag zurück‹. Mehr stand nicht auf dem feuchten Papier. Wieder Motorengeräusch. Ich stürzte zur Wand und schlug auf den Lichtschalter. Schwärze. Ein Wagen fuhr von Sieling kommend nach Ohlkirchen. Er fuhr nicht besonders schnell. Den Witterungsverhältnissen angemessen, wie es so schön hieß. Ich hielt den Atem an und sah den Lichtkegeln nach, die hinter dem nächsten Hügel verschwanden. Sie kreuzten sich mit dem Scheinwerferlicht eines anderen Wagens, der aus Ohlkirchen kam.

Ich war ausgesetzt. Das Fenster war im Eimer, und ich saß auf dem Präsentierteller für jeden Verrückten, der sich einen Weg zu mir suchen wollte. Mit angehaltenem Atem lauschte ich auf Waterloo und Austerlitz. Warum hatten sich die beiden nicht gerührt? Sie meldeten sonst jeden Besucher, der sich auf 100 Meter meinem Haus näherte. Immer noch presste ich das Telefon gegen meinen Bauch.

Ich war üblicherweise bereit, selbst Verantwortung für mich zu übernehmen. War kein ängstlicher Typ. Konnte klar und nüchtern denken und meine Chancen einschätzen. Jetzt drückte ich die Taste am AB und hörte Kellers Nachricht ab. Tippte seine Nummer und wartete.

»Keller?«

»Hier spricht Kea Laverde.« Ich räusperte mich. »Sie hatten auf meinem Anrufbeantworter eine Nachricht hinterlassen.« Mein Gott, was war ich für ein Esel! Warum schrie ich ihm nicht entgegen, dass ein Stein mit einer Drohbotschaft auf meinem Küchenboden lag, ein Loch in meinem Fenster klaffte und die Temperatur in der Küche inzwischen auf maximal zehn Grad gesunken war? Erst jetzt spürte ich, dass ich zitterte.

»Guten Abend«, sagte Nero Keller. »Ich wollte Ihnen nur mitteilen, dass die Mordkommission die Akte Laverde schließt. Der Unfall war einfach ein Unfall.«

Ich konnte plötzlich nicht mehr atmen. War der Wagen weitergefahren? Der, der aus Ohlkirchen kam? Oder wo war der jetzt? Ich hörte leises Schnattern am Gänsefreilauf. Tappte zum Fenster und starrte in die Dunkelheit hinaus. Alles lag tiefschwarz da wie das All.

»Frau Laverde?«, hörte ich den KHK fragen.

»Ich …« Ich musste schlucken. Meine Stimme gehorchte nicht mehr.

»Ist etwas nicht in Ordnung? Frau Laverde?«

»Nein«, flüsterte ich heiser. »Jemand hat vor ein paar Minuten einen Stein in meine Küche geschmissen. Es hängt ein Zettel dran. Ich soll den Auftrag zurückgeben.« Es war Bockmist, was ich hier tat. Nun würde Keller keine Ruhe geben, bis ich Andy preisgab.

»Sind Sie allein?«

»Ja. Ich weiß nicht, ob der … der Angreifer noch hier ist.« Ich war mir plötzlich sicher. Er stand irgendwo da draußen in der Nacht und wartete. Weidete sich an meiner Panik. Wie durch Watte hörte ich Keller sagen: »Bringen Sie sich irgendwo in Sicherheit. Schließen Sie sich ein. Nehmen Sie das Telefon mit. Ich komme.«

Er sagte noch einige andere Sachen, aber die klaren Anweisungen lockerten meine Erstarrung. Ich schaltete die Mikrowelle aus und ging ins Bad. Tastete mich durch das dunkle Schlafzimmer, die Ohren auf Empfang. Niemand war hier. Niemand war in diesem Haus außer mir selbst.

Im Bad schloss ich hinter mir zu und stellte mich ans Fenster. Die Jalousien waren nicht heruntergelassen. Von hier hatte ich meinen Eingang im Blick.

Zaghaft kippte ich das Fenster, Millimeter um Millimeter. Wenn ich mich auf meine Augen nicht verlassen konnte, so wenigstens auf meine Ohren. Die kalte Luft fuhr durch mein Haar. Mein Herz schlug heftig. Jetzt wäre der berühmte Mann in meinem Leben gefragt. Der, auf den ich mich verlassen konnte. Carlo. Ich sollte im Piranha anrufen. Bestimmt war er schon dort, obwohl der Betrieb im Club erst später losging. Ich wollte seine Nummer tippen, aber meine Finger zitterten so heftig, dass ich nie die richtigen Tasten erwischen würde. Ich könnte nur Wiederwahl drücken, das war die letzte Taste rechts unten, aber dann hätte ich den Kommissar an der Strippe, und was sollte ich dem sagen? Dass ich mir vor Angst fast in die Hose machte? In dem Sinne war es klug, dass ich mich im Bad eingeschlossen hatte.

Das Telefon in meiner Hand schrillte, ich machte einen Satz vor Schreck. Stieß mit der Hüfte gegen das Waschbecken. Mit *der* Hüfte. Es tat nicht mehr weh, als wenn es die andere gewesen wäre, aber es beschwor Ungeheuer herauf, die ihre rotglühenden Finger in mein Herz bohrten.

»Hallo?«, flüsterte ich.

»Frau Laverde? Hier ist Keller. Was tut sich?«

»Ich … nichts.« Ich holte tief Luft. »Ich bin sicher, dass der Angreifer noch hier ist. Ich habe den Wagen nicht wegfahren hören.«

Aber es stimmte nicht. Der Angreifer war abgedampft, es war ein zweiter Wagen gekommen, der vorbeifuhr, und schließlich einer, den ich nur kommen, aber nicht weiterfahren hörte.

»Ich bin sofort bei Ihnen. «

Wie tröstlich. Denn jetzt hörte ich ein Knacken aus dem Schlafzimmer. Als schliche jemand über die Dielen, die ich im Sommer mit so viel Herzblut abgeschliffen und geölt hatte. Ich hockte in meinem Bad in der Falle. Seit meiner Kindheit litt ich an Klaustrophobie. Jede Sekunde, die verstrich, heizte die Panik an. Ich musste hier raus.

Im Schein des Displays meines Telefons musterte ich mein Gesicht im Spiegel. Es sollte nicht schaden, ein klein wenig Lippenstift aufzutragen. Ich musste verrückt sein. Da draußen lauerte ein Meuchelmörder, Brandschatzer oder Vergewaltiger, aber ich wollte dem Kommissar nicht ungeschminkt unter die torfbraunen Augen treten. Wenn schon 80 Kilo, dann wenigstens bunte.

Wieder hörte ich ein Ächzen. Es konnte niemand im Haus sein. In der zunehmenden Kälte hatten nur die Dielen geknarrt. Was sich in meine Ohren drängte, war das rasende Klopfen meines Herzens, Stakkato, Crescendo, Rinforzando.

Ich atmete tief durch. Den Körper beruhigen, lauschen, nachdenken. Das Telefon behielt ich in der Faust, den Daumen über der Wiederwahltaste. Sollte Keller wenigstens meine letzten Atemzüge hören, wenn der Gangster mich niederschlug. Sollte der Schuss ihm in den Ohren hallen, wenn der Revolver auf meine Brust gesetzt wurde. Wieder knarzten die Dielen im Schlafzimmer. Holz lebte eben, wie mir mein kluger Bruder erklärt hatte, als wir gemeinsam mit dem Bandschleifer über die Schwellen gerobbt waren. Also knarrten die Dielen, weil sich das Holz zusammenzog, denn das Küchenfenster war kaputt, eiskalte Luft strömte herein, ich hatte die Tür zum Schlafzimmer nicht geschlossen, also kühlte auch das Schlafzimmer aus.

Hatte ich die Tür nicht vielleicht doch geschlossen?

Meine Finger berührten den Badschlüssel. Ich drehte langsam, das Schloss klackte ganz zart, ein Geräusch, das ich sonst nie wahrnahm. Behutsam stieß ich die Tür auf. Warum zum Teufel lag über allem dieser dicke, schwarze Teppich aus Dunkelheit? Bislang hatte es mich nie gestört, dass nachts nicht ein Fünkchen Licht da draußen im Nichts aufblitzte. Auch das zarte Glimmen der verschneiten Landschaft beruhigte mich nicht.

Wie hatten die Leute vor der Elektrifizierung gelebt? Kurz sehnte ich mich nach München, in das Zimmer in der Hohenzollernstraße. In der Stadt war es nie dunkel. Hier draußen in meiner Hügelfalte herrschte eine andere Zeit.

Ich stand im Schlafzimmer. Auf meinem Bett lag irgendwo das Buch, das ich gerade las. Shanghai Baby. Nur ein Taschenbuch, aber besser als nichts. Meine freie Hand tastete über das Bettzeug. Fand das Buch. Im Werfen war ich ganz gut. Eiseskälte herrschte im Zimmer. Ich zog die Schultern hoch.

Im Schlafzimmer war niemand. Auch nicht in der Küche. Ich hatte nicht den Nerv, in mein Arbeitszimmer reinzuschauen. Tastete mich am Sofa vorbei, berührte den Fernseher. Ich machte kein Licht, wollte von außen nicht gesehen werden. Langsam pirschte ich mich an der Wand entlang zum Eingang. Stolperte über meine Stiefel, trat in die Wasserlache, die sich unter den Schuhen gebildet hatte. Jetzt auch noch nasse Socken, wo es im Haus so kalt war, dass man es als Tiefkühltruhe benutzen konnte! Ich drückte auf den Schalter für die Außenbeleuchtung. Sie flammte auf, gelb, beruhigend. Ich presste mein Gesicht gegen das Fensterchen neben der Haustür. Nebelfetzen strichen ums Haus wie durchsichtige Wölfe. Ich sah gelbe Lichtkreise auf dem Schnee, Flocken, die um die Lampen wirbelten. Warum hatte ich nicht darauf geachtet, ob der dritte Wagen weitergefahren war?

Motorengeräusch klang von Ohlkirchen herüber, und ich flehte zu den Engeln, dass es Keller sein möge. Ein dunkler Volvo fuhr vor. Mein Telefon klingelte.

»Ich stehe vor Ihrem Haus, Frau Laverde.«

»Willkommen auf dem platten Land«, antwortete ich.

Er stieg aus, schaute sich prüfend um und betrachtete den schneebedeckten Boden, bevor er stracks auf die Eingangstür zulief. Er trug nur sein Cordsakko, keinen Mantel. Sein Gesicht sah müde aus. Ich riss die Tür auf und versteckte Telefon und Shanghai Baby hinter meinem Rücken.

»Guten Abend«, sagte er und nickte mir zu. Schob sich an mir vorbei in die Küche und fragte: »Ist alles in Ordnung?«

Ja, Herr Kommissar, sofern ich von dem Loch im Fenster absehe, von dem Stein, der auf den Küchenfliesen ruht und der Panik, die in meinen Eingeweiden kreist, ist alles im grünen Bereich.

»Schalten Sie das Licht an.«

Ich tat, was er sagte, froh darüber, dass jemand das Heft in die Hand nahm. Verstohlen legte ich Buch und Telefon weg. Keller ging in die Hocke und betrachtete den Stein. Hob den Kopf, schaute auf das Loch in der Scheibe. Schließlich packte er den Stein samt Drohbotschaft in einen Plastikbeutel.

»Sie haben doch sicher eine Digitalkamera?«, fragte er.

»Ich *hatte* mal eine.«

»Ach ja!« Er zückte sein Handy. »Dann muss es so gehen.« Er lichtete das zersprungene Fenster ab. »Wir sollten zuerst das Loch abdichten. Es ist kalt wie in der Tundra bei Ihnen.«

Ich ging ins Arbeitszimmer, und kam mit Klebeband, dem Karton von ›Johnson Klein Digitaltechnik‹ und ein paar alten Zeitungen zurück. Keller hatte mittlerweile zwei Müllsäcke aufgetan, und gemeinsam verklebten wir das Loch. Ich sah seine Hände dicht vor mir. Gepflegte Hände mit sorgfältig gefeilten Nägeln und dunklen Härchen auf dem Handrücken.

»Zeitung isoliert einigermaßen«, sagte Keller. »Drehen Sie die Heizung hoch. Übrigens«, er schaute mich mit undurchdringlichem Ausdruck an, »Sie bluten im Gesicht.«

Ganz automatisch hob ich den Arm und fuhr über meine Wangen.

»Warten Sie mal.« Er trat ganz nah an mich heran. Ich roch sein Rasierwasser, außerdem Waschmittel und Weichspüler. Das ganze Durcheinander machte mir ein ungutes Gefühl. Er nahm meinen Kopf in seine Hände und drehte mein Gesicht zum Licht. Ich hielt still, obwohl mir das gar nicht behagte. Ich bin kein Kleinkind, das man am Kinn packt und zwingt, zu den Erwachsenen hochzuschauen, Herr Kommissar!

»Das waren nur ein paar Glassplitter«, sagte Nero. Seine Stimme war so nah, dass ich zusammenfuhr. »Nicht schlimm, keine Panik. Haben Sie was zum Desinfizieren da?«

Ich führte ihn ins Bad. Dabei mussten wir durch mein Schlafzimmer durch, aber das war weniger intim als der Moment, als wir beide vor meinem Waschbecken standen und unsere Spiegelbilder unschlüssig betrachteten. Tatsächlich hatte ich ein paar winzige Schnitte in der rechten Wange. Ich wühlte im Verbandszeug und verwünschte meine zitternden Finger. Auf keinen Fall ließ ich zu, dass er mir die Wunden abtupfte. Das Jod war uralt, die Flasche klebrig, aber besser als nichts. Ganz indianerlike wischte ich mit dem getränkten Wattebausch über meine Wange. Warum zum Teufel musste der KHK mir dabei zusehen? Durfte ich keine Privatsphäre haben, um mir die Nase zu pudern? Konnte er nicht rausgehen, Kaffee kochen, sich umgucken und den Steinewerfer suchen, irgendwas anderes tun, als hier zu stehen und mich anzustarren? Ich konnte nicht mal grinsen, das Jod brannte wie Chili.

»Das muss reichen«, sagte ich. »Wunden heilen ohne Pflaster viel besser.«

»Ich sehe mich draußen um.«

»Ich komme mit.«

»Ist mir recht.«

Jetzt konnte ich nicht mehr zurück, und ich war froh

darum. Selbst beim Offiziersskat mit Juliane verlor ich äußerst ungern, und noch weniger, wenn mir jemand mein Revier streitig machte. Ich zwang meine nassen Socken in die Stiefel, zog den Anorak an. Kellers Anwesenheit bedrückte mich plötzlich. Als wäre ich in eine unerwartete Abhängigkeit geraten. Ich hätte statt Keller Juliane anrufen sollen, sie besaß ein altes Jagdgewehr aus den Beständen ihres Vaters.

»Bleiben Sie dicht hinter mir«, raunte Keller.

Wäre ich nicht draufgekommen. Wir gingen die Auffahrt hinauf. Meine Grauen eilten aufgeregt an den Zaun ihres Geheges.

»Haben Ihre Gänse Sie nicht gewarnt?«

»Ich werde sie von nun an ohne Zaun quer über das Grundstück rennen lassen. Damit sie sich auf alles stürzen, was des Weges kommt.«

»Die beißen?«

»Logisch«, gab ich zurück und ignorierte seinen ironischen Blick. Wir umrundeten den Freilauf. Loo und Litz beruhigten sich und watschelten in ihren Stall.

Alles war still. Nur der Wind zeterte in den Bäumen oben am Hang. Ich erzählte von den drei Autos, die ich gehört hatte. Von meinem Eindruck, der Steinewerfer sei zurückgekommen. In Begleitung des KHK kam mir meine Angst unwirklich vor. Seltsamerweise fühlte ich mich hier draußen sicherer als im Haus. Dort saß ich wie in einer Falle. Wie am 23. Juli vor zwei Jahren. Diese Sache wurde nie Vergangenheit. Die Panik loderte von einem Moment zum anderen auf. Nicht daran denken, Kea! Schon machte sich Schmerz in meinem Bein breit, und ein anderes Gefühl kam hoch, nebulös, unklar, verwirrend. Ich räusperte mich, um mich in die Wirklichkeit zurückzuholen. Es ist vorbei, dachte ich und meinte beides: die Sache damals und den Angriff heute.

Wir standen vor meiner Haustür.

»Bieten Sie mir noch einen Kaffee an?« Keller fror in seinem Sakko.

»Sicher. Was geschieht jetzt?«

»Ich leite die Bürokratie in die Wege«, sagte Nero. »Allerdings wird sich ein Kollege damit befassen. Ihre Gegend liegt nicht mehr in meinem Zuständigkeitsbereich.«

Ich sah ihn fragend an.

»Ich stecke sozusagen zwischen zwei Jobs.«

Die Küche hatte sich ein wenig aufgewärmt. Ich schraubte die Espressokanne auf, unter größter Mühe, aber Keller sollte keine Chance kriegen, schon wieder Kavalier zu spielen.

»Warum?«, fragte ich.

»Ich habe neue Aufgaben bekommen.« Er lächelte unbeholfen und ich sah ihm an, dass er noch nicht wusste, ob er darüber glücklich sein sollte.

»Was für welche?« Ich gab Kaffeepulver in den Filter.

Keller sank auf das Sofa. Er sah völlig erschöpft aus. Wahrscheinlich Schlafmangel. Der KHK wirkte nicht wie einer, der sich schonte. Er antwortete nicht. Womöglich hatten sie ihn in eine Geheimabteilung abkommandiert.

»Nach Pullach?«, fragte ich.

Er lächelte. »Nein, ich bin zum LKA gewechselt.

Und demnächst ziehe ich nach München. Ich habe eine sehr schöne Wohnung aufgetan.« Er holte einen Schlüsselbund aus der Hosentasche und wog ihn in der Hand, als müsste er sich vergewissern, dass es diese Wohnung wirklich gab.

»München ist schon in Ordnung«, sagte ich und schaltete die Herdplatte an. »Aber auf dem Land lebe ich lieber.«

»Das ist ein Standpunkt, den ich verstehe. Mein Standpunkt ist genau der umgekehrte.«

Wir lachten. Das Wasser begann zu brodeln.

»Können Sie von dort, wo Sie wohnen, nicht pendeln?«, fragte ich und stellte zwei Tassen auf den Tisch, Zucker und die Schokokekse, die ich beim letzten Einkaufsrausch im Mini-Supermarkt von Ohlkirchen mitgebracht hatte.

»Eigentlich«, sagte Keller und beobachtete versonnen, wie der schwarze Kaffee in seine Tasse rann, »habe ich mir schon immer gewünscht, in der Großstadt zu leben. Meine Eltern wohnten auf dem Land. Ich war dort nie glücklich.«

»Wer ist schon glücklich mit den Verhältnissen, in die er geboren ist.« Auch meine Tasse war jetzt voll. Ich musste mich neben ihn setzen. Es gab nur dieses Sofa und die Barhocker. Irgendwie wollte ich nicht zu nah an ihn heran. Ich schnappte mir ein Kissen, schob es mir unter den Hintern und hockte mich auf den Boden. Albern. Ich sah es an dem Glitzern in seinen Augen.

»Woher stammen Sie, Frau Laverde?«, fragte Keller. »Der Name ist … ungewöhnlich.«

»Alter ostpreußischer Adel.«

»Wirklich?« Er lupfte die Brauen.

»Doch. Die ganze Wahrheit. Mein Opa väterlicherseits stammte aus der Nähe von Nikolaiken im südlichen Ostpreußen, heute Polen. Das Landgut der Familie war nicht groß. Die Laverdes hatten kein Talent zum Wirtschaften und eine ziemlich undeutsche Einstellung zur Arbeit.« Ich las in Kellers Augen die Frage, inwieweit sich die Familienfaulheit bis zu mir vererbt hatte. »Meine Oma, die den alten Friedrich Laverde heiratete, war immer sehr stolz darauf, zum Landadel zu gehören. Sie war tüchtig und resolut. Was sie anpackte, wurde zu Gold. Nur leider war sie den Naziparolen erlegen.«

»Da war sie sicher nicht die Einzige«, erwiderte Keller. »Darf ich eine rauchen?«

»Perfekte Idee.« Ich grinste. »Dann kann ich auch.«

»Versuchen Sie aufzuhören?«

»Ich fange wieder an.«

Er zog grinsend eine Schachtel Pueblo hervor und bot mir eine Zigarette an.

»Wow, Tabak ohne Zusatzstoffe. Gesünder geht's nicht.« Ich griff zu.

»Und 1945?«, fragte er nach den ersten, tiefen Zügen.

»Mein Opa hasste die Nazis. Er versuchte schon 1940, in die Schweiz auszuwandern, kriegte das aber nicht gebacken. Wenn er seine Frau die Ausreise hätte betreiben lassen, sie wären binnen Wochen in Zürich oder Lausanne gesessen. Aber er hat sie gar nicht gefragt. Der alte Fritz hat immer nur geträumt und sich alles ausgemalt, ohne je in die Puschen zu kommen.« Ich hatte das Rauchen lange nicht so genossen. »Jedenfalls sind meine Großeltern Ende 1944 aus Ostpreußen weggegangen. Mit meinem vierjährigen Papa. Offiziell hatten die Laverdes geschäftlich in Berlin zu tun. Später reisten sie nach München weiter, wo sie sich bei einer Schwester meiner Oma einnisteten, die dort verheiratet war. So ist mein Vater in München gelandet und hat den Namen Laverde nach Bayern gebracht.«

»Sie sprechen keinen Dialekt.«

»Man gehört nur dazu, wenn man so spricht wie die anderen, oder?« Meine Stimme hörte sich schärfer an als beabsichtigt. »Zuerst passt man nur den Akzent an, nachher auch den Inhalt.«

Keller wiegte den Kopf. »Eine ungewöhnliche Familiengeschichte. Ostpreußen. Adel. Flucht. Neuanfang. In meiner Familie ist alles eine einzige, eintönige Linie. Da hat keiner etwas Neues ausprobiert. Lauter Langweiler.«

Ich starrte auf das verklebte Fenster.

»Meine Eltern stammen beide aus dem gleichen Nest im Ostallgäu«, sagte Keller. »Schöne Gegend, traumhaft, für Kinder das Paradies auf Erden. Aber ab spätestens 14 hat man ein Problem: Man will nur noch weg.«

»Noch mehr Espresso? Oder einen Rotwein?«

»Ich muss noch fahren. Höchstens einen kleinen Schluck.«

Ich holte zwei Gläser und eine Flasche von dem französischen Landwein, den Freunde aus Aix-en-Provence mitgebracht hatten, irgendwann im vergangenen Sommer. Den Chianti von vorhin würde ich alleine austrinken, jetzt sollte es etwas Besonderes sein. Die Kiste stand im Chaoszimmer, und der Wein war noch zu kalt, um ihn zu genießen. Ich schob ihn unter meinen Pullover.

»Clevere Dekantiermethode«, bemerkte Keller.

Irgendwo im Haus knackte es. Ich fuhr herum.

»Nach einem Einbruch fühlen sich die meisten Menschen sehr unsicher«, tröstete der Kommissar, und es klang zum Glück mitfühlend, nicht herablassend.

»Ich will allein leben«, sagte ich mit Nachdruck. »Und ich will hier draußen leben. Ich hatte eine schwere Zeit in den letzten zweieinhalb Jahren. Das Haus habe ich gekauft, um mein eigenes, kleines Zuhause zu haben.« Ich biss mir auf die Lippen und ging den Korkenzieher holen. Keller hatte so eine Art, auf die Fortsetzung der Geschichte zu warten, dass mein Mund von selbst loslegte. Obwohl mein Kopf Einspruch erhob.

»Ich habe viele Jahre als Reisejournalistin gearbeitet. Für große Magazine wie *Geo*. Ich war immer unterwegs, in aller Herren Länder, und es war toll, aber …« Dass ich vor der Reiserei meine Erfahrungen im investigativen Journalismus gemacht hatte, musste ich Keller ja nicht auf die Nase binden. Ich weiß, wie man zum Herzen eines Rätsels vorstößt. Jede Geschichte ist ein Rätsel. Ich will damit sagen: Ich weiß, wie man ermittelt.

Ich zog die Flasche hervor, drehte die Spirale in den Korken. Verschüttete ein kleines bisschen Wein auf den Boden, aber das war nicht der Rede wert. Betont ruhig goss ich Kellers Glas voll. »Ich habe in Ressorts in Nepal gewohnt, mit atemberaubender Sicht auf die höchsten Gipfel der Welt. In Sikkim in Indien hat das Knattern der tibetischen Gebetsflaggen mir die verrücktesten Träume gebracht. Ich habe Lateinamerika und Afrika durchkämmt, bin allein über die Panamericana gefahren, nur mit einem Notizbuch und einer Digitalkamera auf dem Beifahrersitz. In Uganda bin ich halbe Nächte mit einem Ranger durch das Gelände gestreift, um Berggorillas zu beobachten. Ich habe Sachen unternommen, von denen die meisten Leute nur träumen. Wenn ich von meinen Reisen erzähle, kann mein Publikum ein paar Nächte lang vor Neid kaum schlafen.«

»Keine Panik. Ich bin so müde, ich schlafe ein, sobald ich mich aufs Bett gesetzt habe.«

Ich hob mein Glas. »Irgendwann war es genug. Ich hasste die Flugzeuge, das Warten am Flughafen, die Kontrollen, das Chaos, die Zeitverschiebung, die Müdigkeit.« Die Einsamkeit, fügte ich im Stillen hinzu, die Fremdheit. Vor allem die Fremdheit. Und die Angst. »Ich wollte mal irgendwo ankommen. Wurzeln schlagen und bleiben.« Eine Parzelle haben, wo ich mich sicher fühlte. Aber seit Sonntag war es mit der Sicherheit so eine Sache.

»Deshalb sind Sie Ghostwriterin geworden?«

Ich zuckte die Achseln. Er wollte mich nur aushorchen, um etwas über meinen Auftraggeber zu erfahren, aber den Gefallen tat ich ihm nicht. Gerade Andy, über den alle redeten, anstatt *mit* ihm zu reden, brauchte besonderen Schutz. Ich trank meinen Wein.

»Sind Sie sich bewusst, dass Sie möglicherweise jemanden in Gefahr bringen?« Er wies mit dem Kinn auf die Stelle, wo der Stein aufgeprallt war und eine Fliese nun einen Sprung hatte. »Sie sollen einen Auftrag zurückgeben. Ich werde nicht in Sie dringen, aber Sie sollten sich überlegen, ob es Ihrem Kunden guttut, wenn Sie die Warnung ignorieren.«

Das machte er sehr clever, der KHK. Menschenkenntnis hatte er. Wenn er mich unter Druck setzen, den Moralisten spielen würde, fiele es mir leicht, einfach dicht zu machen. Aber Freiheit lassen, an das Verantwortungsgefühl appellieren – das war klug im Umgang mit einer Laverde. Er sah mich an, nicht besonders eindringlich, nicht streng oder investigativ, eher beiläufig. Der Wein irisierte auf seinem Gesicht.

»Was macht eigentlich ein LKA?«, fragte ich, obwohl es mich nicht besonders interessierte. Ich hatte schon zu viel rausgelassen. Am Ende redete ich noch über die letzte, dramatische Reise nach Ägypten, aber das wollte ich nicht. Diese Reise war meine private Hölle. Ich wollte ihr Tor nicht aufstoßen, indem ich davon erzählte.

»So allerlei. Straftaten von besonderer Gefährlichkeit werden dort geklärt, Geschichten, die mit Kernenergie, Sprengstoffen zu tun haben, Handel mit Betäubungsmitteln, Wertpapierfälschung und so weiter. Es sind nicht nur klassische Kriminalbeamte dort beschäftigt, sondern auch Naturwissenschaftler, Linguisten, Informatiker …«

»Und Sie?«

»Ich beschäftige mich mit Internetkriminalität.« Er lächelte. »Reicht das?«

»O. k.«

Wir betrachteten interessiert den Wein in unseren Gläsern.

»Guter Wein. Auch von einer Reise mitgebracht?«

»Ein Geschenk von Freunden aus Südfrankreich«, antwortete ich.

»Matisse.«

»Bitte?«

»Ich wollte immer mal auf den Spuren von Matisse an die Côte d'Azur reisen.«

»Da gibt es viele Spuren«, sagte ich. »Picasso, Renoir, Chagall, Cocteau.«

»Auch einer Ihrer Artikel?«

»Nein. Eher Freude. Hobby.«

»Sie interessieren sich für Kunst«, stellte Keller fest. »Ich habe ›Zwei Wetterhexen‹ von Hans Baldung Grien in Ihrem Schlafzimmer gesehen.«

Das Bild zeigte zwei runde, nackte Frauen unter einer brodelnden Wolkenfront, denen die Cellulitis nicht aufs Gemüt geschlagen hatte. Diesem Mann entging wirklich nichts.

»Sie auch, oder?«

»Ich habe wenig Zeit, um mich intensiv damit zu beschäftigen. Aber man braucht doch auch etwas Schönes.«

Wenn man Polizist war und immer nur den Irrsinn präsentiert kriegte, Blut, fliegende Steine und miese Zettel mit Drohungen drauf, mochte man wohl ein natürliches Bedürfnis nach Schönheit empfinden.

»Wie haben Sie zu Ihrem Beruf gefunden?«, erkundigte ich mich.

»Ach, es war die Faszination, die das Böse ausstrahlt.

In so einem Dörfchen besteht das Leben aus Tabus. Dennoch wuchern Kräfte. Skandale. Kleinkriege. Damit kam ich nicht zurecht. Ich wollte hinter die Kulissen sehen. Stieß schon als Jugendlicher auf Paranoia und Angst. Wenn man behütet aufwächst, glaubt man ja, dass alles so weitergeht, dass alles sich fügt, weil es im Letzten zusammengehört und ein großes, wunderbares Ganzes bildet.« Er trank sein Glas leer. Ich schenkte nach. Er lehnte nicht ab. »Aber ich habe schnell gelernt, dass das Leben aus Bruchstücken besteht, die nicht zusammenpassen.«

Ich goss auch mir nach.

»Ein Freigeist wie Sie hat nichts zu lachen, oder?«

»Nein.« Er zog eine ironische Grimasse. »Weder im Dorf noch bei der Polizei.«

»Fluchtinstinkt?«

Er sagte nichts dazu, also verfiel auch ich in Schweigen. Das war mir noch nie passiert, mit einem Mann in die Nacht hineinzufallen, den Wein im Glas kreisen zu lassen, ganz ohne Hintergedanken. Selbst mit dem größten Aufgebot an Fantasie konnte ich mir nicht vorstellen, mit dem KHK ins Bett zu gehen. Er kam von einem anderen Stern. Ein Außerirdischer, der auf unserem Planeten verlorengegangen war und nun sehen musste, wie er klarkam. Ein Mann, der eher ein Dichter sein könnte oder ein Philosoph auf einem Berg. Der französische Chansons hörte, sein Weinglas schwenkte und existenzialistische Verse in ein Notizbüchlein schrieb.

»Die Kunst macht die Welt still«, sagte Keller zu einem Zeitpunkt, als ich schon meinte, wir wären durch ein Loch im Raum-Zeit-Kontinuum gestürzt. »Insofern ähnelt sie frisch gefallenem Schnee. Diese zarten Schneeflocken ... Plötzlich sind die Menschen glücklich wie Kinder. Sie freuen sich, einfach da zu sein. Man erlebt das normalerweise nicht.«

»Nicht in Mitteleuropa«, sagte ich.

»Wohin sollte man reisen, um Lebensfreude zu erleben, Frau Laverde?«, fragte er, ohne eine Antwort zu erwarten. »Wo ich auch hinschaue, überall sind die Leute damit beschäftigt, sich abzuplacken. Alle jagen irgendwelchen Dingen hinterher, die sie zu benötigen meinen, Geld, Anerkennung, Karriere. Bonuspunkte zum Vorzeigen. Die Freude am Dasein ist ihnen abhanden gekommen.«

Vermutlich sprach er über sich. Und auch über mich, irgendwie. Ich murmelte Zustimmung.

»Kea«, sagte Keller versonnen. »Was ist das eigentlich für ein Name?«

»Eine friesische Kurzform zu Alkea. Dieses ist ein Ableger von Adelheid.«

»Na, da haben Sie aber Glück gehabt.« Er blinzelte und brachte mich damit zum Lächeln. »Würden Sie es als sehr indiskret ansehen, wenn ich Sie frage, warum Sie eine schwere Zeit hinter sich haben?«

Ich ließ mir die Frage durch den Kopf gehen. Sie war nicht nur indiskret, sie bedrängte mich körperlich. Vor allem wusste ich nicht, weshalb er sie stellte. Warum wollte dieser Mann mit dem italienischen Bart so viel über mich erfahren? Ich hatte gelernt, selber den Ton in Gesprächen vorzugeben und mir nichts entlocken zu lassen, was ich nicht freiwillig gab. Manchmal war Reden intimer als Sex.

»Trinken wir die Flasche aus«, sagte ich. »Ich biete Ihnen mein Küchensofa an. Einen polargeprüften Schlafsack habe ich.«

14.

Ich bin Abfall, denkt Andy Steinfelder, während er die Reste des Abendessens wegräumt und die Mandarinenschalen in den Mülleimer wirft. Jenny ist wieder hinter ihrem Rechner verschwunden, er fragt sich, wie ein so junges Mädchen sich stundenlang mit all dem Computerquatsch beschäftigen kann. Sie hat ihm die Mandarinen geschält. Er kann es nicht mit einer Hand. Es frustriert ihn, dass seine Tochter ihm Obst schälen muss. Eine finstere Vision hüllt ihn ein, wie er in einem Rollstuhl sitzt und Jenny ihn füttert. Gina wirft ihm oft vor, die Hausarbeit auf sie und Jenny abzuwälzen. Er klappt den Mülleimer zu. Alles dauert so viel länger, wenn er es tut. Mit nur einer Hand. Er ist wütend auf die Leute mit zwei Händen, zwei Beinen, und besonders auf die, die sagen können, was mit ihnen los ist. Er hofft immer noch auf Besserung. Dass er wieder richtige Sätze bilden kann. Er weiß, was ein Satz ist, aber er kriegt keinen zustande. Früher war er gesellig und hatte viel Spaß damit, Freunde einzuladen und über Gott und die Welt zu diskutieren. Seit dem Schlaganfall hat er sich abgekapselt. Er erträgt zu viel Gesellschaft nicht. Er wird schnell unkonzentriert, vergisst, was gesagt wurde. Während er zuhört, kann er sich nicht auf das konzentrieren, was er selbst sagen will. Wenn viele durcheinander reden, verliert er den Überblick.

Andy nimmt den Lappen, wringt ihn aus und wischt den Tisch ab. Sein Körper reagiert mit Mattigkeit und Schlaflosigkeit auf seine deprimierenden Lebensumstände. Bislang hat ihm niemand sagen können, ob seine Sprache zurückkehren wird. Die Ärzte wagen keine Prognosen, und die Sprachtherapeutin versucht ihm klarzumachen, dass nichts unmöglich ist. »Toyota«, sagt Andy laut und lacht. Die Leidensgenossen in der Selbsthilfegruppe bewundern ihn für seine Beharrlichkeit, mit der er sich zurück ins Leben kämpft. Das Laufen hat sich wirklich verbessert. Aber er will sprechen. Er will sprechen, um Gina zurückzugewinnen. Will mit ihr singen, Blödsinn machen und spitzfindige Reden schwingen. So wie früher. Er hat immer gedacht, sie beide hätten eine stabile Beziehung. Aber nun hat er den Eindruck, ihre Gemeinsamkeiten wären nur Fassade. Er sieht, dass Gina an seiner Krankheit zerbricht, doch er kann sie nicht trösten. Nicht mit Worten, und wenn er sie nachts berührt, weist sie ihn ab. Ihr Körper wird steif, sie dreht sich weg und murmelt etwas, das er nicht versteht. Er schleudert den Lappen ins Spülbecken. Wenn Kea Laverde bei ihm ist, fühlt er sich wie ausgewechselt. Obwohl sie naturgemäß meistens selber redet, hat er den Eindruck, ein wirkliches Gespräch zu führen.

Er hört den Wagen vorfahren. Gina kommt. Er verfolgt jeden Schritt von ihr, von der Auffahrt bis zu den Stufen an der Eingangstür. Rasch macht er ihr die Tür auf.

»Ach, hallo Andy!«

Sie sagt es in einem Ton, der ihm die Luft abschnürt. Er will sie küssen und beugt sich zu ihr hinunter, aber sie entwindet sich und geht in die Küche.

»Habt ihr schon gegessen?«

Er möchte erwidern, was denkst du denn, sollen wir jeden Abend bis in die Puppen mit dem Essen warten? Aber er kann es nicht sagen und starrt vor sich hin.

»Hat Jenny gekocht?« In dieser Frage schwingt der Vorwurf, dass er zu viele häusliche Pflichten auf Jenny abwälzt. Gina ist eifersüchtig, weil er und Jenny soviel Zeit gemeinsam verbringen und gelernt haben, sich mit wenigen Worten zu verstehen. Seine Frau spürt, dass sie in die zweite Reihe abwandert. Gina hat ihren Humor, ihren sprühenden Witz verloren. Andy kann ihre Erschöpfung nachvollziehen. Sie muss alles allein tragen, die finanzielle Verantwortung, muss das Familienleben organisieren, für alle entscheiden und planen. Er würde sich gerne beteiligen, aber die Sprachlosigkeit steht zwischen ihnen, eine Kluft, die sich von Woche zu Woche verbreitert.

»Nein«, sagt er. »Manda … Mandana … Mandara …«

»Ihr habt Mandarinen gegessen?«, rät Gina. Andy weiß, dass sie es hasst, immer für ihn mitzuformulieren.

»Schal.«

»Schmecken die schal?«

»Schal …«

Er will ›Schale‹ sagen, will ihr begreiflich machen, dass Jenny die Mandarinen für ihn geschält hat, will erklären, dass ihm das Angst macht, weil es Abhängigkeit bedeutet. Es macht ihn wahnsinnig, wenn Gina seine Gedanken nicht enträtselt. Zornig stampft Andy mit dem Fuß auf.

»Verflucht, Andy«, sagt Gina sehr leise. »Ich bin vollkommen k. o. Ich hatte einen verteufelten Tag, stand nur im Stau, bin von Termin zu Termin gehetzt. Ich bin müde. Ich kann jetzt keine Ratespiele mehr spielen.«

Sein Leben ist kein Spiel. Andy reißt sich zusammen, er braucht übermenschliche Kraft dafür, aber es gelingt, er schreit nicht los. Er verabscheut sich selbst, wenn er losschreit. Manchmal geht es nicht anders. Heute hat er sich in der Gewalt. Er beobachtet Gina, wie sie ihren Mantel über einen Stuhl wirft und hinausgeht. Der Mantel rutscht zu Boden. Andy holt aus und versetzt dem Tweedhaufen einen Tritt. Noch einen. Und noch einen. Tränen kullern ihm über die Wangen. Er braucht Zeit. Und Geduld. Und Liebe. Aber die Liebe ist weg. Gina liebt ihn nicht mehr.

15.

Ich wälzte mich hin und her. Wie sollte eine Frau schlafen können, wenn ein Mann wie Nero auf dem Küchensofa pofte? Nicht, dass ich mit ihm ins Bett wollte. Aber wir hätten noch stundenlang reden können, bis in die Morgenstunden. Reden, rauchen, trinken. Ich lächelte in die Dunkelheit hinein, die mir keine Angst mehr einjagte. Dachte an Andy und versuchte mir klarzumachen, wie ich seine Geschichte aufbauen würde. Bei jedem Projekt kommt irgendwann der Moment des Anfangens. Du merkst, jetzt gilt es, loszuschreiben, jetzt sofort. Die Landkarte hat sich im Kopf gebildet, ein Netz aus Wegen und Trampelpfaden, die in verschiedene Richtungen führen, aber irgendwann zusammenfinden werden. Wann das ist, lehrt die Erfahrung.

Seufzend schaltete ich meine Nachttischlampe an und kritzelte unter dem wohlwollenden Blick der ›Zwei Hexen‹ ein paar Stichpunkte auf meinen Block. Ich würde ein Gerüst aus Fakten verfassen, es Andy vorlesen, und er sollte an den passenden Stellen Ergänzungen vornehmen. Das überforderte ihn nicht, denn er musste keine eigene Struktur errichten, konnte sich an den einzelnen Ereignissen entlanghangeln. Meistens begann ich mit der Kindheit des Kunden, aber ich dachte mir, es wäre angemessener, mit Andys Schlaganfall zu beginnen und von dort in Rückblicken sein vorheriges Leben abzuarbeiten. Nachdem ich ein paar Seiten vollgeschrieben hatte, fühlte ich mich erfrischt – und endlich müde genug, um einzuschlafen.

DIENSTAG

16.

Als ich am nächsten Morgen in die Küche tappte, war Keller fort.

›Danke Ihnen für den Wein, den Kaffee, die Gespräche. Ein Kollege wird sich wegen der Sache gestern melden. NK‹

Du liebe Zeit. NK. Ich legte den Zettel weg, den er auf dem Sofa drappiert hatte. Die ›Sache gestern‹ schien weit weg. Draußen hatte es aufgeklart, es schneite nicht mehr, und eine tapfere Sonne eroberte sich den Himmel. Weit und breit keine Wolke.

Ich genehmigte mir ein Spiegelei zum Frühstück, schob den Gedanken an mein Gewicht weg und machte mich auf den Weg zu Loo und Litz. Die Stallarbeit brachte mich ins Schwitzen, aber ich konnte bei solchen körperlichen Arbeiten gut nachdenken. Über Keller zum Beispiel. Was war das für ein Mann, der auf dem Sofa übernachtete und eine Abschiedsnachricht mit NK unterschrieb? NK. Neuer Kummer. Nützlicher Kommissar. Ich spielte mit den Wörtern herum, während ich Sägespäne einstreute. Müßig, darüber nachzudenken. Ich musste den Glaser anrufen, eine neue Scheibe bestellen, mich bei Juliane melden. Anschließend würde ich endlich wie gewohnt arbeiten. Ich spürte der Vorfreude nach, als ich zum Haus zurückging, Schaufel und Gummistiefel aufräumte und mir einen zweiten, stärkeren Kaffee kochte. Das war schon immer so, ein Geschenk meiner Berufswahl: Ich freute mich auf neue Projekte, auf Texte, die es noch nicht gab, die mir noch fremd waren und doch schon ein Teil von mir. Ich konnte es nicht erklären und hatte es selbst kaum verstanden. Doch der schönste Moment, wenn ich ein Buch oder einen Artikel schrieb, war genau dieser. Wenn es losging. Wenn die Wörter sich zu Garn sponnen, wie von selbst, wenn die Ideen, die Sätze flossen.

Ich wusch mir die Hände, als Juliane anrief.

»Kleines, gibt's was Neues?«

Sie musste telepathische Fähigkeiten haben. Knapp berichtete ich von dem Anschlag auf mein Küchenfenster. Den Teil der Story, der Nero Kellers Aufenthalt auf meinem Küchensofa betraf, schien Juliane besonders ins Herz zu schließen.

»Also wissen 'Se, nee«, bemerkte sie. »Du solltest ein bisschen besser auf dich und deine Auftraggeber achten. Hör mal. Ich bin zwei Tage nicht erreichbar. Ich besuche Dolly.« Sie diktierte mir die Festnetznummer ihrer Schwester. Juliane besaß kein Mobiltelefon. Handys hielt sie für kapitalistische Tricks, mit denen Großkonzerne in ausbeuterischer Weise ihre Gewinne maximierten.

Ich legte auf und rief Carlo an, um ihn um Rat wegen des zerstörten Fensters zu fragen. Carlo kannte ganze Trupps von Handwerkern in der Gegend. Er versprach, sich zu kümmern.

»Du weißt, mein Zweitschlüssel ist im Schuppen versteckt. Ich muss nachher noch mal weg.« Ich beschloss, demnächst für meinen Ersatzschlüssel einen sichereren Platz zu finden. Man konnte nie wissen.

»Kein Thema, Darling.«

Ach, Carlo, du beste aller Nummern. Ich legte auf und summte ›It's so nice to have a man around the house‹. Della Reese hatte einfach recht.

17.

Andy Steinfelder steht hinter der Gardine und beobachtet die Straße. Er hat Keas Wagen kommen sehen und sich gefreut. Hat sich mit dem Kaffeekochen beeilt, denn er weiß, dass seine Ghostwriterin gerne Kaffee trinkt, schwarz wie die Nacht, so drückt sie es aus und lacht dabei.

Seit halb sieben ist Andy wach, hat sich geduscht und alleine angezogen. Das mit dem Arm ist immer noch eine Hürde, er muss Unterhemd, Polo und Pulli umständlich über den lahmen Arm streifen, außerdem kann er sich mit einer Hand schlecht die Hosen hochziehen, vom Socken anziehen gar nicht zu reden. Das sind die kleinen Probleme, die sein Leben so mühsam machen. Er hat ziemlich deprimiert am Frühstückstisch gesessen, nachdem Gina und Jenny aufgebrochen sind. Gina wollte Jenny unbedingt zur Schule fahren, das macht sie ab und zu, wenn sie ihr schlechtes Gewissen beruhigen will. Andy spürt das genau. Wenn seine Frau erst nach elf heimkommt und Andy sie küssen will, atmet er den Geruch eines anderen. Gina hat keine Ahnung, dass er es weiß. Er ist zwar sprachlos und besitzt nur noch einen halben Körper, aber dämlich ist er deswegen noch lange nicht. Er kann genauso scharf denken wie jeder andere. Schon seit Monaten treibt ihm dieser Geruch nach Orangen zu, nach einem Massageöl, das es im eigenen Haushalt nicht gibt.

Andy wendet sich vom Fenster ab und trägt jedes Teil einzeln zum Tisch, die Kanne, die Tassen, das Milchkännchen, den Zucker. Auch wenn Kea nichts außer Kaffee nimmt. Milch und Zucker gehören dazu, sie vervollständigen das Bild. Gina würde das für pedantisch halten.

Servietten kann Andy nicht falten, also legt er zwei einfach so auf die Kuchenteller. Jenny hat Marmorkuchen gebacken, gestern Abend, während sie auf Gina warteten. Wenn er diesen anderen Mann nur einmal zu Gesicht bekommen würde. Aber Gina ist sehr geschickt, und sie ist schneller als Andy. Sie sprintet aus dem Haus und läuft um die Straßenecke, als sei der Leibhaftige hinter ihr her, nur damit Andy ihr nicht nachkommt. Obwohl das ja jetzt besser ist mit dem Bein.

18.

»Hallo, Andy!« Ich drückte ihm die linke Hand. Daran gewöhnte man sich schnell. Rechts oder links, das war nur eine Konvention. Er sah bedrückt aus. Als ich meinen Kollegblock aus der Tasche zog, seufzte er.

»Arbeit«, sagte er, aber er lachte nicht wie sonst. Ich glaube, wenn er gekonnt hätte, hätte er in diesem Augenblick eine zynische Bemerkung gemacht. Eigenartig, wie viel sich mitteilt, dachte ich, auch ohne Sprache. Da waren irgendwelche Schwingungen zwischen uns, morphische Felder, Informationen, die nicht mit Worten übermittelt wurden.

»Toll, Kaffee! Danke, Andy«, freute ich mich, als ich die Kanne und das Geschirr sah, und ärgerte mich über meinen überbegeisterten Tonfall. Es musste unecht klingen. Schnell schlug ich den Block auf. »Ist es Ihnen recht, wenn wir über Ihre Freunde reden?«

»Moma... Mamo... Mamo... chuchen«, quälte sich Andy. Ich schaute auf den Teller. Tatsächlich stand da ein Guglhupf.

»Marmorkuchen! Hat Ihre Frau den gebacken?«

»Ach!« Andy machte eine wegwerfende Bewegung. »Jenny!« Er schnitt ein Stück ab und bugsierte es geschickt auf meinen Teller. Alles mit links.

»Sie waren Rechtshänder, früher?«, fragte ich. Er nickte. Schaute mich nicht an. Was war da los? Hatte ich ihn bei irgendetwas gestört? Aber Andy ließ sich gern stören. »Mit Jenny haben Sie eine tolle Beziehung, oder?«

Er nickte und lächelte unwillkürlich.

»Das ist eine wunderbare Sache. Mein Vater ist leider schon lange tot.« Ich schaute kurz aus dem Fenster. Sah die Straße und das Tor zur Villa gegenüber, das sich automatisch öffnete. Ein Jaguar glitt aus der Villenzufahrt. Ich selbst dachte selten an meine Kindheit. Befasste mich lieber mit den Erlebnissen anderer. So blieb ich auf neutralem Boden.

»Tut … leid«, sagte Andy.

»Danke. Ich war noch sehr jung, als er starb. Leben Ihre Eltern noch?«

Er schüttelte den Kopf.

»Nicht.« Es kam nicht rüber, ob sie nicht mehr lebten oder ob er nicht über sie sprechen wollte.

»Sehen Sie eher Ihrem Vater oder Ihrer Mutter ähnlich?«

»Mutter. Mamo… chuchen.«

»Danke. Ich habe noch.« Ich stellte ein paar Fragen zu seinen Eltern, bevor ich die erste Überleitung versuchte. »Und Ihre Schwiegereltern?«

Er wurde rot. Nicht in einem Schub, wie Menschen, die sich genierten oder ertappt fühlten. Bei ihm wuchs die Rötung allmählich vom Hals über sein Gesicht bis zum Haaransatz.

»Ist es schwierig mit den Schwiegereltern?«

»Gina … Probleme.«

»Gina hat Probleme mit ihren Eltern?«

»Ja.«

»Sind ihre Eltern streng?«

»Nein.« Er schüttelte den Kopf. »Ich … schwierig.«

»Sie haben Schwierigkeiten mit ihnen?«

»Nein!« Er suchte nach Wörtern, die ihm aus dem schalltoten Raum helfen konnten.

»Sie meinen, Ginas Eltern sehen in Ihnen die Schwierigkeit, Andy?«

Er nickte. Ganz hatte ich seine Aussage nicht getroffen. Aber gut genug.

»War das schon vor dem Schlaganfall so?«

Andy wiegte den Kopf.

»Gelegentlich.«

»Sicher leidet Gina auch darunter.«

»Gina ...«, begann er. Seine Wangenmuskeln spielten. Er warf mir einen halb zornigen, halb traurigen Blick zu. Ich hatte oft versucht, mir vorzustellen, wie Andys und Ginas Eheleben aussah. Hatten sie Sex? Man konnte sich lieben, ohne zu sprechen. Aber eine Beziehung erforderte Kommunikation und intellektuellen Austausch.

»Gina ist viel unterwegs, oder?«, war alles, was mir einfiel.

»Viel Stadt.«

»Sie ist viel in München unterwegs. Das muss sie in ihrem Beruf.«

Andy schaute seine lahme Hand an.

»Wochenende«, murmelte er.

»Ihre Frau arbeitet auch am Wochenende?«

Er nickte. Wieder dieser trotzige, verschwörerische Blick.

Zum Teufel, natürlich!

Gina arbeitete nicht. Sie hatte eine Affäre. War eine Amour fou des Rätsels Lösung? Hatte Gina einen Liebhaber? Und wenn, hatte er meine Unterlagen gestohlen?

Aus Angst, Andy könne von dem amourösen Abenteuer Wind bekommen haben und es mir weitergetratscht haben? Bertram Kugler war tot. War er Ginas Lover gewesen? Unwahrscheinlich. So, wie ich Gina Steinfelder einschätzte, würde sie sich kaum mit einem Dämlack wie diesem Fönfrisierten abgeben.

Andy schaute mich flehentlich an. Aber nicht in einer Weise, als wollte er mich bitten, nicht weiter in ihn zu dringen, sondern er ersehnte weitere Fragen, als könnte meine Stimme aussprechen, was ihn quälte, und ihn so auf Umwegen trösten.

»Arbeitskollegen?«

Er knetete die Lippen. »Mann.«

»Sie trifft einen Mann?«

»Massa …«

Ich zerbrach mir den Kopf. »Ich verstehe Sie nicht, Andy.«

»Mann. Massa. Apfel… nise. Apfel …«

»Apfelsine«, korrigierte ich ihn automatisch.

»Ja! Riecht Apfelnise.«

Das war typisch für Andy. Er verdrehte die Reihenfolge von Lauten, bemerkte seinen Fehler, konnte ihn jedoch nicht ausbügeln.

»Helfen Sie mir, Andy. Ich habe das noch nicht richtig verstanden.«

Empört griff Andy zu seinem Gehstock, der am Tisch lehnte, und stieß ihn einige Male auf den Boden. Schweiß perlte über seine Stirn. »Mann! Riecht.«

Gina Steinfelder traf einen Mann, der nach Apfelsine roch. Sie traf ihren Liebhaber, ließ sich von ihm massieren und brachte den Duft mit nach Hause.

»Gina hat einen Liebhaber«, sagte ich und beobachtete atemlos Andys Reaktion.

Er schien erleichtert. Ließ den Stock aus der Hand gleiten und legte die gesunde Hand neben seinen Teller.

»Weiß Gina, dass Sie es wissen?«

Er schüttelte den Kopf und sah mich an. In seinen Augen blitzten Tränen.

»Wissen Sie, wer der Mann ist?«

Erneutes Kopfschütteln. Andy war am Ende seiner Kräfte.

»Schreiben«, sagte er und schlug mit der Hand so heftig auf den Tisch, dass der Teller hochsprang.

19.

Ich hockte in meinem Auto und fror vor mich hin. Die enge Straße bedrückte mich. Bogenhausen verschanzte sich hinter Mauern, schmiedeeisernen Torverzierungen, mannshohen Hecken und Videoaugen. Tiefe Stille lag über dem Viertel. Andy lebte in seiner Villa wie ein Gefangener. Ich schämte mich. Bisher hatte ich Andy nicht als Persönlichkeit gesehen, sondern als den armen Kerl, dem ich helfen wollte. Aber dass in ihm eine gehörige Portion Kraft, sogar Aggressivität steckte, und dass Opferrolle und innerer Zorn Teile eines komplexen Charakters waren, zeichnete sich erst jetzt vor mir ab. Jemand, der nicht sprach, schien auf den ersten Blick keine Konturen zu besitzen. Als gäbe es nichts über ihn zu sagen. So viel also zu deiner legendären Menschenkenntnis, Kea. Wahrscheinlich verstand Andy sehr viel mehr als ich von menschlichen Abgründen. Er hatte mehr Zeit, um zu beobachten.

War wirklich die Affäre zwischen Gina und Mister X der Grund für den Datenklau? Eine simple Liebesgeschichte war in der heutigen Gesellschaft kein solches Drama mehr. Wäre eine Beziehung den ganzen Stress wert, irgendwo einzubrechen und Unterlagen zu stehlen? Ich schüttelte den Kopf. In meinen Augen waren Affären inzwischen üblich. Aber vielleicht lag der Fall bei den Steinfelders anders. Immerhin betrog Gina einen behinderten Ehemann. Und wenn Gina bei Andy blieb, sich nicht scheiden ließ, wie es ein etwaiger Liebhaber von ihr fordern könnte, war dann die Eifersucht auf Andy der Motor, der den Kerl in mein Haus getrieben und an dem blödsinnigen Betonpfeiler hatte zerschellen lassen? Oder wollte Andy sich an Gina rächen? Indem er seiner Ghostwriterin die Geschichte einer Affäre in die Feder diktierte? Aber Kugler konnte nicht Ginas Papagallo sein. Schon aus ästhetischen Gründen. So gut kannte ich die elegante Frau Steinfelder.

Jemand klopfte an meine Scheibe. Ich fuhr zusammen. In der Dunkelheit erkannte ich das Gesicht nicht gleich, das mir fröhlich zulächelte. Ich öffnete die Tür und stieg aus.

»Mensch, Jenny, hast du mich erschreckt!«

Jenny Steinfelder grinste und hob zur Entschuldigung beide behandschuhten Hände.

»War keine Absicht, Frau Laverde!« Sie griff in ihre

Manteltasche und zog eine winzige Digitalkamera hervor. »Schauen Sie mal! Meine Eltern haben mir Geld vorgestreckt, damit ich mir eine neue Digi leisten kann.«

»Schon vor Weihnachten?«

»War eine Ausnahme«, sagte Jenny. »Ein super duper Sonderangebot.«

»Lass mal sehen. Ich brauche auch eine neue. Meine wurde gestohlen.«

»Echt?«

»Ja. Dumm gelaufen.«

Jenny tippte auf mikroskopisch kleine Tasten.

»Ein geniales Teil! Man kann auch Sprechtexte aufnehmen und MP3 hören, filmen, Bilder übereinanderlegen ...«

»... und einfach fotografieren?«

»Klar. Sie kennen sich mit Technik aus, oder?«

Sie spielte auf das Aufnahmegerät an, das ich manchmal benutzte, wenn ich mit Andy Interviews führte.

»Mein Talent hält sich in Grenzen.«

»Wollen Sie mal ein paar Fotos sehen?« Eifrig aktivierte Jenny das Display, das beinahe die ganze Rückseite der Kamera in Anspruch nahm. Sie klickte von Bild zu Bild. Die meisten schien sie erst vor Kurzem aufgenommen zu haben. Schneebedeckte Äste vor blauem Himmel, Nachtaufnahmen von Straßenlaternen mit Schneehauben.

»Nicht schlecht«, gab ich zu. »Wo hast du die gekauft?«

»Im Internet.«

Ich fragte mich, ob es in naher Zukunft noch Geschäfte geben würde, wo man mit den eigenen zehn Fingern die

Waren anfassen konnte, bevor man sie bezahlte. Jenny klickte weiter. Ein Mercedes von hinten. Das Blitzlicht ließ das Nummernschild grell leuchten. Eine Münchner Nummer. Nächstes Foto. Ein Hauseingang. Nächstes Foto. Gina Steinfelder, die ein Parkhaus verließ. Klick. Ein Klingelschild neben einer Tür. Alfred-Schmidt-Straße 28. Mein Gedächtnis drückte auf Speichern.

»Suchst du eine Wohnung?«, fragte ich spaßeshalber.

Sie klickte ungerührt weiter und zeigte zwei Fotos von Andy in der Küche. Er rührte in einer Teigschüssel, wandte seiner Tochter das Gesicht zu und lachte verschmitzt.

»Schreibst du mir mal auf, wo du die Kamera bestellt hast?« Ich war ehrlich interessiert. Rasch kramte ich einen Zettel aus meiner Schultertasche. Während Jenny schrieb, rotierten meine Gedanken wie Propellerflügel. Wenn ich nicht gerade völlig ins Land der Fantasie abdriftete, hatte ich zwei interessante Neuigkeiten erfahren.

»Hier.« Jenny hielt mir Zettel und Stift hin. »Hoffentlich gilt das Sonderangebot noch.«

»Das werde ich rausfinden. Tschüss, Jenny, grüß deinen Vater.«

Sie winkte und ging die Straße hinunter auf die Steinfelder-Villa zu, während ich mit einem Seufzen hinter meinem Steuerrad zusammensank, bevor ich die Innenbeleuchtung anschaltete und mir den Stadtplan vorknöpfte.

20.

Valeska dreht und streckt sich vor dem Spiegel. Den hat sie sich geleistet, als sie eingezogen ist. Von Amberg nach München, das ist ein Wechsel! Sie ist immer noch stolz, reckt den Hals und betrachtet ihre Elfenbeinhaut. Sie pflegt sich sehr sorgfältig. Das meiste Geld geht für Kosmetika und für die Miete drauf. München ist teuer, und sie verdient im Klinikum rechts der Isar kaum mehr als daheim in Amberg. Trotzdem, sie hat diesen Job bekommen, und nun geht's richtig los. Sie drückt die Brustwarzen vorsichtig zusammen. Das mit den Klammern hat weh getan. Sollte es auch. Valeska lacht und zeigt das Piercing auf dem Schneidezahn. Sie sieht nicht aus wie 22. Sie sieht jünger aus, und das verschafft ihr einen Vorteil, denn gewünscht wird immer: so jung wie möglich. Ganz jung, aber noch nicht illegal. Sie dreht sich und streckt ihren Hintern Richtung Spiegel. Gefroren hat sie das letzte Mal, aber sie hat sich nichts anmerken lassen. Sie hat gemacht, was man von ihr wollte, und alles hat geklappt, sie ist wirklich gekommen, das war irre, sie hat alles um sich vergessen, als sie ausgestreckt auf den violetten Kissen lag. Valeska wählt sorgsam die Wäsche aus. Zieht Schlüpfer und BH an und übt das Ausziehen. Dreht die Heizung weiter auf. Sie muss dringend Geld zurücklegen, um die Nebenkosten bezahlen zu können. Der Dezember ist kalt, die Fenster schließen schlecht. Mit all diesen Dingen hat sie nicht gerechnet. Aber sie kriegt bald ihr Honorar. Das ist das Tolle: Diese Arbeit macht Spaß und man verdient sogar noch was dabei. Den Job im Labor macht sie nur für das Geld. Aber den anderen, den macht sie zu ihrem Vergnügen. Sie hat es eilig. Wenn sie so drüber nachdenkt, spürt sie, wie schnell die Zeit vergeht. Sie ist nicht mehr lange in den 20ern. Wie es wird mit den Extras, die sie so mag, wenn sie erst mal eine Drei vor der Zahl stehen hat, kann sie nicht beurteilen.

Lächelnd lässt sie sich auf ihr Bett fallen. Die Weihnachtskarten an Eltern und Großeltern sind geschrieben. Sie braucht nur noch Briefmarken. Daheim werden sie es schon verkraften, dass Valeska erst nach Weihnachten kommt. Sie schiebt Dienst über die Feiertage. Marietta bleibt auch in München. Das gibt ihr Sicherheit.

Es ist schon eins. Sie muss langsam los.

21.

Ab und zu wehten Schneeflocken über die Straßen, aber das Wetter hatte sich im Großen und Ganzen beruhigt, als ich nach Thalkirchen steuerte. Wie eine Idiotin balancierte ich den Stadtplan auf meinen Knien und knipste an jeder Ampel das Licht an, um zu prüfen, wie ich fahren musste. Eine Menge Wichser auf vier Rädern zeigten mir durch lautes Hupen, dass sie von der Entdeckung der Langsamkeit noch nichts gehört hatten. Ich sollte bei Johnson Klein nach einem Navigationsgerät fragen, verschob die Entscheidung aber auf später. Viel lieber warf ich meinen grauen Zellen Jenny zum Fraß vor. Die Tochter spionierte der Mutter hinterher, dokumentierte die Örtlichkeiten auf ihrer neuen Kamera und schien das noch nicht einmal sonderbar oder geheimhaltenswert zu finden. Schade, dass Juliane aus weltanschaulichen Gründen in dieser Angelegenheit gerade nicht zu sprechen war.

Ich fuhr ein Stück am Isarkanal entlang, bog einige Male ab und hielt vor der Raiffeisenbank. Schaltete die Scheinwerfer aus. Wartete.

Ich hatte keine Ahnung, was ich hier tat. Es musste mit meiner Verbissenheit zu tun haben. Ein Gedankenblitz scheuchte mir Erinnerungen heran, an Reportagen, für die ich an Grenzübergängen, in Hinterhöfen und Kellern auf irgendetwas gelauert hatte. Eigentlich wollte ich daran nicht mehr denken. Es gab so einiges in meinem Leben, das ich zu den Akten geben wollte. Vielleicht stieg ich deshalb aus, knallte die Autotür zu und ging auf das Haus zu, das ich von Jennys Foto wiedererkannte.

›Böhme‹, ›Schweinsmann‹, ›Öznur‹, ›Parisek‹, ›Lehr‹, ›Kanter‹, ›Sutter‹, ›Stein‹ lauteten die Namen am Klingelschild. Ich fotografierte es mit dem Handy. Dachte kurz an Kommissar Keller, wie er in die Hocke ging und den Stein in der gesprungenen Küchenfliese ablichtete. Verdammt, ich sollte zu Hause sein und den Einbau des neuen Fensters überwachen. Ich hatte mich überhaupt nicht darum gekümmert und alles auf Carlo abgewälzt.

Die Namen sagten mir nichts. Ich klingelte bei Schweinsmann und gab vor, ein Päckchen für Parisek abgeben zu wollen. Der Summer ging. Ich trat ins Treppenhaus. Gelbes Licht glitt über die dunklen Holzstufen. Ich stieg die Treppe hinauf.

»Sind Sie drin?«, rief eine Frauenstimme.

»Alles in Ordnung, danke!«, rief ich und hörte erleichtert, wie die Tür geschlossen wurde. Langsam ging ich die Stockwerke ab und las die Namen neben den Türen. Auf jedem Treppenabsatz zweigten zwei Wohnungen ab. Im zweiten Stock rumorte es hinter der Tür, an der ›Schweinsmann‹ stand. Ich grinste und stieg ganz nach oben, wo links Böhme, rechts Parisek wohnte. Ich machte das nur für den Fall, dass mich jemand beobachtete. Tarnung war klasse, solange man sie beibehielt. Wusste ich aus Erfahrung. Ich machte kehrt und ging die Treppe wieder hinunter. Wenn ich recht hatte, lebte hier Gina Steinfelders Liebhaber. Oder hatte Jenny nur aus Jux ein Haus in Thalkirchen geknipst? Wohl kaum, um ihre neue Kamera auszuprobieren. Mein Magen knurrte, als ich an der Schweinsmann-Wohnung vorbeilief.

»Na?« Eine Frau schoss aus der Tür. »War jemand daheim bei Parisek?«

»Nein. Ich habe das Päckchen abgelegt.«

»Typisch. Die arbeiten beide Spätschicht.« Die Frau legte den Kopf schief. Sie trug einen engen Jeansrock, Pulli und Socken über den blickdichten Strumpfhosen. Vielleicht war sie 40, vielleicht 50. Merkwürdig alterslos blickten mich die hellen Augen an. Die Frau war nützlich. Ich sollte sie ausfragen, nach Gina vielleicht, nach Jenny.

»Ich glaube, ich habe schon einmal etwas in dieses Haus geliefert. Für Steinfelder«, sagte ich.

»Hat hier nie gewohnt. Wir wohnen seit 20 Jahren hier, das müsste ich wissen.« Die Frau blieb stehen und sah mich neugierig an. »Sie haben keinen kleinen Computer dabei, mit dem sie die Auslieferungen verbuchen.« Die Tussi war imstande und stieg in den dritten Stock hoch, um nachzusehen, ob wirklich ein Päckchen auf dem Fußabstreifer lag.

Ich zückte meinen Journalistenausweis, schwenkte ihn kurz vor den wasserblauen Augen und sagte: »Ich komme von der Kopier-Kiste. Die Pariseksche Doktorarbeit ist gedruckt.«

Frau Schweinsmann zog die Brauen zusammen.

»Der ist doch Werkzeugmacher!«

Ich hätte am liebsten laut gelacht. In Frau Schweinsmanns Leben passierte nicht viel. Ihr Gehirn hungerte nach Nahrung. Am leichtesten ließ die sich beschaffen, indem man das Leben anderer unter das Mikroskop zwang.

»Egal. Sie glauben ja nicht, was man alles über seine Nachbarn lernt im Lauf der Zeit. Hier zum Beispiel«, sie zeigte mit dem Daumen auf die Tür, wo der Name ›Lehr‹ stand, »gehen beinahe täglich junge Frauen ein und aus. Und zwar die hübschesten, die München zu bieten hat. Richtige Modelfiguren.«

»Ach, ja?«

»Dabei wohnt der Herr Lehr gar nicht hier. Der kommt erst am späten Nachmittag, empfängt eine Dame und geht wieder.«

Aber Gina Steinfelder war Mitte 50, sie konnte nicht ... spielte sie Edelhure? Ich schob meine eiskalten Hände in die Jackentaschen.

»Manchmal ist auch eine Frau in meinem Alter dabei. Kommt mit Herrn Lehr, dann kommt ein junges Mädchen.« Frau Schweinsmann sah auf ihre Armbanduhr. »Dürfte bald so weit sein.« Sie guckte mich an, als misstraue sie mir mit einem Mal.

Ich spielte die Ungeduldige: »Ich muss weiter. Tschüss!«

Noch im Auto spürte ich ihren Blick im Rücken. Als ich am Haus hochsah, gingen in ihrer Wohnung die Lichter aus.

22.

»So sieht es aus«, beendete Nero Keller sein Referat. Er klickte sich aus PowerPoint, und auf der Leinwand sah man seine Desktopoberfläche, die sorgfältig zurechtgeschobenen Ordner. Er hasste PowerPoint, aber Jassmund hatte ihm nahegelegt, dass Präsentationen mit dem Microsoftprogramm nun mal Standard waren, so sehr Nero sich dagegen wehrte. Nero schrieb noch nach der bewährten Rechtschreibung. Du siehst immer nur die Fehler des Neuen, aber nie die Fehler des Alten. Das hatte Leonor manchmal gesagt. Recht hatte sie, aber jetzt, wo sie nicht mehr da war, versteifte er sich noch mehr auf diese Haltung. Er schaltete das Notebook auf Standby. Kurz kam ihm Kea Laverde in ihrer lammfellgefütterten Bomberjacke in den Sinn. Nero besaß eine ausgeprägte Menschenkenntnis. Mit bestimmten Leuten konnte er gut. Ganz spontan. Mit Kea zum Beispiel. Wie sie sich wohl kleidete, wenn sie zu einem Kunden kam, fragte er sich.

»Ein paar Minuten Pause«, sagte Polizeioberrat Woncka und nickte Nero zu. Er war angetan von Nero und ließ es ihn merken. Er wollte den bärtigen KHK unbedingt in seinem Team haben. Das hatte man Nero gesagt, und er hatte eingewilligt, sein Referat kurzfristig zu halten, um sich bei den Kollegen bekannt zu machen. Die Präsentation war ohnehin fertig, er hatte am Informations- und Bildungszentrum der International Police Association in Gimborn den gleichen Vortrag gehalten.

»Ein instruktiver Vortrag, wirklich instruktiv.«

»Danke.« Nero räumte das Notebook in die dazugehörige Tasche.

»PowerPoint«, sagte Woncka, »formt unser Denken. Ich habe einen Aufsatz darüber gelesen. Wie wir uns beim Vorbereiten einer Rede zwingen, in den Kategorien von Überschrift und Unterpunkten zu denken. Wie wir unsere Inhalte so stutzen, dass sie in die vorgesehenen Folien passen.«

»Ich bin kein Freund dieser Medien«, sagte Nero kühl. Er wollte sich von Woncka nicht auf die Kumpelebene ziehen lassen. Sein Ziel war es, akzeptiert zu werden für das, was er leistete.

»Verstehe ich. Darin sind wir uns einig.« Woncka nickte. »Besagen Ihre Ausführungen in der Konsequenz, dass künftig die Kinderpornografie das geringere Übel sein wird im Gegensatz zu den … Massakern, die sie uns beschrieben haben?«

Nero rieb sich die Hände. Es war kalt im Raum. Die Zuhörer, von denen einige bald seine Kollegen sein würden, beugten sich aus dem Fenster, die meisten rauchten. Kinderpornos würden nie ein kleines Übel sein. Er hatte im letzten halben Jahr Sachen gesehen, die ihn den Schlaf kosteten, und manchmal hasste er die Menschheit, hasste er die Gesellschaft, die den Hals nicht vollkriegte und für jeden zusätzlichen Euro zu Unvorstellbarem bereit war.

Die Mailingerstraße unter ihnen lag still da. Nero warf einen Blick auf die verschneiten Vorgärten der Häuser gegenüber. Nachher würde er zu Fuß in die Nordendstraße gehen. Durch den Schnee wandern. Es war nicht so weit, er würde sich Zeit lassen. Vielleicht könnte er in einem Café auf einen Glühwein einkehren, bevor er bei Tiziana in der italienischen Buchhandlung vorbeischaute. Und dann die Wohnung ausmessen.

»Es weist viel darauf hin, dass den großen Pornoringen die Kinder zu riskant werden. Wir brauchen nicht über unsere chronische Unterbesetzung zu reden«, sagte Nero. »Aber wir müssen auch Ressourcen für die anderen Pornos locker machen.«

»Dafür bekommen wir ja Sie, Keller«, sagte Woncka und klopfte Nero auf den Arm. Er war zu klein, um Neros Schulter zu tätscheln, dazu hätte er sich auf die Zehenspitzen stellen müssen, und das wäre eines Polizeioberrates unwürdig. »Natürlich, und auch darin werden wir übereinstimmen, müssen wir uns genau überlegen, was wir publik machen. Die Öffentlichkeit darf nicht den Eindruck gewinnen, als bekämen wir die Kinderpornos nicht in den Griff und würden uns deswegen mit Filmen beschäftigen, die volljährige Darsteller haben.« Woncka überlegte. »Man wird sagen, konzentriert euch auf die missbrauchten Kinder. Nicht auf die Leute, die es freiwillig tun.«

»Das ist es ja eben. ›Freiwillig‹ stimmt hier nicht ganz. Es kann nicht freiwillig sein, wenn eine Frau sich drei Tage an Ketten fesseln lässt, nackt, dabei alle paar Stunden vergewaltigt wird, mit kaltem Wasser übergossen wird, wenn man ihr Entsetzen für alle im Internet sichtbar macht.«

»Nein!« Woncka nickte bestätigend, aber seine Erwiderung klang nach Entsetzensschrei. »Sie sagten es ja. Diesen Frauen wird bei der Anwerbung nur die halbe Wahrheit präsentiert. Man lockt sie mit tüchtigen Summen, wenn sie bereit sind …«

»… an ihre Grenzen zu gehen.«

»Auf solchen esoterischen Humbug fallen die jungen Leute zuhauf herein!«, erregte sich Woncka. »Frauen zumal.«

»Ich befasse mich hauptsächlich mit der technischen Seite«, erinnerte Nero den Polizeioberrat. »Über Intentionen, Absichten, psychologische und juristische Hintergründe kann ich nur grob spekulieren.«

Neros Referat umfasste eine Reihe von informationstechnologischen Details. Es ging um die Möglichkeit, Spuren im Internet, wie sie beispielsweise Nutzer illegaler Pornoseiten hinterließen, zweifelsfrei und schnell nachvollziehbar zu machen. Die Kommunikation im Internet brauchte minimalistisch gedacht einen Sender und einen Empfänger. Beide musste man auffinden und identifizieren. Sie hinterließen Spuren. Logischerweise bemühten sich die Nutzer, diese Spuren effektiv zu verwischen. Neros Kunst bestand darin, den Nutzern so dicht wie möglich auf den Fersen zu bleiben, um an die wirklich großen Haie heranzukommen.

In den schlimmsten Fällen stießen die Ermittler auf das Problem des Offshore-Serverhousing. Die Betreiber von Kinderpornoseiten setzten ihre Programme auf Bohrinseln in internationalen Gewässern. Beispielsweise verrichteten Server, Proxies, Anon-Dienste und alle möglichen anderen informationellen Handlanger ihre Dienste circa 25 Meilen vor der britischen Küste. Da die Rechtssprechung des physikalischen Standortes galt, liefen die Betreiber, deren Programme Rechnern auf der Hochsee anvertraut waren, nicht Gefahr, angeklagt zu werden. Dagegen konnten Betreiber in den meisten Ländern der Welt strafrechtlich verfolgt werden. Auf hoher See jedoch war rechtsfreier Raum. Pornos blieben so lange online, wie die Gebühren für den Server bezahlt wurden. Es gab tonnenweise solche Rechner.

Die Spuren zu den involvierten Geldinstituten abzugrasen, war eine weitere Aufgabe, die die Ermittler vor Probleme stellte. Beispielsweise schalteten Pornoringe Banken in Nigeria zwischen sich und ihre Kunden. An diese war über EU-Unterstützung nicht heranzukommen. Auch die internationalen Abkommen schufen kaum eine Möglichkeit für die Polizei, sich mit entsprechenden Informationen über die Bankkunden zu versorgen. Es reichte so gut wie nie für den internationalen Haftbefehl, mit dem einem Kriminellen der Garaus gemacht werden konnte, und wenn, schossen an seiner statt 100 andere Medusenhäupter hervor und verbreiteten Dreck und Gewalt.

»Machen wir weiter. Herrschaften!« Woncka hatte sich abgewandt und klatschte in die Hände. Kippen wurden ausgedrückt, Stühle geschoben, die Unterhaltungen verebbten. Man sah aufmerksam zu Woncka und musterte Nero Keller mit kaum verhohlener Neugier und unterschwelliger Skepsis.

»Ich möchte die folgende Diskussion ausschließlich moderieren, meine Herren, meine Dame«, sagte Woncka und warf einen Blick auf die einzige Kollegin im Raum. »Der Kollege Keller ist so freundlich, auf Ihre Fragen und Beiträge einzugehen.«

Nero räusperte sich und suchte Blickkontakt zu jenen Zuhörern, die ihn aufmunternd ansahen, während er die kritischen Gesichter und entschlossen verschränkten Arme geflissentlich übersah.

23.

»Kaffee?« Die einzige Kollegin, die an der Diskussion teilgenommen hatte, lächelte ihn an. »Ein Stock tiefer ist ein Automat.«

»Gute Idee!« Nero fühlte sich ausgelaugt. Diskussionen in großen Runden kosteten ihn mehr Kraft als ein ganzer Arbeitstag.

»Ich bin Sigrun West.« Er drückte ihre feste, zupackende Hand. Sie gehörte zu den Leuten, die ihre Ziele definierten, zielgerichtet handelten und schnell zu Potte kamen. Das rotbraune Haar trug sie hochgesteckt. Silberne Ohrhänger baumelten fröhlich um ihren Kopf. »Freut mich, dass Sie zu uns stoßen. Toller Vortrag.«

Sigrun West hatte vorhin nur eine Frage gestellt, sich anschließend Notizen gemacht und den Rest der Diskussion abwesend gewirkt, als braue sich in ihrem Kopf etwas zusammen. Nero folgte ihr die Treppe hinunter zum Kaffeeautomaten.

»Der Kaffee geht auf mich«, sagte er und tastete nach seinem Portemonnaie.

Sie lächelte, kramte Münzen aus der Jeanstasche und warf sie in den Schlitz.

»Sorry, aber ich war schneller. Noch sind Sie Gast.«

Es war Nero peinlich, dass eine zukünftige Kollegin ihm den Kaffee spendierte. Doch zum Ablehnen war es zu spät. Er konnte ihr schlecht zwei Euro in die Tasche stecken wie seiner Friseuse.

»Wir basteln seit Monaten an einer Sache«, begann Sigrun und blies in ihren Becher. »Kennen Sie das? Diese Mengen an Puzzleteilen, die alle gleich aussehen?«

Nero schwieg. Er spürte, dass Sigrun keine echte Frage an ihn gerichtet hatte.

»Ich habe bis vor drei Monaten in einer anderen Sache gearbeitet. Softwarepiraterie. Ziemlich großes Ding. Schließlich hat Woncka mir diesen Posten hier vorgeschlagen. Er ist ein kleiner Chauvinist.« Sie sah sich rasch um. »Einzige Frau in einer Abteilung, die brutalste Pornos bearbeitet. Ich musste mitmachen. Sonst reibt er mir unter die Nase, dass ich zu zart besaitet bin.«

Nero nippte an seinem Kaffee. Er schmeckt strohig.

»Das größte Sicherheitsrisiko sitzt immer vor dem Bildschirm, nicht wahr?«, fuhr Sigrun fort. »Aber die Pornogucker sind auch cleverer geworden. Nutzen Remailer oder 10-Minuten-Mail zur Kommunikation. Manchmal kommt mir der Verdacht, die lassen sich schulen, um ihre Spuren schnell und effektiv zu verwischen, oder verwenden einfach die passenden Programme. Sie ändern Rechnernamen, weil sie kapiert haben, dass die IP-Adresse der Verräter ist, nutzen Plattformen, die die Daten nicht oder nur ganz kurz speichern. Bei den Ermittlungen kommen wir kaum über die erste Verwischensstufe hinaus.«

Nero nickte. Nötigenfalls bekam die Polizei einen Durchsuchungsbeschluss, der innerhalb der gesamten EU galt. Wer etwas zu verbergen hatte und sich halbwegs im Glasfaserkabeldschungel auskannte, nutzte jedoch Anonym-surfen-URLs von Ländern wie Nigeria oder Paraguay aus und umging so sämtliche Sperren wie Jugendschutz. Außerdem konnte er sicher sein, dass seine Daten unzugänglich blieben.

Sigrun hob den Blick. »Wir haben den Verdacht, dass einige von den Brutalopornos hier in München gemacht werden.«

Nero trank seinen Kaffee aus.

»Zu Hause sitze ich halbe Nächte am PC, weil mir manche Sachen keine Ruhe lassen. Ich bin keine sehr abgebrühte Ermittlerin.«

Für Nero machte sie den gegenteiligen Eindruck. Sie wirkte auf ihn ausgezehrt und bitter. Als ginge sie zum Lachen aufs Klo. Er sagte nichts.

»Aber was Sie da berichtet haben … die Idee, dass

große Ringe von Kinderpornografie weggehen und sich stattdessen auf diese ganz harten Sachen verlegen ... abartig.«

»Es ist abartig, dass sie eine schreckliche Sache nicht fallen lassen, weil sie schrecklich ist, sondern weil sie ihnen zu heiß wird.«

»Unsinn! Weil sie anderswo ein besseres Geschäft wittern«, sagte Sigrun West rasch und lächelte.

»Mag sein.« Nero nickte. Er mochte ihren Scharfsinn. »Ich kann auch nicht abschalten. Konnte ich noch nie. Vor allem nicht abends. Ich gehe immer zu spät zu Bett.«

»Da haben wir etwas gemeinsam.«

Als sie zurück in den Konferenzraum gingen, dachte Nero, dass er nun nicht mehr zurückkonnte. Er hatte sich entschieden. Das LKA würde seine neue berufliche Heimat werden.

24.

23. Juli 2005, 1:41

Ihr Blick fiel auf die riesige Bahnhofsuhr, die an der Wand hängen geblieben war. Ansonsten lag alles in Trümmern. Sie schloss die Augen. Sie konnte nichts hören, keinen Ton. Die Welt spielte ihr Lehrstück lautlos weiter, voller Menschen, Chaos, Hektik, Lichtblitzen. Sie selbst lag in der umfassendsten Stille auf dem Boden. Bewegungslos. Es gab nur eines, dessen sie sicher war. Sie atmete. Also war da noch ein funktionierendes Gehirn, eine Lunge, ein Mund und eine Nase.

Gesichter. Große Nasen, kleine Nasen, helle und dunkle Haare, aufgerissene Augen, gestikulierende Hände. Sie schloss die Lider. Das Dasein war schwarz und still, nur ihre Brust hob und senkte sich im Takt des Atems. Eine Nabelschnur aus Rhythmus verband sie mit der Welt, von der sie nichts hörte.

Eine Berührung spürte sie. Am Arm. Also gab es noch einen Arm. Sie lupfte die Lider, sah ein Gesicht, das ihr bekannt vorkam. Braune Locken, einen Mund, der sich bewegte. Tanzende Lippen, dachte sie, als erzählte sie es sich selbst. Wie irrsinnig. Ein zweites Gesicht kam ins Blickfeld, und das kannte sie definitiv nicht. Seltsam, so ein Gefühl der Sicherheit in all der Stille.

Unter ihr gluckste etwas Warmes. Wie eine auslaufende Wärmflasche. Aber hier würden sie keine Wärmflasche brauchen, auf dem Sinai, mitten im Sommer. Ich weiß, wo ich bin. Ich kenne die Jahreszeit. Ich kann denken, ich habe ein Gedächtnis. Ihr Gesicht verzog sich zu einem Lächeln, aber das tat weh, weil ihre Haut spannte.

Das Leben hatte ihr noch ein anderes Sinnesorgan gelassen, das seine Arbeit tat. Sie konnte riechen. Verbranntes, schwelendes Zeug. Der giftige Geruch schnitt ihr in die Nase. Die Gesichter entfernten sich. Dann bewegte sich ihr Körper. Besser gesagt, er wurde bewegt. Geschaukelt, gestaucht, balanciert. Trümmer und Fetzen begannen sich um Kea zu drehen. Schnell, langsam, schnell, langsam. Sie wollte sagen, dass man diese Schaukelei unterlassen sollte, ihr würde schlecht werden, aber ihr Kopf schien außerstande, die passenden Wörter zu formen. Also hielt sie still, bis die schwarzen, rissigen Gegenstände aus ihrem Blickfeld verschwanden und stattdessen ein brennendes Weiß in ihre Augen stach. Nein!, dachte sie. Sagte sie? Nein! Das tut weh! Und mit einem Mal kam der Schmerz. Legte sich über den vertrauten Rhythmus ihres Atems. Ihr Kopf rutschte nach hinten. Das Weiß verlosch, aber der Schmerz blieb. Sie schrie.

25.

Gina Steinfelder stöckelte über die Straße, sah sich unruhig um, zückte einen Schlüssel und betrat das Haus. Ich hielt den Atem an. Was jetzt? Mittlerweile war es stockfinster geworden. Ich war völlig erfroren von der Warterei im Auto. Von Zeit zu Zeit hatte ich aussteigen und den frisch gefallenen Schnee von der Windschutzscheibe fegen müssen. Viel Benzin hatte ich nicht mehr im Tank, und außerdem wollte ich den Motor nicht laufen lassen, um umweltbewusste Anwohner nicht zu provozieren.

Ich richtete mich auf, schwang meine steifgefrorenen Beine aus dem Wagen und überquerte die Straße.

In Nummer 28 ging im zweiten Stock Licht an. Ich drängte mich in den Hauseingang gegenüber, als Ginas Gesicht am Fenster auftauchte. Wartete sie auf ihren Geliebten? Also war es nicht Kugler. Der würde definitiv nie mehr kommen. Was machten die da? Ein Date zu dritt? Mit einer jugendlichen Schönheit? Ich hatte Gina Steinfelder als knallharte Geschäftsfrau kennengelernt, als eine, die Kosten und Nutzen gegeneinander abwog und mit Fleiß und Disziplin die Familie zusammenhielt. Aber was wusste man schon von den Menschen. Viele knallten durch, weil sie das eintönige, nutzbringende Dasein als Gehaltsempfänger nicht mehr aushielten. Auch ich hatte irgendwann die Entscheidung getroffen, so nicht mehr leben zu wollen. Wenn auch aus anderen Gründen.

Nachdenklich schlitterte ich zum Auto zurück und verkroch mich hinter dem Steuer. Demnächst würde ich auf dem Sitz festfrieren. Wenigstens für ein paar Minuten musste ich heizen. Ich ließ den Motor an und drehte die Heizung auf höchste Stufe. Hinter mir pirschte ein Wagen die Straße hinauf, wurde langsamer, hielt in zweiter Reihe, wendete und bog in die Pognerstraße. Beinahe verpasste ich den Mann im dunklen Mantel und der Skimütze auf dem Kopf, der so gut wie unsichtbar durch die Haustür von Nummer 28 schlüpfte. Ich stellte den Motor ab und stieg aus. Die Kälte schüttelte mich. Gereizt spähte ich an der Hausfassade hinauf. Eine Jahreszahl war in den Türsturz gemeißelt: 1937. Hinter dem Fenster sah ich Gina Steinfelders Rücken, den Mann, der auf sie zukam und sie umarmte. Dann erlosch das Licht. Ein violetter Schimmer blieb zurück.

Ich gebe zu, hätte ich nicht die Sturköpfigkeit der Laverdes im Blut, ich wäre heimgefahren. Aber Frau Schweinsmanns Andeutungen in Sachen Models hatten mich angespitzt. Ich drehte meine Runden auf dem

Gehsteig, um mich aufzuwärmen, was kaum gelang, denn ein fieser Wind pfiff durch die Straße, und neue, nasse Schneeflocken setzten sich auf mein Haar und meine Jacke. Ich kroch ins Auto zurück. Es ist seltsam, wie viel man mitbekommt, wenn man nur die Geduld hat, zu beobachten. Selbst an diesem späten Dienstagabend herrschte Betriebsamkeit in der abgelegenen Straße. Leute kamen von der Arbeit, gingen zur Arbeit oder machten sich auf den Weg zu einem Bier in einer Kneipe. Diejenigen, die von der Arbeit kamen, wirkten abgekämpft, ihr Gang schleppend. Selbst die Bewegung, mit der sie ihre Hausschlüssel zückten, kam mir kraftlos und resigniert vor. Sie waren geschwächt von der täglichen Routine. »Kannst mal sehen, wie dankbar du für deinen Job sein darfst, Laverde«, sagte ich zu mir selbst. Die Atemwolke, die vor meinem Gesicht aufstieg, machte meine Lippen feucht.

Eine junge Frau kam auf Nummer 28 zu. Sehr schick gekleidet, das Haar hochgesteckt. Ich sprang aus dem Wagen und lief die Straße hinunter, den Blick zu Boden gerichtet, als suchte ich etwas. Die Frau beachtete mich nicht, dazu hatte sie auch kein Gelegenheit, denn sie war damit beschäftigt, auf ihren hochhackigen Schuhen durch den Schnee zu navigieren. Ich sah hoch, als sie auf den Klingelknopf drückte. ›Lehr‹.

Ich fing die Tür auf, bevor sie ins Schloss fallen konnte, und ging hinein. Eine zweite Tür führte zum Hinterhaus. Ein Gerüst stand an der Wand. Ich dachte nicht nach. Ich kletterte. Die Leitersprossen waren vereist. Zweimal rutschte ich ab. Meine eiskalten Finger klammerten sich in Panik fest. Auf Höhe des zweiten Stocks richtete ich mich vorsichtig auf. Die Vorhänge waren zugezogen. Dahinter brannte Licht, aber durch den dunklen Stoff konnte ich nichts sehen. Müde hockte ich mich auf meine Fersen. Mir war kalt. Ich hatte keine Nerven mehr für solche Ausflüge. Als ich das Gerüst hinunterklettern wollte, kam jemand über den Hinterhof. Mit klappernden Zähnen wartete ich. Noch jemand kam, einen Dackel an einer langen Leine hinter sich herziehend. Hund und Herrchen schlurften desinteressiert zum Hinterhaus. Als ich mich aufrichtete, schmerzte mein Bein. Entschlossen griffen meine Hände nach der Leiter. Mit geschlossenen Augen stieg ich hinunter.

Als ich aus dem Haus trat, bog ein Streuwagen in die Straße ein. Das gelbe Blinklicht echote grell von den Hauswänden. Ich stieg in mein eiskaltes Auto. Müde lehnte ich meinen Kopf zurück und überlegte. »Was jetzt, Laverde?« Irgendwie brach meine Neigung zu Selbstgesprächen durch. Menschen, die viel allein waren, konnten oft nicht anders. »Blöde Entschuldigung«, sagte ich zu meinem Rückspiegel und musste grinsen.

Aber was sollte ich tun? Hier festfrieren, während Gina Steinfelder, der ominöse Herr Lehr und das Model sich einen schönen Abend gönnten? Meine Güte, was ging mich das an?

Ich rief Carlos Handy an.

»Ach, Kea!« Im Hintergrund hörte ich die typischen Geräusche aus dem Piranha. »Das mit deinem Fenster geht klar. Morgen am späten Nachmittag wird es ausgewechselt.«

»Du meinst, ich habe die ganze Nacht ein Loch in der Scheibe?«

»Na, komm schon!« Carlos Stimme klang ungeduldig. »Ich hab's mir angeschaut, ist perfekt abgedichtet. Du wirst ein bisschen mehr heizen müssen, aber einsteigen wird da bestimmt keiner. In der Einsamkeit da draußen …«

In der Einsamkeit da draußen … Ich sah auf die Uhr. Halb elf nachts. Ich könnte sterben vor Kälte und Müdigkeit. Ein heißes Bad, eine Wärmflasche und ein gutes Buch waren meine einzigen Wünsche.

»Also morgen am späten Nachmittag«, bestätigte ich. Arbeiteten Handwerker überhaupt am späten Nachmittag?

»Bist du noch in München?«

»Ja. Ich …«

»Ich muss Schluss machen, Kea! Viel los, heute.«

Im Piranha flog jeden Abend die Kuh. Der Club lag im Trend, der Rubel rollte, und die einschlägige Presse überschlug sich vor Begeisterung. Dass ein Lokal in einem Kaff wie Ohlkirchen überhaupt zu Berühmtheit kam, war schon Sensation genug.

Ich wartete weiter. Meine Nase fror ein, und winzige Tropfen suchten sich ihren Weg auf meine Oberlippe. Ich schob die Hände unter meinen Hintern. Alle 20 Minuten leistete ich mir für fünf Minuten Heizung. Ich würde tanken müssen, um nach Hause zu kommen. Es hörte auf zu schneien.

Kurz vor Mitternacht verließ die junge Frau das Haus. Sie ging schnell, wie jemand, der es eilig hatte, nach Hause zu kommen. Wie jemand, der von der

Arbeit kam. Ich schulterte meine Tasche, kletterte auf den Gehsteig und folgte ihr.

Sie stöckelte zur U-Bahn-Station und hastete die Rolltreppen hinunter. Ich hörte die Bahn einfahren und rannte. Beinahe rempelte ich sie an, als ich in den Zug Richtung Olympiazentrum einstieg. An den Fenstern flitzten gut gemeinte Bilder von Tigern, Löwen, Zebras vorbei. Damit auch jeder mitkriegte, dass man hier ausstieg, um zum Zoo zu kommen.

Die Lady und ich saßen im selben Wagen und schaukelten durch die Finsternis. Ziemlich lange. Leute kamen und gingen, aber die Frau blieb sitzen. Verstohlen musterte ich ihr zartes, überschminktes Gesicht. Sie schlüpfte aus ihren Pumps und zog die Füße unter den Po. Auch mir war kalt. Am Odeonsplatz stiegen zwei Typen zu, die sich provozierend umschauten, um durch das ängstliche Weggucken weiblicher Fahrgäste ihre Männlichkeit bestätigt zu bekommen. Ich kramte in meiner Tasche, zog ein Notizbuch heraus und begann zu schreiben. Nur, um etwas zu tun zu haben. Eine Frau, die in ein Notizbuch schreibt, kommt nicht so leicht in Versuchung, Panik zu schieben. Man würde sich ein Opfer suchen, das unsicher umherblickte.

Zwei Stationen weiter stiegen wir aus. Ich folgte der Frau mit einer Selbstverständlichkeit, die mich selbst überraschte. Als sie in die Ungererstraße abbog, wechselte ich die Straßenseite. Dennoch fiel es mir leicht, am Zielobjekt zu bleiben, und ein paar Minuten später stand ich vor einer Haustür in der Marschallstraße. Sie führte ins Innere eines quadratischen Betonbaus, vor dessen Balkons vom ersten bis zum fünften Stock

Netze gespannt waren. Mich gruselte. Ich notierte mir die Adresse.

»And now, Laverde?«, murmelte ich. Bis zur Hohenzollernstraße war es nicht weit. Keine zehn Pferde würden mich heute Abend noch einmal in die U-Bahn kriegen.

26.

Rabea war noch wach und streckte erstaunt ihren kurzen braunen Haarschopf aus ihrem Zimmer, als ich die Wohnungstür aufschloss.

»Kea? Bist du das?«

»Der Nikolaus.«

»Scherzkeks. Magst du ein Glas Wein?«

Ich kickte meine durchnässten Stiefel weg, stellte sie sorgsam auf einen Scheuerlappen neben der Garderobe und stelzte auf Socken in Rabeas Zimmer.

»Ich fange morgen erst nachmittags an zu arbeiten.« Rabea goss mir Wein in einen bauchigen Kelch. Neugierig warf sie einen Blick auf meine Tasche.

»Hatte in München zu tun.« Ich stellte die Tasche ab. »Saukalt ist es.«

»Ich bin total gestresst«, seufzte Rabea, während sie einen Schluck Wein trank. Ihre Wangen glänzten rot. Ich probierte ebenfalls. Mein Körper begann aufzutauen. Ich gab mir Mühe, höflich zu sein und Rabea zuzuhören. Sie arbeitete in einem Projekt der Stadt München, in dem kriminelle Jugendliche betreut wurden, und litt an der miserablen Erfolgsquote.

»Du glaubst gar nicht, was die alle auf dem Kerbholz haben. Bei einem«, sie zögerte, als ob sie mir den Namen nennen wollte, tat es aber nicht, »kommt jede Woche eine neue Straftat hinzu. Raub, schwerer Raub, räuberische Erpressung, ich weiß nicht, was noch. Und das, während er an unserem Projekt teilnimmt. Das Geld könnte die Stadt anderswo anlegen!«

»Du lieber Himmel, wenn du das schon sagst!« Obwohl wir nur selten miteinander zu tun hatten, kannte ich Rabea als stramme Kämpferin für die Rechte der Schwachen und Benachteiligten.

»Letzte Woche habe ich ein Schulprojekt begleitet. Gegen Gewaltfilme auf Handys und so. Die Lehrer konfiszieren Handys, auf denen die Schüler sich Snuffvideos zuspielen. Richtig harte Dinger! Wenn du auf die Eltern zugehst, haben die keine Ahnung, was ein Snuff überhaupt ist. Erklärst du es ihnen, spielen sie alles runter.« Rabea leerte ihr Glas und schenkte sich nach. »Die Jugendlichen kriegen keine Konsequenzen zu spüren. Uns Sozialarbeitern sind die Hände gebunden. Ich habe heute mit einer Staatsanwältin gesprochen. Sie meinte, solange die Rabauken nicht spätestens eine Woche nach einer Straftat vor dem Richter erscheinen müssen, ist denen der Zusammenhang zwischen Tat und Strafe überhaupt nicht klar.«

»Du meinst, was du und deine Kollegen machen, ist alles umsonst?«

»Für'n Arsch.« Sagte Rabea. Du liebe Zeit, es stand schlimm um Staat und Gesellschaft. Ich trank mein Glas leer und Rabea schenkte mir nach. Es tat mir gut, meine Gedanken auf etwas anderes zu lenken als auf die Wohnung in Thalkirchen, als auf Gina, Herrn Lehr und das Model.

»Die Jungs in meiner Gruppe sind ohnehin nicht mehr zu erreichen. Die hocken ihre acht Stunden im Projekt ab, gehen heim und beklauen den nächstbesten Deppen in der U-Bahn.« Rabea zerraufte sich das Haar. Irgendwo in den Tiefen meines Gehirns klickte es; ich sah Rabea einen neuen Job antreten. Ihr Rechner war noch eingeschaltet. Vielleicht schrieb sie Bewerbungen. Ich an ihrer Stelle würde es tun.

»Der Stadtverwaltung würde nicht gefallen, was du da sagst.«

»Weil sie die Augen zukneifen.« Rabea schüttelte wütend den Kopf. »Schlechte Publicity für die Landeshauptstadt ist unter allen Umständen zu vermeiden. Wurde wortwörtlich so an uns weitergeleitet.«

»Du meinst, Touristen fürchten sich, ausgeraubt zu werden, und kommen nicht mehr nach München?«

»Das wurde uns durch die Blume gesagt. Tratsch es nicht weiter.« Rabea wies auf ihren Computer. »Ich habe gerade im Internet gesurft. Das LKA sucht Mitarbeiter, die sich im Bereich Jugendkriminalität an einem Projekt beteiligen. Was meinst du: Wäre das was für mich?«

Woher sollte ich das wissen? LKA ... nahm nicht gerade Keller einen Job dort an? Und wieso schon wieder ein Projekt? Gab es nur noch Projekte? Bestand die Welt aus Baustellen, die irgendwo ein paar Löcher flickten und weiterwanderten, um erneut zu schweißen und zu teeren, während andernorts die Asphaltdecke wieder einbrach?

»Warum nicht«, sagte ich zerstreut. Ich sah Nero Kellers Hände vor mir, wie sie die Scheibe abdichteten. Sah die feinen, schwarzen Härchen auf seinem Handrücken und stellte mir vor, wie es sich anfühlen mochte, die Wange an diese Hand zu schmiegen. »Scheiße!«

»Was ist?« Rabea guckte erstaunt. Verflixt. Eben hatte sie ihre Seele vor mir entblößt, ich durfte ihr keinesfalls den Eindruck vermitteln, dass mich das Ganze nicht interessierte. Dass Rabeas Ich Schaden nahm, riskierte niemand gern, denn die Konsequenzen waren üblicherweise schauderhaft.

»Ich denke an die desolate Situation, die du schilderst.« Red nicht so geschwollen daher, Kea! Aber Rabea schien nichts zu merken.

»Man könnte melancholisch werden.« Sie ging in die Küche und kam mit einem Teller zurück, auf dem ein kreisrunder Paglietta-Camembert schimmerte wie Schnee. »Passt gut zum Rotwein, oder?«

Ich spähte auf das Etikett auf der grünen Flasche, das Rabea schon zur Hälfte abgerubbelt hatte.

»Ich beneide dich«, sagte Rabea und schnitt ein Tortenstückchen aus dem Käse. »So frei zu arbeiten. Nur dir selbst verantwortlich. Ich wünschte, ich könnte das auch.«

Ich nickte.

Ja. Ich beneidete mich selbst.

Als ich im Bett lag, hatte ich keine Ahnung, dass wenige Straßen weiter ein Mann eine Wohnung ausmaß.

Mitten in der Nacht, weil er am Tag nicht dazu kam. Ich erfuhr erst später davon. In jener Nacht stellte ich mir vor, wie dieser Mann durch die verschneiten Straßen Schwabings ging, ohne Hast, einfach nur, um die Stille zu genießen, in die der Schnee eine Großstadt tauchen konnte.

MITTWOCH

27.

Der Schnee war zu Matsch geworden. In der Luft hing Feuchtigkeit, als ich mich zur U-Bahn aufmachte.

Für Schwabing hatte ich nicht viel übrig. Klar, es gab tolle Geschäfte. Aber in der Hohenzollernstraße suchte ich nur die Sankt-Raphael-Apotheke zwecks Aspirinration und das Reformhaus gegenüber auf. Dort kaufte ich ein, wenn ich mal wieder beschlossen hatte, dass es Zeit war, gesünder zu leben und die Mikrowellenkost für eine Weile unter den Durchschnitt sinken zu lassen.

In Schwabing perlte das Leben. So weit, so gut. Was mich störte, waren die aufgebrezelten Typen, die sich für unverzichtbar hielten, weil sie Geld und Geschmack besaßen. Einen Geschmack, den ich nicht teilte. Aber sie meinten, sie seien die Crème de la Crème. Superdünne Tusneldas in superengen Klamotten mit superschicken Sonnenbrillen, der super duper Brillanttönung im Skalp und der supertollen Karriere guckten superempört, wenn sie beim Shopping einer wie mir auf dem Gehsteig ausweichen mussten. Oder am Eingang eines Geschäfts. Oder sonst wo. Für ihre Spezies war ich Ungeziefer. Störer. Eine Zumutung. Und hierher zog Nero Keller!

Ich fror wie ein Schneider. Mit Rabea hatte ich bis in den frühen Morgen die Tristesse der Welt diskutiert, und wahrscheinlich hatte die Aussichtslosigkeit dieser Diskussion den Schnupfenviren erst den Weg gebahnt. Nun lief mir die Nase, und ich fühlte mich verdammt noch mal krank, als ich in Thalkirchen in die Morgendämmerung zurückkletterte. Was hatte ich hier zu suchen gehabt? Ich gähnte herzhaft. Ein Frühstück hätte mir auch gutgetan, aber ich wollte so schnell wie möglich heim, in meine Klause, um Andys Geschichte zu schreiben. Gestern waren meine Neugier und Starrköpfigkeit Motivation genug gewesen, in der Kälte herumzuhängen und zu observieren. Bei Tageslicht schien mir alles hohl. Was gedachte ich zu finden? Ich spielte Matula, ohne dafür bezahlt zu werden. Wenn Andy ein Problem damit hatte, dass seine Frau fremdging, sollte er. Ich war seine Ghostwriterin und nicht dazu da, das Problem für ihn zu lösen! Wozu hatte ich mich breitschlagen lassen? Hatte Andy überhaupt von mir verlangt, seiner Frau nachzustellen? Hatte ich ihm diese Aufforderung in den Mund gelegt? Spielte ich Samariterin? Der arme Aphasiker und sein Ghost? Mannomann, Kea, dachte ich, als ich in die Alfred-Schmidt-Straße einbog. Der weiß glänzende Schnee von gestern Nacht war nur noch braune Streusalzmatsche mit schwarzen Splitsprenkeln darin. Ja, Ghostwriter waren mitunter so etwas wie Therapeuten. Wir hörten zu und schrieben auf. Wir gaben einem Leben eine Form, aber nur eine literarische, und wir griffen keinesfalls in das Leben des Kunden ein! Ich hievte die Tasche auf meine andere Schulter. Das da drin ist deine Ausrüstung, Kea, erinnerte ich mich. Du schreibst. Du diktierst nicht.

Der Schnee tropfte nass von den Autodächern. Ich zog meine Schlüssel aus der Jackentasche. Hielt inne.

»Das gibt's nicht.«

Die Fahrertür war vollkommen zerkratzt. Was nicht so schlimm war. Ich hatte eine eher französische Einstellung zu meinem Wagen. Zum Fürchten fand ich, dass die Kratzer zwei gut lesbare Wörter ergaben: ›Letzte Warnung‹.

Ich sah mich um, obwohl mir mehr als klar war, dass der Schreiberling längst seiner Wege gegangen war. Was würde passieren, wenn ich einstieg und den Zündschlüssel drehte? Würde der betagte rote Alfa in die Luft fliegen?

Ich schloss auf und setzte mich auf den eiskalten Sitz. Schob meine Schultertasche auf den Beifahrersitz und befummelte das Zündschloss.

Fahr los, Kea!

Ich startete den Motor. Der Wagen fuhr an. Leise schnurrte der italienische Motor. Nichts explodierte, krachte oder qualmte. Ich steuerte aus der Parkbucht und fuhr. Verfranste mich wie üblich, hielt zwischendurch an einer Tankstelle. Die Benzinpreise krabbelten täglich nach oben, damit die Scheichs sich ihre Hotelsuiten in Montreux leisten konnten, während unsereins den letzten Cent berappte. Ich zahlte mit Kreditkarte. Mein letztes Bargeld investierte ich in eine Süddeutsche, eine Großpackung Taschentücher, einen Becher Latte Macchiato und zwei frisch aufgebackene Croissants. Ich fuhr ein paar Meter, um den Platz an der Tanksäule freizugeben, hielt und aß mein Frühstück. Es war Viertel nach zehn. Ich war todmüde. Hatte schlecht geschlafen mit meiner verstopften Nase, den kalten Füßen und der Straßenbahn, die alle paar Minuten an meinem Fenster vorüberrumpelte. Und jetzt die letzte Warnung. Wovor und von wem? Was sollte ich machen? Keller anrufen? Den Mann zwischen zwei Jobs? Oder lieber Carlo? Juliane kam als Bodyguard nicht in Frage. Mutlos blätterte ich durch die Zeitung. Normalerweise liebte ich es, als erstes das Streiflicht zu lesen. Meistens packte mich dann der Neid, weil ich auch gerne so schreiben können würde. Kolumnisten genossen unter Ghostwritern wegen ihrer Prägnanz und ihres Geschicks, zwischen den Zeilen zu schreiben, hohes Ansehen. Heute ließ ich nach zwei Minuten die Zeitung auf den Boden rutschen. Ich krabbelte aus dem Alfa, warf den leeren Kaffeebecher und die Croissanttüte in den Müll und fuhr nach Hause.

28.

Nero Keller lud einen Stapel leerer Umzugskartons aus seinem Volvo. Der Wintermorgen strahlte immer noch weiß, aber es begann zu tauen, und der magische Glanz des Schnees verzog sich allmählich. In wenigen Stunden würden auch auf den Nebenstraßen nur noch Matschreste übrig bleiben. Tiziana hatte versprochen, ihm beim Einpacken zur Hand zu gehen, aber er konnte eine Frau von fast 60 Jahren doch nicht zum Möbelschleppen einteilen!

Er schloss die Tür zu jener Wohnung auf, in der er seit einem guten Jahr lebte. Nach Leonors Tod hatte er das gemeinsame Haus verkauft. Leonor hatte es von ihrem Vater geerbt, aber Nero war der Gedanke unerträglich gewesen, an jenem Ort zu wohnen, wo all die Erinnerungen spukten. Er hatte es auch nicht über sich gebracht, Mieter für das Haus zu suchen. Drei Monate nach der Beerdigung war Nero zu einem Makler gegangen. Ein Haus in bester Lage, in Großstadtnähe, gut hergerichtet ... das wird Ihnen aus der Hand gerissen, hatte der Makler verkündet. Und recht behalten. Ein einziges Mal war Nero vorbeigefahren, im vergangenen September, und er hatte zwei Kinder im Garten spielen sehen. Ruhig und versöhnt hatte er nach ein paar Minuten den Wagen gestartet und war davongefahren.

Nun also würde das Leben in der Kleinstadt ein Ende haben. In all den Jahren seines Erwachsenenlebens war die Sehnsucht nach der Metropole in ihm fast in Vergessenheit geraten. Nero lehnte die Kartons an die Wand und ging in die Küche, um sich einen Kaffee zu kochen. Er würde die Schwabinger Wohnung kaufen. Er hatte das ganze Geld nicht gespart, um es für die Ewigkeit auf der hohen Kante liegen zu haben. Im Gegenteil, wenn er vor dem Einschlafen manchmal an Leonor dachte, bildete er sich ein, sie ermuntere ihn, das Geld, das strenggenommen ihr Geld gewesen war, in seinen Traum zu investieren.

Nero stellte eine Tasse auf den Tisch und legte den Umschlag bereit, den Tiziana ihm inklusive einer langen

Litanei zärtlicher Ratschläge mitgegeben hatte. Selbst nach Jahrzehnten in Deutschland tanzte und umwirbelte sie ihr italienischer Akzent wie eine Tarantella. Überdies stammte sie aus Taranto, ganz im Süden Italiens. Mafialand, pflegte sie lachend zu sagen. Manchmal sprach sie italienisch mit Nero, damit er üben konnte. Seine Kenntnisse waren gering. Es reichte für den Touristen Nero, aber nicht für Kommissar Keller, der so gern alles perfekt beherrschte. Der sich keine Fehler zugestand. Nicht einmal in einer Fremdsprache.

Albert Ramsmeier, Tizianas Ehemann, war lange Jahre Senior in einer Anwaltskanzlei gewesen und im vergangenen Jahr in den Ruhestand gegangen. »Ich bin nicht mehr so gesund, wie ich einmal war«, hatte er Nero erklärt, während Tiziana Saltimbocca alla romana zubereitete. »Sieh dir meine Frau an, sie ist munter und gesund, führt ihre italienische Buchhandlung, liebt das Leben und den Wein.« Er hatte vielsagend an sein Herz getippt. »Ich regle das für dich. Den Kaufvertrag, alles. Die Steinfelder kennt mich. Sie ist gut, verlässlich, die ehrlichste in der Branche. Da wird nicht geschmiert, keine Sorge. Ich empfehle dich, und du bekommst die Wohnung.«

Nero schlitzte das Kuvert auf. Die Kaffeemaschine fauchte. Durstig goss er sich eine Tasse ein und zog eine Reihe Papiere aus dem Umschlag. Den Kaufvertrag, eine Notiz in Alberts Handschrift. Und ein Merkblatt zum Thema Pornos im Internet, das Albert irgendwo aufgetrieben hatte, wie ein Haftzettel auf dem Flyer verriet. Albert wusste, womit Nero sich ab dem ersten Januar befassen würde. Der Anwalt tratschte nichts weiter.

Anders als Tiziana. Bei ihr wusste man nie, ob der Reiz eines guten Gesprächs sie nicht doch in Versuchung führte, Geheimnisse auszuplaudern. Nero rührte im Kaffee. Was für ein Geschenk, Tiziana und Albert zu Freunden zu haben. Ohne die beiden hätte er die schwersten Wochen seines Lebens nicht überstanden. Und ohne Jassmund auch nicht, das war ohnehin klar.

Auf Alberts Fürsprache hin hatte Nero die Schlüssel bekommen, um die Wohnung in der Nordendstraße ein paar Tage lang ungestört inspizieren zu können. Was er ausführlich getan hatte. Er hatte sogar die letzte Nacht dort verbracht, in Schlafsack und Isomatte. Nur um der neuen Wohnung in der Nacht nachzuspüren. Denn die Nacht veränderte alles.

›Keine Fußangeln. Unterschreib. Gruß, Alberto.‹

Nero legte die Notiz weg. Er las den Vertrag trotzdem zweimal durch. Sollte er ihn Jassmund zeigen, für alle Fälle? Er spürte Leonors Hand auf der Schulter. Argwöhnischer alter Sack, hörte er sie zärtlich sagen. Also gut. Er griff nach dem Kugelschreiber in seiner Hemdtasche und unterzeichnete beide Ausfertigungen des Vertrages. Einen heftete er in einem roten Ordner ab, auf dem ›Nordendstraße‹ stand. Mit Schablone geschrieben. Den anderen tütete er in einen neuen Briefumschlag und adressierte ihn fein säuberlich an das Immobilienbüro Regina Steinfelder. Bevor er zur Post ging, konnte er anfangen, seine Siebensachen in die Kartons zu packen. Er wollte den Umzug vor Weihnachten über die Bühne bringen, damit er im Januar frisch und ausgeruht mit dem neuen Job beginnen konnte.

»Du hast es geschafft«, sagte er zu seiner leeren Kaffeetasse. »Du hast es geschafft, Nero. Eine erfolgreiche Bewerbung auf einem Gebiet, auf dem du der totale Autodidakt bist.« Er lachte laut auf und erschrak vor seiner Stimme. Am unerträglichsten am Singledasein erschien ihm immer noch die Stille. Er trank eine zweite Tasse Kaffee und ging ins Wohnzimmer, wo er ein wenig ratlos vor seiner CD-Sammlung stehen blieb. Er besaß ähnlich viele wie Kea Laverde, nur interessierte er sich für andere Musikstile. Klassische Musik hatte ihm nie besonders viel gegeben, allenfalls noch Opern. Aber da war der Tango. Nicht umsonst hatten Leonor und er sich bei einem Tanzkurs kennengelernt. Tango für Anfänger. Mit einem Lehrer wie aus dem Bilderbuch aller Klischees. Es war Nero egal gewesen, denn vom ersten Abend an hatte er es auf Leonor abgesehen. Nero legte eine CD von Piazzolla auf. Diese Musik öffnete einen Korridor in all seiner Einsamkeit, durch den er in ein anderes Leben spazieren konnte. Er liebäugelte mit einer Reise nach Finnland. Auch ein Tango-Land, und nicht so weit wie Argentinien. Als das Telefon klingelte, stellte er die Musik leiser.

»Keller?«

»Nero, alte Hütte!« Nur Jassmund begrüßte ihn so. »Ich bin auf eine geniale Idee gekommen. Hättest du nicht geschafft.«

»Ach so?«

»Ich habe den Namen unseres Zeugen Karl Schöll in den Rechner eingegeben. Was denkst du, ist da ans Tageslicht gekommen?«

Sofort war Nero wieder in der Welt, in der er Polizist war, und der Tango trottete davon, weil er selbst bemerkte, wie fehl am Platz er war. Nero schaltete den CD-Spieler aus und nahm sich einen Stift.

»Sag!«

»Vorbestraft wegen eines kleineren Betrugsdeliktes. Außerdem zeigte ihn eine Frau wegen versuchter Vergewaltigung an. Er wurde mangels Beweisen freigesprochen. Bis vor zwei Jahren lebte er in Hamburg.«

Nero machte Notizen auf dem Umschlag an das Immobilienbüro Regina Steinfelder.

»Außerdem warf die Frau ihm vor, er habe ihr angedroht, den Geschlechtsakt zu filmen und ins Netz zu stellen. Sie hat Schöll auf einer Party kennengelernt. Hörst du noch zu?«

»Sicher.«

»Ich denke, das alles interessiert dich in zweierlei Hinsicht: einmal wegen der Sache bei Frau Laverde, und zum anderen, weil du bald Fälle dieser Art bearbeitest.«

Nero hatte Jassmund in alles eingeweiht, was seine Aufgaben beim LKA anging. Jassmund hatte ihm auch geholfen, den Vortrag für das IBZ in Gimborn vorzubereiten. Technisch und fachlich war Nero auf dem neuesten Stand, aber im Gegensatz zu ihm wusste Jassmund, wie man ein Publikum nicht nur informierte, sondern fesselte.

»Aber …«

»Ja, die Frage ist, was fangen wir mit dieser Information an?« Jassmund hustete. »Verdammte Erkältung. In den Vernehmungen damals hat sich Schöll dermaßen in Fantastereien und Lügen verstrickt, dass es ein Wunder ist, wie er aus diesem Netz rauskam.« Wieder Husten.

»Mit Irmi Perm habe ich auch gesprochen. Der Exfrau von Kugler. Er nahm diese Angstblocker schon länger. Leidet seit seiner Jugend an diffusen Angstzuständen. Kann nicht einmal sagen, wovor er sich fürchtet.«

»Vielleicht solltest du noch einmal bei Schöll reinplatzen und ihn etwas härter anfassen«, schlug Nero vor.

»Ich dachte an etwas Ähnliches. Müsste ich aber in meiner Freizeit machen, und da du zwischen zwei Jobs stehst … Ich gebe dir Namen und Adresse der Frau, die ihn damals angezeigt hat. Eine gewisse Mona Beck.«

»Gut. Die rufe ich an. Gleich heute Abend fahre ich ins Piranha.« Er überlegte kurz. »Außerdem schaue ich bei Kuglers Arbeitsplatz vorbei.«

»Hals und Beinbruch.« Jassmund legte auf.

29.

Meine Einsiedelei lag weiß verschneit in ihrer Talfalte. Hier draußen hielt sich der Schnee. Ich lenkte den Wagen vor den Schuppen. Waterloo und Austerlitz schnatterten emsig, als ich auf ihren Auslauf zustapfte. Ich musste mich um Wasser für die beiden kümmern, denn der Teich war nun zugefroren, und in der Natur fand sich kaum noch frisches Futter. Vielleicht sollte ich ein paar mehr Gänse anschaffen, dachte ich. Immerhin sind sie Herdentiere und fühlen sich so zweisam vielleicht nicht wohl. Ich beschäftigte mich mit dem Federvieh, um Anschluss an das Leben zu finden, das ich bis

Sonntag geführt hatte. Arbeitsreich, bisweilen anstrengend, aber normal. So wie ich es wollte. Ein normales Leben ohne Fönfrisurtypen, die zerschmettert an Betonpfeilern klebten. Ohne Steine mit Zetteln dran und ohne zerkratzte Autotüren.

Ja, vielleicht gab ich Andy den Auftrag zurück.

So weit kommt's noch, Laverde!

Pochte die Hartnäckigkeit meiner Großmutter in meinen Adern? Die Sturköpfigkeit einer Frau, die ihre Heirat mit einem ostpreußischen Adeligen als Verpflichtung gesehen hatte? Ich trug den Namen, den sie voller Stolz angenommen hatte. Laverde. Meine Großmutter lebte schon lange nicht mehr. Sie war keine sehr warmherzige Person gewesen, sondern ausgesprochen energisch und schonungslos gegenüber sich selbst. Keine Frau, die sich Schwäche zugestanden hätte. Was sie anfasste, klappte. Hatte ich in ihrer Gegenwart jemals gewagt, Das kann ich nicht! zu sagen? Sie hätte mich auf der Stelle skalpiert.

Ich schaufelte Kraftfutter aus der Kiste und beobachtete, wie die beiden Grauen sich mit Begeisterung auf die Körner stürzten.

Es kam überhaupt nicht infrage, den Auftrag zurückzugeben. Andy brauchte mich.

Kea Laverde, die Mutter Teresa der Ghostwriter, spottete Austerlitz mit seinem roten Schnabel und den blitzenden Augen, die er auf mich richtete, als ich den Stall verließ. Gänse sind kluge Tiere. Und Tiere spüren Schwingungen viel besser als Menschen.

»Keine Panik, Litz«, rief ich dem Ganter zu. »Ich habe nicht vor, Andy aufzugeben. Nicht im geringsten.«

30.

Nero parkte den Wagen vor der Filiale einer Drogeriekette und stellte den Motor ab. Dabei fiel ihm ein, dass sein Rasierwasser zur Neige ging, und in der Zahnpastatube war auch nicht mehr viel drin. Während er durch die Regalreihen irrte und seine Sachen zusammensuchte, überlegte er, worauf das Gespräch mit Bertram Kuglers Kollegen hinauslaufen sollte. Ein Beamter hatte sich in der Firma umgehört, Nero hatte die Notizen gelesen. Aber je länger er darüber brütete, desto deutlicher wurde ihm bewusst, dass wichtige Fragen ausgelassen worden waren. Nur das Standardraster war abgefragt worden: Ist Ihnen was aufgefallen an Ihrem Kollegen, war er anders als sonst, beunruhigt vielleicht, hatte er eine Beziehung, nein, ach, und wussten Sie, dass Kugler Tabletten nahm, nicht, dann danke, dass Sie sich die Zeit genommen haben. So klappte das nicht. Eine Vernehmung sollte rüberkommen wie eine kleine Plauderei unter Nachbarn, die sich vor dem Zigarettenautomaten über den Weg liefen. Haben Sie schon gehört, schlimme Sache, das mit dem Kugler. Aber wer von meinen Kollegen hat schon Zeit, dachte Nero, außer mir, weil ich meinen Resturlaub abarbeite. Er griff zu einer Tüte Wick Blau. Im Winter stieg seine Stimme manchmal aus. Besser, er hatte einen Vorrat im Auto.

Er zahlte, warf Zahncreme und Aftershave auf seinen Beifahrersitz, steckte sich eines von den blauen Bonbons in den Mund und ging die paar Schritte zum Malerbetrieb Uwe Koch zu Fuß. Die Halle lag hinter einem breiten Wohnblock aus grauem Beton, dessen Eingangsbereich mit den Schildern von Ärzten und Rechtsanwälten gepflastert war. Nebenan verschlief ein verlassen aussehendes griechisches Restaurant den Winter. Was mache ich hier, dachte Nero und vergrub die Hände tief in den Manteltaschen. Der Wind pfiff ihm um die Ohren, die Luft schmeckte feucht. Der Himmel hatte sich zugezogen. Es würde bald tauen.

»Herr Koch?« In der Halle roch es nach Farbe. Er zeigte seinen Ausweis. Obwohl er hier strenggenommen nichts zu suchen hatte, vermittelte ihm die gewohnte Geste Sicherheit. »Hauptkommissar Keller. Ich hätte ein paar Fragen zu …«

»Bertram? Schon wieder?« Der Meister sah unwillig drein. »Hey, Mann, wir müssen hier einen Auftrag fertigkriegen. Da war schon einer von euch da und hat meine Leute von der Arbeit abgehalten!« Er hob die Schultern, als fröre er, und seufzte tief. »Na gut. Ich habe einen Tee fertig. Wollen Sie …?«

Nero folgte dem Meister ins Büro, einen gläsernen Kasten am hinteren Ende der Halle, mit verschmierten Scheiben und Papierchaos auf sämtlichen Ablageflächen. Es juckte ihn in den Fingern, sofort mit dem Aufräumen anzufangen. Uwe Koch schraubte eine Thermoskanne auf und spritzte dabei ein paar Rechnungen voll. Gleichgültig schob er die Papiere weg und goss Nero einen Pappbecher Tee ein.

»Der Kugler war ein anständiger Kerl. Sie wollen sicher auch wissen, warum er Tabletten nahm? Das jedenfalls hat Ihr Kollege mich gefragt. Na, wie soll ich denn das wissen, von Tabletten habe ich keinen Schimmer. Aber gearbeitet hat er gut, der Kugler. Und was am wichtigsten ist: Er hat auch gerne gearbeitet. Viele im Handwerk sind heute bestens qualifiziert, aber man riecht meilenweit gegen den Wind, dass die Arbeit ihnen keine Freude macht.« Koch hob seinen Teebecher, als wollte er Nero zuprosten.

»Da haben Sie recht«, sagte Nero.

»Sollen ja Tabletten gegen Angstzustände gewesen sein, aber der Kugler war ein gestandenes Mannsbild, wovor sollte der Angst gehabt haben?« Malermeister Koch hatte anscheinend noch nie von Neurosen gehört. Besser so, dachte Nero. »Ihr Kollege wollte wissen, ob sich Kugler in letzter Zeit verändert hätte, aber das hat er nicht. Er war ja immer etwas Besonderes. In seinem Spind hatte er keine Pin-ups, nichts von dem Zeug, was die Jungs sonst mögen, und in der Frühstückspause hat er die Süddeutsche gelesen, aber mit den Jungs hat er sich gut verstanden und sie haben ihn respektiert.«

»Er hat mal eine eigene Firma gehabt, oder?« Nero blies in seinen Tee, in dem unidentifizierbare schwarze Fetzchen schwammen.

»Bertram ist – war – gelernter Maler, hat sich mit einem Umzugsunternehmen selbständig gemacht. Na, ich sag Ihnen, ein Geschäftsmann war der nicht. Der konnte zupacken und schuften, aber für Aufträge sorgen und den Papierkram erledigen, das war nichts für ihn.« Das Telefon klingelte. Koch ignorierte es. »Eine Freundin hat er auch nicht gehabt. Im Sommer sind wir schon mal in den Biergarten. Nur ich und Zimmerle, das ist mein ältester Mitarbeiter, und Kugler. Zimmerle und ich kamen mit Familie, aber Kugler immer allein.«

»Aber er war ein umgänglicher Typ?«

»Genau, das war er. Man hatte gern mit ihm zu tun. Aber …« Koch hielt inne, schlürfte Tee und rang mit den Worten, »irgendwie … ich weiß nicht, wie ich das sagen soll … man merkte ihn sich nicht.«

Nero stellte den fast vollen Becher ab und wartete.

»Ich meine, er war keine Persönlichkeit, die einen Eindruck hinterließ. Er war nett und kameradschaftlich und lachte mit einem und trank seine Halbe und alles … aber nachher ging man auseinander und hatte ihn vergessen. Man vermisste ihn nicht und man freute sich nicht auf ihn. War er dabei, gut, war er es nicht, auch kein Schaden.«

Ein Mensch wie ein Schattenriss, dachte Nero. Er ließ ein paar Sekunden verstreichen, bevor er fragte: »Hatte er denn überhaupt keine Freunde? So eine Art soziales Netz?«

Uwe Koch wiegte den Kopf. »Doch, da war ein Mann, ein Kumpel von früher, Schulkamerad oder so. Der hat hier ab und zu mal angerufen. Wenn Kuglers Handy ausgeschaltet war, rief er in der Firma an, entschuldigte sich in aller Form und erklärte, er müsse ganz dringend Bertram sprechen, und es täte ihm leid, wenn er störe.« Koch lachte auf. »Der hat sich immer so ausgesucht höflich ausgedrückt.«

»Wissen Sie noch, wie der Mann hieß?«

»Hat sich mit Meier gemeldet. Oder Geier. Oder Schleier.«

»Wann hat er zuletzt angerufen?«

»Also, vielleicht Anfang Dezember? Ja, kurz vor Nikolaus. Weil ich mit meiner Frau hier im Büro saß, sie hat die Nikolausgeschenke für die Mitarbeiter fertiggemacht und ich habe versucht, Ordnung in die Buchhaltung zu kriegen.«

Anfang Dezember, dachte Nero. Das könnte eine Spur sein. Verdammt, wenn Koch sich nicht an den Namen erinnert ... Wir könnten natürlich die eingehenden Anrufe checken, aber das wird ein Problem, falls der Staatsanwalt sich nicht darauf einlässt. Wozu sollte er, es gab keinen ausreichenden Anlass. Nero spürte, dass er drauf und dran war, laut zu denken.

»Also wirklich«, setzte Uwe Koch wieder an. »Tabletten gegen Angstzustände, das passt nicht zu Bertram.«

»Hat Herr Kugler diesen Anruf hier in Ihrem Büro entgegengenommen?«

»Nein, wir haben einen Anschluss in der Lackiererei. Bertram hat das Telefon dort benutzt.« Koch schenkte sich Tee nach. »Das ist wichtig für Sie, nicht wahr?«

Keller nickte. Er nahm seinen Becher und verbarg mit aller Kraft seinen Widerwillen gegen das dunkle Gebräu. Er brauchte eine gute Beziehungsebene zu Koch. Der lächelte, als Nero ihm den leeren Becher hinhielt.

»Ja, schwarzer Tee ist was fürs Gemüt.« Aufgeregt stellte Koch die Kanne ab. »Nein. Der hieß nicht Meier oder Schleier. Der hieß Lehr. Ganz sicher.«

»Lehr?«

»Einmal war Bertram bei einem Kunden und ich notierte mir den Namen und die Telefonnummer von seinem Kumpel. Lehr, heißt der, ich weiß es, ich habe ihn nämlich gefragt, ob mit ›eh‹ oder ›ee‹. Natürlich denkt man an ›leer‹ wie ›voll‹. Aber er heißt Lehr mit ›h‹.«

»O. k.«, sagte Nero. »Das hilft mir weiter.«

»Wenn mir der Vorname noch einfällt, rufe ich Sie an.«

Nero legte seine Karte auf dem Papierhaufen ab. Koch nahm sie und klebte sie mit Tesafilm an die Scheibe. »Sonst geht die unter hier drin.«

Drei Minuten später hatte Nero Jassmund am Telefon.

»Na, ich weiß nicht«, sagte Peter Jassmund zögerlich, als Nero geendet hatte. »Meinst du, das bringt was?«

»Wenn irgendeiner mal 20 Minuten Zeit hat, soll er den Namen durchchecken.«

»Bist du nicht derjenige, der Zeit hat?«, fragte Jassmund lachend. »Du, war ein Scherz. Ich kümmere mich drum. Übrigens haben wir das Piranha unter die Lupe genommen. Der Geschäftsführer ist ein gewisser Alfons Gaus. Er hat außerdem einen Irish Pub in Vorarlberg und einen Tanzclub in Salzburg. Sieht alles sauber aus.«

31.

Ich arbeitete an Andys Text. Das Wichtigste schien mir, eine Form zu entwickeln, bei der seine Lebensgeschichte am besten zum Tragen kam. Ich probierte ein bisschen herum. Saß mit meinem Lieblings-Lamy und einem Stapel Konzeptpapier an meinem Barbrett und trank drei Tassen Espresso, während ich versuchte, die passende Stimme zu destillieren. Das Wichtigste an einer

Geschichte war die Tonlage, in der sie erzählt wurde. Ihr Klang sorgte dafür, dass die Leser einem abkauften, was man geschrieben hatte. Jede meiner Reportagen und jedes meiner Bücher war ein Vorschlag, die Welt mit den Augen eines ganz bestimmten, einmaligen Menschen zu sehen. Nun sollte ich der Welt zeigen, was es hieß, Andy Steinfelder zu sein, sprachlos zu sein, aber ich sollte es mit Sprache tun. Und stellvertretend erzählte ich nicht nur Andys Schicksal, sondern das vieler Aphasiker.

Abgesehen von dem Dilemma, dass Andy mir seine Gefühlslage, sein ganzes persönliches Erleben nicht ausführlich schildern konnte, unterlag das Schreiben über Emotionen generell starker Vereinfachung. In jedem Augenblick machten wir Menschen simultan eine ganze Palette unterschiedlicher Empfindungen durch. Es gelang kaum, aus all dem Chaos eine Art hauptsächliches Gefühl zu destillieren, schon gar nicht in so einer dramatischen Phase wie den Stunden und Tagen nach einem Schlaganfall. Doch auf ein solches emotionales Zentrum musste ich mich beim Erzählen stützen, um die Geschichte scharfzuzeichnen. Ich baute auf physische Details oder sinnliche Eindrücke, wie das Bild an der Wand über dem Krankenbett oder das warme, nach Chlor riechende Wasser im Therapiebecken. Wir Ghostwriter logen also, indem wir das Leben unserer Kunden inszenierten. Jede Inszenierung war eine Lüge. Die Kollegen vom Fernsehen konnten ein Lied davon singen.

Ich kritzelte auf meinen Blättern herum. Die Distanz, die ein Leser zur Geschichte empfand, ging auf das

Konto der Stimme, mit der sie erzählt wurde. Zwanglos und ohne Hemmungen, salopp und doch unnahbar. Oder umgekehrt. Vom ersten Augenblick in die dunklen Winkel der Seele führend. Die Stimme allein war imstande, dem Leser die Hand auf die Schulter zu legen und ihm zuzuraunen: Ich sehe dich, wo du auch bist. Du hast etwas, das mir gehört. Wie sollte Andys Stimme klingen?

Ich hob den Kopf. Mein Blick begegnete dem verklebten Fenster. Na wunderbar. Wo blieben die freundlichen Handwerker? Ich rief Carlos Handy an. Er antwortete nicht. Ohne eine Nachricht zu hinterlassen, legte ich auf. Carlo war ja nicht für meinen Haushalt verantwortlich. Ärgerlich schnappte ich mir den Lamy und ging hinüber ins Arbeitszimmer. Es wurde dunkel. Verdammter Winter. Die Nacht verschluckte mein Auto und den Schuppen. Hätte ich an jenem Abend geahnt, was mir bevorstand, hätte ich … ja, was? Meine Sünden bereut? Nein, vielleicht eine Zigarette geraucht. Aber noch befand ich mich in einer Phase, in der es ausreichte, das Licht anzuschalten. Ich ging in die Diele und drückte den Schalter für die Außenbeleuchtung. Schon besser. Ich brachte zwei Räucherstäbchen zum Glimmen und schwenkte sie einige Male hin und her. Als Sandelholzduft durch das Haus waberte, befreite ich den silbernen Fujitsu Siemens Laptop aus der Schultertasche und begann zu schreiben.

32.

»Und was wollen Sie noch?« Carlo Fidelios Hände wirbelten den Shaker vor Neros Gesicht herum.

Nero sah zu, wie der Barkeeper Tabasco, Worcestersauce, Pfeffer und Selleriesalz in das Getränk gab und erneut schüttelte. Leise Musik tröpfelte aus den Lautsprechern. Unterwegs von München nach Ohlkirchen hatte Mona Beck zurückgerufen. Das Gespräch erbrachte nichts Substantielles. Es verstärkte nur Neros Eindruck von Carlo Fidelio alias Karl Schöll. Nichtsnutz. Großmaul. Macho.

»Wir brauchen Sie als Zeugen«, sagte Nero jetzt. »Es geht um Bertram Kugler.«

»Den Knallkopf, der Kea …«

»… Laverde bis in ihr Haus gefolgt ist und ihr dort ihre Arbeitsunterlagen gestohlen hat, genau. Frau Laverde ist eine Freundin von Ihnen?«

Carlo Fidelio seihte den Cocktail in ein Longdrinkglas und steckte einen Stangensellerie als Stirer hinein.

»Bitte. Eine Virgin Mary. Bloody Mary ohne Alkohol. Die reinste Unschuld.«

Nero nahm das Glas entgegen.

»Kea und ich kennen uns, seit sie im Sommer das Haus gekauft hat. Sie kommt gerne zu uns in den Club.« Carlo begann den nächsten Drink zu mixen.

»Für einen Mittwochabend ist ganz schön was los«, bemerkte Nero.

»Donnerstag haben wir Ruhetag.«

Eiswürfel klirrten. Nero Keller musterte die braun

gekachelte Wand hinter der Bar. Die Spiegel hinter den gläsernen Boards, auf denen unzählige Flaschen auf ihren Einsatz warteten. Die großformatigen Fotos von Havanna an den Wänden.

»Wir sind bekannt für unsere Cocktails und unsere Musik. Sie mögen das Lokal kitschig finden. Zu bunt, zu schrill, zu chaotisch. Aber wir spielen hier die neueste Musik aus Lateinamerika, vor allem aus Kuba. Richtig heiß wird es erst später am Abend.«

»Sie selbst ...«

»Ich komme nicht aus Kuba, nein.« Carlos Gesicht wurde eine Spur verschlossener. »Meine Mutter stammt aus Eritrea. Sonst noch Fragen?«

»Ich wollte eigentlich fragen, ob Sie selbst einen bestimmten Drink bevorzugen.«

Carlos Augen funkelten.

»Shirley Temple. Gingerale, Grenadine, Maraschinokirschen. So alkoholfrei wie Ihrer. Hier draußen ist man verdammt noch mal auf das Auto angewiesen.« Er füllte zwei Shotgläser mit einer dunkelbraunen Flüssigkeit.

»Was ist das?«

»Kahlúa. Kaffeelikör. Man braucht eine gewisse Fingerfertigkeit«, Carlo hielt einen Becher Sahne in der Hand, »sonst vermischen sich die beiden Schichten.« Behutsam ließ er Sahne über den Rücken eines Teelöffels in die Gläser tröpfeln.

Nero sah zu, wie sich das Piranha füllte. Es kamen Pärchen, zwei Männer, die sichtlich nicht zusammengehörten, und ein Grüppchen von drei Frauen, die sich vergnügt einen Tisch suchten und zu Carlo herüberwinkten.

»Das Zeug heißt Sombrero. Wäre nicht mein Geschmack, aber manche mögen es«, kommentierte Carlo. Der Kellner balancierte das Tablett mit den Drinks vorsichtig an einen Tisch.

»Wer hat Frau Laverde heimgefahren?«

»Ihre Freundin. Juliane Lompart. Die Sozialistin. Juliane trinkt bei uns ein Glas trockenen Rotwein und den Rest des Abends Mineralwasser mit Eis und Zitrone. Sie brauchen also keine Angst haben um K… Frau Laverde.«

Nero hörte die Anzüglichkeit in Carlos Stimme sehr genau.

»Wann?«

»Habe ich Ihnen das nicht längst gesagt?«

»Wann.«

Der Kellner unterbrach sie mit Bestellungen, sah Nero neugierig an und drehte die Musik eine Spur lauter.

»Zwischen drei und halb vier. Wir saßen noch eine Weile zusammen. Kea, ich, Juliane, Martin.« Er wies zu dem Kellner. »Dann brachen Juliane und Kea gemeinsam auf.«

Nero widerstand der Versuchung, mitzuschreiben. Er hatte sich diese Informationen längst bei der ersten Vernehmung notiert, aber in seinem Kopf entstand trotzdem kein Bild.

»Wo haben Frau Lompart und Frau Laverde gesessen?«

»Uff, Sie fragen mich was … zuerst dort, wo nun der einzelne Herr mit dem Handy sitzt. Später haben sie getanzt und kamen zwischendurch hier an die Bar. Ich habe ein Auge auf ihre Taschen, wenn sie tanzen.«

»Und am Schluss? Als alle anderen Gäste schon weg waren? Wo saßen die Frauen da?«

»Hier. An der Bar.«

Nero bemerkte das Zwinkern, als Carlo sich bückte, die Sahne in den Kühlschrank stellte und den nächsten Drink mixte.

»Und Bertram Kugler?«

»Einen Greek Tiger, einen Champagne Blues, einen Prince of Wales für unser Damenkleeblatt!«, rief der Kellner.

»Kugler ging früher. Er trank einen Pisco Sour und danach nur alkfreies Bier. Das habe ich alles schon …«

»Was ist Pisco?«

»Ein chilenischer Drink. Enthält Alkohol.«

»Wann ging er?«

»Kugler?«

Nachfragen sind ein Zeichen für Nervosität, dachte Nero und spürte, wie seine Handflächen feucht wurden.

»So gegen zwei.«

»Können Sie sich das erklären? Ein Mann, der anderthalb Stunden vor Frau Laverde das Lokal verlässt, später aber als angeblicher One-night-stand bei ihr aufkreuzt?«

Carlo hantierte mit einer Flasche Curaçao blue. »Was soll ich da erklären? Ich habe keine Ahnung, Mann.«

Noch hat er sich unter Kontrolle, dachte Nero. Er knobelte an der Frage, warum Kugler die Unterlagen aus Keas Arbeitszimmer nicht gleich in der Nacht gestohlen und sich aus dem Staub gemacht hatte. Weshalb hatte er bis zum Morgen gewartet? War da doch etwas zwischen den beiden gelaufen?

»Sind die Damen Stammgäste?« Der Kommissar wies mit dem Kinn zu den drei Frauen.

»Ja. Aber am Samstag waren sie nicht hier. Sie haben ihren Abend mittwochs. Omas und Männer passen auf die Kinder auf, damit sie mal rauskommen.«

»Sie wissen eine Menge über Ihre Gäste, oder?«

Carlo erwiderte nichts.

»Ich meine, in meinem Beruf beobachtet man. Man kann gar nicht anders. Ich denke, das ist in Ihrer Branche nicht anders?«, insistierte Nero.

»Von mir wird Diskretion verlangt.«

Teufel auch, wie oft Nero in letzter Zeit dieses Wort gehört hatte! Von Kea, von diesem armseligen Barkeeper, sogar von Albert, als sie über den Kaufvertrag für die Wohnung gesprochen hatten. Als wäre Kommunikation etwas Anrüchiges. Nero trank von seiner Virgin Mary. Nicht schlecht, aber Mixturen konnte er nichts abgewinnen. Weder in der Musik noch bei Getränken.

»Dennoch beobachten Sie. Wie kam Ihnen Bertram Kugler an jenem Abend vor?«

Carlo verdrehte die Augen und postierte eine Sektflöte auf einem Tablett. »Ich habe ihn am Samstagabend zum ersten Mal gesehen. Wie soll ich da wissen, was mit ihm los war?« Er schnitt eine Orangenscheibe zurecht. »Samstags ist hier der Bär los. Da habe ich keine Zeit, psychologische Betrachtungen anzustellen.«

»Dennoch möchte ich wissen, ob Ihnen an Kugler etwas auffiel.«

»Nein. Er war allein.« Carlos Antwort kam schnell.

»Das also wissen Sie!« Sieh an, dachte Nero. Was sagt mir das?

»Er kam allein, wie Sie, recht früh, hockte sich hier an die Bar und bestellte seinen Pisco.«

»Wenn er also an der Bar saß, und früh kam, so wie ich, wenn er noch dazu alleine an der Bar an seinem Drink nippte, dann,« Nero sah Carlo direkt in die Augen, »haben Sie beide sich bestimmt prächtig unterhalten.

»Nicht jeder ist so impertinent wie Sie.« Carlo machte dem Kellner ein Zeichen, worauf dieser drei perfekte Cocktails am Damentisch servieren ging. »Wer ins Piranha kommt, will Leute kennenlernen. Da wird unverbindlich geschnackt. Worauf wollen Sie denn hinaus?«

Wieder eine Nachfrage, wieder einen Strich auf der Unsicherheitsskala geschafft, dachte Nero zufrieden.

»War Kugler nervös? Entspannt? Gereizt? Im Urlaub? Unter Strom? Bekam er Anrufe oder telefonierte er mit jemandem?«

»Er rief ein paar Leute an. Glauben Sie mir: Ich habe nicht mitgehört, und selbst wenn ich Fetzen von Telefonaten mitkriege – ich merke mir nicht, worüber die Leute sprechen.«

»Nein. Das Gedächtnis filtert mit Perfektion«, sagte Nero. »Aber Ungewöhnliches behält es. Sachen, die nicht ins Schema passen, denn die bewertet das Gehirn als interessant.«

Carlo fuhr mit einem strahlend weißen Handtuch über den Tresen. »Ich – habe – nichts – mitgekriegt.«

Nero dachte an die Beschreibung aus der Rechtsmedizin über paradoxe Nebenwirkungen von Clobazam und sagte: »Kugler war reizbar. Ungeduldig. Unfreundlich.«

Carlo antwortete nicht.

»Hinterließ kein großzügiges Trinkgeld. Eigentlich ein Grund, ihn anzuschwärzen.«

Der Kellner dimmte das Licht und legte eine neue CD auf. Schmissige Rhythmen, fand Nero. Wirklich, irgendwie karibisch. Wie man es sich vorstellte. Und sie taten ihre Wirkung: Die Gäste begannen lauter zu lachen und zu sprechen. Ihre Gestik veränderte sich, wurde lebendiger, die Münder verzogen sich ein wenig breiter, und sie zeigten mehr Zähne. Irgendetwas passierte mit diesem Raum. Er vibrierte. Wie eine Schaukel, nein, wie ein Schiff, dachte Nero, das die Leinen losgemacht hat und von den Lotsenbooten aus dem Hafenbecken geschleppt wird. Bald, ganz bald würden sie auf dem offenen Meer treiben, das Rollen der Dünung spüren. Gleich an mehreren Tischen winkte man dem Kellner.

»Kugler stand unter dem Einfluss von Medikamenten«, sagte Nero halblaut. Der Barkeeper musste sich vorbeugen, um ihn im Strudel der Musik zu hören.

»Mann, ich weiß, dass ab und zu Ihre Kollegen vom Rauschgiftdezernat hier ihre Nase reinstecken. Die glauben, man erkennt sie nicht. Sie gehen aufs Klo und schauen sich um. Bleiben ein paar Stunden. Gehen heim und verbreiten Gerüchte.« Carlo betätigte die Kaffeemaschine.

Nero wartete. Zermürbung brauchte Zeit, und er hatte ja Zeit. Er hing zwischen zwei Jobs. Als er daran dachte, lächelte er. Dem Barkeeper gefiel das nicht.

»Der Typ hat nichts geschluckt oder in sein Glas getan oder so«, sagte Carlo. »Zumindest habe ich nichts gesehen. Warum starten Sie nicht einen Aufruf in der Zeitung, in dem Sie die Gäste vom Samstag bitten, sich bei Ihnen zu melden? Sie brauchen doch Zeugen.«

»Da genügen Sie mir.«

Carlo stand die Wut im Gesicht. Und noch etwas Subtileres. Die kleine Schwester Angst stellte sich neben ihren großen Bruder Zorn. Schüchtern strich sie sich das Haar hinters Ohr. Plötzlich konnte Nero in Carlos Gesicht lesen wie in einem alten Foto. Gleichzeitig erschienen vor seinem geistigen Auge zwei Männer, die im Piranha an der Theke saßen, alkoholfreies Bier tranken und eine Frau beobachteten. Eine Frau, die sie nicht kannten. Zwei Männer, denen beim Anblick von Carlos Cocktails und der weiblichen Gäste das Wasser im Mund zusammenlief und die sich vornahmen, später herzukommen, wenn sie so viel trinken konnten, wie sie wollten.

»Da war noch ein zweiter Mann«, sagte Nero.

»…«

»Kugler und der andere kannten keinen im Piranha. Sie kamen nicht aus der Gegend.«

»Wir haben viele Gäste, die …«

»Träumst du, Carlo? Zwei Scotch!«, rief der Kellner.

»Warten Sie.« Nero hielt ihn am Ärmel fest. »Wir müssen miteinander reden.«

»Lassen Sie ihn.« Carlo goss zwei Whiskeygläser voll und übergab sie dem Kellner, der mit unsicherem Gesicht davonging. »Lassen Sie Martin da raus.«

Nero wartete. Die Selleriestange in seinem Glas sank

in sich zusammen. Er pflückte sie raus und legte sie auf die blitzblanke Theke. Sie standen am Wendepunkt des Gesprächs.

»Da war ein Typ, mit dem er etwas länger sprach. Der hockte neben ihm hier an der Bar. Später setzten sich die beiden an einen Tisch. Sie gingen aber nicht gemeinsam weg. Der zweite Mann blieb, als Kugler abdampfte. Und er zahlte die Rechnung für beide.«

»Der andere zahlte, nicht Kugler?«

»Genau. Er ging ungefähr eine Stunde später.«

»Welcher Tisch?«

Carlo zeigte auf den letzten Tisch am hinteren Ende des Lokals. Einen halben Meter weiter gab es eine Tür mit der Aufschrift ›Privat‹. Jetzt formierte sich das Bild. Nero sah zwei Männer an diesem Tisch sitzen, mit einsatzbereiten Handys. Beide beobachteten Kea Laverde. Sie handelten nach einem durchdachten Plan. Kugler ging früher. Der andere blieb, um Kugler telefonisch zu verständigen, wenn Kea aufbrach. Kein Spaß für Kugler, bei der Kälte in einem Auto zu warten. Aber machbar. Für Geld zumal. Wer bezahlte die beiden? Wer finanzierte die durchwachte Nacht und einen langweiligen Abend in einer verruchten Dorfkneipe, in der zwei Männer mehr Spaß hätten haben können? Warum hatte Karl Schöll den ganzen Abend gemauert? Warum hatte er den zweiten Mann geleugnet?

Es gibt nur eine Antwort, dachte Nero und richtete seinen Blick auf den Barkeeper. Der schnitt eine Zitrone in Scheiben. Seine Finger zitterten. Es gab nur eine Antwort, und die lautete, dass dieser Barkeeper sehr viel mehr wusste, als er sagte. Die Leute dachten immer, wenn sie nur schwiegen, würden sie der Polizei jegliche Information vorenthalten und sich aus allem raushalten. Aber das stimmte nicht. Das Schweigen konnte beredter sein als ein Wortschwall.

»Was glauben Sie, warum hat Kugler den Liebhaber bei Frau Laverde gespielt? Wenn er etwas von ihr gewollt hätte, warum hat er sie dann den ganzen Abend lang nicht angesprochen?«

Carlo schnitzte ein langes schmales Stück Zitronenschale ab und drehte es zu einer Spirale.

»Weiß nicht.«

»Frau Laverde hat doch nichts gegen Männer, die sie ansprechen.«

Carlo warf Nero einen finsteren Blick zu.

»Frau Laverde ist in Gefahr«, erklärte Nero.

Der Barkeeper drehte einen Knoten in den Schalenfaden und hakte ihn am Rand eines Cocktailglases fest. Nero legte seine Karte und 20 Euro auf den Tresen. »Rufen Sie mich an!«, sagte er. Er wandte sich zum Gehen, rief zurück zur Bar: »Ach, übrigens, kennen Sie einen gewissen Herrn Lehr?«

»Nie gehört.«

33.

Jenny ist nicht zu Hause. Normalerweise sehen Andy und Gina es nicht gern, wenn ihre Tochter spät abends unterwegs ist, aber heute veranstaltet ihre Volleyballmannschaft eine Weihnachtsfeier. »Das ist harmlos«, hat Gina zu ihm gesagt. »Du musst ihr Freiraum geben. Ihre Trainerin ist dabei, und ich hole sie spätestens um 22 Uhr ab.«

Andy hat Ginas Vorwurf deutlich gehört. Auch wenn er sie oft nicht sofort versteht, weil sie immer schneller redet, je hektischer sie ist. Üblicherweise bestehen ihre Tage nur aus Hast und Eile. »Bald ist Weihnachten. Ich habe vorher noch so viel zu erledigen, Andy, der Job ist kein Honigschlecken.«

Gina ist völlig ausgelaugt. Reizbar und launisch. Überarbeitet. Er hat zweimal versucht, mit ihr darüber zu reden. Sie muss ihr Pensum herunterschrauben. Aber er hat nicht sagen können, was ihn bewegt, und sie hat nichts begriffen. Regte sich auf, er verstünde nicht, was da draußen los sei, sie reibe sich auf, um ihm und der Tochter ein sorgenfreies Leben zu ermöglichen. Das Geschäft funktioniere nicht, wenn sie nicht volle zwölf Stunden am Tag den Kunden zur Verfügung stünde. Ob er überhaupt eine Ahnung vom Münchner Wohnungsmarkt habe. Von der Konkurrenz, den Preisen, den Schmiergeldern. Wo sie alles daran setzt, dass ihr Business sauber bleibt!

Andy hat es aufgegeben. Er wird Gina nicht vorwerfen, dass sie ihn so oft alleine lässt. Aber an Jennys Gesellschaft am Abend hat er sich gewöhnt, selbst wenn sie nur in ihrem Zimmer sitzt und mit ihrer neuen Kamera experimentiert. Sie hat ihm einmal gezeigt, wie sie Bilder mit einer Software verfremden kann. Fotos kann man nicht mehr glauben, hat Andy dabei gedacht. Vielleicht noch eher gemalten Bildern. Sie verraten mehr über die Realität. Ja, Jenny ist immer da, ein Fels an Beständigkeit. Sie ist erst 14. Da geht sie einmal einen Abend vor Weihnachten aus, und schon dreht er durch. Bei dem Gedanken, wie sein Leben aussehen wird, wenn sie erwachsen ist und davonzieht, um ihr eigenes Leben auszuprobieren, wird ihm kalt.

Er hätte eine Menge zu tun. Zum Beispiel die Liste vervollständigen, die er sich angelegt hat, um keine Einzelheit zu vergessen, die er Kea noch sagen will. Sie legt viel Wert auf Details. Die Liste besteht hauptsächlich in seinem Kopf, aber als Eselsbrücken macht er sich manchmal Vermerke auf einem Zettel. Zahlen kann er ganz gut schreiben, und er erfindet Symbole, die für etwas stehen, das nur er zu interpretieren weiß. Das muss er Kea erzählen, dass er eine eigene Geheimschrift entwickelt, er, der Aphasiker, den sie da draußen für einen Trottel halten. Er versteht nicht ganz, wie Kea beim Schreiben eines Buches vorgeht. Aber er hat Vertrauen, und das zählt.

Er sitzt im dunklen Wohnzimmer und starrt vor sich hin. Er braucht noch Weihnachtsgeschenke. »Internet«, sagt er laut und deutlich, weil es ihn manchmal beruhigt, seine eigene Stimme zu hören.

»Internet«, wiederholt er und steht auf. Geht in Jennys Zimmer hinüber und lässt die Jalousien herunter, ehe er Licht macht.

Er fährt den Rechner hoch. Jenny hat die neue Kamera mit zur Weihnachtsfeier genommen. Das Team hat eine eigene Internetseite. Die Mädchen stellen Fotos und Filme von ihren Spielen, von Siegerehrungen und Partys ins Netz. Andy findet das ziemlich albern und zudem gefährlich, denn mit Daten aus dem Internet wird Schindluder getrieben. Aber die jungen Leute machen das alle. Es gehört zu ihrem Lebensgefühl, und der Sog der Freunde zieht jeden mit. Im Teenageralter traut sich niemand, ein Individuum zu werden; man lässt lieber seine Freunde bestimmen, was man macht und was nicht. Jenny bildet da keine Ausnahme. Andy kann mit ihr über all das nicht reden. Er spürt die Hitze und das Brennen auf der Haut, das neuerdings immer stärker wird, wenn ihm bewusst wird, wie abgeschnitten er von der Welt ist, obwohl er sich in ihr bewegt. Er schweigt still. Schweigt sich zu Tode. Seine Gesprächspartner erstarren in seiner Gegenwart. Sind froh, sich abwenden, mit einem anderen reden und herumalbern zu können. Schweigen, nur immer schweigen. Manchmal Worte auswerfen wie Erbrochenes, vor denen sich jeder ekelt, weil sie klumpig und unansehnlich sind. Andy hasst sich. Früher liebte er Spitzfindigkeiten und rhetorische Abgründe. Er hat die Ironie kultiviert und viel Spaß mit Gina gehabt. Als sie sich kennenlernten, waren ihre verbalen Schlagabtausche wie Turniere, in denen sie Maß nahmen, um herauszufinden, wo der andere stand und wie weit er noch gehen würde. Diese Kabbeleien wurden immer ernster und verbohrter, bekamen hintergründige Absichten und verloren den Charakter eines Spiels. Trotzdem machten sie Spaß. Damit ist es nun vorbei. Schweig fein still.

Andy tritt mit dem rechten Fuß gegen Jennys Sitzsack. Wenigstens das Bein hat sich erholt. Er hat die Hoffnung noch nicht aufgegeben, dass auch die Sprache irgendwann zurückkommt. Zehn Jahre, hat der Neurologe gesagt. Dann wird Andy sich ausdrücken wie ein Ausländer, der mit dem Deutschen nicht ganz auf du und du ist. Aber er wird sprechen.

Die Windows-Oberfläche baut sich auf. Andy klickt sich ins Netz. Weil er sich schwertut, die URL selbstständig in die Adressenleiste einzugeben, klickt er immer auf den Pfeil daneben und lässt sich die zuletzt besuchten Seiten zeigen. Dafür muss er oft gar nicht lesen, denn er erkennt die Seiten, die er gerne ansieht, an den kleinen Icons davor. Zum Beispiel die BR-online-Seite. Andy bedient die Maus mit der linken Hand, und wie so oft klickt er daneben. Eine ganz andere Seite baut sich auf. Der Hintergrund ist violett. Was auf der weißen Fläche steht, kann er nicht lesen. Nur das Wort ›Jenny‹ erkennt er als ganzes, er braucht die einzelnen Buchstaben nicht zu segmentieren. Er drückt die Returntaste. Eine Menge Fotos erscheinen auf dem Bildschirm. Andy ist neugierig. Auf einem sieht er Gina auf einem verschneiten Gehsteig vor einem Haus. Sie sieht schick aus. Neben ihr wartet ein Mann. Wahrscheinlich einer ihrer Klienten, dem sie eine sündhaft teure Wohnung andreht. Andy bewegt den Cursor auf das Bild und klickt, um es größer zu sehen. Aber es ist kein Foto! Andy staunt. Das Bild beginnt sich zu bewegen. Verblüfft, unbewegt schaut er sich den Film an. Seine Frau lässt den Mann die Haustür aufschließen. Das Bild verschwimmt, Schnitt, er sieht Gina auf einer Massageliege ausgestreckt. Nackt. Andy hört seinen eigenen, keuchenden Atem. Halt, es ist nicht seiner, das Hecheln kommt aus den Lautsprechern am Computer. Andy dreht den Volume-Knopf. Er braucht eine Weile, bis er versteht, dass er Jennys aufgeregte Atemzüge hört. Beim Filmen mit der neuen Kamera ist ihr Mund nah am Mikrofon.

Der Mann von eben kommt ins Bild. Er trägt T-Shirt und Jeans, lächelt, sagt etwas, das Andy nicht versteht. So gut ist die Kamera nicht, dass sie von außen ein Gespräch im Zimmer aufnimmt. Der Mann streckt seine Hände unnatürlich in die Luft. Wie ein Chirurg vor der OP. Er tritt an die Massageliege und beginnt, Gina zu massieren. Andy sieht, wie sich seine Frau dem Mann hingibt. Einem Mann mit zwei gesunden Händen. Er spürt die Intimität und Behaglichkeit des Augenblicks. Der Mann streicht Gina über die Wirbelsäule. Mit nur einem Finger. Sie schüttelt sich und lacht. So hat er sie lange nicht gesehen. Sie ist entspannt. Redet und lächelt.

Der Kerl knetet ihre Pobacken. Andy hockt wie gebannt an Jennys Schülerinnenschreibtisch. Wie kommt sie dazu, ihrer Mutter nachzuspionieren und sie heimlich zu filmen? Die Gedanken schmerzen in Andys Kopf. Hat Jenny schon lange gemerkt, dass es da einen Masseur gibt? Einen charmanten Mann mit verwegenem Gesichtsausdruck? Andy weiß es ja, es gibt irgendwo einen Kerl, aber er hat nicht mit so etwas gerechnet. Er hat den Apfelsinengeruch in der Nase, während er mit brennenden Augen auf den Bildschirm starrt. Hat Jenny deswegen die Digitalkamera so dringend vor Weihnachten haben wollen? Andy weiß nicht, was er denken soll. Die Unterhaltung zwischen Gina und dem Mann wird angeregter. Irgendwie auch hektischer. Als Gina den Kopf hebt, sieht er ihrer Mimik die Getriebenheit an. Das ist eher die Frau, die er jeden Tag erlebt. Der Mann lässt von ihr ab und tritt ein paar Schritte zurück. Sie sehen einander an. Die Harmonie ist verpufft. Gina ergreift ein Handtuch und hält es sich vor die Brust, während der Mann das Zimmer verlässt.

Andy sitzt da, der Film ist längst zuende. Er schaut auf ein Standbild und merkt es nicht. Jenny, ich muss mit Jenny sprechen. Sie stellt einen Film mit ihrer Mutter und deren Geliebten ins Internet. Das geht nicht, Jenny.

Aber die Worte werden nicht kommen. Sie stecken im Geburtskanal zwischen Hirn und Mund fest. Verflucht, er hasst diese Welt, dieses Eingesperrtsein in seinem eigenen Gehirn. Mit zitternder linker Hand bedient er die Maus, klickt sich aus allen Programmen und schaltet den Rechner aus. Löscht das Licht und zieht sogar die Jalousien wieder hoch, damit Jenny nicht merkt, dass er in ihrem Zimmer war.

Schließlich geht er hinaus. Ins Wohnzimmer, wo er die Terrassentür öffnet und die Winterluft atmet, in der Feuchtigkeit hängt und eine gewisse Milde. Kriegen wir Föhn?, denkt Andy und geht ein paar Schritte. Der Schnee ist sulzig. Er will schreien und sich im Matsch wälzen und brüllen und schlagen, er will alle Bäume fällen und mit der größten aller Motorsägen die Hecke zerstören, das Haus anzünden, die Trümmer qualmen sehen. Da waren noch mehr Filme. Vorhin hat er nicht mehr daran gedacht, aber da waren noch andere, er ist sich sicher.

Mit nassen Schuhen schlurft Andy zurück ins Haus. Bald ist es zehn. Er kann nicht anders und geht zurück in Jennys Zimmer, wo er den Rechner anschaltet und ungeduldig wartet, bis er ins Netz kommt. Nun klickt er die anderen Bildchen an. Mein Gott. Im Zimmer ist es dunkel, nur der Bildschirm streut diffuses Licht. Andy kann das nicht glauben. Es ist nicht wahr. Diese Filme sind anders als der mit Gina und dem Kerl in der Hauptrolle. Hier sind jüngere Frauen am Werk. Sie strippen. Befriedigen sich. Sie werden … Andy hält den Atem an. Sie werden vergewaltigt.

Im Laufe seiner Krankheit hat Andy ein Gefühl für die Sprache der Bilder entwickelt. Er schaut sich viele Filme an, weil es mit dem Lesen nicht klappt, aber er beobachtet auch schärfer und beachtet mehr als früher die Mimik und die Körpersprache der Menschen. Diese Filme stammen nicht von Jenny. Sie sprechen eine andere Sprache. Jennys Film von Gina und dem Mannsbild zeigt einen Ausschnitt aus dem authentischen Leben. Langatmig, eigentlich uninteressant, wenn man nicht gerade der Ehemann der Darstellerin ist. Aber dies hier … Verzweifelt stützt Andy den Kopf in die gesunde Hand. Jenny muss diese Pornos aus dem Netz heruntergeladen und gemeinsam mit ihrem Film in einem Ordner gespeichert haben. Warum, denkt Andy, fährt den Rechner endgültig herunter und sieht nervös auf die Uhr. Warum. Was hat Ginas Massage mit diesen Widerwärtigkeiten zu tun?

»Warum?« Er schleudert das Wort in den Raum wie einen Brocken Lava. Nach dem Schlaganfall hat er monatelang nur ›ja‹ und ›nein‹ sagen können. Sehr bald dann ›Scheiße‹. Und ›warum‹. Immer wieder hat er den Ärzten sein Entsetzen in die hoffnungslosen

Gesichter geschrieen. Warumwarumwarum. Worauf niemand zu antworten imstande war. Andy steht mühsam auf. Er schwankt und muss sich an Jennys Schreibtisch festhalten. Das rechte Bein macht Ärger, als sei es genauso aus dem Takt geraten wie der Mensch, zu dem es gehört.

Andy tappt über den Flur. Im Wohnzimmer steht die Terrassentür noch offen, es ist eiskalt. Kea. Kea muss kommen, er muss ihr das alles zeigen. Es ist spät, aber sie wird noch wach sein. Hat sie nicht mal erzählt, dass sie spät zu Bett geht? Andy greift nach dem Telefon und bedient die Kurzwahl. Schließt die Terrassentür und lehnt die Stirn gegen das kalte Glas.

34.

Ich streckte mein Kreuz und ruderte mit den Armen, um meine verkrampften Muskeln zu lockern. Der Computer verwandelte mich nach wenigen Stunden Arbeit in eine Chimäre aus Mensch und Geier. Die Finger waren zu Krallen verkrümmt, der Kopf rutschte immer weiter nach vorne, die Schultern rundeten sich, bis sie höher lagen als der Schädel …

»Klappe, Kea«, sagte ich leise zu mir selbst und ging in die Küche, um mich für die intensive Schreiberei mit einem Glas Wein zu belohnen. Ich hatte 100 Seiten. Genauer gesagt 107. Die ersten 100 Seiten, ungefähr 140.000 Zeichen beziehungsweise 24.000 Wörter, bedeuteten einen Meilenstein in der Arbeit an einem Buch. Bis zur hundertsten Seite konnte jedes Projekt noch in sich zusammenbrechen. Aber mit 100 Seiten war die Schallmauer durchbrochen, gab es kein Zurück mehr. Man hatte sich bewiesen, dass genug Substanz da war, um durchzuhalten. Also würde es laufen mit Andys Lebensgeschichte. Ich kippte das Fenster. Unerwartet milde Luft strömte herein. Tauwetter.

Es war spät, nach zehn. Müdigkeit kroch durch meinen Körper. Nur der Kopf war noch frisch, aufgeputscht vom Schreiben. Der erste Schluck Wein tat mir gut. Wie es in Südfrankreich jetzt wohl aussah … bestimmt nicht sehr viel wärmer als hier in meiner Talnische. Der sonnige, zarte Geschmack strich mir über die Zunge wie eine Verheißung. Wenn ich Andys Projekt fertig hatte, könnte ich dann verreisen? Nur eine Woche? Sonne, schlafen, lesen, essen, schwimmen? Ich sah ein türkises Meer vor mir und eine Küstenlinie, so weiß wie eine Spur Koks auf einem Spiegel.

Mein Handy spielte Mozart. Jetzt noch? Vielleicht Juliane? Das Klingeln erstarb, noch bevor ich das Gerät in der Hand hielt.

»Schnarchnase!« Ich wandte mich meinem Wein zu und dachte über das verklebte Fenster und die Unzuverlässigkeit von Handwerkern nach, als das Eingangssignal für Kurzmitteilungen loslegte. Erschrocken blickte ich mich in der Küche um. Irgendwie schlich sich in mein Gehirn der Impuls, dass jemand in meinem Baustellenzimmer lauerte und von dort die SMS geschickt hatte.

Ich griff nach dem Telefon und drückte die grüne Taste. ›Sie haben eine Nachricht erhalten.‹ Unendlich langsam baute sich ein Bildchen auf dem Sichtfeld auf. Ein Foto. Das sich zu bewegen begann.

Ich sah eine Graugans und zwei schwarze Handschuhe, die sie am Hals festhielten. Das Tier schlug wie wild mit den Flügeln vor Panik. Langsam drehten die Handschuhhände den Hals der Gans zu. Sie wehrte sich mit aller Kraft, aber das Flügelschlagen ließ nach, und schließlich hing das Tier leblos im Griff seines Mörders. Die Hände blieben noch einen Augenblick im Bild. Auf dem Display erschien ›Ende der neu eingegangenen Nachricht‹.

Ich sah auf. Kälte flutete meinen Körper. Die Wände hatten 1.000 Augen. Da war er wieder, der Dschinn aus den Heizungsrohren. Mit bebenden Händen legte ich das Handy weg und lauschte. Draußen war es still wie unter Wasser. Ich ging ins Arbeitszimmer, löschte das Licht über dem Schreibtisch und trat ans Fenster. Der schmelzende Schnee glänzte matt im Schein der Außenlampe. Ich sah mein Auto vor dem Schuppen stehen, konnte die Kratzer auf der Tür in der Dunkelheit aber nicht erkennen.

War das eine meiner Gänse? Unwillkürlich griff ich mir an den Hals. Anziehen. Rausgehen. Los, schau nach, Kea!

Ich war kein ängstlicher Typ. Auch nach der Geschichte damals auf dem Sinai hatte ich mir noch ausreichend Mumm in den zermalmten Knochen bewahrt. Also nicht nachdenken, sondern rausgehen. Ich löschte die Außenbeleuchtung und starrte ein paar Sekunden durch das Fensterchen neben der Tür in die Nacht hinaus. Zog mir die Jacke über und schlüpfte in meine Stiefel. Meine beiden Grauen hätten sich gewehrt, geschnattert, Lärm gemacht, den Angreifer gemeldet. Gänsemörder. Mörder. Das Echo der Worte machte meinen Kopf taub.

Ich hielt mein Handy wie einen Talisman in der Faust, in der anderen die Taschenlampe, als ich die Haustür aufstieß und hinter mir zuzog. Jeder Schritt durch den sulzigen Schnee fiel mir schwer. Mein Instinkt befahl mir, zurückzulaufen, in den Schutz des Hauses, und jemanden anzurufen, Carlo, Janne, vielleicht sogar Keller. Oder ins Auto zu springen und abzuhauen. Nach Ohlkirchen, ins Piranha. Unter Leute eben. Ich keuchte auf, als Schnee von der Dachrinne fiel und klatschend vor meinen Stiefeln aufkam. Der Stall rückte ins Blickfeld. Schweiß tränkte meine Sachen unter der Jacke. Ich schwitzte und fror gleichzeitig. Der Lichtkegel meiner Taschenlampe tastete über den Boden und fing sich an der Stalltür.

»Waterloo?«, rief ich. *Wollte* ich rufen. Aber meine Stimme schien in rasselnden Folterketten gefangen, und alles, was sich aus meiner Kehle herausquälte, war ein mattes Krächzen. Irgendwo knirschte etwas. Eine Tür, ein Fuß auf dem Schnee, ein Tier? Verflucht, ich war oft draußen auf meinem Grundstück, auch nachts. Ich blieb stehen. Konnte nicht vor, nicht zurück. Starrte auf die Stalltür und das schwarze Etwas, das da lag.

Meine Gänse sind grau, redete ich mir zu. Nicht schwarz. Was immer da liegt, ist keine tote Gans. Als ich herankam, sah ich meinen Schal im Schnee. Ich musste ihn vorhin verloren haben, hatte ihn noch gar nicht vermisst. Ich hob das nasse, wollene Etwas auf und warf es mir über die Schulter.

»Waterloo?«, flüsterte ich. »Austerlitz?«

Ich weiß nicht, ob die Grauen ihre Namen kannten. Sie identifizierten meine Stimme als die ihrer Bezugsperson, die sich kümmerte, Nahrung und frische Einstreu heranschleppte und nachts die Stalltür schloss. Immerhin hatte man uns schon als Kinder mit der allgegenwärtigen Kriminalität vertraut gemacht: Fuchs, du hast die Gans gestohlen. Man schloss also besser den Gänsestall in der Nacht. Ich schob regelmäßig den Riegel vor. Das mochte bei Füchsen wirken, aber nicht bei Wahnsinnigen, die Gänse meuchelten.

Leises Schnattern klang zu mir heraus. Das Schnattern von *zwei* Gänsen. Ich sah mich um. Welche Gans auf dieser Welt hatte dran glauben müssen? Und was bezweckte der Idiot, der mir das Snuff geschickt hatte? Ein ziemlicher Aufwand, einer Gans den Hals umzudrehen, nur um ein Snuffvideo zu simsen, dachte ich.

Als ich die Stalltür öffnete, watschelten Loo und Litz schlaftrunken auf mich zu. »Wollte nur nach dem Rechten sehen«, sagte ich leise und strich ihnen übers Gefieder. Sie waren zutraulich wie Kätzchen. Als ich jedoch einmal den Stall ausgeleuchtet und mich überzeugt hatte, dass alles in Ordnung war, schienen sie auch nicht böse, dass ich mich wieder in mein eigenes Leben zurückzog. Ich schloss die Stalltür. Ich musste einen Riegel und ein Vorhängeschloss besorgen. Die Ausbesserungsarbeiten an einem Eigenheim hörten nie auf.

Ich stapfte zum Haus zurück. Die nackte Panik war

aus meinen Gliedern gewichen, aber mein Herz hämmerte, als ich vor der Haustür meine Stiefel abstreifte und den Schlüssel ins Schloss steckte. Vielleicht verbarg sich jemand in der Dunkelheit, um sich an meiner Angst zu weiden. Das ist nur der Dschinn, dachte ich, der mich beobachtet. In Ägypten hatten mir eine Menge Leute Geschichten über diese Dämonen erzählt, die aus rauchlosem Feuer erschaffen wurden. Ausschweifende Erzählungen aus Tausend und einer Nacht waren das, und doch faszinierend, wenn man erst einmal begriffen hatte, wie sie funktionierten. Ihre Aussagen waren anders zu destillieren als die europäischer Anekdoten. Damals hatte es mich beruhigt, dass es gute und böse Dschinns gab. Jetzt war ich mir nicht mehr sicher, ob jener, der in meiner Nähe herumturnte, mit den Guten oder Bösen paktierte.

Ich schloss die Haustür hinter mir und drehte den Schlüssel zweimal um. Mir war so kalt, dass ich zitterte. Dschinns sind scheu, dachte ich. Sie zeigten sich einem Menschen nur, wenn dieser sie beschwor, doch selbst dann nicht immer. Soweit ich mich an die Story einer Krankenschwester erinnerte, bereitete die Beschwörung dem Dschinn heftige Schmerzen. Die Kerle hatten deswegen keine große Lust, von Menschen herbeizitiert zu werden, sodass sie mit Boshaftigkeiten konterten, statt zu kooperieren, und Wünsche vereitelten, statt sie zu erfüllen.

Ich stellte die Taschenlampe auf das Barbrett. Ich war Mitteleuropäerin. Zwar hatte ich den Orient geliebt, aber dieser Teil meines Lebens war abgeschlossen. Der erste Schluck Wein geriet mir in den falschen Hals.

Im Heizkörper knackte es so laut, dass ich mich verschluckte und keuchend den Wein in die Spüle spuckte. Dann klingelte es an der Haustür.

Ich hatte keinen Wagen gehört. Mit einem Mal konnte ich mich nicht mehr auf meine Sinne verlassen. Ich löschte das Licht.

›Drrrring‹.

Ich tappte im Dunkeln zur Tür und spähte hinaus. Mein Herz machte einen Sprung. Irgendetwas zwischen Schreck und Erleichterung. Kommissar Keller stand vor der Tür, in Jeans und Pulli.

Ich riss die Tür auf.

»'N Abend, Herr Kommissar.«

Ich klang wohl weniger jovial, als ich es beabsichtigt hatte, denn er besah mich mit seinen Torfaugen und fragte: »Ist etwas nicht in Ordnung?«

»Kommen Sie rein.« Er folgte mir in die Küche, wo ich ein paar Tasten auf meinem Handy betätigte. »Hier.«

Mit finsterem Gesicht sah Nero den Film an.

»Schöne Scheiße«, sagte er schließlich. »Wann kam das?« Er klickte herum und gab sich selbst die Antwort. »22.32 Uhr.«

»Well, yes.« Ich überlegte, ob ich Keller von dem Dschinn erzahlen sollte. Ganz beiläufig war mir plötzlich klar, dass es sie gab, und dass einer von ihnen mir vom Sinai bis hierher gefolgt war. Bestimmt war es ein männlicher Dämon. Vielleicht wollte der was von mir. »Meine Gänse sind wohlauf. Ich war gerade nachsehen.«

»Sie waren«, er zeigte mit dem Daumen auf das Fenster, »da draußen?«

Hättest du mir wohl nicht zugetraut, was? Ich zuckte die Achseln und nahm ein Glas aus dem Schrank. »Schluck Wein?«

»Ich komme gerade aus dem Piranha und wollte nur sehen, ob bei Ihnen alles o. k. ist.« Er nahm das Glas entgegen und setzte sich wie selbstverständlich auf das Sofa.

Mir fiel ein, dass ich außer Juliane hier kaum regelmäßigen Besuch hatte. Keine Leute, die sich in aller Unschuld auf dem Sofa niederließen und gestatteten, dass ihre Weingläser gefüllt wurden. Es war einmal anders gewesen. Bis jetzt hatte ich nicht gemerkt, dass die Geselligkeit mir fehlte.

»Wie geht's im Piranha?«

»Bestens. Aber das ist ja jetzt nicht der Punkt.« Er hielt immer noch mein Handy fest. »Ich lasse den Anruf zurückverfolgen.«

»Ich denke, Sie hängen zwischen zwei Jobs?«

»Das hier ist nicht komisch, oder?« Er tippte auf das Handy.

»Nein.« Ich setzte mich auf einen Barhocker, obwohl ich einiges drum gegeben hätte, in den weichen Kissen auf dem Sofa zu fläzen. »Was für ein Aufwand, sich irgendwo eine Gans zu besorgen und ihr den Hals umzudrehen, bloß um mir einen Schrecken einzujagen.«

Keller spielte an meinem Telefon herum.

»Da kam ja noch ein Anruf. Um 22.30 Uhr. Den haben Sie nicht beantwortet.«

Kontrolle pur. Juliane wusste wirklich, warum sie kein Handy besaß.

»Es klingelte nur ein einziges Mal.«

»Haben Sie nicht nachgesehen, wer Sie erreichen wollte? Ein gewisser Andy Steinfelder.«

»Was?« Das haute mich nun doch fast um.

»Steht hier.«

Nero hielt mir das Handy hin, aber ich winkte ab.

»Ein ehemaliger Kollege«, log ich. »Er wird es sich anders überlegt haben.«

Keller sah mich so seltsam an. Er schien mir nicht zu glauben, aber da war noch etwas anderes, Nervöses in seinem Blick.

»Kriegen Sie denn raus, woher das Snuffvideo kam?«, wollte ich wissen.

»In den allermeisten Fällen. Es gibt keine anonymen Gespräche im Netz. Ein paar Tricks können die Spuren verwischen, aber üblicherweise sind Menschen unvorsichtig.«

»Was für Tricks?«

»Das interessiert Sie nicht.«

»Das interessiert mich nicht?«

Keller lachte und stellte sein Glas ab. »Tja, dann … ich will nicht weiter stören.«

»Ich habe noch nicht gegessen«, sagte ich. »Möchten Sie …?«

»Pizza?«, fragte er süffisant.

Spotte du nur.

»Sie scheinen ja ein Meisterkoch zu sein«, gab ich ihm spöttisch zurück.

»Nein, gar nicht.«

»Ich dachte an Spaghetti Bolognese.«

»O. k.« Er nahm sein Glas auf und betrachtete es

stirnrunzelnd. Ich schenkte ihm nach. »Wie gut kennen Sie eigentlich Herrn Schöll?«

»Wer ist denn Herr Schöll?« Ich räumte meinen Nudeltopf aus dem Küchenschrank und drehte das Wasser auf. Mein Magen knurrte wie ein Wolf. Autoren vergessen manchmal zu essen. Mir passierte das häufig, obwohl man es mir nicht ansah.

»Karl Schöll.«

»Ach so, Carlo!« Ich musste lachen. »Seit ich hier eingezogen bin, im vergangenen Sommer. Mein Bruder Janne und ich schleppten uns gerade mit meinem Schlafzimmerschrank ab, als Carlo auf seinem Mountain Bike vorbeiradelte und spontan fragte, ob wir einen dritten Möbelpacker brauchten.« Ich sagte Keller lieber nicht, dass ich mit dem Schleppen schwerer Gegenstände vorsichtig sein musste.

»Ihr Bruder? Lebt er hier in der Nähe?«

Was dieser brave Staatsdiener alles wissen wollte … Ich suchte eine Büchse Bolognesesoße heraus und freute mich, wenigstens frischen Parmesankäse anbieten zu können.

»In Ingolstadt.«

»Ich habe zwei Schwestern!« Keller seufzte. »Beide sind älter als ich. Ein hartes Los für einen Jungen.«

»Leben die beiden noch auf dem Dorf?« Ich erinnerte mich genau an das, was er während unserer ersten und letzten gemeinsamen Nacht rausgelassen hatte. Ein Berufssyndrom. Andere Menschen machten mich nun einmal neugierig.

»Aber sicher. Brav verheiratet.«

»Mein Bruder ist auch in den Hafen der Ehe eingelaufen.« Ich überlegte, wie viel ich weitertratschen durfte, ohne Janne in Misskredit zu bringen. »Ich habe zwei Neffen. Theo und Viktor. Jannes Frau ist ... stressig.« Jetzt ist es genug, Kea, warf ich mir vor, während ich die Spaghettipackung aufriss.

»Die Dame heißt Elisabeth, Gertrud oder Marlies, was?«

Jetzt blieb mir wirklich die Spucke weg. Hatte er sich kundig gemacht? Den Namen Laverde, für den er sich so interessiert hatte, in eine Datenbank eingegeben und sämtliche Infos zu meiner Familie über die letzten drei Generationen hinweg abgerufen? Jannes Frau hieß tatsächlich Marlies. Ich hielt besser den Mund.

»Stressige Frauen heißen meistens Elisabeth, Gertrud oder Marlies.« Keller stand auf und kam zu mir an den Herd. Kramte aus der richtigen Schublade einen Löffel und rührte die Soße um, wobei er angeregt schnupperte. »Aaaaja. Riecht ansprechend.«

»Na, Sie kennen sich ja aus!«

»Mit Dosenfutter schon.«

Ich legte ab, was ich in Händen hielt und wandte mich ihm zu. »Ich weiß gern, ob jemand ein Witzchen reißt, den Zyniker spielt oder nur nett sein will.«

Er sah richtig betreten aus. »Verzeihung«, sagte er steif. »Wirklich – ich wollte nur nett sein.« Er legte den Löffel weg und verschränkte die Arme hinter dem Rücken.

Was sollte ich jetzt tun? Zum Glück begann das Nudelwasser zu sieden, sodass ich eine Beschäftigung fand.

»Wenn Sie schon so agil in der Küche sind, links oben finden Sie Teller.«

Keller deckte das Barbrett. »Was wissen Sie über Herrn Schöll?«

Ich leerte die Packung Spaghetti in das brodelnde Wasser. Seine Art, ›Herr Schöll‹ zu sagen, ging mir auf den Keks. »Was weiß man schon über Leute, die man ein halbes Jahr kennt?«

»Sie beobachten scharf, und Neugier auf Menschliches ist Ihre Begabung und Profession.«

Ich lehnte mich an das Büffet und verschränkte die Arme. »Sie zum Beispiel, Herr Kommissar, sind alleinstehend. Einsam. Sie verbringen lieber den Abend bei einer durchgeknallten Geflügelhalterin, als sich im Piranha zu amüsieren. Oder in Schwabing um die Häuser zu streifen, wo sie bald hinziehen. Sie freuen sich auf Ihren neuen Job. Aber den alten können Sie noch nicht loslassen, weil Sie einen guten Draht zu Ihrem bisherigen Kollegen haben. Der hat, was Sie gern hätten: Er ist locker, entspannt, ein Genussmensch, und liebt die Musik.«

»Stopp.« Er hob die Hand. Kaum merklich tauchte eine Falte zwischen seinen Augenbrauen auf. »Musik ist auch *meine* Leidenschaft.«

»Ach?«

»Tango.«

Ich musste ihn sehr verdutzt angesehen haben, denn er lachte. Richtig herzlich diesmal.

»Nicht tanzen. Nur hören.«

Ich rührte in meinem Spaghettitopf. »Sorry, wenn ich Ihnen zu nahe getreten bin«, brachte ich heraus.

»Nein. Gar nicht. Sie haben ins Schwarze getroffen. Meine Frau ist vor zwei Jahren gestorben. Wir hatten ein Haus. Keine Kinder.«

»Das tut mir leid.«

»Ja. Danke. Also … haben Sie so was wie Servietten?«

Der Mann war am Durchknallen. Er erzählte vom Tod seiner Frau, woraufhin seine einzige Sorge darin bestand, sich die Bolognesesoße von den Lippen tupfen zu können. Ich griff in eine Schublade und warf ihm ein Päckchen Papierservietten zu.

»Oj. Es weihnachtet sehr«, kommentierte er und drappierte die Nikolausgesichter auf unseren Tellern. »Also, wie gut kennen Sie Karl Schöll?«

»Er ist schwul. Haben Sie sicher bemerkt. Lebt in Seelbach. Hat ein sehr geschmackvoll eingerichtetes Haus. Liebt Italien und lernt seit Jahr und Tag Italienisch, ohne wirklich voranzukommen.«

»Da haben wir etwas gemeinsam.«

»Ach. Sie auch?«

»Absolut italophil.«

Ich grinste. »Wie gut, dass ich Ihnen kein Schweinekotelett mit Kartoffelbrei angeboten habe.« Ich goss die Spaghetti ab. Während Keller Pasta und Soße auf unsere Teller verteilte und ich den Parmesan rieb, redete ich weiter. »Seine Mutter ist Eritreerin. Sie lebt in London. Carlo hat Restaurantfachmann gelernt, in Berlin, Paris und Luxemburg. Guten Appetit.«

Ich hatte wirklich Hunger. Die Soße duftete, der Käse schmolz formschön auf den heißen Nudeln.

»Lecker«, sagte Keller. »Wirklich. Eine gute Soße.

Wie hält es ein Mensch wie Schöll in einem Kaff wie Ohlkirchen aus? Wenn er in Paris seinen Beruf lernte, was treibt ihn dazu, in einem Lokal wie dem Piranha zu arbeiten?« Ich hörte ihm an, dass er statt ›Lokal‹ lieber ›Kaschemme‹ gesagt hätte. »Wenn er aus der Großstadt stammt und in den Metropolen Europas seine Ausbildung machte, warum lebt er in einem bayerischen Dorf? Sie wissen sicher, dass er in Hamburg geboren wurde.«

»Vielleicht aus dem gleichen Grund wie ich. Um irgendwo anzukommen und Wurzeln zu schlagen. Um Ruhe zu finden und bei jedem Blick aus dem Fenster zu spüren, dass es da draußen noch etwas anderes gibt als Hektik, Müll und Smog. Es ist nicht jeder so wie Sie und sehnt sich nach der Großstadt.«

Ich hatte schon zu viel gesagt. Keller sah mich mit funkelnden Augen an. Was wollte der Mann über mich herausfinden? Er wanzte sich an, lud sich zum Essen ein und leierte meine Geheimnisse aus mir heraus! Du hast ihn selbst zum Essen eingeladen, Kea. Gib's nur zu, du wolltest nicht allein sein nach dem Schockvideo auf deinem Handy. Ach, zum Henker mit alldem. Hatte ich nicht schon ab und zu darüber spekuliert, wie Carlo gerade hier gelandet war? Warum arbeitete er nicht in den angesagtesten Kneipen von München, wenn er schon so auf Bayern stand, wie er oft behauptete?

»Zerbrechen Sie sich nicht den Kopf«, sagte Keller und tupfte seinen Mund genau so ab, wie ich es mir vorgestellt hatte. »Karl Schöll zog vor zwei Jahren von Hamburg hierher, nachdem er wegen Vergewaltigung angezeigt und vor Gericht gezerrt worden war. Aber es fehlten die Beweise, also wurde er freigesprochen. Daraufhin schien ihm ein Ortswechsel angebracht.«

»Carlo?« Ich stöhnte auf. »Schlagen Sie sich das aus dem Kopf. Carlo ist sanft wie ein Lamm. Außerdem ist er schwul.« Das klang albern, und ich sah Neros Gesicht an, dass er mich für naiv hielt.

»Kein Kommentar. Er bekam auch mal eine Strafe wegen Betrugs. Vor gut drei Jahren.«

»Und? Was soll ich jetzt sagen?«

»Sie vertrauen ihm?«

»Blind.« Warum vertraute ich Carlo? Ich spürte, wie ich genau in diesem Moment begann, mein Vertrauen aufzugeben. Würmer kamen gekrochen und fingen an zu nagen. Was tat Keller mit mir? Verdammt, Carlo gehörte zu der kleinen Familie, in die ich mich hier bettete. Klar, es gab Janne, es gab meine Mutter, aber Janne lebte in Ingolstadt und meine Mutter im Saarland. Und überhaupt hatte ich mit ihr eine Menge Probleme, zu viele, um aktuell darüber nachzudenken. Ich brauchte hier Leute, an die ich mich Tag und Nacht wenden konnte, und da gab es nur Carlo und Juliane.

Keller hatte mich scharf beobachtet. Das Gefühl, dass er in meinen Gedanken las, machte mich fuchtig. Noch schlimmer, er erforschte meine Abgründe, ließ sich in die schmalsten Gletscherspalten hinab und leuchtete sie aus, bis das Eis zu schmelzen begann. Scheusal, kriminalpolizeiliches!

»Zwei heimatlose Menschen, die auf der Flucht sind«, sagte Keller und schob seinen leeren Teller weg. »Vor ihrer eigenen Vergangenheit. Schöll vor Anfeindungen und Vorwürfen, seien sie gerechtfertigt oder nicht. Laverde vor … der Angst?« Er sah mich an. Diese Augen! Im gedimmten Licht der Küche kamen sie mir wie glühende Sonnen vor. In mir brannte das Bedürfnis, mich zu rechtfertigen. Nero zog eine Schachtel Pueblo hervor und hielt sie mir hin.

»Es war ein zweiter Mann im Piranha, am Samstagabend«, sagte Keller, während er mir Feuer gab. »Schöll kann es bezeugen. Die beiden Herren hatten nichts anderes zu tun, als Sie zu beobachten.«

»Carlo hat das mitgekriegt?«

Keller nickte, und ich glaubte ihm. Die Würmer fraßen.

35.

23. Juli 2005, 5:35

Betäubung. Sie tat gut. Kea spürte nichts mehr. Nicht den Schmerz, der ihren Körper in Höhe ihrer Hüften in zwei Teile zerrissen hatte. Nicht die Panik, nicht den evolutionären Drang, um Hilfe zu schreien. Sie war verstummt und starrte auf blasse Wände. Auf Eintönigkeit. Hinaus in eine Leere, in der Fragen lauerten. Wo bin ich. Was ist mit mir. Werde ich sterben. Welcher Tag ist heute. Warum tut niemand etwas. Bin ich verletzt.

Ihre Ohren öffneten die Tore einen Spaltbreit. Stimmen summten um sie her, und viele andere Geräusche forderten Einlass, von denen sie nichts mitbekommen wollte. Eine Stimme war genug. Wie schaffte man es nur, in all dem Chaos das Wichtige herauszuhören? Wie hatte sie das sonst bewerkstelligt? Der Gedanke kam, und sie bewunderte ihn, denn er bedeutete, dass ihr Kopf lebte und arbeitete und tat, was er immer getan hatte. Denken.

»Sie werden dich operieren. Es dauert nicht mehr lange. Halte durch.«

Diese Stimme war ihr vertraut. Aber es gab keine Verbindung zu irgendetwas, das sie benennen könnte. Sie hörte die Stimme, aber sah nicht das dazu passende Gesicht. Doch, sie war sicher, zu jeder Stimme gab es ein Gesicht.

Kea ruckte den Kopf, um zu sehen, wer mit ihr sprach. Eine Stange mit einem Beutel voll dunkler Flüssigkeit ragte über ihr auf. Mit verblüffender Klarheit wusste sie, dass man ihr eine Bluttransfusion gab. Dabei hatte sie selbst keine Ahnung, welche Blutgruppe sie hatte. Wie konnten die das wissen? Und wer waren die? Wer hatte den Plastikbeutel an Schlauch und Kanülen befestigt? Eine Klinik. Sie war in einer Klinik. Wieder ein Einfall zum Bewundern. Zum Anbeten, geradezu. Dann machte der Kopf Pause. Sie hörte die Stimme neben sich und suchte in ihrem Gedächtnis nach einem Namen, wenigstens nach einem Anhaltspunkt. Wenn ihr der Anfangsbuchstabe einfallen würde. Wenn sie doch wüsste, welcher Tag heute war. Null.

DONNERSTAG

36.

Schon um 7 Uhr am Donnerstagmorgen stand ich unter der Dusche. Normalerweise konnte ich es nicht ab, schon so früh morgens nass zu werden, aber die Nervosität hatte mich nicht schlafen lassen. Hey, nur keine falschen Schlüsse, Keller war in der Nacht heimgefahren, ich hatte mich verbarrikadiert und war meinem Vorsatz, das Snuff-Video nicht noch einmal anzuschauen, treu geblieben. Besonders gut geschlafen hatte ich trotzdem nicht. Zum einen wegen des Zweifels, was Carlo Fidelio betraf. Keller hatte mit ein paar mehr Infos herausgerückt; es schien mir widerlich, dass eine Frau behauptete, Carlo habe sie vergewaltigt, das Szenario gefilmt und ins Netz gestellt. Oder stellen wollen. Der Carlo, den ich kannte, war warmherzig und voller Empathie und machte so was nicht. Wozu auch? Er stand nicht auf Frauen. Um Geld zu verdienen, säuselte mir der Dschinn aus dem Duschschlauch zu. Er *war* da; drängte sich immer entschlossener in meine Menschenwelt. Ich hatte das schon einmal erlebt. Mittlerweile war ich zu viel herumgekommen, um solche Sachen für Kokolores zu halten. Was für eine Überheblichkeit, die Existenz von Wesen zu leugnen, bloß weil wir noch keine

Apparatur erfunden haben, um sie zu filmen und zu vermessen.

Außerdem beunruhigten mich der Stein, die zerkratzte Autotür und das Snuff-Video. In dieser Reihenfolge. Und sobald ich über Sinn und Motiv dieses Irren nachdachte, der einer Gans den Hals umdrehte, um mich zu ängstigen, musste ich über Andy nachgrübeln, über Ginas Liebhaber, die Wohnung in Thalkirchen und das Model, das in der Nacht mit mir U-Bahn gefahren war. An Schlaf konnte da wirklich niemand denken. Zwar war ich irgendwann eingeschlummert, aber Träume waren aus dem Finstern gekrochen, mit glühenden Gabeln und allerhand anderem Folterkram.

Ich drehte die Dusche ab und kuschelte mich in mein Badetuch. Ich musste mit Andy sprechen. Er hatte gestern bei mir angerufen, es einmal läuten lassen und aufgelegt. Es gab etwas, worüber er mit mir reden wollte, auch wenn er es sich anders überlegt hatte. Vielleicht war ihm auch Gina dazwischengekommen. Oder seine Tochter.

Außerdem interessierte mich das Model. Wer war sie, was tat sie im Liebesnest von Gina Steinfelder und dem Typ?

Bingo, Kea, dachte ich. Endlich denkst du wieder. Ich flitzte barfuß in mein Arbeitszimmer und warf den Rechner an. Wenig später hatte ich, was ich wollte: Es gab keine Telefonnummer zu einem Menschen, der Lehr hieß und eine Wohnung in der Alfred-Schmidt-Straße in Thalkirchen hatte. O. k., warum nicht? Fröstelnd ging ich ins Bad, cremte mich ein, schlüpfte in frische

Unterwäsche, Jeans und Bluse. Klar, er besaß dort entweder keinen Telefonanschluss, weil das Apartment nur eine Zweitwohnung war, neutral ausgedrückt. Oder er hatte den Anschluss nicht eintragen lassen. Ich rief mir den Mann ins Gedächtnis. Er hatte elegant gewirkt, aber ich hatte zu wenig gesehen, um den Inhalt seines Geldbeutels einschätzen zu können. Dennoch sollte er nicht allzu arm sein, wenn er sich in München eine zweite Wohnung leistete. Wobei er ja mit einer Wohnungsmaklerin verbandelt war. Ich trug Grundierung auf meine gerötete Haut auf und zwinkerte meinem Spiegelbild zu. Jedenfalls sah ich ausgeruhter aus, als ich mich fühlte.

37.

Nach Kaffee, Schinkentoast und Heidelbeerjoghurt als Nachspeise sah ich bei meinen Grauen vorbei.

»Alles o. k. bei euch?« Ich stapfte durch die Dunkelheit und schaute im Stall nach dem Rechten. »Fressen tut ihr ja wie die Scheunendrescher.« Ich schaufelte Futter in den Trog und verabschiedete mich schnell von den beiden. Keine Sentimentalitäten jetzt. Ob Keller herausfand, wo das Snuff-Video herkam? Jedenfalls musste ich ein Vorhängeschloss besorgen, um den Stall fürs Erste zu sichern.

Der Schnee war beinahe weggetaut, und je näher ich München kam, desto grauer und schmutziger sahen seine Reste aus. Dennoch kein Föhn. Zumindest spürte ich noch keine Vorboten dieses spleenigen Gefühls im Kopf. Bei Föhnwetter drehte ich auf wie ein bekiffter Kobold.

Die Großstadt spuckte Leute aus, die sich zur Arbeit schleppten. Von der Arbeit nach Hause krochen. Aufbrachen, um sich eine Arbeit zu suchen. Während ich über all die Menschen nachdachte, die in Metallkästen die Straßen entlangrasten oder zu Fuß umherwuselten, fragte ich mich, was genügte, um ein zufriedenes Leben zu führen. Ein Job, eine Beziehung, eine Wohnung, Geld? Ich hatte vor Wochen mit Myrthis darüber diskutiert, wie man mit Leuten zurechtkam, deren einziges Gesprächsthema Kochrezepte und Arztbesuche waren. Myrthis nannte diese Lebensform amorph und behauptete, sie bestünde vornehmlich aus Leere, aber die Menschen, die diese Leben führten, mussten genau das kaschieren und stürzten sich deshalb in Aktivismus. Ich hatte damals laut gelacht und hinzugefügt: Und du verkriechst dich in deine Forschung. Myrthis hatte kein Problem, das zuzugeben. In ihrem Blick jedoch hatte ich eine Frage gelesen: Was ist mit dir, Kea? Vergräbst du dich in den Leben anderer, weil dir dein eigenes nicht genügt?

Kurz nach neun hielt ich in Bogenhausen und klingelte bei Steinfelders. Inzwischen war die Dunkelheit einer grauen, schmierigen Dämmerung gewichen.

Andy öffnete mir die Tür. Er hatte eindeutig weniger geschlafen als ich. Dunkle Ringe umschatteten seine Augen wie Krater.

»Guten Morgen, Andy.«

»Morgen.« Heute sah er nicht so begeistert aus wie sonst, wenn er mich sah.

»Darf ich reinkommen?«

»Gestern!« Andy holte nervös Atem. Wie so oft pumpte er Luft in seine Lungen, mehr und mehr, als wolle er einen Tauchgang absolvieren. Und wie so oft ging gar nichts. Die Nervosität schnürte ihm die Kehle zu, und die langen Tunnels, die von jenen mentalen Untiefen herkamen, in denen die Sätze entstehen, schienen eingestürzt und von Geröll verstopft.

Ich redete über das Wetter, die matschigen Straßen und den grauen Himmel, um ihm ein paar Minuten zu geben, in denen er sich beruhigen und konzentrieren konnte.

»Gestern. Kea. Anrufen.«

»Sie haben mich gestern angerufen«, sagte ich.

Er nickte.

»Aber als ich drangehen wollte, hatten Sie schon aufgelegt.«

Das war ein schwieriger Satz für Andy. Zu viele Verschachtelungen, Überlegungen, die einander bedingten, die der Kopf in die richtige Reihenfolge bringen musste. Andy hielt sich jedoch nicht mit Verständigungsversuchen auf.

»Komm!«, sagte er im Befehlston und ging mir voraus ins Zimmer seiner Tochter. Mir fiel auf, dass er mit dem Laufen heute mehr Probleme hatte als sonst. Er zog das rechte Bein deutlich nach.

In Jennys Zimmer lief der Rechner. Ich sah mich verstohlen in diesem Mädchenreich um. Jenny mochte Tiere, das sah man an den Pferdepostern und der Menagerie aus plüschigen Freunden auf ihrem Bett. Aber sie interessierte sich auch für Technik und Computer. Ich entdeckte ein paar Informatikbücher in ihrem Regal.

»Schau!« In der Aufregung duzte Andy mich. Ich warf einen Blick auf den Bildschirm. Das haute mich um. Da liefen Pornos. Richtig harte. Zu hart für die Legalität. Frauen in Ketten, Frauen kopfüber aufgehängt, Frauen mit Elektroden an den Genitalien. Ich starrte wie ein Volltrottel. Andy klickte, und das Bild stand. Es verschwand, und ein weiteres tauchte auf. Ein Hauseingang, zwei Menschen. Gina und noch einer. Der elegante Mann im Mantel. Gina auf einer Massageliege. Nackt. Die Hände des Eleganten begannen auf Gina Steinfelders Rücken zu tanzen. Ich wechselte einen Blick mit Andy. In seinen Augen glänzte Hilflosigkeit. Beide glotzten wir auf den Bildschirm, bis der Film endete.

»Verflucht!«, sagte ich laut.

»Verfluchte Scheiße!«, sagte Andy, und mitten in dieser ganzen Misere mussten wir lachen.

38

Zehn Minuten später, nach einer schnellen Tasse Nescafé, hockte ich vor Jennys Rechner und klickte durch sämtliche Ordner, die Jenny chronologisch unter ›eigene Dateien‹ angelegt hatte. Ich bekam schnell heraus, was Andy entgangen war: Sie hatte die Pornos aus dem

Internet heruntergeladen, während sie den Film, den sie selbst produziert hatte, ins Netz gestellt und über einen Link auf den Seiten des Volleyballteams zugänglich gemacht hatte. Ich suchte nach weiteren Dateien mit dem Zusatz AVI hinter dem Punkt, um Jennys eigene Produktionen auf der Festplatte zu finden, aber es gab nur diesen einen Film. Sie musste von dem Gerüst im Hinterhof aus in die Wohnung gefilmt haben. Ich stand auf und kramte durch Jennys Regale. Ich sollte das nicht tun. Ich war die Ghostwriterin ihres Vaters, keine Tussi von der Jugendhilfe und keine Polizistin. Im Schreibtisch entdeckte ich die Digitalkamera und schaltete sie an. Die Chipkarte war noch recht leer, ich fand lediglich die Fotos wieder, die sie mir auf der Straße gezeigt hatte. Die Filmsequenz hatte sie gelöscht. Ich legte die Kamera weg.

Was hatte das hier mit mir zu tun?

In der Küche hörte ich Andy wirtschaften. Wahrscheinlich kochte er Kaffee. Richtigen. Die Tassen klapperten lauter als sonst, wie in der Kombüse eines Kutters, der in der Nordseedünung rollte. Andy würde von mir erwarten, etwas zu unternehmen. Nur: was? Er bezahlte mich, damit ich seine Autobiografie schrieb. Der Pauschalbetrag, den wir ausgemacht hatten, dünnte vor meinen Augen zu einem hauchzarten Sisalfädchen aus, denn ich benötigte viel mehr Zeit für die einzelnen Interviews, als ich mir ausgerechnet hatte.

Üblicherweise kalkulierte ich, wie viel Arbeitszeit ein Projekt mich kosten und wie viele Seiten es schlussendlich umfassen würde. So kam ich zu einem fixen Honorar, auf das ich zehn Prozent aufschlug, um auf der sicheren Seite zu sein. Denn manchmal stieg der Arbeitsaufwand, wenn der Kunde viele Korrekturen forderte und zudem keine Aussicht auf einen Verlagsvertrag bestand, bei dem für mich eine prozentuale Beteiligung drin wäre.

Also schön, mal wieder Lehrgeld bezahlt. Wer hatte meine Unterlagen geklaut, und wer hatte den Toten im Unfallwagen bestohlen? Wie viel war das alles wert? Was waren *mir* meine Dokumente wert? Mein Laptop? Mein Beruf, meine Sicherheit und Freiheit auf meiner Parzelle? Ich sah zum Fenster. Draußen balgten sich blaugraue Wolken um die besten Plätze über Bogenhausen. Ich ging zu Andy in die Küche.

Er hatte am Küchentisch gedeckt, nicht im Wohnzimmer. Ich verstand sofort, weshalb: Seine linke Hand zitterte so heftig, dass er niemals Geschirr und Kaffeekanne die paar Meter über den Flur hätte tragen können.

»Kaffee?«, fragte er. Unser Gemeinschaftsgefühl von eben verflog. Ich spürte die Ansprüche, die er gleich erheben würde. Die Energie, die von ihm ausging. Seine ungeheure Willensstärke. Zum ersten Mal wurde mir klar, wie durchsetzungsfähig Andy Steinfelder war. Einer von den Resoluten, der wusste, wo er hinwollte. Weil ich keine Ahnung hatte, was ich tun oder sagen sollte, setzte ich mich und ließ mir Kaffee einschenken. Andy wies mit halbherziger Geste auf die Mandelkekse.

»Bitte«, sagte er. »Jenny. Sprechen.«

Ich würde nicht mit Jenny sprechen. Das kam nicht infrage. Ghostwriter schreiben über das Leben anderer. Aber sie greifen nicht in fremde Leben ein. Klar, ich weiß, was viele jetzt sagen werden: Wenn alle immer nur wegschauen, weil eine Sache sie offiziell nichts angeht, kümmert sich irgendwann niemand mehr um irgendjemanden, und wir werden zu Ungeheuern. Altruismus war trotz aller Nachteile eine ganz gute Sache.

Andy konnte kein Gespräch mit Jenny führen. Einfühlsame Unterhaltungen mit hormongeschüttelten Teenagern gelingen den wenigsten Erwachsenen, und wenn, dann nur unter Tränen, Beteuerungen und anschließendem Haareraufen. Ein Aphasiker hatte da gar keine Chance. Und wenn ich mit ihr redete – worauf sollte ein Gespräch mit Jenny hinauslaufen? Ich wollte sagen, zeigen Sie die Filme Ihrer Frau, Andy. Aber natürlich ging das nicht. Ehrlich, ich hatte nicht die Bohne Lust, in eine Familienzwistigkeit dieses Ausmaßes hineingezogen zu werden.

»Schule. Kommt.«

»Sie meinen, wenn Jenny von der Schule kommt, soll ich mit ihr reden?« Saublöd formuliert, Kea. Jetzt bist du schon so gut wie drin im Boot der Familie Steinfelder.

Andy nickte ekstatisch. Sein Körper bebte vor Unruhe. Sogar sein Kopf schien anzuschwellen. Seine Nase lief. Er angelte mühsam ein Taschentuch aus der Packung und schnäuzte sich. Ich dachte an seine Autobiografie und die Arbeit, die ich bereits hineingesteckt hatte. An diesem tristen Vormittag empfand ich das Bedürfnis, alles hinzuschmeißen. Zum Flughafen zu fahren und die erstbeste Maschine auf die Kanaren zu nehmen.

»Ich muss mir das erst überlegen«, versuchte ich mich

aus der Affäre zu winden. Noch blöder, Kea. Ein Rückzieher, der in Wahrheit keiner ist.

Andys Gesicht wurde knallrot. Er lief mit einer Geschwindigkeit dunkel an, dass ich Angst bekam. Andy litt an zu hohem Blutdruck, der die Ursache für den Schlaganfall gewesen war. Was, wenn er bei all dem Stress hier vor mir den nächsten Hirninfarkt bekam? Jenny hatte mir mal gesagt, dass die ganze Familie genau davor eine Heidenangst hatte. Ich durfte nicht zulassen, dass Andy …

Stopp!

Ich schob meine Tasse weg. Was für eine Kraft zog mich hier in die Tiefe? Die Frage, ob ich schuld sein könnte, wenn Andy zum zweiten Mal zusammenbrechen würde? Ich? Ich hatte nichts mit dem ganzen Krempel zu tun! Ich war nicht seine Krankenschwester, nicht sein Kindermädchen, nicht seine Kummerkastentante. Ich durfte nicht anfangen, mich für sein Elend verantwortlich zu fühlen. Dennoch musste ich Andy irgendwie beruhigen.

»So ein Gespräch kann man nicht spontan führen. Man muss sich vorher überlegen, worauf man abzielt, verstehen Sie?«

Ich hatte ›verstehen Sie‹ nur so als Floskel hinzugefügt, aber sie brachte Andy zum Überkochen. Er verstand sie wörtlich. Ich, seine Ghostwriterin, die immer so viel Geduld bewiesen hatte, stellte sein Verständnis infrage. Verdammt, du kannst dich aber auch dämlich anstellen, Laverde!

Andy stand auf, packte seine Tasse und schleuderte sie mit Wucht zu Boden. Reflexartig drehte ich den Kopf zur Seite und kniff die Augen zusammen. Die Scherben flogen mir um die Ohren.

»Scheiße!«, schrie Andy mich an. Er schrie nicht aus Frust über sich und seine Situation, sondern er brüllte mich an. Er hatte einen Feind gefunden, einen Prellbock für seine Aggressionen. »Scheißescheißescheiße!«

Er hinkte aus dem Raum und schlug die Tür mit so viel Elan zu, dass sie wieder aufsprang. Der Knall hallte in meinem Kopf. Ich hörte, dass Andy die Haustür ins Schloss pfefferte, sah ihn über den Gartenweg humpeln und auf die Straße treten. Zuerst rührte ich mich nicht. Später sammelte ich die Scherben auf und legte sie sorgsam auf die Abtropffläche neben der Spüle. Ich wartete, bis der Impuls, Andy nachzulaufen, verklang.

39.

Das Haus in der Marschallstraße, in dem das Model am Dienstagabend verschwunden war, musste noch ziemlich neu sein, wirkte in seinem betonschweren Grau jedoch traurig und einschüchternd. Ich war mit der U-Bahn hergefahren. Der Alfa parkte noch in Bogenhausen. Mein persönliches Hintertürchen, um vielleicht doch noch mit Jenny zu sprechen.

Die Kälte fuhr mir durch Mark und Bein, während ich mich vor dem Haus herumdrückte. Die Temperaturen sanken von Stunde zu Stunde, und von den verfrorenen Passanten, die vorbeihasteten, hatte keiner den

Nerv, nachzufragen, was ich da eigentlich machte. Ich inspizierte die Tür, die Namensschilder und überlegte, was als Nächstes zu tun wäre. Acht Parteien, wieder mal hatte ich keinen Namen. Als jemand aus dem Haus kam, schlüpfte ich hinein und japste auf bei dem konzentrierten Gestank nach Desinfektionsmittel. Wahrscheinlich nutzten die ihr Treppenhaus als Operationssaal.

Ich stieg die Stufen hinauf und begutachtete die Türen. Ein Junge von vielleicht zwölf, eingepresst in einen Schneeanzug, stob die Treppe hinauf.

»Hallo«, sagte ich unbestimmt.

»Hallo.«

Er wollte vorbei, aber ich war schneller:

»Kohle gegen Information?«

»Was wird'n das!«

»Wohnt hier im Haus eine alleinstehende junge Frau, sehr hübsch?«

»Die Valeska?« Der Junge deutete auf das Namensschild vor meiner Nase. ›V. Keim‹. »Die wohnt genau hier. Leicht verdientes Geld.« Er hielt die Hand auf.

Ich gab ihm zwei Euro. Er hatte wohl mehr erwartet, aber anstatt mich auf eine Diskussion einzulassen, drückte ich die Klingel. Sie klang merkwürdig laut.

»Dennis?«, rief eine Frau von weiter oben.

Der Junge verdrehte die Augen und stiefelte die Stufen hinauf, ohne mich auch noch eines Blickes zu würdigen.

Ich klingelte noch mal und klopfte ungeduldig gegen die Tür. Hinter mir öffnete sich die gegenüberliegende Wohnungstür.

»Sie wollen zu Valeska?«

Ich drehte mich um. Ein sehr hübsches junges Mädchen mit einem im Nacken hochrasierten, verwuschelten Bob, Minirock und zerfetzten Strumpfhosen guckte zu mir heraus. Grunge-Look total. Ich nickte.

»Sie ist nicht zu Hause. Sind Sie die Kollegin aus der Klinik?«

»Ähm … genau.«

Das Mädchen musterte mich abschätzend. Na gut, ich wog rund das Doppelte von ihr, aber war das ein Grund, ungläubig das Gesicht zu verziehen? Ich schielte auf das Klingelschild. ›Marietta Soltau‹.

»Tja, also«, sagte Marietta ratlos und reichte mir einen Umschlag. »Hier. Valeska hat Ihnen die URL von These-Girls aufgeschrieben und ihr Passwort, damit Sie sich ihre Filme schon mal anschauen können.« Zweifelnd sah sie mich an. »Und Sie sind wirklich …?«

Ich griff nach dem Umschlag, ehe sie ›Piep‹ sagen konnte.

»Danke, Marietta. Bis demnächst!«

Ich polterte die Treppen hinunter.

40.

Meine Finger wärmten sich an dem Becher mit grünem Tee. Noch mehr Kaffee hätte ich kaum ertragen. Am Rechner neben mir hockte ein Typ und besah sich die Konstruktion einer Uzi.

Nachdem ich den Inhalt des Umschlags begutachtet

hatte, war ich eine gute Stunde planlos durch Schwabing gelaufen, bis der eisige Westwind mir Gesicht, Hände und Füße tiefgekühlt hatte. Valeska warb Kolleginnen als Pornodarstellerinnen an. So viel hatte ich nach einem kurzen Blick auf ihre Notizen verstanden. Auch dass es Geld zu verdienen gab, wenngleich nicht die satten Honorare, für die es sich gelohnt hätte, nackt durchs Internet zu geistern.

Das Internetcafé war bis auf den letzten Platz gefüllt. Die Leute suchten Wärme, leisteten sich einen Snack, checkten ihre Mails oder saßen an der Theke und jammerten über ihre Jobs. Meine Ecke war nur von meinen beiden Nachbarn rechts und links einzusehen, aber dennoch hatte es mich Überwindung gekostet, die Pornos anzuschauen, die ich über Valeskas URL aufgestöbert hatte. These-Girls war ein Pornoportal. Mit Valeskas Passwort hatte ich jedoch nur eine von vielen Abteilungen aufrufen können. Sie zeigte drei Filmsequenzen mit derselben Darstellerin. Valeska Keim. Das zarte Gesichtchen war unverkennbar das jener Frau, der ich aus der Wohnung in Thalkirchen bis nach Schwabing gefolgt war. Jetzt verstand ich, warum Marietta mich so entgeistert gemustert hatte. These-Girls präsentierte sehr junge und vor allem spindeldürre Frauen. Allerdings war ich überzeugt, dass es genug andere Portale gab, wo echte Gardemaße gefordert waren.

Meine Stunde war fast abgelaufen. Unentschlossen klickte ich mich zu verschiedenen Nachrichten-Webseiten, um nicht dazusitzen wie eine Versuchstaube vor dem Schaltpult eines Verhaltensforschers.

Ich glaubte nicht an Zufälle. Generell nicht. Dazu

hatte ich zu viel erlebt. Während ich über Seiten mit Texten scrollte, sortierte ich, was zusammenpasste. Erstens Carlo und die Vorwürfe gegen ihn, er habe eine Frau vergewaltigt und die Szene für das Internet gefilmt. Zweitens Valeska Keims Besuch in der Wohnung eines Menschen namens Lehr, einer Wohnung, in der sich zur selben Zeit Gina Steinfelder aufgehalten hatte. Drittens die URL mit Pornos, die jene Valeska Keim beim Masturbieren und allerhand anderen Betätigungen zeigten. Viertens die Pornos auf Jennys Festplatte inklusive die Szene, die Jenny selbst gefilmt hatte. Kein Porno, sondern eigentlich ein harmloser Mitschnitt einer Massagesitzung, in der Jennys Mutter die Hauptrolle spielte. Hatte Jenny, die mit den Dateien auf ihrem Rechner so ordentlich umsprang, einen Zusammenhang zwischen Gina und ihrem Masseur und den Pornos gesehen, die sie in ihren Ordnern abgelegt hatte? Warum sonst hätte sie das Zeug gespeichert, Kea, dachte ich mir und verließ das Netz. Um mehr herauszufinden, musste ich auf Jennys Rechner checken, ob sie Pornos aus dem These-Girls-Portal heruntergeladen hatte. Ich trank meinen Tee aus und ging zur Theke, um mir einen Bagel und ein Mineralwasser zu kaufen.

Essen und Denken gleichzeitig funktionierte sonst gut bei mir, nur diesmal nicht. Der Barmann grinste mich an. »Schmeckt's?«

»Doch, ja!« Ich schickte das Lächeln zurück. Er erinnerte mich an den jungen Mann, der mich vor ein paar Jahren durch das ›Land der Könige‹ geführt hatte, durch Rajasthan, im Norden Indiens. Er trug einen Turban, seine Haut war um einiges dunkler als Carlos, und er sprach perfektes Bairisch.

»Soll Schnee geben«, sagte er und wies auf den Computerbildschirm hinter sich, wo die Webseiten von Antenne Bayern flimmerten. »Eine Menge. Haben Sie's gelesen?«

Ich schüttelte den Kopf.

»Ein richtiges Schneechaos. Hatten wir schon mal. Wann war das? Vor zwei Jahren? Na, egal. Ich bin froh, dass ich heute nicht mehr mit dem Auto wegmuss. Ich wohne nämlich gleich hier um die Ecke.«

Ich kaute meinen Bagel und sah mich in dem Café um. Am Tresen warteten Leute auf freie Rechner. Ich konzentrierte mich auf ihre Gespräche. Das machte ich oft, um einen Eindruck von authentischen Dialogen zu bekommen, die mir beim Schreiben nützlich sein konnten. Während sich draußen Dunkelheit zusammenbraute und die Weihnachtsbeleuchtung sich noch schriller von dem allgegenwärtigen Grau abhob, lauschte ich auf Bruchstücke. Ein richtiger Blizzard … Wie in Amerika, die haben ja oft Schneechaos … Da brechen die Strommasten zusammen und die Leute frieren sich den Hintern ab … Nur noch einen Kaffee, dann suche ich mir eine U-Bahn … Na, in der U-Bahn schneit's nicht …

Mir schwirrte der Kopf. Schneechaos, wie wunderbar. Heimfahren, mich einschneien lassen und aus allem aussteigen. Ich bezahlte meine Sachen, schlüpfte in meine Jacke und ging.

Draußen war es so kalt, dass die Luft glitzerte. Der Gemüsemann neben dem Internetcafé schloss gerade seinen Laden und drehte das ›Closed‹-Schild im Fenster um. »Soll Schneesturm kommen«, rief er zu mir heraus. Durch die Scheibe klang seine Stimme dumpf. Die Kälte drang durch meine Klamotten. Ich hätte genauso gut nackt hier herumstehen können, sehr viel mehr hätte ich nicht frieren können. Der Gedanke, schnell in der Hohenzollernstraße vorbeizugehen und ein heißes Bad zu nehmen, erhob die Stimme und verschaffte sich mit einem Mal viel Platz in meinem Kopf. Es war gerade einmal 15 Uhr, na gut, Viertel nach, und schon so gut wie stockfinster. Das heiße Bad wäre eine trügerische Wohltat. Besser ich nahm es daheim in meiner Klause.

Ich versuchte mich zu orientieren. In welcher Richtung lag die nächste U-Bahn-Station? In diesen Schwabinger Sträßchen verlief ich mich jedes Mal. Dunkelblaue Wolken trieben über den schwarzen Himmel. Das sah skurril aus. Als hätte sie jemand mit Gouache hingepinselt und ihnen anschließend Leben eingehaucht. Ungeduldig klopfte ich an die Scheibe des Gemüseladens. »Wo geht's zur U-Bahn?«, rief ich. Aber der Mann hatte den Geschäftsraum schon verlassen.

Plötzlich ging alles schnell.

Eine schwarze Limousine hielt am Straßenrand. Während ich den Kopf wandte und den Mann ansah, der vom Beifahrersitz sprang, fiel mir auf, dass niemand mehr unterwegs war. Im plötzlich auffrischenden Wind schwankten die künstlichen Adventskränze über der Straße. Ich wurde gepackt und in das Auto gestoßen. So rasant, dass ich gegen einen Mann prallte, der entspannt auf dem Rücksitz saß und mich anlächelte. Die Limousine fuhr an.

»Was …«, begann ich, rappelte mich hoch, aber der Mann hob die Hand. Er wirkte sehr elegant in seinem schwarzen Anzug, der Fliege und dem Hut auf seinem Kopf. Sein Gesicht sah griechisch aus, wie auf den antiken Münzen, und der passende Bart stand säuberlich gepflegt um seine vollen Lippen.

»Sie sollten sich besser anschnallen. Machen Sie keinen Ärger, Frau Laverde.« Ich sah aus dem getönten Fenster. Wir rauschten schon aus Schwabing hinaus Richtung Mittlerer Ring. »Dies ist nur eine Unterredung. Ich bin sicher, dass Sie sich nachher richtig entscheiden werden.«

»Ich verstehe kein Wort.«

»Deshalb lassen Sie besser mich sprechen. Und die Hände lassen Sie mal hübsch auf Ihrer Tasche liegen!«

Ich starrte auf die Schultertasche in meinem Schoß. Eine Menge Gedanken stürmten zugleich auf mich ein, aber der deutlichste von ihnen lautete: Wenigstens ist es warm hier drin. Ich musterte die beiden Typen vorne im Wagen. Der Fahrer trug trotz der Düsternis draußen eine dunkle Brille, der andere, der mich gestoßen hatte, stülpte gerade eine schwarze Kappe auf seine Locken. Langsam legte ich meine Hände auf meine Tasche und faltete sie. Weiß sah ich die Knöchel hervortreten.

»Ich bin sicher, dass Sie sich bereits einen Teil der Geschichte zusammengereimt haben«, sagte der Mann. »Ach. Entschuldigen Sie, Frau Laverde. Ich habe mich noch nicht vorgestellt. Mein Name ist Müller.«

Ich spürte Müllers Blick auf mir. In der Dunkelheit ging mir die Orientierung verloren.

»Wir haben versucht, Ihnen klarzumachen, dass der Auftrag, den Sie für Herrn Steinfelder wahrnehmen, nicht das Richtige für Sie ist«, sagte Müller. Oder wie auch immer er hieß. Ganz bestimmt hieß er nicht Müller.

»Ach so?«, murmelte ich. An der Art, wie meine Stimme sich quälte, bemerkte ich meine Angst. Ich fing an zu zittern.

»Leider waren wir wohl nicht deutlich genug«, fügte Müller hinzu. »Deshalb unternehmen wir beide diesen Ausflug. Es wird Ihnen nichts geschehen.«

»Sie haben den Stein in meine Küche schmeißen lassen?« Dass er es selbst nicht getan hatte, stand außer Frage.

»Wir bitten Sie hiermit ausdrücklich, den Fall sein zu lassen und die Daten, die Sie zu dem Projekt Steinfelder gesammelt haben, zu löschen.« Er deutete auf meine Schultertasche, die unschuldig auf meinen Knien ruhte. »Ich gehe davon aus, dass Sie nach unserem Gespräch«, er machte eine Pause, »ohnehin kein Interesse mehr daran haben werden, diese Autobiografie zu Ende zu schreiben.«

Das konnte nicht gut gehen. Am allerwenigsten konnte gut gehen, dass sich mein Widerspruchsgeist meldete. Ich dachte an den Dschinn im Duschschlauch, als ich sagte: »Meine Aufträge sind meine Angelegenheit.«

Müller schlüpfte in Lederhandschuhe.

»Sehen Sie, Ihre geschäftlichen Verpflichtungen sind mir durchaus bewusst. Ich zeige mich erkenntlich.«

Himmel, wollte er mich bestechen? Ich starrte auf

die schwarzen Handschuhe und fragte: »Stammt das Snuff-Video von Ihnen?«

Ich bereute es sofort. Sein Gesicht verzog sich zu einer ungeduldigen Grimasse. Als er weitersprach, wurde sein Ton schärfer.

»Herrschaften, den Film bitte.«

Der Beifahrer reichte ein Notebook nach hinten.

»Ich möchte Ihnen etwas zeigen, Frau Laverde.« Müller klappte das Notebook auf und drückte ein paar Tasten. Die Oberfläche baute sich auf, und Sekunden später spielte sich ein Film ab. Eine Frau war auf einer Bank gefesselt. Auf einer Bank, wie sie Spaziergänger gerne als gemütliches Plätzchen zum Ausruhen verwenden. Nur war die Frau nackt, und die Bank und die Landschaft um sie herum waren verschneit. Ins Bild rückte kurz ein Mann mit Kamera auf der Schulter. Er trug einen dicken wattierten Anorak und Handschuhe. Die Handschuhhand stellte einen riesigen Wecker neben die zitternde Frau. »Echtzeit«, sagte eine Stimme. »Zehn Minuten, Mäuschen.«

Die Kamera zoomte weg und filmte den Wind, der sich in den Wipfeln der Bäume fing. Zurück zu der Frau, deren Zähne aufeinander schlugen; ihre Haut schimmerte violett. Jemand brachte einen Vibrator ins Bild. Die Frau wimmerte. Ein vermummter Mann trat auf sie zu, Schnee in den Fäusten. Er rieb die Brüste der Frau damit ab. Sie keuchte auf und winselte wie ein Hund.

»Machen Sie das aus!«, rief ich.

Müller lachte. Er schloss den Deckel des Notebooks.

»Der Markt ist riesig. Wussten Sie das?«

»Männer, die es antörnt, wenn Frauen ...«

»... frieren, ja.« Er lächelte selbstgefällig. »Gänsehaut, blaue Lippen, Eisdildos ... Wir sind die ersten, die richtig harte Drehs machen. Alles freiwillig. Die Damen wissen, was sie erwartet. Nachher gibt es ein heißes Bad und Glühwein.«

Ich starrte aus dem Fenster. Im Schein der Straßenlaternen sah ich Schneeflöckchen aufblitzen, winzig, zart.

»Zittern in Echtzeit. Wir haben auch Eisbaden im Programm. Wie Sie sich denken können«, er wies aus dem Fenster auf den vorbeirauschenden Verkehr, »ist unsere Produktionszeit auf wenige Monate im Jahr beschränkt. Es sei denn, wir reisen mit unseren Modellen nach Norden. In Skandinavien und Russland expandieren wir gerade.«

In mir stieg ein Brechreiz auf, den ich nur mühsam unterdrücken konnte.

»Wie gesagt, die Teilnahme ist freiwillig. Aber ich hätte keine Skrupel, Ihnen einen kleinen Auftritt zu verschaffen.«

»Lassen Sie mich aussteigen.«

»Sicher. Aber noch nicht gleich.« Er musterte meine verkrampften Hände. Ich spürte, wie er meine Angst genoss. »Frisch heute«, sagte er. »Herrschaften, wie viel Grad haben wir?«

»Minus fünf«, kam es vom Fahrer.

»Minus fünf. Eine gemütliche Temperatur für eine kleine Beachparty«, sagte Müller.

Wir versanken in Schweigen. Der Wagen bog auf die

Autobahn. Der Verkehr war sehr dicht. Die Leute wollten dort ankommen, wohin sie aufgebrochen waren, ehe der Schneesturm richtig losbrach. Für den Bruchteil einer Sekunde sah ich Nero vor mir. Wie er sich die Bolognesesoße von den Lippen tupfte. Sich eine Zigarette anzündete. Zum Teufel mit Nero Keller.

»Und?«, fragte ich mit dünner Stimme. Ich räusperte mich. »Was wollen Sie? Dass ich mir vor Angst in die Hosen mache?«

»Och, bei der Kälte pinkeln sie alle«, sagte Müller und klappte sein Notebook wieder auf, aber ich streckte die Hand aus.

»Was – wollen – Sie?«

»Ich denke«, er betrachtete seine Handschuhe, »Sie sind sowieso schon einverstanden?«

Ich sah ihm ins Gesicht. Er war nicht Lehr. Er war nicht der elegante Mann, dessen Hände so gekonnt über Ginas Rücken getanzt waren. Wer war er? Und wie stand er zu Lehr? Hatte Valeska für diese Scheißkerle posiert?

»Warum ist Andy Steinfelders Lebensgeschichte für Sie so riskant?« Ich versuchte, die Wegweiser zu erhaschen. Wir rasten über die linke Spur. Ich schielte auf den Tachometer. Tempo 180.

Müller schwieg.

»Andy Steinfelder hat hundertprozentig nichts mit Pornos zu tun!«

Müller lächelte herablassend. »Hatten Sie denn damit gerechnet?«

Ich? Ich hatte natürlich nicht damit gerechnet, ich hatte …

»Und … Gina Steinfelder?«, fragte ich. Verflucht, ich sollte meinen Mund halten.

Müller klickte einen Ordner an und startete einen weiteren Film. Ich konnte nicht anders. Ich musste hinsehen. Eine sehr dünne Frau kletterte eine Leiter hoch. Eine Leiter, die aus einem See auf einen Badesteg führte. Das Seewasser war grau und aufgewühlt. Eisstücke trieben darin. Die Frau wollte den Steg betreten, sie zitterte am ganzen Leib und konnte sich kaum aufrecht halten, aber ein Mann mit einer Kamera hielt sie zurück. Der zweite Kameramann musste ganz am anderen Ende des Stegs stehen. Er zoomte näher heran und zeigte das verzweifelte Gesicht der Frau. Sie sah so grau aus wie der See. In ihrem nassen Haar bildeten sich Eiskrümel. Ein Schwenk. Man sah die Brüste der Frau, winzig klein, und die Nippel, kraus vor Kälte. Eine behandschuhte Hand schoss vor und zwickte eine Klammer an den einen Nippel, dann eine an den anderen. Die Frau schrie auf. Der Mann zwang sie, in den See zurückzuklettern. An den Klammern waren Ketten befestigt. Die Frau stieg in den See. Ich hatte keine Ahnung, wie lang ein Mensch so stark unterkühlen konnte, aber sie sah aus, als hielte sie nicht mehr lange durch. Ich wollte wegschauen, doch meine Augen klebten am Bildschirm fest. Der Mann zog an der Kette und führte die Frau vom Steg aus durch das Wasser, indem er an der Kette zog. Sie machte eine Bewegung, als wollte sie die Klemmen entfernen. Er zog nur umso fester.

»Raus«, hauchte sie. »Lass mich raus.« Eine Armbanduhr kam ins Bild.

»Noch zwei Minuten. Die schaffst du!«

Ich knallte das Notebook zu. Ein amüsiertes Lächeln schwirrte um Müllers Lippen.

»Wie gesagt«, er nickte bedeutungsvoll, »ich gehe davon aus, dass Sie Ihre Informationen zurückhalten, den Kontakt zu Steinfelder einstellen und Ihre Unterlagen löschen.« Er grinste. »Im Endeffekt haben Sie ja keine Dokumente mehr.«

»Wer war der Kerl, der in meinem Haus …?« Ich sah aus dem Fenster. Wir ordneten uns am Kreuz Brunntal Richtung Salzburg ein.

»Genug, Frau Laverde.«

Auf der Gegenseite war die A 8 stark befahren, doch auf unserer Seite waren wenige Autos unterwegs. Der Fahrer beschleunigte. Der zweite Mann drehte sich zu Müller um und fragte: »Chef, sollen wir?«

»Habt ihr alles bereit?«

Sie blufften. Sie wollten mir Angst machen, ihren Forderungen Nachdruck verleihen, deutlich machen, wie ernst es ihnen war. Dem Beifahrer merkte ich an, wie gern er mit mir seine Spielchen getrieben hätte. Unwillkürlich kroch ich tiefer in meinen Sitz. Hatte er der Gans den Hals umgedreht?

»Sie sagen«, flüsterte ich, »die Frauen machen das freiwillig?«

»Aber sicher.«

»Gibt es Geld dafür?«

Müller brüllte vor Lachen. Er zückte eine Geldbörse und hielt mir ein paar Hunderter vor die Nase.

»Glauben Sie, dass irgendetwas auf dieser Welt nichts kostet?«

Ich würde es nicht machen. Nicht für Geld. Nicht

für alles Geld der Welt. Ich biss mir auf die Lippen und sah demonstrativ in die andere Richtung.

»Es ist nichts Ungesetzliches«, sagte Müller.

Nein. Es gab sie überall, die Hintertürchen und Schlupfwinkel. Er konnte seine Pornos auf einen Server in Sonstwo stellen. Das Internet hob nationale Grenzen und Gesetze auf. Der Stein, der mein Küchenfenster zerschmettert hatte, war auch nur eine Ordnungswidrigkeit. Ein Späßchen. Die tote Gans per Handy war nur eine Gans. Und der Unfall, der den Handlanger ins Jenseits befördert hatte, war nur ein bedauernswerter Unfall. Jemand vom Fußvolk hatte dran glauben müssen. Das war nichts, was Herrn Müller aus dem Konzept bringen konnte. Ganz zu schweigen von dem verkratzten Lack an meinem Alfa.

Es schneite nun sehr stark. Ich sah die Flocken im Licht der Scheinwerfer auf uns zutreiben. Unwillkürlich zog ich die Schultern zusammen. Der Schnee bildete einen eisigen Film auf dem Asphalt. Dennoch raste der Fahrer unbeeindruckt weiter. Der Mann, der sich Müller nannte, musste sich sehr sicher sein, nicht belangt zu werden. Ich dachte an meinen Laptop in meiner Schultertasche. Wenn sie ihn mir abnahmen, war ich ruiniert. Ich hatte zu Hause im Arbeitszimmer ein Backup liegen. Jemand von Müllers Kaliber würde sich nicht scheuen, ein weiteres Mal einbrechen und es stehlen zu lassen. Mir fiel ein, dass heute endlich die Handwerker kommen mussten, um ein neues Fenster einzubauen. Hoffentlich hatte Carlo sich darum gekümmert. Carlo ... Trotz dieser abstrusen Story, die Keller mir aufgetischt hatte, traute ich meiner eigenen Menschenkenntnis. Im Augenblick blieb mir nichts anderes übrig. Vielleicht war Carlo sogar noch bei mir zu Hause, dann würden Müllers Handlanger es nicht wagen …

»Herrschaften, Frau Laverde und ich würden gerne etwas Musik hören.«

Der Beifahrer legte eine CD ein. Ich starrte aus dem Fenster. Eine sonderbare Erstarrung senkte sich auf mich. Müller legte sich mächtig ins Zeug, um sich und mir zu beweisen, dass er ein kultivierter Mann war, der sein Geld lediglich auf etwas ungewöhnliche Weise verdiente. Selbst schuld, die Mädels, wenn sie das freiwillig tun, nicht wahr?, klang seine unausgesprochene Bemerkung durch den Wagen, unterlegt von ›De miei bollenti spiriti‹. La Traviata. Ich liebe Verdi. Eigentlich. Nur spürte ich, dass an dieser Frage etwas falsch war. Freiwillig konnte das nicht sein. Ich hatte wenig Ahnung von Sadomaso-Kulten, neigte in sexuellen Dingen zu Toleranz, solange ich perverse Sachen nicht mitmachen musste. Aber die Filme, die Müller mir vorgeführt hatte, sahen keine Freiwilligkeit vor. Hier gab es keinen Notknopf, der die Handlung beendete, wenn einer der Beteiligten nicht mehr wollte.

Die Limousine raste durch die Nacht. Einmal gerieten wir auf der glatten Schneefläche ins Rutschen, und auf eine unwillige Bemerkung von Müller hin fuhr der Fahrer langsamer. Schließlich beugte sich Müller vor und sagte: »Wie ausgemacht.«

Der Fahrer nickte.

Jetzt würden sie mich entsorgen. Mir wurde schlecht

vor Angst, aber das Gefühl verflog sofort und machte einer entsetzlichen Kälte Platz. Der Kälte der Todesangst.

41.

Schritt für Schritt hat Andy sich beruhigt. Jetzt lehnt er an einem Garagentor und bringt seinen Atem unter Kontrolle. Er hätte sich nicht so gehen lassen dürfen. Kea kann nichts dafür. Er ist ausgerastet. Es darf nicht passieren. Seit seinem Schlaganfall ist er richtig jähzornig geworden. Andy schaudert. Eben hat er die Jacke nur über die Schultern geworfen. Er müht sich, den gelähmten Arm in den Ärmel zu bugsieren. Das braucht Zeit und ein gewisses Fingerspitzengefühl, das ihm gerade heute abgeht. Er zittert in der kalten Luft. Endlich schlüpft auch sein linker Arm in die Jacke. Er hat keinen Nerv mehr, sich um den Reißverschluss zu kümmern. Er hasst Reißverschlüsse. Sie mit nur einer Hand zuzumachen ist mindestens ebenso schwierig, wie sich gefesselt aus einem Tigerkäfig zu schleichen. Den Trick hat er mal im Zirkus gesehen. Jenny konnte sich gar nicht mehr beruhigen. Wie ist der Magier, an Händen und Füßen gefesselt, aus einem mit drei Schlössern verschlossenen Käfig entkommen, noch dazu, wo ein Tiger darin umherstreifte?

Andy lächelt unwillkürlich. Er rafft sich auf und geht weiter. Ein Spaziergang durch das Viertel wird ihm guttun, auch wenn er heute das rechte Bein nicht richtig steuern kann. Jetzt, da die brennende Wut verflogen ist, bemerkt er, wie unsicher er geht. Sogar seine Gedanken sind außer Kontrolle. Sich zu konzentrieren, tut ihm körperlich weh. Als sei er aus einem verwirrten Traum aufgewacht. Die Filme auf Jennys Rechner, Keas verblüfftes Gesicht, ihre Unsicherheit, ihre Weigerung, mit Jenny zu reden. Das hat Andy sehr genau verstanden: Dass Kea Laverde keine Lust hat, Jenny zur Rede zu stellen. Andy kann es ihr nicht einmal verübeln. Wer mischt sich schon gerne in eine Familienangelegenheit ein. Kea Laverde soll seine Autobiografie schreiben und nicht Erziehungshilfe leisten. Aber was geschieht hier? Wer ist der Mann, der Gina massiert? Andy ist nicht so dumm, er hat längst gemerkt, dass Gina an einen anderen denkt, wenn er neben ihr im Bett liegt und ihr unbeholfen über die Hand streicht. Manchmal kauft sie sich neues Schminkzeug, wirft das alte aus der Handtasche direkt in den Mülleimer und lächelt dabei auf so eine verträumte Art … Make-up war Gina schon immer wichtig. Andy bleibt stehen, holt Atem. Er hat kaum auf seinen Weg geachtet. Nun hat er sich verfranst. Steht zwischen Villen und Bäumen, betrachtet die protzigen Mauern, die die Grundstücke zur Straße hin abschließen. Er hat hier nie wohnen wollen. Aber Gina legt Wert darauf, ihren Reichtum zu zeigen. Geld ist für Gina wichtig. Vielleicht wichtiger als die Liebe. Als es mit ihr und Andy nicht mehr so recht klappte, schon vor dem Schlaganfall, hat er oft den Eindruck gehabt, dass nur das äußere Bild einer harmonischen Familie Gina davon abhielt, ihn zu verlassen. Aber jetzt, denkt Andy, jetzt sieht alles anders aus. Das verzeiht die Gesellschaft nicht, wenn eine Frau ihren behinderten Ehemann verlässt.

Angstschweiß bricht ihm aus. Was passiert, wenn Jenny eines Tages aus dem Haus ist? Wird Gina ihn in ein Pflegeheim abschieben? Ihn einmal die Woche pflichtgetreu besuchen, aber ansonsten mit einem anderen leben? Werden fremde Pflegerinnen ihm den Hintern abwischen, wird er ein Gemüse sein, das vegetiert, unerwünscht und nutzlos, während all seinen Gesprächspartnern die Frage auf der Stirn steht: Warum kann er nicht endlich sterben?

Ich könnte mich umbringen, denkt Andy. Das wäre besser als Pflegeheim. Dies ist eine Überlegung, die er umsichtig hegt und pflegt, die zu Besuch kommt, wenn das Leben ekelhaft ist, die aber nie für länger bleibt. Er hält diese Option in Schach, damit sie sich nicht zu deutlich in sein Gemüt bohrt. Auch wenn er es niemandem so sagen kann: Andy erwartet noch etwas vom Leben. Nur wenn er es gar nicht mehr aushält, kramt er die Notlösung heraus und denkt darüber nach, wie er es tun würde.

Erschöpft stützt Andy sich an einen Baum. Die Wolken ziehen sich drohend zusammen. Ihm wird kalt. Er darf nicht so weit in die Zukunft denken, das macht ihn schwindelig und müde. Besser, er denkt nur an das Nächstliegende. Erst einmal heimlaufen. Das schafft er, wenn er die Zähne zusammenbeißt, obwohl sich sein rechtes Bein plötzlich vollkommen taub anfühlt. Dann wird er duschen und überlegen, wie er mit Jenny verfährt. Er könnte Gina die Pornos zeigen. Nicht den Film, auf dem sie zu sehen ist, aber die Pornos. Sie könnten gemeinsam überlegen, wie sie vorgehen wollen. Wie sie das Gespräch mit Jenny suchen werden. Oder soll er seine Tochter einfach darauf ansprechen? Sich mit ihr vor den Rechner setzen und die Filme starten?

Andy muss sich nun auf jeden seiner Schritte konzentrieren. Er hat in der Eile seinen Gehstock nicht mitgenommen. Aber irgendwie schafft er es schon nach Hause. Sein Orientierungsvermögen hat durch den Schlaganfall gelitten, aber natürlich weiß er, dass er an der nächsten Kreuzung links gehen muss. Er hält alle paar Meter an. Atmet tief durch und kämpft sich voran. Ein Flimmern liegt in der Luft. Es wird sehr kalt. Andy friert. Er schafft es bis zur Kreuzung, hält sich links, stützt sich am Zaun ab und schleppt sich Schritt für Schritt vorwärts. Er erreicht eine Garage. Sie steht offen. Andy hinkt darauf zu. Im Schutz der Garage kann er kurz verschnaufen. Er kneift die Augen zusammen. Stutzt. Erschrickt.

Maßlos.

Er sinkt auf die Knie und tastet mit dem linken Arm über den Mantel des Mannes, der dort auf dem Betonboden liegt. Auf dem Rücken. Sein Mantel steht offen. Blut hat sein Hemd durchtrankt. Andys gesunde Hand legt sich auf die feuchte Stelle. Andy will um Hilfe rufen. Er will schreien, aber seine Kehle ist zugeschnürt, seine Stimme rostig, aus seinen Augen schießen Tränen.

Das ist er. Es ist der Mann, der Gina massiert hat. Andy starrt in die toten Augen.

Er will ›Hilfe‹ rufen, aber aus seinem Mund kommt das einzige Wort, das er in Schocksituationen parat hat.

»Scheiße!«, brüllt Andy. »Scheißescheißescheiße!«

42.

Wir verließen die Autobahn und kurvten auf ein Dorf zu. Das Schild flog an mir vorbei, zu schnell, um es lesen zu können. Der Wagen passierte den Ort und fuhr in rasantem Tempo einen Hügel hinauf.

»Hier wären wir«, sagte Müller. »Auf Wiedersehen, Frau Laverde.«

Ich hatte mit allem gerechnet. Nur nicht damit, dass es so schnell vorbei sein würde. Der Wagen hielt, Müller löste seinen Gurt, beugte sich über mich, stieß die Tür auf und gab mir einen Schubs.

»Wer ist Lehr?«, schrie ich gegen den tosenden Wind. Müller grinste und zog die Tür zu. Der Wagen fuhr an und verschwand hinter der nächsten Kurve.

Als Erstes umklammerte ich meine Schultertasche und presste sie an mich wie einen Welpen. Immerhin hatten sie meinen Rechner nicht gefilzt. Sie wussten nichts von meiner Reservespeicherung, sie wussten nichts von der Hohenzollernstraße. Gut.

Ich hatte keine Ahnung, wie lange ich in der Schneewehe gelegen hatte, bevor das Zittern meines Körpers mich an die nächstliegenden Bedürfnisse erinnerte.

Prustend kämpfte ich mich aus dem Schnee und trat auf die Straße. Der Asphalt war nicht mehr zu sehen, aber wenigstens die Reifenspuren, die Müllers Limousine hinterlassen hatte. Entschlossen drehte ich mich um und ging in die Richtung, aus der wir gekommen waren. Wir hatten einen Ort durchquert. Dort gab es Menschen, elektrischen Strom, Heizungen und mit etwas Glück eine Wirtschaft.

Meine Schultertasche war nach kurzer Zeit schwer wie Blei. Meine Ohren schmerzten vor Kälte. Ich wickelte mir den Schal um den Kopf und stapfte entschlossen vorwärts. Immerhin wurde mir von der Bewegung halbwegs warm. Immer wieder drehte ich mich um, aber ich sah in der Dunkelheit keine Scheinwerfer auftauchen, keine schwarze Limousine, in der Verdi gespielt wurde. Diese grässlichen Filme! Mein Verstand sagte mir, dass ich verstört war. Dass es normal war, wenn ich keinen klaren Gedanken fassen konnte. Und doch arbeitete mein Kopf im Rhythmus meiner Füße, die durch den Schnee stiefelten. Meinem keuchenden Atem lauschend dachte ich an Gina Steinfelder. Ich dachte an das Apartment, an dessen Klingel der Name ›Lehr‹ stand. Ich hatte alle Variablen zusammen und musste sie nur noch anordnen, um Licht in die Affäre zu werfen. Beim Schreiben war es ähnlich. Irgendwann spürten Autoren, dass nun alles parat war, um anzufangen. Dass die Recherche geleistet war und nichts Neues mehr gebraucht wurde. Manche verpassten den magischen Moment. Das waren die Schreiberlinge, die immer weiter recherchierten, noch mehr Fakten und Daten zusammentrugen und irgendwann ein undurchdringliches Dickicht an Informationen aufs Blatt brachten, für das der Leser eine Machete benötigte. Allerdings hatte kein Leser Lust, sich den Weg durch einen Text freizuschneiden.

In der Ferne sah ich die Lichter des Ortes auftauchen; und als ich mich über die Kuppe des nächsten Hügels kämpfte, erkannte ich weit weg die Autobahn, einen Lindwurm aus weißen und roten Lichtern. In die eine Richtung standen die Fahrzeuge. In die andere lief der Verkehr. Vielleicht könnte ich mich bis zu einer Raststätte durchschlagen und per Anhalter nach München fahren. Nach weiteren zehn Minuten war klar, dass ich das nie schaffen würde. Mir war elend kalt. Meine Zehen spürte ich schon nicht mehr, und meine Jeans waren nass bis übers Knie. Ich fühlte einen leisen Schwindel über mich gleiten und ahnte, dass ich etwas für meinen Blutzuckerspiegel tun musste. Verdammt, Kea, schalt ich mich, da sind 80 Kilo auf deinen Hüften, auf die du zugreifen kannst. Irgendwo hatte ich gelesen, dass der Körper erst nach 30 Minuten Bewegung die eigenen Fettreserven angriff. So lange war ich mindestens schon unterwegs. Oder nicht? In der Dunkelheit konnte ich nicht einmal das Zifferblatt meiner Uhr erkennen. Die Angst kam zurück. Feixend trippelte sie neben mir durch den Schnee. War ich allein hier?

Rechts tauchte eine niedrige Mauer aus der Finsternis. Ich ging darauf zu und sackte in einen Graben. Mein Hosenboden wurde klatschnass. Ich hörte das Klappern meiner Zähne, schaufelte mich entschlossen aus dem Graben und wankte auf die Mauer zu. Neben mir lehnte sich die Angst an den rauen Stein.

»Hau ab«, murmelte ich. »Ich kann dich nicht brauchen.«

Angst ließ sich nicht wegschicken. Sie war ein archaischer Begleiter, der das Überleben unserer Art erst ermöglichte. Nur wer Angst hatte, war vorsichtig genug, sich vor Fressfeinden zu verstecken oder zu fliehen. Nur wer Angst hatte, tat sich mit Artgenossen zusammen, um als Gruppe stärker zu sein.

Im Schneegestöber erkannte ich ein paar Grablichter jenseits der Mauer. Wenigstens waren Menschen hier, und wenn es nur die Toten waren, die hier ruhten. Seltsam tröstlich. Ich ging die Mauer entlang. Der Wind fegte mir nun mitten ins Gesicht. Meine Wangen, Lippen und Nase wurden so kalt, dass das letzte bisschen Gefühl aus ihnen wich. Ein Tor schlug im Wind. Ich stieß es auf und betrat den Friedhof. Am anderen Ende sah ich eine Kapelle. Vielleicht war sie unverschlossen und bot für ein paar Minuten Schutz vor Wind und Kälte.

Über Gräbern und Grabsteinen wölbten sich Schneehauben. Normalerweise schlenderte ich gern über Friedhöfe. Sie vermittelten Ruhe und eine stille Eleganz. Aber in der Dunkelheit und dem eisigen Wind, noch dazu mit nassen Jeans, war dieser fremde Friedhof ein furchteinflößender Ort und kalt wie Stahl.

Ich hatte die Kapelle fast erreicht, als ein Schatten aus der Dunkelheit glitt.

»Grüß Gott!«

Ich fuhr zusammen.

»Na, entschuldigen Sie, erschrecken wollte ich Sie nicht.« Eine Frau kam aus dem Dunkel auf mich zu.

Ich hätte beinahe über die Schneemütze auf ihrem Kopf gelacht. Auch ihre Schultern waren voller Schnee. Mir wurde bewusst, dass ich genauso frostig aussah.

»Guten Abend«, brachte ich heraus. Meine erfrorenen Lippen machten die Wörter klumpig.

»Ach, Verzeihung. Ich habe Sie verwechselt.« Die Frau kniff die Augen zusammen. Sie schien kurzsichtig. »Ich dachte, Sie seien die Frau, die die Gräber betreut.«

»Ich hatte eine … Panne.« Mein Arm machte eine fahrige Bewegung in die Nacht hinaus. »Wissen Sie, ob es hier im Dorf eine Pension gibt?«

»Hier?« Die Frau lachte auf. »Nein. Ich kann Sie mitnehmen. Ich fahre nach Rosenheim.«

»Wie weit ist das noch?«

»Zehn Kilometer.«

Ich konnte mein Glück kaum fassen. In Rosenheim würde ich mich zum Bahnhof durchschlagen und den nächsten Zug nach München nehmen. Wenn nicht allzu viel schiefging, würde ich mit der U-Bahn nach Bogenhausen fahren, meinen Alfa aus dem Schnee buddeln und heimfahren. Und wenn das nicht klappte, gab es immer noch ein geheiztes Zimmer in Schwabing.

»O. k. Gern.«

Ich folgte der Frau über den verwehten Hauptweg des Friedhofes zum Ausgang. Ein Fiat Panda parkte neben der Mauer.

»Die Kleinen haben Allradantrieb. Man möchte es nicht glauben«, sagte die Frau und zog die Kapuze vom Kopf, während sie aufschloss. Notdürftig klopfte ich mir den Schnee von den Klamotten und ließ mich mit einem Seufzer auf den Beifahrersitz sinken.

»Ich habe heute meine Mutter beerdigt.« Sie steckte den Schlüssel in die Zündung. »Entschuldigen Sie. Ich bin ganz durcheinander. Ich heiße Martina Hildebrand.«

»Kea Laverde. Mein Beileid.«

»Danke.« Sie startete den Motor. Sein beruhigendes Schnurren zu hören, trieb mir die Tränen in die Augen. »Sie wollte unbedingt hier draußen begraben werden. Was haben wir auf sie eingeredet. Also ich und meine Geschwister. Aber ich habe Mama verstanden. Hier war sie glücklich verliebt. In einen Bauern. Der war verheiratet. Starb und wurde hier beerdigt. Also war es ihr letzter Wunsch, ihm wenigstens im Tod nahe zu sein.« Sie fuhr an. Mit einem Ruck löste sich das kleine Auto aus dem verwehten Schnee. »Ich bin oft mit Mama hierher gekommen. Im Sommer, versteht sich. Die Alpenkette und all das – idyllisch.« Sie drehte am Radio. »Und ausgerechnet heute, wenn wir Mama beerdigen, schneit es wie verrückt. Sie hätten das sehen sollen! Die Grube war beinahe zugeschneit, als sie den Sarg hinunterließen. Wie sie das Loch überhaupt ausheben konnten, ist mir ein Rätsel.« Sie zündete sich eine Zigarette an. »Möchten Sie?«

Ich schüttelte den Kopf. Ihr Redeschwall schwächte meine letzten Reserven. Das Radio spielte scheußliche Musik.

»Und Sie? Was treibt Sie in diese Einsamkeit?«

»Ich hatte beruflich zu tun.«

»Hier?«

Ich nickte. Es konnte nicht schaden, von meinem Beruf zu erzählen. Immerhin würde ich nach Andys Autobiografie ein Anschlussprojekt brauchen.

»Ich bin Ghostwriterin. Ich habe einen Kunden besucht.«

»Wow!« Die Scheiben beschlugen. Martina Hildebrand öffnete das Fenster einen Spalt. Ich fror zwar wie ein Schneider, bekleidete aber gerade nicht die Rolle von jemandem, der sich beschweren durfte.

»Klingt interessant. Sicherlich sprechen Sie nicht über Ihre Kunden.«

»Nein.«

»Verständlich. Finde ich Sie im Internet?«

»Aber sicher.« Ich buchstabierte ihr meinen Namen. »Meine Spezialität sind Ratgeber.«

»Ich wüsste ein Thema: Wie ich erfolgreich eine Beerdigung organisiere. Sehen Sie Publikationsmöglichkeiten?«

Bevor ich antworten konnte, ertönte der Verkehrsjingle von Bayern 3. Martina drehte die Lautstärke hoch.

›Achtung Autofahrer. Wegen des heftigen Wintereinbruchs in Oberbayern kommt es auf den Fernstraßen zu zahlreichen Behinderungen.‹

»Dazu brauche ich kein Radio, um das mitzukriegen«, seufzte Martina. »Meine Verwandten sind Gott sei Dank alle schon seit zwei Stunden sicher in ihren Hotels angekommen. Ich wollte nur noch mal auf den Friedhof. Wegen … kennen Sie das? Das Bedürfnis, sich zu verabschieden, ganz allein? Weil die Toten dann näher scheinen?«

Ich murmelte eine zerstreute Zustimmung. Die Beerdigung meines Vaters kam mir in den Sinn. Ein kalter Herbsttag, nasses Laub, auf dem wir ausrutschten, während wir im Regen zum Grab hasteten.

›Auf der A 8 Salzburg Richtung München kam es zwischen dem Dreieck Inntal und Irschenberg zu zahlreichen Unfällen. Zwischen Weyarn und Holzkirchen Stau. Im weiteren Verlauf der A 8 Stauungen und zähfließender Verlehr, vor dem Kreuz München/Brunntal kam der Verkehr zum Erliegen. Ortskundige werden dringend gebeten, die Autobahn zu meiden. In der Gegenrichtung …‹

Die mechanisch abgespulten Verkehrsmeldungen schienen Martina Hildebrand aus ihrer Redseligkeit gerissen zu haben. Schweigend steuerte sie den Wagen über die verschneiten Straßen. Ich fragte mich, wohin Müllers Limousine unterwegs war.

»Wo soll ich Sie absetzen?«

Ich starrte auf das Ortsschild. Rosenheim.

»Am Bahnhof, geht das?«

»Klar.«

Wenig später stieg ich aus dem inzwischen mollig warmen Panda und bedankte mich artig bei meiner Chauffeuse.

»Schon in Ordnung. Sehen Sie zu, dass Sie dort ankommen, wo sie hinwollen.« Sie winkte und fuhr davon.

Ein weiser Rat. Ich betrat den Bahnhof. Feuchtigkeit und nervöse Erregung schlugen mir entgegen. Gestresste Menschen wuselten durch die Halle. Ich brauchte nur einen Blick auf die Abfahrtstafel zu werfen, um zu wissen, was mir bevorstand. Alle Züge nach München waren gestrichen.

Ich boxte mich durch die Menge an nassen, frierenden und missmutigen Leuten zum Infoschalter. Ein Schwarm aufgebrachter Reisender drängte sich lärmend vor dem Pult. Ich bekam einen Ellenbogen in die Rippen. Dem Uniformierten hinter dem Schalter schlugen Zorn und Ungeduld entgegen.

»Richtung Salzburg ist offen«, sagte er gerade. »Bitte begeben Sie sich zu den Bahnsteigen. Die Züge kommen verspätet, aber sie kommen. Moment.« Er presste ein Handy an sein Ohr.

»München? Was ist mit München!«, schrie ich in der Hoffnung, die anderen zu übertönen.

Der Mann hob die Hand, lauschte, nickte, legte das Handy weg und sagte:

»Wir haben eine eingefrorene Weiche, abgerissene Oberleitungen und einen liegengebliebenen ICE. Bis auf weiteres ist die Strecke nach München nicht befahrbar.«

Die Menge taumelte. Bevor der Tumult loswirbelte, zickzackte ich aus der Menschentraube und verließ den Bahnhof. Ein einsames Taxi stand mit laufendem Motor da. Ich rannte hin.

»Zum nächstbesten Hotel!« Wenn ich richtig kalkulierte, würden sich in wenigen Minuten die meisten Pendler, die jetzt noch im Bahnhof auf bessere Zeiten hofften, nach einem Notquartier umsehen.

»Kategorie?«

»Egal!«

Mir zitterten die Knie vor Müdigkeit. Ich sehnte

mich danach, irgendwo anzukommen, und wenn es ein versifftes Kämmerchen in einem Puff war. Ein paar Minuten später hielt das Taxi vor einem vierstöckigen Gebäude. Ich gab dem Mann zehn Euro, winkte ab, als er mir rausgeben wollte, und stürmte das Hotel. Über dem Eingang stand ›Parkhotel‹.

»Ein Einzelzimmer? Da haben Sie Glück. Ich kann Ihnen ein Doppelzimmer als Einzelzimmer geben …« Ich kritzelte meinen Namen und meine Adresse in das Meldeformular. Der Typ am Empfang salbaderte noch eine Weile, bevor er mir den Schlüssel reichte und sagte: »Dritter Stock, der Lift ist hier an der Seite, bitte.«

Als ich in den Fahrstuhl trat, stürmte ein Trupp Aktenkofferträger die Lobby.

43.

Mein Zimmer lag zum Park hin, von dem nur eine weiß verschneite, silbrig schimmernde Fläche zu sehen war. Nachdem ich das Heizkörperthermostat auf fünf gedreht hatte, nahm ich die Informationsmappen zur Hand. Die Preisangaben ignorierend, stellte ich meine Tasche ab, warf die Jacke über den nächstbesten Stuhl, streifte die Stiefel von den Füßen und schlüpfte aus den nassen Jeans, um sie über die Heizung zu hängen. Ich kroch ins Bett. Gedankenfetzen turnten durch mein Bewusstsein. Andy war nicht der Knackpunkt. Der lag bei Gina. Bei Gina und einem Typen, der Lehr hieß und ein Apartment in Thalkirchen hielt, wo Mädchen vom Typ Valeskas ein- und aushuschten. Ich angelte mein Handy aus der Tasche und rief bei Carlo an.

»Schnullerbacke, dein Fenster ist repariert.«

»Super, Carlo, danke!«

»Heute ist mein freier Tag. Ich habe was gut bei dir.«

»Klar doch«, sagte ich schwach. Keller musste sich täuschen. Carlo war eine Seele von Mensch. Jemand wie er wurde leicht ein Opfer übler Nachrede.

»Wo steckst du?«

»In Rosenheim, im Parkhotel Crombach. Ich hatte hier zu tun und hänge fest.«

»Das Unwetter, ich weiß.«

»Carlo – war irgendwas bei mir zu Hause los?«

»Los?« Er schnaubte. »Wie meinst'n das!«

»Mit den Gänsen alles in Ordnung?«

»Die beiden sind lebenslustig wie immer. Ich habe ihnen frisches Wasser hingestellt, bei all dem Schnee kommen sie ja kaum zum Teich durch. Sag mal, gibt's Probleme?«

»Nein. Ich übernachte im Hotel. Morgen versuche ich, den ersten Zug nach München zu kriegen.«

»Der Winter bleibt nicht. Das ist nur ein kurzes Aufbäumen.«

Hoffentlich hat er recht, dachte ich, als ich mich überschwänglich verabschiedete. Beim Zimmerservice bestellte ich ein Sandwich und ein Kännchen Tee. Zehn Minuten später klopfte es an der Tür. Ich riss dem Kellner die Sachen aus der Hand, gab ihm fünf Euro Trinkgeld. Hunger vernebelte mir die Sinne. Während ich das Lachsbrötchen aß und den heißen Tee trank, sah ich den tänzelnden Schneeflocken vor dem Fenster zu. Ich stellte den Teller weg, sank in die Kissen und genoss die Wärme, die nach und nach in meine ausgekühlten Knochen sickerte. Bestimmt gab es im Hotel eine Sauna, aber ich war zu k. o., um aufzustehen. Während der Schlummer auf mich zutrieb, versuchte ich, Ordnung in meine Gedanken zu bringen. Ich zerbrach mir den Kopf darüber, was Jenny vorhatte. Mit welcher Absicht hatte sie die Pornos heruntergeladen? Hatte Jenny auf These-Girls zugegriffen? Wer betrieb das Portal? Der Mann, der sich Müller nannte? Ich löschte das Licht und blinzelte in das milchige Glänzen, das mein Zimmer erfüllte.

44.

Als brennender Durst mich weckte, zeigte die Uhr 20:32. Ich tappte ins Bad und füllte ein Zahnputzglas mit Leitungswasser. Im Zimmer herrschte eine unglaubliche Hitze. Ich drehte das Thermostat zurück. Draußen schneite es immer noch. Meine Jeans waren leidlich trocken. Ich schlüpfte hinein, zog die Stiefel an und ging hinunter in die Lobby.

Hier herrschte eine Atmosphäre wie auf dem Flughafen eines Landes, in dem Guerilleros das Kommando übernommen hatten. Alle wollten nur noch weg, aber es ging kein Flieger mehr. Immer mehr Menschen drängten aus der Nacht kommend in das Hotel. Der Rezeptionist hatte Verstärkung von zwei Kollegen bekommen. Zu dritt bemühten sie sich, die zornentbrannten Leute zu beruhigen. Nein, sie hätten keine freien Zimmer mehr. Nein, es täte ihnen leid, sie versuchten gerade, einen Fahrdienst zu einer Dependance am Rand von Rosenheim zu organisieren. Interessierte möchten sich bitte in eine Liste eintragen. Tumult. Bitte, meine Herrschaften, es tut uns außerordentlich leid, wir tun das Menschenmögliche. Ich krallte die Finger um meinen Zimmerschlüssel und dankte dem Himmel, an diesem Abend zu den Privilegierten zu gehören, während ich mir eine Zeitung vom Tresen nahm und mich in einen Sessel verkroch.

»Vom Fach?«

»Hm?« Ich sah hoch. Ein Mann in meinem Alter, die Locken hinter die Ohren gestrichen, setzte sich in den Sessel neben mir.

»Sie sind vom Fach, nehme ich an.« Er lachte. »So, wie sie die Seiten absuchen – wie ein Scanner.«

»Journalist?«, fragte ich, neugierig geworden.

Er nickte. »Auch hängen geblieben?« Bevor ich antworten konnte, stellte er ein kleines Transistorradio auf das Tischchen vor uns. »Radio ist immer noch das funktionsfähigste Medium. Batteriebetrieben, überall einsetzbar.« Er grinste. »Nichts gegen das Internet, aber …« Musik dudelte. »Uns Nachrichtenmachern kann ja nichts Besseres passieren, als an vorderster Front dabei zu sein, stimmt's?«

»Hörfunkjournalist?«, fragte ich.

»Genau. Und Sie?«

»Freelance.« Man muss den Leuten nicht gleich die ganze Wahrheit in die Ohren stopfen.

Er drehte an seinem Apparat und kam mir vor wie ein Pfadfinder auf Treck, der auf Nachrichten aus der Zivilisation fieberte. Ich vertiefte mich in die Zeitung, als der Nachrichtensprecher verkündete, dass es 21 Uhr sei. An vorderster Stelle standen der Schneesturm und der Straßenverkehr, der vor der Allgewalt von Mutter Natur kapituliert hatte. Der Radiobesitzer verdrehte die Augen, als O-Töne vom Münchner Hauptbahnhof zu hören waren. »Natürlich bringen die immer nur das, was in München los ist«, sagte er abfällig. »Was anderes interessiert die nicht.«

Während meine Augen die Schlagzeilen zu ein paar kleineren Artikeln nach Interessantem absuchten, veränderte sich die Stimme des Sprechers.

›München. Im Stadtteil Bogenhausen kam es heute am späten Vormittag zu einem Kapitalverbrechen. Ein scheinbar geistig verwirrter, stummer Mann soll einen etwa 50-Jährigen in einer Garage getötet haben. Die Polizei griff den mutmaßlichen Mörder noch am Tatort auf. Weder zu seiner Identität noch zu der des Opfers machten die Ermittlungsbehörden bislang Angaben. Auch die Motivlage liegt völlig im Dunkeln. Sachdienliche Hinweise …‹

Mein Atem raste. Im Gesicht meines Hörfunkkollegen erkannte ich meine eigene Erregung. Ich schleuderte die Zeitung zu Boden und sprang auf.

»Wo wollen Sie denn hin? Wissen Sie etwas über …«

Ich hieb auf den Liftschalter, quetschte mich durch die Türen und drückte auf ›3‹.

»… den Mord?« Der Kollege blieb in einer Traube obdachloser Reisender stecken, die zum Shuttlebus vor der Tür drängten.

In meinem Zimmer schaltete ich den Fernseher an und zappte herum, bis ich zum Bayerischen Fernsehen kam. Die Rundschau würde erst später anfangen, aber ich war sicher, sie würden etwas bringen. Geistig verwirrt. Stumm. Himmel, wenn das Andy war. Er war außer sich gewesen vor Zorn. Verdammt, Andy war nicht stumm! Andy war Aphasiker, er konnte nicht sprechen, aber er war geistig nicht weggetreten, sondern mindestens so klar im Kopf wie ich. Andy war kein Mörder, ich kannte ihn, ich wusste um seine innere Zerrissenheit, aber er war kein …

Ich musste telefonieren, Keller anrufen. Aber warum die Pferde scheu machen. Vielleicht war es nicht Andy, den sie neben der Leiche eines anderen aufgegriffen hatten. Es liefen eine Menge Verrückte da draußen herum. Durstig angelte ich mir ein Bier aus der Minibar und trank ein paar Schlucke direkt aus der Flasche.

Nur leider passte alles zusammen. Der Zeitpunkt, später Vormittag. Andy war wütend aus dem Haus gestürmt. Er war nicht Herr seiner Sinne, enttäuscht, weil ich auf seine Bitte, mit Jenny zu sprechen, nicht eingegangen war. Verzweifelt, weil er selbst nicht mit ihr reden konnte. Genervt von Gina, deren Untreue ihn zur Weißglut brachte. Seine Aggressivität, die plötzlichen Wutausbrüche konnte ich nicht leugnen. Ich tippte auf der Fernbedienung herum und suchte den Videotext. Keine Silbe über einen Mord in München. Ich trank das Bier aus. Vielleicht konnte ich meinen Laptop hier ans Internet kabeln und über das Modem ...

Mein Handy klingelte. Ich riss es an mich und drückte die grüne Taste so schnell, dass ich erst Atem holen musste, um meinen Namen zu sagen.

»Frau Laverde, sind Sie das?«

Keller. Ich stellte den TV-Ton ab und hockte mich aufs Bett.

45.

»Was hat sie gesagt?«, erkundigte sich Jassmund und warf eine Handvoll Erdnüsse in seinen Mund.

»Sie wusste es schon aus dem Radio.«

Peter Jassmund und Nero Keller schwiegen. Der dritte Mann im Raum, Hauptkommissar Richard Sutter vom Polizeipräsidium München, hob sein Weißbierglas. »Eure Frau Laverde hat eine ziemlich informative Webseite, schon gesehen?«

Jassmund schüttelte den Kopf und klaubte mehr Nüsse aus dem Schälchen. Nero regte sich nicht. Er mochte Sutter mit seiner blonden Haarmähne und dem züngelnden Ehrgeiz nicht besonders. Jassmund hatte ihn eingeladen. Die beiden kannten sich aus dem Chor. Nero fand es in seiner eigenen Wohnung zwischen all den gepackten Kartons nicht sonderlich gemütlich und hatte sich breitschlagen lassen, bei Jassmund auf ein Bier vorbeizuschauen. Nun arbeiteten seine grauen Zellen auf Hochtouren. Dass Kea Laverdes Name immer wieder auftauchte, ließ sich nicht auf das Konto des Zufalls verbuchen. Der Name des Mannes, den sie aufgegriffen hatten, lautete Andy Steinfelder, und der hatte Kea auf ihrem Handy angerufen, gestern Abend. Sie hatte behauptet, es sei ein Exkollege. Sie war so erschrocken, als er sie vor ein paar Minuten angerufen hatte, dass er zwei und zwei zusammenzählte. Andy Steinfelder. Steinfelder, verdammt. Albert Ramsmeier hatte ihm die Wohnung in der Nordendstraße über das Immobilienbüro Steinfelder besorgt. So häufig würde der Name nicht sein. Er musste nachforschen.

»Sie beschreibt ihren Werdegang, ihre Berufserfahrungen und ihr Angebot als Ghostwriterin. Alles sehr sachlich und höchst professionell.« Sutter legte ein paar Ausdrucke auf den Tisch. »Studium der Anglistik und Journalistik, etliche Praktika und Volontariate beim Hörfunk, bei Zeitungen, Zeitschriften und bei Agence France Presse. Einige Jahre arbeitete sie als Reporterin für bekannte Magazine. Die Titel der Bücher, die sie geghostet hat, nennt sie nicht, aber es muss eine erkleckliche Anzahl sein. Ihre Spezialität sind Ratgeber.«

Das wusste Nero. Er nahm einen Schluck Weißbier und griff nach der Erdnuss-Schale.

»Die Laverde ist ein unbeschriebenes Blatt«, sagte Jassmund gerade. »Wir haben sie überprüft. Keinerlei Vorstrafen. Finanziell auch alles sauber, zahlt brav ihre Steuern.«

Nero Keller öffnete den Mund: »Der Mann, den

ihr aufgegriffen habt, ist Aphasiker, Richard. Er hatte einen Schlaganfall. Sein Sprachzentrum ist gelähmt. Er ist nicht geisteskrank oder retardiert. Außerdem ist sein rechter Arm funktionsunfähig.«

»Das haben wir auch schon herausgefunden. Wir haben seine Frau aufgestöbert«, erläuterte Sutter selbstgefällig. »Ein Anwalt ist bei Steinfelder, und der hat ihn in null Komma nix raus.«

»Tatwaffe?«, fragte Jassmund.

»Ein Messer. Mit einer 30 Zentimeter langen Klinge, sehr scharf. Aber verschwunden. Die Tatzeit liegt ziemlich einwandfrei fest. Kurz vor elf. Laut Rechtsmediziner kann der Tote nicht länger als ein paar Minuten in der Garage gelegen haben, als Steinfelder über ihn stolperte.«

»Dann ist nicht Steinfelder der Täter«, sagte Nero. »Wie hätte er mit seiner Behinderung so schnell das Messer entsorgen sollen?«

»Die Garagenbesitzer sind empört, dass jemand die Dreistigkeit besitzt, ausgerechnet in ihrer Garage einen Mord zu begehen. Das Ehepaar hat Alibis, beide waren zur Arbeit, der Sohn in der Schule«, fuhr Sutter fort, ohne auf Neros Einwurf einzugehen.

»Hat Steinfelder etwas gesehen? Zeugen oder jemanden, der vom Tatort weglief?«, fragte Jassmund.

»Anscheinend nicht. Die Identität des Opfers konnten wir feststellen. Allerdings haben wir den Namen noch nicht an die Öffentlichkeit gegeben. Aus ermittlungstaktischen Gründen. Haltet euch also zurück. Der Tote heißt Johannes Lehr. Geschäftsmann, kümmert sich um die Sanierung von Gewerberäumen und leitet die Aufträge an Subunternehmen weiter. Seine Auftragslage ist spitze, seine Finanzen prekär.« Sutter nahm Nero die Erdnüsse ab und schaufelte sich eine Handvoll davon in den Mund. »Lehr lag mit dem Finanzamt im Klinsch. Man hatte ein Auge auf ihn.«

Neros Hand tastete zu seinem Handy. Lehr? War *das* nun ein Zufall?

»Entschuldigt.« Er stand auf und ging zur Toilette. In dem moosgrünen Kämmerchen eingeschlossen wählte er Uwe Kochs Nummer. Es war spät, aber heute Abend schlief niemand. Man sah aus dem Fenster, betrachtete den Schnee, machte sich Sorgen, wie man am nächsten Tag zur Arbeit kommen sollte. Die meisten hatten den Fernseher laufen und ergötzten sich an den Bildern von auf Bahnhöfen gestrandeten Reisenden, die einer Nacht in zugigen Notunterkünften entgegensahen. Nero hatte sich vorhin durch die Programme gezappt und Interviews von auf den Autobahnen in ihren Wagen eingeschlossenen Menschen gesehen, die ihre blaugefrorenen Füße massierten und vom ADAC mit heißem Tee versorgt wurden.

»Koch?«

»Guten Abend. Kommissar Nero Keller. Wir haben …«

»Ach, der Herr Kommissar. Das ist ein Wetterchen, was?« Bevor Kochs Redseligkeit zuschlagen konnte, sagte Nero:

»Der Mann, der bei Ihnen in der Firma mehrmals angerufen und nach Herrn Kugler gefragt hat …«

»Ja, genau, ich wollte mich schon bei Ihnen melden. Aber ich habe Ihre Visitenkarte nicht mehr gefunden!«

Verlegenes Lachen. »Er hieß Johannes mit Vornamen. Ganz sicher.«

»Johannes Lehr?« Hier spinnen sich eine Menge feiner Fäden zu einem Netz, dachte Nero.

»Exakt. Heute Morgen ist es mir eingefallen. Johannes Lehr.«

»Danke«, brachte Nero heraus. Er legte auf und betrachtete die sorgfältig übereinander gestapelten Reader's Digest-Bände und Asterix-Hefte auf dem Fenstersims. Was sollte er tun?

Als er ins Wohnzimmer zurückkam, sagte Sutter gerade:

»Und was ich besonders verrückt finde: Frau Laverdes Wagen parkt vor der Villa der Steinfelders.«

Nero sank auf das Sofa und griff mechanisch nach seinem Bier. Er spürte Jassmunds Blick auf sich, hörte die unausgesprochene Frage: Geht's dir nicht gut? Nero selbst fühlte die Blutleere in seinem Gesicht wie eine kalte Schicht Creme.

»Laut Frau Steinfelder ist sie die Ghostwriterin ihres Mannes«, spielte Sutter seinen Trumpf aus.

»Na, dann ist ja alles klar«, sagte Jassmund, die Augen immer noch auf Nero gerichtet.

Keas aufgeregte Stimme hallte in Neros Kopf. Obwohl sie sich am Telefon eben bemüht hatte, besonnen zu reagieren, klang da etwas nach, das er zu identifizieren gewohnt war. Angst. Hysterie. Allerdings hatte Nero nicht die Absicht, vor Sutter darüber zu sprechen. Aphasiker, Andy Steinfelder ist Aphasiker, nicht stumm, nicht geistesgestört!, hatte Kea in Neros Ohr gerufen. Es nahm sie mit, dass ihr Klient über einen Ermordeten gebeugt gefunden worden war. Sie gehörte zu den Leuten, die sich schnell schuldig fühlten. Auch wenn sie so tat, als könne nichts sie aus der Ruhe bringen. Auch wenn sie nichts über sich selbst rausließ. Sie gestand sich ihre eigenen Ängste nicht ein. Kea Laverde passte in keine Schublade. Sie war kein Gutmensch, aber auch keine Zynikerin. Keine, die sich politisch engagierte, aber eine, die nachdachte. Gebildet, ohne sich mit ihrem Kenntnisstand zufriedenzugeben.

Sutter zog eine Grimasse. »Was soll da schon klar sein! Wir haben keine Tatwaffe, Kollegen. Ein Mann mit einem gelähmten rechten Arm als Mörder? Ich weiß nicht. Weißt du was, Nero? Wir haben schon einen Anruf vom LKA bekommen. Dort ist Lehr durchaus ein Name. Interessiert dich das?«

Arschgesicht, dachte Nero, aber er nickte.

»Pornos«, sagte Sutter. »Harte Pornos. Dafür haben sie ihn im Blick. Die kriegen den Fall rübergeschoben. Das ist doch für dich bald ein Heimspiel? Spätestens morgen werden deine zukünftigen Kollegen dieser Frau Laverde einen Besuch abstatten. Sie war kurz vor der Tat noch bei Steinfelder. Kannte sie Lehr und hätte sie vielleicht ein Motiv?« Er warf einen Blick auf seine Uhr. »Ich muss los. Hoffentlich arbeitet der Schneepflug so, wie er soll. Macht's gut. Danke für das Bier, Peter.«

»Ich begleite dich zur Tür«, sagte Jassmund und stemmte sich vom Sofa hoch.

Dankbar, dass sein Kollege ihm ein paar Minuten gab, um sich zu sammeln, trat Nero ans Fenster und starrte in die Nacht. Jassmunds Balkon lag unter einer dicken Schneeschicht. Es schneite immer noch. Im Haus gegenüber blitzten in schnellem Rhythmus Lichterketten auf. Hinter dem Vorhang aus Schneeflocken wirkten sie sehr weit weg. Einladend wie ein Puff, dachte Nero und riss seinen Blick von einem aufdringlich pulsierenden roten Stern los. In Jassmunds Wohnung gab es keinen Weihnachtsschmuck. Er ist noch nicht dazu gekommen, die Wohnung zu dekorieren, überlegte Nero. Ich habe Urlaub, einen Ersatz für mich haben sie ihm noch nicht ins Büro gesetzt, die ganze Arbeit hängt an ihm. Nero fühlte sich ausgeblutet. Er rutschte ab, fand nirgends Halt.

»Also«, sagte Jassmund, als er ins Zimmer zurückkam. »Wo steckt Kea Laverde jetzt?«

Nero fuhr zusammen. Jassmund war auf seinen Wollsocken so leise hereingetappt, dass er ihn nicht gehört hatte. »Zum Kuckuck, was ist los, Nero!«

»In Rosenheim. Sie ist eingeschneit.«

Jassmund bellte vor Lachen. »Na, prima.«

»Warum hast du diesen Emporkömmling zum Bier eingeladen?«

»Er war bei uns in der Polizeidirektion. Frag mich nicht, was er da zu tun hatte, aber man munkelt … naja, seit dein Weggang bekannt ist, tanzt der Quirl durch die Gerüchteküche.«

Nero wandte sich ab. Jassmund war keiner, der sich anbiederte, aber er neigte zu Ängstlichkeit, wenn Hierarchien in Bewegung kamen. Der interne Polizeiapparat trieb wie ein Eisberg durch bedrohliche Gewässer, tückisch, unberechenbar. Man ging besser vorsichtig mit seinen Protagonisten um.

»Nero, wenn die Laverde ...«

»Warte!« Nero hob die Hand. »Warte!«

»Nicht so laut, Philipp schläft schon.«

»Entschuldige. Johannes Lehr, das Mordopfer aus Bogenhausen, ist ein Kumpel von Bertram Kugler.« Nero beobachtete, wie es in Jassmunds Kopf arbeitete.

»Du meinst ...«

»Kugler stiehlt Laverdes Unterlagen«, sagte Nero. »Ein zweiter Mann nimmt sie aus dem Unfallwagen, wenige Minuten später. Nehmen wir an, das war Lehr.«

»Kannst du gerne annehmen, aber dafür gibt es nicht den geringsten Beweis.«

»Koch, Kuglers Chef, sagt, Kugler habe mit keinem sonst Kontakt gehabt.«

»Weiß ein Chef, mit wem seine Untergebenen Kontakt haben?«

»Nur als Arbeitshypothese, Peter!«

»Na gut. Weiter.«

»Wenn Lehr also Laverdes Unterlagen an sich nahm, wenn Lehr vielleicht sogar an der Planung des Unterlagenklaus bei Laverde beteiligt war, was sagt uns das in Verbindung mit den Pornovorwürfen gegen Lehr, die Sutter angesprochen hat?« Nero spürte den zweifelnden Blick seines Freundes auf sich.

Jassmund kramte eine neue Tüte Erdnüsse aus dem Schrank und riss sie auf. Ein paar fielen auf den Teppich. Er schüttelte den Inhalt der Tüte in die Schale. »Kea Laverde schreibt die Lebensgeschichte von Andy Steinfelder auf. Andy Steinfelder bringt Johannes Lehr um.«

»Hat er nicht. Konnte er rein körperlich nicht.«

»Wir wissen doch viel zu wenig, Nero! Vielleicht finden sie die Tatwaffe, sobald der Schnee weg ist, dann sieht die Sache schon anders aus. Vielleicht kriegt der Rechtsmediziner raus, dass die Stichverletzungen dem Opfer mit der linken Hand zugefügt worden sein müssen. Kann alles vorkommen. Nero, ein Mann stolpert Minuten nach einem Mord über eine Leiche, betatscht sie, schreit herum, sieht niemanden weglaufen … findest du das glaubwürdig?«

»Ein Motiv, Peter!«

»Komm schon, Motiv!« Jassmunds massige Faust schloss sich um eine Portion Erdnüsse. »Sutter hat hier ein paar Brosamen verstreut. Wir haben keinerlei Anhaltspunkte. Nichts! Wir spekulieren.«

Endlich setzte sich Nero. Er war das alles so leid. Vielleicht würde es ihm mehr Spaß machen, mit Jassmund zu diskutieren, wenn er nachher in eine sauber aufgeräumte Wohnung käme, aber bei ihm zu Hause herrschte Chaos. Sobald seine Ordnungsliebe ausgehebelt wurde, entwickelte er diffuse Ängste, die so irreal waren wie die Angst, von der Klospülung in die Unterwelt gesaugt zu werden. Er sollte seinen Resturlaub dazu nutzen, den Umzug voranzutreiben, damit er schnellstmöglich in seiner neuen Wohnung für klare Linien sorgen konnte. Er wollte sich einleben, bis er im Januar seine neue Arbeit antrat. Er hatte Angst vor dem ersten Januar. Er hatte sogar Angst vor dem Silvestertag. Er hatte Angst, dass die Zeit voranschritt, ihm die Eigendynamik seiner Entscheidungen vorführte, ihn mitriss, in ihrem unbarmherzigen Rhythmus aus 24 Stunden. Ein Tag, eine Nacht. Ein Tag, noch eine Nacht.

Und ganz sicher kommt jener Moment, da du ein neues Büro beziehst, neue Kollegen vorfindest, dich beweisen musst, Tag für Tag deine Ambitionen polierst, um zu zeigen, was du drauf hast. Albert Ramsmeier hatte neulich mit ihm darüber gesprochen, wie glücklich er sei, seine Karriere hinter sich zu haben. »Die Leute streben nach Karriere, weil es alle tun, weil es peinlich ist, zuzugeben, dass einem die Karriere am Hinterteil vorbeigeht. Die Karriereplanung kostet sie alles, Zeit, Familie, Freunde. Sie gehen mit Leuten essen, die sie am liebsten in die Isar stürzen würden. Sie verbringen Nächte an Konferenztischen, um ihre Biografie abmahnsicher zu machen. Sie lassen Nerven in den VIP-Lounges der internationalen Flughäfen. Sie machen sich in die Hosen vor Angst und Einsamkeit, aber sie tun so, als wäre ihre Tätigkeit ihr höchstes Glück. Karriere kostet das Leben. Solche Leute haben nur eine Karriere, aber kein Leben, verstehst du, Nero?« Nero hatte verstanden und die Zufriedenheit in Alberts Gesicht gesehen, als Tiziana mit einem Stapel Bücher unter dem Arm hereingekommen war und angefangen hatte, mit ihrem unnachahmlichen Temperament eine Geschichte aus der Buchhandlung zu erzählen.

»Diese Laverde ist dir nicht so ganz gleichgültig«, riss Jassmund ihn aus seinen Gedanken.

»Was meinst du?«, fuhr Nero auf.

»Schon gut. Sie ist ja auch süß, mit den Wangengrübchen, wenn sie lacht … Sag mal, Philipps Mutter kommt zu Weihnachten. Du bist natürlich herzlich eingeladen, Heiligabend bei uns zu verbringen, aber wenn dich Lisa stört …«

Nero wusste, dass Jassmunds Heirat eine Notheirat gewesen war. Lisa war schwanger gewesen und hatte Peter Jassmund in die Pflicht genommen. Die Ehe hatte neun Jahre gehalten, bis Lisa mit wehenden Fahnen gegangen war. Philipp wollte bei seinem Vater bleiben.

»Es ist nur, weil wir denken, dass Philipp es gut finden würde, seine Eltern am Weihnachtsabend bei sich zu haben.«

Nero zweifelte daran, dass Philipp das wirklich wollte, aber er sagte: »Ich komme gern, Peter. Das weißt du. Lisa wird mich nicht stören. Eher ich sie.«

Jassmund zuckte die Schultern und wechselte das Thema. »Könnte die Laverde die Autobiografie einer Frau aus dem Milieu schreiben?«

»Milieu?«

»Einer Pornodarstellerin zum Beispiel.«

»Und? Das wollen Kugler und Lehr haben?«

»Das Snuffvideo«, wich Jassmund aus, »wurde mit einem gestohlenen Handy aufgenommen und versendet. Eine Zehnjährige hat ihr Handy gestern Mittag nach der Schule in der U-Bahn verloren, es den Eltern aber erst spät am Abend gebeichtet. Der Handydieb hatte genug Zeit, zu erledigen, was er erledigen wollte.«

Sie schwiegen. Es gab eine Verbindung zwischen Kugler und Lehr, aber sie hatten nicht den zartesten Hinweis, dass sie mit dem Diebstahl von Kea Laverdes Unterlagen oder mit Andy Steinfelder zu tun hatte.

»Peter«, bat Nero nach einer Weile. »Würdest du für mich herausfinden, ob Andy Steinfelder in irgendeiner

Form mit der Inhaberin von Immobilien Steinfelder zusammenhängt? Ehemann, Bruder, Schwager?«

Jassmund nickte und zerbiss weitere Erdnüsse. »Karl Schöll sollte Lehr auf einem Foto als den Mann wiedererkennen, der mit Kugler im Piranha gesessen und gewartet hat, dass Kea nach Hause gebracht wird. Quetsch ihn aus«, sagte er. »Auch Frau Laverde könnte den zweiten Mann gesehen haben. Könnte ja sein, dass es wieder dein Fall wird.«

Nero rieb sich müde den Bart. Ein ungutes Gefühl schlängelte sich durch den Raum, und Jassmund sprach es aus, ehe Nero die richtigen Worte fand: »Fragt sich, warum Sutter uns das alles erzählt hat, oder?«

46.

Nero fuhr nach Hause. Es war kurz vor elf. Die Strecke war leidlich geräumt, und da kaum jemand unterwegs war, kam er gut voran. Jassmunds Frage von vorhin dröhnte in seinen Ohren. Könnte Kea die Autobiografie einer Frau aus dem Milieu schreiben? Warum eigentlich nicht! Aber was hatte das mit Andy Steinfelder zu tun? Sie war seine Ghostwriterin, sagte jedenfalls Andys Frau. Nero parkte an der Straße, stellte den Motor ab und merkte binnen Sekunden, wie es im Auto kälter wurde. Als er ausstieg und mit knirschenden Sohlen über die Schneedecke zu dem Haus ging, in dem er noch übernachtete, aber nicht mehr lebte, entschloss er sich, etwas Ungewöhnliches zu versuchen.

Sigrun Wests Handynummer befand sich unter den Unterlagen, die Woncka ihm bei seinem letzten Besuch im LKA mitgegeben hatte.

»Hallo?«, klang ihre Stimme durch die Nacht.

»Nero Keller.«

»Ach, der neue Kollege.« Er hörte Finger über Computertasten eilen.

»Sie arbeiten noch?«

»Sie nicht?«

»Ich müsste etwas mit Ihnen besprechen.«

»Nicht am Telefon.«

»Wo?«, fragte Nero.

»In der Fürstenrieder Straße, Nähe U-Bahn Holzapfel Kreuth. Da gibt es ein Nachtcafé. Sterntaler. Die Straßen in München sind mittlerweile frei.«

»Das finde ich. In einer Stunde?«

Sigrun West hatte schon aufgelegt.

47.

Das Sterntaler war hell erleuchtet. Jemand schaufelte Schnee vor dem Eingang beiseite, als Nero durch die Tür schlüpfte und sich umsah. Das Café hätte in eine amerikanische Vorabendserie gepasst. Feste Sitzgruppen aus Kunststoffbänken reihten sich aneinander. Nero konnte Lokale dieser Art nicht ausstehen. Er fühlte sich als Europäer, als ein Individuum, das die Traditionen, philosophischen und historischen Entwicklungen von Jahrhunderten in sich trug. Dieses Plastikzeug stimmte ihn verdrießlich. Was Kea Laverde wohl dazu sagen würde … Bestimmt hing sie eher einer Darwinschen Interpretation an und behauptete, kulturelle Ausprägungen stellten schlicht und ergreifend einen Überlebensvorteil dar.

Wenigstens war es warm hier drin, und Nero ließ sich in der Raucherabteilung nieder. Nicht mehr lange, und er würde draußen rauchen müssen. Ab ersten Januar würde Bayern vom radikalsten Nichtrauchergesetz der Bundesrepublik beherrscht. Vielleicht könnte er dann leichter aufhören. Er blickte durch die breiten Fenster in den Schnee hinaus.

»Hallo.« Sigrun West rutschte auf die Bank gegenüber und schlüpfte aus ihrem Parka. »Ab 22 Uhr abends ist Selbstbedienung. Was möchten Sie?«

Nero erhob sich sofort. »Diesmal geht es auf mich.«

»Na gut. Was Süßes. Und einen Kaffee.«

Nero ging zur Theke und kam mit einem Mineralwasser für sich und einem dänischen Plunder und einer Tasse Kaffee für Sigrun zurück.

»Was liegt an?«, fragte sie.

»Neulich sagten Sie, es gäbe Hinweise, dass brutale Pornos in München gedreht würden.«

»Gibt es.«

»Welche sind das?«

Sie trank von ihrem Kaffee und zerriss den Plunder wie ein Wolf, der ein Schaf tötete. Nero fragte sich, ob sie an diesem Tag schon etwas gegessen hatte. Abschätzend betrachtete er ihre Hände. Sigrun hatte dünne Finger mit rissiger Nagelhaut. Ganz anders als Kea Laverdes schlanke, muskulöse Hände.

»Wir haben alle möglichen Szenen aus Pornos vom selben Anbieter zusammengeschnitten, die Aufschluss über den Produktionsort geben könnten. In bestimmten Filmen werden den Frauen die Kleider vom Leib geschnitten. Einmal fiel dabei ein Zettel zu Boden.« Sie stopfte sich den letzten Rest Plunder in den Mund und kramte eine Packung Taschentücher aus ihrer Jeans. Kauend fuhr sie fort: »In der Vergrößerung sahen wir den Schein eines Parkhauses in Thalkirchen. Parkzeit: 3. November 2007, 17.30 Uhr.«

»Aber ...«

Sie hob die rechte Hand und griff mit der anderen nach der Kaffeetasse. Nachdem sie die Plunderreste heruntergespült hatte, sagte sie:

»Ein anderes Mal streifte sich eine Frau die Bluse über den Kopf. Da trudelte etwas Blaues zu Boden. Eine MVV-Streifenkarte. Glitt außer Sicht.«

Nero schwieg und starrte aus dem Fenster.

»Im Nürnberger Tierpark haben Eisbärinnen Junge geworfen. Jetzt geht die Knutsoße von vorne los«, murmelte Sigrun.

»Passiert so etwas öfter?«

»Die Tragzeit beim Ursus maritimus beträgt acht Monate.«

»Dass Schriftstücke ins Bild kommen?«

Sigrun West schob Teller und Tasse von sich. »Nein. Nur: Das weltweite Netz vergisst nichts. Wir sind die Spinnen, die im toten Winkel warten. Wir warten, dass Fehler passieren. Möchten Sie den Film sehen?« Sie holte einen iPod aus der Tasche. »Kleiner als ein Taschenrechner und vergnüglich wie ein Schmuddelkino.«

Nero nahm den Player in die Hand. Eine junge Frau, wenn es hoch kam gerade 18, strippte für die Kamera. Sie streifte sich die Bluse über den Kopf, als aus der Brusttasche eine blaue MVV-Streifenkarte rutschte. Sie trudelte zu Boden und außer Sicht des Betrachters.

»Siebter November«, kommentierte Sigrun. »Die Frau hat zwei Streifen abgestempelt, ist um kurz nach 18 Uhr in der Giselastraße in die U-Bahn gestiegen.« Sie klickte einen anderen Film an. »Hier, schauen Sie sich das an!«

Neros Nacken wurde hart wie Eisen. Zwei Kerle in schwarzen Sachen und mit vermummten Gesichtern tauchten auf, hängten einem gefesselten Mädchen ein Schild mit der Aufschrift ›fuck me‹ um. Stumm verfolgte er die Vergewaltigung.

»Sehen Sie sich die Echtzeituhr an«, erinnerte Sigrun West.

»Sie vergewaltigen sie seit 17 Stunden«, murmelte Nero. Er sah auf, suchte Sigrun Wests Blick, blieb an dem Ingrimm hängen, der ihre Lippen, ihre Augen schmal machte.

»Wir haben nicht mehr«, sagte sie. »Nur ein paar Namen.«

»Ist ein Johannes Lehr dabei?«

Sigrun sah ihn an. »Manchmal rutscht einem einfach so etwas raus, nicht wahr?«

Nero blickte sich in dem Café um. »Wir haben nie miteinander gesprochen.«

»Genau«, sagte Sigrun West, schlängelte sich von ihrem Sitz und ging zur Theke. Er entschied sich dafür, dass ihre Antwort ›ja‹ lautete. Der Name Lehr war ihr ein Begriff. Als sie mit zwei Espressi zurückkam, fragte er: »Kea Laverde. Sagt Ihnen der Name etwas?«

Sie schob ihm eine Tasse hin.

»Nein. Nie gehört.«

»Bertram Kugler?«

»Nein.« Sie streute Zucker in ihren Espresso und rührte stürmisch. »Ich kann nicht schlafen«, sagte sie. »Weil ich nicht verstehe, warum Frauen freiwillig mitmachen. Ich weiß«, sie schwenkte den Löffel und besprenkelte die Tischplatte mit Kaffeetröpfchen, »Sie behaupten, es ist nicht wirklich freiwillig, weil den Mädels etwas vorgegaukelt wird, was so nicht stimmt. Aber …«

»Warten Sie. Lehr – in welchem Zusammenhang ist der Name aufgetaucht?«

»Warum fragen Sie mich nicht in ein paar Wochen? Sie haben Urlaub.«

»Masochistische Neigung meinerseits.«

Sigrun West grinste.

»Er trifft seit einigen Monaten immer wieder einen Kontaktmann. Wir haben einen Kollegen dran. Der Kontaktmann, Deckname Mister, scheint Lehr mit einem größeren Ring in Verbindung zu bringen.«

»Wollte Lehr in ein Geschäft einsteigen?«

»Warum ›wollte‹?«

»Weil Johannes Lehr«, Nero sah auf die Uhr, »heute Vormittag ermordet wurde.«

Sigrun West sah durch Nero hindurch. »Woher wissen Sie das?«

»Von einem Kollegen in der Ettstraße. Das LKA hat vor ein paar Stunden die Ermittlungen an sich gezogen. Wurden Sie nicht informiert?«

»Sie merken doch, ich gehöre zum Fußvolk.« Sigrun zupfte an ihren Ohrhängern.

Nero fand die Geheimniskrämerei idiotisch. Missgunst konnte die Polizeiarbeit zum Erliegen bringen. Ihm wollte nicht in den Kopf, warum selbst innerhalb von Abteilungen nicht unverzüglich alle Informationen auf den Tisch gelegt wurden. Sigrun konnte Ärger bekommen, wenn sie ihre Schätze mit ihm teilte, denn sie waren offiziell noch keine Kollegen. Erst im neuen Jahr.

»Es sieht so aus, als wollte der Ring mit Lehr Kontakt aufnehmen. Mister trat an Lehr heran, nicht umgekehrt«, sagte Sigrun.

»Welcher Ring ist das?«

»Kein ganz kleiner.«

»Bitte, Frau West.«

Sie beugte sich vor. »Warum bin ich so blöd, Ihnen zu vertrauen?«

»Weil Sie Menschenkenntnis haben.«

»Wenn Lehr umgebracht wurde, wird mir klar, warum wir den Fall kriegen«, sagte sie. »Aber ich bin nur eine kleine Ermittlerin, die vor dem Bildschirm immer kurzsichtiger wird. Verraten Sie mir, was Sie haben?«

»Noch ein Name«, insistierte Nero. »Andy Steinfelder?«

»Steinfelder, Steinfelder … der Name sagt mir was. Aber … nein, kein Andy Steinfelder.«

»Karl Schöll?«

»Nein. Warum interessiert Sie das so? Sagen Sie nichts. Irgendwas Privates ist dazwischengeraten!«

Er fühlte sich ertappt, bemühte sich, nichts zu zeigen und spielte an dem iPod herum.

»Sie sollten sich das nicht übelnehmen«, sagte Sigrun. »Der größte Fehler ist es, sich selbst Dinge übelzunehmen. Führt zu nichts. Lösen Sie Ihre Probleme positiv.«

Sie nahm ihm den iPod ab, nickte ihm zu und ging.

Dieses Geschäft kann niemand länger als ein paar Jahre aushalten, dachte Nero, und sein Magen glühte heiß. Er hatte sich entschieden. Er hatte viel gesehen, aber er hatte es in seiner Freizeit gemacht. Seine private Fortbildung in Internetkriminalität hatte er als Hobby betrieben, er wurde zu gut, man richtete die Aufmerksamkeit auf ihn, und nun saß er kurz vor Mitternacht in einem miesen Café und fragte sich, wohin ihn seine eigene Courage geführt hatte.

48.

25. Juli 2005, 8:17

Sie dachte, es sei Mario. Der Name war aus den Wolken in ihrem Kopf geglitten wie der Fliegende Holländer. Da sprach jemand mit ihr, aber er sprach zu leise, und sie drehte den Kopf hin und her, um der Stimme näher zu kommen. Es funktionierte nicht. Are you awake, Mrs. Laverde?

Ach, lasst mich in Ruhe. Leave me alone.

Your husband is here, Mrs. Laverde.

Wer? Mario?

Kea hörte ihren eigenen Seufzer. Erleichtert und ängstlich.

What happened to me?

Ein Schwall Erklärungen sickerte durch ihren Kopf, ohne eine Spur Verständnis zu hinterlassen.

»Sie haben dich operiert, Kea!«

Das hatte sie bemerkt. Da waren eigentümliche Träume herangekrochen, schuppig wie Leguane. Schmerzen gab es keine mehr. Nur eine Gleichgültigkeit, die sogar den Wunsch vereitelte, aufzustehen und aus dem Fenster zu schauen. Rollos hielten die gleißende Sonne fern. Ihr war kalt.

»Du hast einen glatten Durchschuss durch den rechten Oberschenkel. Und ein Splitter ist durch deine Hüfte gerast. Sie haben dir eine neue Hüfte gemacht. Alles ist gut gegangen. Du hast sehr viel Blut verloren. Sie mussten eine Arterie zusammennähen, sie ist zerplatzt wie ein morscher Gartenschlauch.«

»Thank you«, sagte sie.

They made you a new hip. Everything is fine, Mrs. Laverde.

Hatte sie diese Sätze nicht ohne Unterlass gehört, wenn freundliche Gesichter sich besorgt über sie beugten und auf sie einsprachen? Wie oft war das gewesen? Vielleicht zweimal, dreimal, oder zwanzigmal, seit sie hier lag, in diesem unglaublich hellen Zimmer? Es musste nach Süden gehen.

Das leise Säuseln, das sie so irritierte, woher kam es?

It's a jinn, Mrs. Laverde, they are coming through the water pipes.

A what?

»Kea? Erkennst du mich, Kea? Ich bin es, Mario.«

Danke, Mario. Sie erkannte ihn. Seine Haare vor allem anderen. Wenn sie nicht so müde gewesen wäre, hätte sie die Hand ausgestreckt, um die braunen Locken zu berühren.

FREITAG

49.

Ein Geräusch wie von Carlos Eiscruncher weckte mich. Unwillig wälzte ich mich auf die Seite. Noch immer hatte ich nicht richtig verdaut, was ich von Keller erfahren hatte: Der Tote war Johannes Lehr. Der Mann mit dem Apartment, Ginas Geliebter. Davon hatte ich Keller allerdings noch nichts erzählt. Ich würde es nachholen müssen.

Träume hatten mich bis in den Morgen immer wieder aus dem Schlaf gerissen. Nun warf eine grelle Sonne ihre Strahlen auf mein desolates Selbst. Ich stieß die Decke weg, stand auf und zog den Vorhang ganz beiseite. Unter einem unwirklichen Lapislazulihimmel glänzte der frische Schnee blendend weiß. Auf der Straße neben dem Park schabten Schneeschaufeln über den Asphalt.

Seufzend sank ich auf das Bett zurück, um meine Gedanken zu sortieren und mir die vergangenen 24 Stunden in Erinnerung zu rufen. Mein Gespräch mit Andy und sein dramatischer Abgang. Valeskas Wohnung. Die Pornos. Das Internetcafé und der Turbanmann hinter der Theke. Müller und der Schneesturm. Martina Hildebrands allradbetriebenes Auto. Rosenheim. Das Hotel. Andy, der einen Ermordeten fand. So viel also zu dem, was der westliche Mensch ›Entscheidungsfreiheit‹ nannte.

Meine Reisen in den Osten hatten mir beigebracht, dass es keine freie Wahl gab. Entscheidungsfreiheit war eine Illusion, und der vergangene Tag hatte es mir deutlicher vor Augen geführt, als ich es selbst in irgendeinem Buch hätte schreiben können. Nichts existierte in und für sich selbst. Alles, was uns widerfuhr, was wir initiierten und ausführten, geschah als Folge anderer Dinge. Ereignisse und Zustände kamen zusammen und fielen auseinander, ohne dass irgendjemand in dieses Getriebe eingreifen konnte. Ich hatte einen Auftrag angenommen, weil Ghostwriting mein Beruf war. Ich hatte diesen Beruf nicht wirklich freiwillig ergriffen. Vor Jahren hatte ich Journalistik studiert, aus Interesse, aber auch aus Widerspruchsgeist gegenüber meiner Mutter, die mir etwas Solides aufschwatzen wollte. Also gut, das Reisen und die journalistische Arbeit hatten sich als Falle erwiesen. Ich brauchte etwas anderes. Nun war ich an Andy geraten und in das Gefüge geschlüpft, das sein Leben allmählich zermalmte. Ich hatte Andy an einem Tag besucht, an dem er aufgewühlt war, weil seine 14-jährige Tochter Pornofilme auf ihrem Rechner hatte. Seine Wut konnte ich nicht in der Weise teilen, wie er es erwartete, und so war er davongelaufen. Ich war zu Valeska gefahren und hatte mit ihrer Freundin geredet, die mich für Valeskas Arbeitskollegin gehalten hatte, ohne das Missverständnis aufzuklären. Meine Neugier hatte mich angestachelt und mein Schuldbewusstsein gegenüber Andy, denn ich hatte seinen Wünschen nicht entsprochen. Eine nüchterne

Reaktion wäre gewesen, den Auftrag auf Eis zu legen, bis Andy und ich uns auf eine gemeinsame geschäftliche Ebene einigen konnten. Warum war ich darauf nicht gekommen?

Unbehagen und professionelle Gier nach Sensationen hatten mich ins Internetcafé getrieben. Dann in Müllers Limousine. Eine leidvolle Situation brachte eine neue hervor. Ich war gefangen in der Reaktion auf Situationen, die ich nicht herbeigeführt hatte und über die ich keine Kontrolle besaß. Das Schneechaos, der zusammengebrochene Verkehr und das vermaledeite Hotelzimmer waren nur eine Metapher für diese Tretmühle. Wenn ich es recht bedachte, bestand mein ganzes Leben aus lauter solchen ›selbstgewählten‹ Entscheidungen. Sie machten mein Dasein aus. Und dabei musste ich nicht einmal an mein ausgemergeltes Liebesleben denken und all die Kerle, die ich für ein kurzes Vergnügen mit nach Hause genommen hatte. Alles andere war schon grausam genug.

Ich kroch unter die Dusche und seifte meinen barocken Körper mit dem Hotelshampoo ein. Die Männer, mit denen ich von Zeit zu Zeit Sex hatte, protestierten nicht gegen meine Speckfalten und Rundungen. Hatten sie in der Hitze der Schlacht keine Nerven für die Frage nach dem Idealgewicht? Vermutlich verhielt es sich eher so, dass die Modetrends uns einen Geschmack aufoktroyierten, den unser Wille an der Oberfläche nachäffte. Doch im Inneren spürten wir, wie uns ein Mummenschanz vorgeführt wurde, der letztlich nur dazu diente, mit absurden und überteuerten Klamotten ein Heidengeschäft zu machen.

Selbstliebe ist eine starke innere Kraft, die dafür sorgt, dass wir glücklich und zufrieden durchs Leben kommen, hatte Juliane mir eingebläut. Ich ertappte mich bei der Überlegung, welche Meinung Kommissar Keller zu weiblichen Formen haben mochte.

Um kurz nach zehn betrat ich den Frühstücksraum und suchte mir einen Platz hinter einem Panoramafenster. Während ich mir ein Nutellabrötchen strich, überlegte ich, welches Gefühl ich damit in mir gerade zum Schweigen brachte. Plötzlich zweifelte ich an meinen Beweggründen. Warum gab ich einer Lust nach? Warum nahm ich Nutella und keinen Magerquark? Wenn ich wirklich abspecken wollte, warum ging ich das Thema Gewicht nicht an?

Ich trank schnell zwei Tassen Kaffee und aß die Hälfte von dem Brötchen, zahlte meine Rechnung und verließ das Hotel, ohne den brennenden Wunsch zu verspüren, noch einmal hierher zu kommen.

50.

Der Eurocity aus Verona kam mit geringer Verspätung angefahren. Mein Plan stand längst fest. Ich würde bei Valeska vorbeischauen. Vielleicht war es ohnehin geschickt, nicht so bald bei meinem Auto in Bogenhausen aufzutauchen. Keller hatte mich vorgewarnt. Ich würde angeben müssen, dass ich mit Andy kurz vor dem Mord gesprochen hatte. Noch konnte ich behaupten, durch den Wintereinbruch in Rosenheim festgesessen und von dem Mord in Bogenhausen nichts mitgekriegt zu haben.

Als ich um kurz nach halb eins am Münchner Hauptbahnhof aus dem Zug stieg, stürmte ich mit Scharen anderer Hektiker zur U-Bahn. Eine halbe Stunde später klingelte ich an Valeskas Wohnungstür.

»Hallo?«

Ich fuhr herum. Marietta Soltau stand auf dem Treppenabsatz.

»Valeska ist nicht hier.«

»Wo ist sie?«

Marietta sah verstört aus. Sie machte eine Kopfbewegung und ging voraus in ihre Wohnung. Schnell folgte ich ihr.

»Macht es Ihnen was aus, die Schuhe auszuziehen?«

Ich stieß meine Stiefel beiseite. Marietta verschränkte die Arme. Sie hatte Angst.

»Wo *ist* Valeska?«, fragte ich. Eine sonderbare Beklemmung kroch meine Kehle hinauf.

»Sie ist weg.« Das kam so leise, dass ich mich vorbeugen musste.

»Arbeiten Sie zusammen?« Ich folgte ihr in ein winziges Zimmer und setzte mich auf ein ungemachtes Schlafsofa.

Marietta starrte mich an.

»Sie sind keine Kollegin, oder?«, fragte sie.

»Nein. Und Sie?«

»Valeska und ich sind Freundinnen.« Die Angst machte ihr hübsches Gesicht grau. »Sie ist weg. Sie kam gestern nicht vom Dienst und sie hat sich nicht gemeldet. Weder in der Klinik noch bei mir.«

»Seit wann?«

»Am Dienstag habe ich sie zuletzt gesehen.«

Du lieber Himmel. Wir hatten Freitag.

»These-Girls dot com?«, fragte ich.

Jetzt wurde Marietta totenblass. »Wer *sind* Sie?«, hauchte sie.

»Stehen Sie für These-Girls vor der Kamera?«, legte ich los. »Wie Valeska?«

Marietta brach in Tränen aus. Mir gingen die Nerven durch.

»He, Marietta, ich habe keinen Nerv, mir einen Heulkrampf anzuschauen. Was ist los?«

Ich hatte nicht das geringste Recht, so mit ihr zu sprechen. Ich an ihrer Stelle hätte diese strumpfsockige Besucherin hochkant rausgeschmissen. Aber sie schniefte in den Ärmel ihres Pullis und murmelte: »Es ging alles schief. Sie haben uns gutes Geld versprochen. Wir wollten ein anderes Leben haben, wir …« Sie heulte wieder los. »Ich will hier studieren. Jura. Aber es …«

»… gefällt Ihnen nicht«, antwortete ich für sie.

»Valeska arbeitet als MTA im Klinikum rechts der Isar. Im Labor. Wir wollten aus der Kleinstadt raus. Wir sind aus Amberg. Besucher finden das Städtchen hübsch, aber wenn man da lebt, will man weg. Weg von dem ganzen Getratsche, in die Großstadt, wo was läuft.« Sie schluchzte auf.

»München ist teuer«, sagte ich. »Ihr seht jung und hübsch aus, also habt ihr euch eine einträgliche Nebentätigkeit gesucht. Kommen Sie schon, schauen Sie nicht so verblüfft. Das ist nun wirklich nicht schwer zu erraten!«

Menschen faszinierten mich. Wenn mich etwas zu meinem Beruf getrieben hatte, außer dem Trotz gegen meine Mutter und ihre Bevormundung, dann war es pure Neugier auf Abgründe, geheime Sehnsüchte und das kleine private Kraftwerk tief im Innern, das jeden von uns weitermachen ließ, egal wie viele Schläge wir auch einsteckten.

»Es gab da einen Aufruf im Internet. Frauen für Film gesucht. Wir haben uns durchgeklickt und beworben. Es sollte was Erotisches sein.«

Ich verdrehte die Augen. Erotik. Im Internet. Wie dämlich konnte man eigentlich sein?

»Ihr seid beide über 18, oder?«

»22«, flüsterte Marietta.

»Na, klasse. Und euren Verstand, haben sie euch den in der Schule plattgemacht?« Schwache Gegner gingen mir auf den Keks.

»Bei der ersten Aufnahme haben sie uns gesagt, dass wir strippen sollten. Es hat Spaß gemacht.« Sie sah zu mir hoch, als wäre ich ihre Mutter.

»Ich habe nichts gegen Strippen«, sagte ich. Als wenn es um so etwas wie Moral ginge! In diesen Mädchen war irgendetwas zerbrochen, und das hatte nichts mit Moral zu tun. »Wir sind hier nicht in der Kirche.«

»Nein.« Sie wischte sich über die Augen und verschmierte die Mascara. »Valeska hat viel sexuelle Energie. Mehr als die meisten. Sie will sich erproben und herausfinden, wie weit sie gehen kann. Jean war sehr zufrieden mit ihr.«

»Jean?« Jean – Johannes. Johannes Lehr. Meine Gedanken fingen Feuer.

»Der … Mann, der uns gefilmt hat.«

»Wo war das?«

»In …«

»O. k. Ich weiß es ohnehin. In einer Privatwohnung in Thalkirchen. War dieser Jean alleine?«

Marietta schluchzte auf. »Manchmal war eine Frau dabei.«

»Beschreiben Sie mir, wie sie aussah.«

Marietta druckste herum wie eine Fünftklässlerin bei der Lateinabfrage. Was sie sagte, reichte mir. Es war Gina. Es musste Gina sein.

»Sie war nicht immer dabei. In der Wohnung gibt es ein Zimmer, ganz in Violett. Alles sehr sauber. Am einen Ende ist die Technik aufgebaut, Kameras, das alles. Ansonsten gibt es ein Bett und ein paar Kleinigkeiten.« Marietta beruhigte sich. »Jean fand Valeska klasse und fragte sie, ob sie härtere Sachen machen wollte. Bondage. So was. Valeska fragte, wie das läuft. Sie hatte Lust, ich merkte es ihr an. Sie kam am Abend hierher und erzählte mir davon. Jean sagte ihr, es gäbe ein Codewort, das sie nur sagen müsste, wenn sie nicht mehr klarkäme, und die Fesseln würden sofort gelöst.«

»Ach.«

»Wir haben in ihrer Wohnung geübt. Jean hat Valeska Nippelklemmen und alles Mögliche mitgegeben. Wir haben auch Elektroden ausprobiert. Ich wollte das nicht, aber Valeska liebte es. Sie hatte wirklich Spaß, konnte ihre sexuelle Energie ausleben. Sie …« Marietta schlug die Hände vors Gesicht.

»Was ist schiefgegangen?«

»Jean fragte, ob Valeska vor der Kamera masturbieren würde.« Marietta wurde rot. »Hat sie gemacht.«

»Und wieder war Jean hingerissen.«

»Ja. Er hat gesagt, wenn jetzt der Winter kommt, machen sie Outdoor-Bondage. An verschiedenen Orten. Draußen eben. Ob Valeska da mitmachen wolle. Sie hat gesagt, sie will es sich überlegen. Sie ist ziemlich verfroren.«

Müllers Filme spukten durch meinen Kopf.

»Jean hat ihr versichert, es wäre o. k. Sie würden nur ganz kurze Sequenzen drehen, nur ein paar Minuten.«

»Ist sie hingegangen?«

»Einmal bisher. Sie haben unter einer halb fertigen Brücke gefilmt, irgendwo weit ab. Außer Jean war noch ein anderer Kameramann dabei.« Marietta schauderte. »Aber es stimmte nicht, was sie Valeska gesagt hatten. Sie fesselten sie und zurrten sie an einem Baugerüst in die Höhe und ließen sie eine halbe Stunde hängen, obwohl Valeska fix und fertig war und das Codewort schrie. Später beschwerte sich Valeska bei Jean, aber der hatte kein Verständnis. Er sagte, wenn Valeska keinen Bock mehr hätte, es gäbe genug andere.«

Ich konnte mir den Rest zusammenreimen. »Also ist sie hingegangen. Weil sie aus der Norm rauswollte, ihre Grenzen erproben wollte.«

»Sie war seit gestern Nachmittag um kurz vor zwei am Set verabredet. Sie hat immer ein Handy mit. Der Dreh sollte um kurz nach vier zu Ende sein, weil es danach zu dunkel fürs Filmen wird. Ich habe nichts von ihr gehört.«

»Wo sollte gefilmt werden?«

»Das wusste Valeska nicht. Sie trafen sich an der S 6 in Gauting.«

»O. k. Gehen Sie zur Polizei.«

»Aber …«

»Gehen Sie zur Polizei! Es mag Ihnen vielleicht peinlich sein, aber es gibt Sachen, die sind tausendmal peinlicher. Wahrscheinlich ist euer Jean gestern Vormittag ermordet worden. Und zwar bevor Valeska zum Treffpunkt kommen sollte.«

Marietta starrte mich an, als sei ich eben einer fliegenden Untertasse entstiegen.

»Die Bande, die euch am Haken hat, ist gemeingefährlich«, sagte ich. »Vergessen Sie Ihre unpässlichen Gefühle und rufen Sie die Bullen. Ciao!«

Ich stand auf, schlüpfte in meine Stiefel und verließ die Wohnung.

Draußen trieben orange eingefärbte Wölkchen über den Himmel. Der Wind hatte aufgefrischt. Mir war kalt. Mehr von innen als von der Schneeluft, die weitere Niederschläge ankündigte. Warum musste eine junge Frau sich im Dezember nackt unter einer Brücke fesseln lassen? Was machte ihr daran Spaß? Meine Fragen würde nur Valeska beantworten können. Ich wollte jedenfalls nicht zulassen, dass über Valeska oder Marietta gerichtet würde. Die meisten Menschen räumten ihren Überzeugungen und Wertvorstellungen einen derart hohen Stellenwert ein, dass ihre inneren Einstellungen sie schließlich regierten. Ich musste mit Keller sprechen, obwohl ich ihn stark im Verdacht hatte, zu dieser engstirnigen Spezies zu gehören. Während ich durch den Schnee watete, machte ich mir einen Plan. Zuerst würde ich in der Hohenzollernstraße ein Backup verstecken. Anschließend musste ich nach Bogenhausen, mein Auto aus der Gefahrenzone holen.

Ständig sah ich mich um, wollte unliebsame Beschatter ausmachen. Müllers Stimme hallte in mir nach, und ein metallischer Geschmack verschmutzte meinen Mund. Ich versuchte, mich in Valeska hineinzuversetzen. Aber es gelang mir nicht. Gewalt war mir noch nie erotisch vorgekommen. Schmerz auch nicht. Sex machte Spaß, selbst oder vielleicht gerade mit jemandem, den man nicht liebte. Aber Sex, der wehtat, war ein Monster.

Die Wohnung in der Hohenzollernstraße war leer. Ich schaltete mein Notebook ein, kopierte meine Dateien auf den neuen USB-Stift und schob ihn in die aufgedröselte Polsterung des Sesselbeines. Meine Finger zitterten vor Ungeduld, als ich mit Nadel und Faden die Stelle zuflickte. Ich fuhr den Rechner herunter und kramte mein Handy hervor. Auch das noch. Akku leer.

Egal. Ich würde Keller von unterwegs aus einer Telefonzelle anrufen. Irgendwo würde schon noch eine muffige Telekomdose herumstehen.

51.

Nero schleppte einen Karton nach dem anderen in die neue Wohnung hinauf. Tiziana hing in ihrer Buchhandlung fest, wofür er dankbar war, denn er hätte nicht gewusst, wie er eine Dame ihres Alters davon abbringen könnte, sich als Möbelpackerin nützlich zu machen.

Noch schien die Sonne durch die großen Fenster, aber es war Wind aufgekommen, der die Wolken über den Himmel trieb. Nero stand ein paar Minuten einfach da und sah hinaus. Das ist es, was du gewollt hast, dachte er. Seltsam. War das wirklich seine Sehnsucht? Eine Wohnung in der Großstadt? Mit einem Mal hatte er den Eindruck, dass es ihm bei seinem Umzug um etwas ganz anderes gegangen war. Er konnte nun direkt vor seiner Haustür in die Straßenbahn steigen. Gegenüber bei Karo einen Cappuccino trinken oder sich bei Donuts & Candies ein Frühstück holen. Doch was ihn wirklich angezogen hatte, entglitt ihm immer mehr, je angestrengter er danach zu greifen trachtete. Die Betriebsamkeit, die ständige Möglichkeit, sich abzulenken, die Anonymität, die Unverbindlichkeit? Er seufzte und fuhr mit dem Finger über die blitzsauberen Scheiben. Tiziana musste sie geputzt haben, obwohl er es ihr untersagt hatte. Er stellte sich vor, wie sie einem heißen Levantewind gleich mit Glasreiniger und Fensterleder durch die Zimmer gewirbelt war. Ein warmes Gefühl purzelte durch Nero hindurch.

»Was willst du hier, Nero Keller«, murmelte er. »In einem gesichtslosen Haus an einer lauten Straße?« Lief er am Ende irgendwelchen Wünschen hinterher, die seinen tatsächlichen Bedürfnissen diametral entgegenstanden? Er musste zugeben, dass er keine Ahnung hatte, je mehr er darüber nachdachte. Außerdem ärgerte er sich immer noch über Jassmunds Bemerkung, dass ihm Kea Laverde nicht gleichgültig war. Ja, er mochte sie. War ja nicht schlimm, oder? Aber zum Grübeln blieb wenig Zeit. Er hatte sich zum Essen mit Sigrun verabredet. Sie kannte ein kleines vietnamesisches Restaurant in der Nähe des Hauptbahnhofes. Nero machte sich nichts aus asiatischen Gerichten, aber er hatte Lust, Sigrun zu treffen. Nicht, weil er sie anziehend gefunden hätte. Sie war professionell, zupackend, sympathisch. Aber auch …

»… zynisch«, sagte er zu sich, stellte den letzten Karton ab und verließ rasch die Wohnung.

52.

»Ich habe alle Namen durchgecheckt, die Sie mir genannt haben«, erklärte Sigrun West gehetzt.

In ein paar Wochen sehe ich genauso getrieben aus wie sie, dachte Nero. Womöglich kamen die tiefen Augenringe und die scharf geschnittenen Falten zwischen Nase und Mund, die er gestern Nacht nicht bemerkt hatte, daher, dass ihr als Frau diese Geschichten noch mehr an die Nieren gingen.

»Der Tote wurde von Andy Steinfelder in der Garage

der Familie Loring gefunden. Lorings wohnen zwei Querstraßen von der Villa der Steinfelders entfernt. Das Ehepaar war nicht zu Hause, als die Leiche aufgefunden wurde. Sie waren beide seit 8 Uhr an ihren Arbeitsplätzen, der gemeinsame Sohn in der Schule. Dort wurde er um halb zwölf vom Kindermädchen abgeholt.« Sie wedelte mit der Hand durch die Luft, um den Kellner auf sich aufmerksam zu machen. »Ganz sicher ist Lehr nicht in der Garage umgebracht worden. Man hat ihn dort abgeladen, als er schon tot war. Oder kurz davor.«

»Warum ausgerechnet in dieser Garage?«

»Keine Ahnung.«

»Und das Kindermädchen?«

»Sabine Gregs beginnt ihren Dienst immer erst, wenn der Sohn Schulschluss hat. Zuvor war sie zu Hause. Sie lebt mit ihrem alten Vater zusammen, um den sie sich kümmert. Weder Lorings noch Sabine Gregs kennen den Toten. Der Name Johannes Lehr sagt ihnen nichts.«

»Wer hat Lehr identifiziert?«

»Sein Bruder.«

»Wer ist Andy Steinfelders Anwalt?«

Sigrun grinste den Kellner breit an, der an ihren Tisch trat, und gab mit der Nachlässigkeit des Stammgastes ihre Bestellung auf.

»Das gleiche«, bat Nero, dem die Bezeichnungen auf der Speisekarte nichts sagten.

»Dr. Melcher. Ein Schulfreund Steinfelders. Andy Steinfelder ist raus. Der Richter sah keinen Grund, ihn länger festzuhalten.« Sie blickte Nero scharf an.

»Selbstverständlich bleibt alles unter uns«, bestätigte er eilig.

»Na gut.« Sie drehte ihr Mineralwasserglas in den Händen. »Folgendes: Ich persönlich bin an diesem Fall nicht dran. Woncka hat Sie ja längst eingeführt in die«, sie zögerte kurz, »Arbeitsteilung bei uns.«

Nero nickte. Wonckas sogenannte Einführung hatte darauf abgezielt, ihn zu verwirren. Nero kannte die Spielchen. Er sollte sich seine Lorbeeren verdienen.

»Es gibt drei Ermittler, die für die Untersuchungen im Mordfall Lehr abgestellt sind.« Ihre Stimme wurde hämisch. »Ich weiß nur, dass Lehr von Mister ein Angebot bekommen hat. Können Sie folgen?«

»Nein. Aber Sie haben einen guten Draht zu einem der drei Sonderermittler.«

Sigruns Gesicht wurde finster. »Wir werden bestimmt gut zusammenarbeiten.«

Nero hatte längst gemerkt, dass Sigrun jemandem eins auswischen wollte. Bevor er neuerlich ins Grübeln über seine Entscheidung für das LKA geriet, fragte er: »Könnte es sich um eine Übernahme handeln?«

»Sieht so aus. Der Ring hat Mister vorgeschickt, um Lehr vom Markt zu treiben. Das läuft bei Pornografie nicht anders als bei IT-Unternehmen oder in der Kommunikationstechnologie. Man kauft den Kleineren auf.«

»Produzierte dieser Johannes Lehr Pornos?«

»Nicht im großen Stil.« Sigrun machte eine Pause. Ihr Essen kam. Unsicher stocherte Nero mit seinen Stäbchen durch Reis und Gemüse. »Sie können Besteck verlangen, wenn Sie mit den Stäbchen nicht zurechtkommen.«

»Ja, das wäre besser.« Nero winkte dem Kellner. »Könnte es sein, dass Lehr umgebracht wurde, weil er seine Selbstständigkeit nicht aufgeben wollte?«

»Lehr hatte Schulden. Viele. Ein paar 100.000 Euro. Lebte auf großem Fuß, spekulierte an der Börse, flog auf die Nase. Leistete eine hübsche Nachzahlung an den Fiskus.«

»Die Pornos sind seine Einnahmequelle?«

»Möglich.« Sigrun gabelte hungrig Reishügel auf die Stäbchen und schaufelte sie gekonnt in ihren Mund.

»Frau West, welche Pornos stammen von Johannes Lehr? Der, den sie mir gestern auf dem iPod gezeigt haben?«

»Vermutlich.«

Der Kellner brachte Messer und Gabel und legte sie neben Nero ab.

»Das gibt's doch nicht. Sie wissen es nicht?«

Sigrun leckte sich die Lippen.

»Nee. Ich weiß es nicht. Und zwar nicht, weil mir keiner was sagt, sondern weil wir noch nicht dahintergestiegen sind. Wir würden gerne eine Sache durchziehen, die bei den Kinderpornos Erfolge gebracht hat: eine Rasterfahndung nach Kreditkartenzahlungen auf bestimmte Konten, möglichst europaweit. Aber dazu brauchen wir mehr Fakten, um die Rechtslage voll ausnutzen zu können. Clevere Betreiber schieben ihre Filme von Server zu Server. Alles offshore. Die haben Verschaltungen in anderen Kontinenten. Auch die Kontodaten werden nur geschützt rausgegeben.

Natürlich versuchen welche von uns, ins System reinzukommen, aber …«

»Welche Gründe sind es, die die Frauen daran hindern, auszusteigen?«, fragte Nero.

»Druck. Das vereinbarte Honorar wird nicht ausbezahlt. Die Leute, die die Frauen filmen, sind immer andere. Sie nennen falsche Namen. Der Punkt ist«, sie wischte sich die Hände an den Jeans ab, »dass wir bislang mit keiner dieser Frauen sprechen konnten.«

Keller nickte.

»Sagen Sie mal, fangen Sie wirklich bei uns an?« In Sigrun Wests Gesicht lag nun Feindseligkeit.

»Aber ja.«

»Merkt man nicht.«

»Ich arbeite an der technischen Seite, an Methoden, wie Urheber von Internetstraftaten aufgespürt werden können, am Verfolgen von Datenspuren und Tricks, um Passwörter zu umgehen. Das ist mein Thema.« Er ärgerte sich, weil er sich verteidigte. Wenn die Ermittlungen so zerstückelt wurden, in Technik, in Kriminalistik, in Psychologie, verhalf das nicht zu einem Gesamtbild.

»Warum in Ihrer Freizeit? In Ihrem«, sie betonte das Wort mit einer gewissen Gehässigkeit, »Resturlaub?«

Nero schwieg. Er sah nicht auf, als Sigrun West ihre Rechnung bezahlte, und verabschiedete sich mit keiner Silbe. Ihm war einfach nicht klar, was hier gerade geschehen war.

53.

Valeska ist am Ende. Sie haben sie vorhin für eine halbe Stunde losgemacht. Sie hat sich auf dem Steinboden zusammengekauert. Ihre Hände und Füße sind geschwollen, die Gelenke aufgeschürft von den engen Metallspangen. Wenigstens für kurze Zeit ist die Kamera verschwunden. Sie kann durchatmen.

Aber der Maskierte kommt zurück und justiert sein Objektiv. Nun liegt Valeska ausgestreckt auf dem Rücken, wie ein Andreaskreuz, die Hände und Füße gefesselt. Die Vagina ist wund, der Po schmerzt von den Gummibändern, mit denen sie sie malträtiert haben. Sie weint. Ihr Körper wird schwach. Sie hat seit beinahe 24 Stunden nichts gegessen und kaum etwas getrunken. Ihr ist elend kalt. Das Schlimmste sind die Schuldgefühle. Sie denkt an die Weihnachtskarten, die sie an ihre Familie geschrieben hat. Irgendwann muss man sie hier rauslassen. Sie würde schwören, nicht zur Polizei zu gehen, nur, damit sie sie gehen lassen. Irgendwann haben diese Spielchen Spaß gemacht, waren Vergnügen. Aber nun enden sie nicht. Es gibt kein Codewort, mit dem sie sofort alles abbrechen kann. Es gibt keine Hoffnung in diesem Keller, der ausgerüstet ist wie eine Geisterbahn. Der kalt ist. So kalt, dass ihre Zähne aufeinanderschlagen. Nur manchmal friert sie nicht mehr, als hätte ihr Körper keine Kraft übrig. Sie hat keine Ahnung, wie spät es ist.

Der Kameramann grinst, als der Folterknecht hereinkommt. Valeska schreit auf, aber ihr Bewusstsein bemerkt kaum, dass sie schreit. Wozu auch. Niemand wird sie hier hören, und die Männer lachen verächtlich, wenn Valeska sich wehrt. Ja, Mädchen, gut so, Kleine, das wollen die Jungs da draußen sehen. Der Folterer hat einen dicken Bauch, der unter dem T-Shirt schwabbelt. Der Geifer läuft ihm übers Gesicht, wenn er Valeska anfasst.

»Nicht, bitte nicht«, flüstert Valeska. »Hört auf. Ich kann nicht mehr. Bitte.«

»Hab dich nicht so. Du wolltest Sex.« Der Mann zeigt ihr die neunschwänzige Peitsche.

»Nein!« Valeskas Schrei gellt ihr selbst in den Ohren. Der Mann schlägt zu. Auf die Brüste. Valeska wirft den Kopf hin und her. Reißt an den Fesseln. Sie spürt den Schmerz, bevor die Peitsche sie trifft. »Nein!«

Der Mann lacht. Er fährt mit der Peitsche sanft über ihren Körper. Gänsehaut bildet sich. Er schlägt ihr zwischen die Beine. Valeska keucht und verliert für Momente das Bewusstsein. Als sie zu sich kommt, den Kopf hebt, so weit es geht, sieht sie die Kabel.

»Nein! Hör auf. Mach mich los.« Sie wehrt sich. Sie tobt und kämpft gegen die Fesseln, obwohl sie weiß, dass es sinnlos ist. Noch vor wenigen Tagen hat sie es genossen. Jean hat ihr erklärt, dass enge Fesseln die Mädchen dazu bringen, sich wie irrsinnig zu wehren. Und damit ihre Lust nur noch steigern. Valeska wimmert, als der erste Schock sie trifft.

54.

Ich beschloss, im italienischen Buchladen in der Nordendstraße vorbeizugehen, um für Juliane die DVD ›Genosse Don Camillo‹ zu kaufen. Ein katholischer Priester in der ruhmreichen Sowjetunion, das würde ihre Weihnachtsfeiertage bestimmt zum Leuchten bringen. Ich lief nicht direkt dorthin, sondern probierte ein paar Umwege aus, nur um mir zu beweisen, dass Müller nicht mehr hinter mir her war. Bist du vom Pferd gefallen, Kea, steigst du am besten gleich wieder auf.

Ich hastete an Geschäften vorbei, ohne mich um die Auslagen zu kümmern. Meine Augen waren damit beschäftigt, Ecken und Winkel abzusuchen, jeden Schatten wahrzunehmen, der sich bewegte.

»Frau Laverde!«

Ich fuhr herum. Ein paar Schritte hinter mir stand Nero Keller, im Mantel, einen Schal um seinen Hals gewickelt. Ich musste an ihm vorbeigelaufen sein, ohne ihn zu bemerken. So viel zu meiner Wachsamkeit.

»Ach, grüß Gott«, sagte ich betreten.

»Was treibt Sie in die Großstadt?«

»Weihnachtsgeschenke. Ich wollte in den italienischen Buchladen, eine DVD für eine Freundin kaufen. Zweisprachig. Sie kann kein Italienisch.«

»Da marschieren Sie aber in die falsche Richtung«, bemerkte Nero.

»Mein Orientierungssinn ist nicht der Beste.«

»Ich ziehe dort ein.«

»In die Buchhandlung?«

»In das Haus. Zwei Etagen höher.«

Der Wind kam böig und zerzauste mein Haar. Mir war kalt. Ich hatte nichts dagegen, mit Keller zur Buchhandlung zu gehen.

»Haben Sie es eilig? Bei dem Stechschritt, mit dem Sie unterwegs sind …«

»Das liegt am Wetter.«

»Ja. Verdammte Kälte«, nickte Keller.

Wir trotteten nebeneinander her. Um mir nicht seine Ermahnungen anhören zu müssen, fing ich selber an. »Ich bin erst vor Kurzem in München angekommen. Ich hatte noch keine Zeit, mich bei Ihren Kollegen zu melden.«

»Es geht nur darum, dass Sie kurz vor dem Mord bei Steinfelder waren. Man wird sich für Ihre Kontakte zu ihm interessieren, und die Diskretion Ihres Berufsstandes wird Ihnen dabei nicht unbedingt helfen.« Er zögerte. »Es gibt ein Immobilienbüro Steinfelder …«

»Seine Frau«, entgegnete ich. »Sie ist die Geschäftsführerin.

Keller stutzte. »Verdammter Mist!«

»Wieso?«

»Ach, nichts!« Er beschleunigte. Wir stapften durch den Schneematsch, dass es nur so spritzte. Peinliche Stille machte sich breit. Ich hatte keinen Nerv, belanglos zu plaudern, während in meinem Inneren eine Menge passierte. Oft dachte ich, dass mein Erkenntnisstand, was die Geheimnisse des Lebens betraf, meinen Gewohnheiten schon weit voraus war. Ich spürte, was hier geschah, aber ich drängte es weg. Ich ahnte Kellers Gefühle, aber ich erklärte mich für nicht zuständig. Plötzlich blieb Keller stehen.

»Hier wären wir!« Er deutete auf die Schaufenster, in denen grün-weiß-roter Weihnachtsschmuck glitzerte.

Ich ließ ihn stehen und ging hinein. Eine ältere Dame mit leuchtend kupferrotem Haar stürmte aus dem Nebenraum. Aber sie lief nicht auf mich zu, sondern auf Keller.

»Nero! Ich wusste gar nicht, dass du kommst! Sind deine Sachen schon oben?« Ich drehte mich um und erhaschte Neros Blick, als er der Dame ein Küsschen auf die linke und eines auf die rechte Wange hauchte. »Aber du solltest mir doch Bescheid sagen!«

»Ich habe eine Kundin mitgebracht, Tiziana.«

Die Buchhändlerin wandte sich mir zu.

»Das ist aber schön. Was kann ich für Sie tun, meine Liebe?«

Ihre Warmherzigkeit überwältigte mich. Ich schluckte und sagte: »Ich suche ein Weihnachtsgeschenk für eine Freundin. Einen Don Camillo-Film. Es sollte der letzte in der Reihe sein, in dem Don Camillo Peppone in die Sowjetunion begleitet.«

Keller glotzte mich an wie ein Mondkalb.

»Habe ich da. VHS oder DVD?« Ihr italienischer Akzent streute viele Vokale zwischen die Konsonanten in den Wörtern.

»DVD.«

Sie reichte mir eine Hülle.

»Hier können Sie wählen zwischen dem italienischen Originalton, der deutschen Synchronisation und dem italienischen Original mit deutschen Untertiteln.«

»Perfekt. Nehme ich.«

»Darf ich Ihnen den Film als Geschenk einpacken?«

Ich begegnete Kellers Blick. Er starrte mich immer noch an. Wahrscheinlich zweifelte er an meinem Geschmack. Er war wohl einer, der sich schwermütige französische Filme kaufte, in denen es ohne Unterlass regnete und Männer mit Fluppen im Mundwinkel durch Pariser Pfützen schlenderten.

»Gern.«

Tiziana wickelte die DVD in grün-weiß-rotes Glanzpapier. Keller hatte immer noch nichts gesagt.

»Sie müssen wissen, Herr Keller ist ein alter Freund der Familie«, plauderte Tiziana los. »Und er zieht bei uns ein. Also, mein Mann und ich, wir wohnen ja nicht hier, aber ich bin jeden Tag in der Buchhandlung, sodass ... naja. Mein Mann jedenfalls hat die Sache mit der Maklerin in die Wege geleitet.« Sie nahm eine Schere und kräuselte das Geschenkband. »So, ich hoffe, Ihrer Freundin bereitet dieser Film Freude.«

»Unbedingt«, sagte ich, während ich ihr das Geld reichte.

»Ich muss auch los, Tiziana«, sagte Keller. »Die Möbelpacker kommen. Ich melde mich.«

Sie sah enttäuscht aus, als Nero hinter mir auf die Straße trat.

Wir gingen einvernehmlich ein paar Schritte, bis wir von der Buchhandlung aus nicht mehr zu sehen waren.

»Was machen Sie hier?«, fauchte Nero mich an.

»Ups? Weihnachtsgeschenk?«

»Machen Sie mir doch nichts vor. Sie sind doch nicht von Rosenheim nach München und direkt nach Schwabing gefahren, um einen«, er pausierte, »Don Camillo-Film zu kaufen.«

Ich stemmte die Arme in die Hüften. »Und Sie kriegen die Krise, weil Gina Steinfelder Ihnen die Wohnung vermacht hat.«

»Andy Steinfelder ist kein Exkollege von Ihnen.«

»Nein. Ich bin seine Ghostwriterin. Zufrieden?«

»Das weiß ich längst.«

»Schön für Sie. Behalten Sie es für sich. Es kommt nicht gut, wenn ein Ghost herumerzählt, für wen er arbeitet.«

»Sie.«

»Was?«

»Für wen *sie* arbeitet. *Die* Ghostwriter*in*.«

»Das sind Nebenschauplätze!«

»Keine Feministin?«

In meinem Kopf brauten sich dunkle Wolken zusammen. »Es ist ein Irrtum, zu meinen, wenn wir feminine Endungen an die Wörter hängen, hätten wir Frauen die Gleichberechtigung erreicht«, schrie ich Keller an. Feine Schneeflocken rieselten auf uns herab. Die Szenerie war wirklich französisches Kino. »Das muss ich Ihnen vielleicht weniger ausführlich erklären, als den Feministinnentussen da draußen.« Ich holte mit dem Arm aus und traf einen Typen an der Schulter, der an uns vorbei durch die Schneehaufen watete. Um Kellers Lippen zuckte es. »Ich gehe einen anderen Weg. Ich arbeite mich dorthin vor, wo ich sein will, und achte auf Professionalität, nicht auf …« Mir ging die Puste aus.

»Schon gut«, sagte Keller und griff nach meinem Arm. Ich schüttelte ihn ab.

»Warum haben Sie mich so angestarrt?«

»Ich frage mich, was Sie eigentlich treiben. Sie sind gestern in Rosenheim hängen geblieben. Was haben Sie da gemacht? Am Telefon waren Sie ziemlich zugeknöpft. Sie sind eine Frau des Wortes. Sie verstehen es, sich auszudrücken, und dabei das Verräterische wegzulassen!«

»Ich habe Ihnen nichts zu sagen.« Ich dachte daran, dass das Weglassen beim Schreiben eines Buches das Entscheidende war. Der Autor musste streichen, um die Essenz hervorzuheben. Ein einziger wunder Punkt war wichtiger als ein ganzer Rattenschwanz von Vorgeschichten. Kellers Blick engte mich ein. Ich hob den Kopf.

»Warum sind Sie so wütend?«, fragte er.

»Ich hasse es, angestarrt zu werden. Ich hasse es, unter Beobachtung zu stehen und für Belanglosigkeiten aus meinen Gedanken gerissen zu werden.«

»Das müssen Sie aushalten. Ihre Ruppigkeit wird nicht verhindern, dass ich mir Fragen stelle.«

»Was dagegen, dass es Einzelgänger gibt?«, knurrte ich zurück.

»Sie waren kurz vor dem Mord bei Steinfelder. Sie waren in der Nähe des Ortes, an dem die Leiche gefunden wurde. Wer kann mir sagen, dass nicht *Sie* den Mann getötet haben?«

Jetzt drehte er komplett durch.

»Ich? Und warum hätte ich das tun sollen?«

»Ich fahre Sie jetzt zu Ihrem Auto. Meines parkt

nämlich hier.« Er wies auf seinen zugeschneiten Volvo vor der Litfaßsäule an der Ecke. »Wir werden im Freitagnachmittagsverkehr einige Zeit brauchen, und so haben Sie Gelegenheit, mir zu erzählen, was Sie wissen.«

»Zu freundlich«, sagte ich, »aber ich nehme die U-Bahn.«

»Was ist gestern passiert?« Seine Torfaugen sahen mich an. »Sie wirkten extrem angespannt. Was hat Sie bei dem Sauwetter nach Rosenheim getrieben?« Er schloss seinen Wagen auf.

»Wann ist der Mann umgebracht worden?«

»Kurz vor elf.«

Ich kramte meinen Geldbeutel aus der Tasche.

»Da saß ich längst in der U-Bahn. Überprüfen Sie meine Streifenkarte.«

»Ich glaube ja nicht, dass Sie ihn umgebracht haben, aber ich bin auch nicht an dem Fall dran.« Er lächelte unerwartet. »Nun steigen Sie schon ein. Sie frieren ja.«

Schlaumeier. Ich sank auf den Beifahrersitz und schnallte mich an. Während Keller die Scheibe freikratzte, überschlug ich meine Möglichkeiten. Am Telefon gestern Abend hatte ich dem Kommissar weder von Müller erzählt noch davon, dass ich Andys Ghostwriterin war. Wie hatte er das herausgefunden? Außerdem musste ich ihm beibringen, dass ich in Thalkirchen spioniert, Gina und einen gewissen Lehr zusammen gesehen hatte, dass Jenny Steinfelder von der Liebschaft der Mutter wusste und sie sogar gefilmt hatte. Ich hatte von Marietta die Zugangsdaten zu These-Girls bekommen, obwohl sie für eine andere Frau bestimmt waren. Und obendrein Informationen gekriegt, nach der die Polizei sich höchstwahrscheinlich die Finger leckte.

Ich war ein As im Zusammenfassen. Den Knackpunkt einer Geschichte konnte ich leicht einkreisen. Als Keller einstieg und den Motor anließ, hatte ich die Gliederung, wie ich ihm die wesentlichen Neuigkeiten beibringen wollte, bereits im Kopf.

55.

`30. Juli 2005, 13:30`

Es war ihr erster guter Tag. Trotz der Helligkeit, die durch die Jalousien drang und ihren Augen wehtat, konnte sie ohne Schmerzen durchatmen und sich allein im Bett umdrehen. Die Schwester hatte den Katheter entfernt.

Get up, Mrs. Laverde. Please, try, Mrs. Laverde. Be kind, Mrs. Laverde.

Kea wollte es versuchen, aber da war die Angst. Die bizarre Angst, dass die neue Hüfte sie nicht tragen würde. Die Angst, zu stürzen und alles von vorne beginnen zu müssen. Man brachte ihre Mahlzeit und stellte den Teller auf den Tisch an der Wand. Sie musste aufstehen.

Come on, we help you, Mrs. Laverde.

Sie konnte ins Bad gehen. Allein. Es funktionierte. Nur der Kreislauf wollte noch nicht so recht. Es war wichtig, dass sie sich bewegte, um den Blutdruck zu stabilisieren. Das wusste sie selbst, auch ohne das freundliche Gesicht, das auf sie wartete, als sie aus der Dusche kam.

Everything o. k., Mrs. Laverde?

Everything o. k. Sie fasste das nasse Haar zu einem Pferdeschwanz. Mario kam. Er sah aufgeräumt aus, glücklich, sie am Tisch zu sehen.

»Na, schmeckt's?«

Ja, es tat gut, auf einem Stuhl sitzend zu essen.

»Die Schmerzmittel haben sie noch nicht abgesetzt«, sagte Kea. »Mein rechtes Knie tut weh. Richtig weh. Die Operationswunde ist dagegen ein Klacks.«

»Vielleicht solltest du darum bitten, dass sie das Knie mal ansehen.«

»Haben sie schon. Aber sie finden nichts.« Kea streifte das Bein ihrer Jogginghose hoch, um Mario das geschwollene Knie zu zeigen. Es war so dick, dass sie es kaum einknicken konnte, ganz zu schweigen von dem hämmernden Schmerz, der sogar den Nebel des Analgetikums durchbrach.

Mario reagierte nicht richtig. Nicht so, wie ein Boyfriend es tun sollte. Er bemitleidete sie nicht und bemühte sich nicht um einen Ton, der sie beruhigen und ihr Mut machen würde.

»Ich muss zurück.«

Kea sah auf den Koffer, den er hinter der Zimmertür abgestellt hatte. Erst jetzt. How mad am I, dachte sie. Sie formulierte ihre Fragen immer noch auf Englisch, wie in den ersten 48 Stunden nach der Operation. Sie las die Zeitungsberichte über den Anschlag in

The Daily Star Egypt. Es gab im Krankenhaus keine deutschsprachigen Zeitungen, und sie brauchte keine. Die Fremdsprache bot ihr den vollkommenen Schutz vor dem schwarzen, eisigen Tier, das weit unten in ihrer Seele erwacht war. Vermutlich ein Kniff ihres Selbsterhaltungstriebes, sie durch den englischen Input im Krankenhaus in dieser fremderen, nicht ganz so intimen Welt zu halten. Auf Englisch ging alles nicht so tief wie in der Muttersprache.

»Sie haben mich angerufen. Es gibt einen neuen Auftrag. Ich fliege nach Santiago de Chile und fahre von dort aus nach Patagonien.«

Sie starrte ihn an. Don't go. Go. Geh doch. Why. Leave me alone. It hurts. Does it hurt, Mrs. Laverde? Sie hörte, wie Mario sich rechtfertigte, lange Sätze spann, sie überbrückte und versuchte, sich unter den Rundbögen der Syntax davonzustehlen.

»Wie komme ich nach Hause?«, fragte sie. A stupid question. He won't bring me home. Coward.

»Ruf deinen Bruder an.«

Sie hatte schon mit Janne telefoniert. Natürlich. Mario war immer eifersüchtig auf die starke Bindung zwischen ihr und Janne gewesen. Sie wollte nicht, dass Mario wegging. Sie wollte, dass er ihr half, diesen Albtraum zu überstehen. Don't go. I love you, Mario. Kea hob das Kinn.

»Verschwinde.«

»Versteh doch. Das ist ein Job! Mein Flieger geht um sechs. Ich …«

»Verschwinde.«

Ihre zitternden Hände stellten den Teebecher ab.

Von draußen hörte sie die Geschäftigkeit der Klinik, die über Mittag anschwoll und zum frühen Nachmittag hin abklang, wenn sich alle zurückzogen und auf die Kühle des Abends warteten. Verpiss dich, Mario. Komm niemals zurück.

56.

Ich hatte geendet. Ein paar Dinge hatte ich für mich behalten. Keller sagte nichts.

»Und?«, fragte ich.

»Es ist nicht schlimm, verwirrt zu sein. Nur muss man diese Verwirrtheit beherrschen lernen.«

Meinte er mich?

»Sie sind selbst verwirrt! Wechseln den Job aus Gründen, die Ihnen selbst unbekannt sind. Sie machen sich doch was vor!«

»Entlarven Sie Ihre eigenen Denkgewohnheiten, nicht meine!«

»Sie sind es, der den eigenen Zwickmühlen gegenüber blind ist.«

Wir hielten in Bogenhausen hinter dem weißen Grabhügel, unter dem mein Alfa ruhte. Keller half mir, ihn freizuschaufeln.

»Fahren Sie nach Hause«, sagte er. »Was ist mit Ihrer Tür passiert?«

Die ›letzte Warnung‹ begann zu rosten. Ich hatte dieses Detail ausgespart. Keller schien es mir übelzunehmen. Ich radebrechte herum, aber er schnitt mir das Wort ab. »Fahren Sie voraus. Meine Güte, ein italienisches Auto, bei dem Wetter. Sie gehen dem Ärger wirklich nicht aus dem Weg!«

»Es gibt da eine tolle Errungenschaft. Nennt sich Winterreifen.« Ich biss mir auf die Lippen. Keller erinnerte mich an jene Schulkollegen, die in Schönschrift ein ›Sehr gut‹ hatten und machten, was der Lehrer sagte. Meinen Spider liebte ich heiß und innig. Er hatte 18 Jahre auf dem Buckel und fuhr immer noch wie eine Eins.

»Ich begleite Sie.«

Das hatte mir gerade noch gefehlt.

Er fuhr hinter mir her nach Ohlkirchen. Es wurde stockfinster, die herannahenden Wolken schluckten die Abenddämmerung, und neuer Schnee flog vom Himmel herab wie Konfetti. Meine Scheibenwischer hatten ihre liebe Not. Jedes freie Sichtfeld wurde sofort von einer weißen Schicht verdeckt. Wir brauchten über eine Stunde, bis wir um halb sieben durch Ohlkirchen kamen. Das Piranha leuchtete grell in der schwarzen Nacht. Sie hatten den freien Tag genutzt, um grüne und weiße Lichtschlangen außen an den Fenstern zu montieren. Das letzte Stück über die schmale Straße zwischen Ohlkirchen und Sieling war zwar geräumt worden, aber mittlerweile war die Fahrrinne wieder zugeschneit. Ich musste grinsen, als ich den Alfa, ohne ins Rutschen zu kommen, den Hang hinaufsteuerte und vor meinem Schuppen die Handbremse zog. Von wegen italienische Autos.

Mein Haus lag im Dunkeln. Sah aus wie eine seit Langem verlassene Höhle. Keller und ich waren die

Archäologen, die gleich in sie hinabsteigen würden, um ihre Schätze zu heben. Das Schnattern meiner Grauen begrüßte mich. Verdammt, ich hatte das Vorhängeschloss vergessen. Ich stiefelte zum Freilauf. Die beiden Gänse wirkten nervös, watschelten hinter dem Zaun hin und her und beschwerten sich lautstark über meine lange Abwesenheit.

»Das war nicht geplant«, raunte ich ihnen zu. »Ich werde mich bessern.«

»Ich komme noch mit hinein«, sagte Keller. Er starrte angespannt die Auffahrt entlang, während ich die Außenbeleuchtung einschaltete.

»Suchen Sie Spuren?«, fragte ich anzüglich, während ich aufschloss. Carlos hatte die Tür nur ins Schloss gezogen und nicht abgesperrt, als er die Handwerker verabschiedet hatte. Es klickte leise und die Tür ging auf. So ein Ärger! Aber besser, ich sagte nichts. Immerhin hatte er sich um die Handwerker gekümmert.

In der Küche machte ich Licht. Keller stand dicht hinter mir.

»Wow, Ihr Fenster ist repariert.«

»Hat Carlo veranlasst. Herr Schöll, wie Sie ihn nennen.« Jetzt konnte ich auftrumpfen. Carlo war doch zuverlässig.

Keller hob die Brauen. »Sieh einer an.«

»Kaffee? Tee?«

»Nein. Ich wollte nur sichergehen, dass alles in Ordnung ist. Dann fahre ich in meine alte Wohnung und packe meine restlichen Sachen zusammen.«

»Sollten Sie nicht irgendwelche Möbelpacker erwarten?«

Er grinste. »Kleine Ausrede vor Tiziana. Sie ist eine liebe alte Freundin, aber manchmal …«

»… zu fürsorglich«, half ich aus und ging ins Arbeitszimmer. Mein Schrei durchbohrte grell meine Ohren. Ich presste die Hände an meinen Kopf. Der schneidende Klang meiner eigenen Stimme tat mir weh. Aber ich konnte nicht aufhören zu schreien.

»Um Gottes willen!« Keller stand schon neben mir.

Ich trommelte mit den Fäusten gegen die Wand. Das Zimmer war vollkommen verwüstet. Schubladen herausgerissen, die Schreibtischplatte zersplittert. Sogar das Parkett war aufgerissen. In meinem Kopf glühte etwas. Ein Feuerwerkskörper, der jede Sekunde explodieren und mich entzweireißen würde.

»Ist ja gut, Frau Laverde.«

Kellers behutsame Stimme drang durch das Getöse. Ich schluckte und keuchte. Schnell, panisch. Aber der Krach verebbte. Meine Schreie hatten mich betäubt. Nun schmiegte sich meine Nase an etwas Feuchtes, Raues, das nach Kneipe und Rauch roch. Keller hielt mich fest, redete auf mich ein. Ich spürte, dass er keine Antworten erwartete. Er stellte keine Polizistenfragen vom Typ wann, wer, wo. Ich wollte es nicht, aber seine Arme taten mir gut. Ich mochte die Art, wie sie mich umfassten. Nicht besitzergreifend, nicht gleichgültig. Auf sympathische Weise scheu.

Nach einer Weile ließ Keller mich los, zog seinen Mantel aus und warf ihn mir in die Arme. »Könnten Sie den irgendwo aufhängen?«

Ich ging in die Küche zurück. Nun sah ich, dass

auch hier sich jemand zu schaffen gemacht hatte. Ich legte Kellers Mantel über einen Barhocker und zeigte stumm auf die halb offen stehenden Schrankfächer. Keller nickte. Er ging in mein Schlafzimmer. Ich hörte ihn stöhnen und kam hinterher. Sämtliche Schränke waren ausgeräumt, Klamotten, Schuhe, Schmuck, Wäsche bildeten eine Schicht aus Chaos auf dem Boden. Nur meine Haiku-Wäscheleine baumelte noch friedlich über dem Bett. Bevor ich erneut zusammenbrechen konnte, nahm Keller mich am Arm und führte mich in die Küche. Er drückte mich auf das Sofa, breitete eine Decke über meine Knie, kramte sein Handy hervor und telefonierte. Ich hörte nicht zu. Ich wusste nur, dass ich verloren hatte. Müller war mächtiger als ich und hatte meine kleine Parzelle der Sicherheit geentert. Ich hatte die Gefahr ignoriert, die Augen fest verschlossen in der Hoffnung, die Monster blieben Hirngespinste, solange ich sie nicht sah. Der Selbstbetrug war aufgeflogen.

Keller hatte kaum aufgelegt, als sein Handy schrillte. Das neue Gespräch dauerte nur eine Minute. Er steckte den Apparat weg und sah mich an.

»Frau Laverde, Peter Jassmund kommt mit den Kollegen und schaut sich bei Ihnen um. Wenn es sein muss, stellen wir Sie unter Polizeischutz.«

»Den kriegen Sie so schnell doch gar nicht genehmigt.«

Er seufzte. »Vermutlich nicht. Das Problem ist nur: Mein neuer Chef hat mich mit sofortiger Wirkung zum Team beordert.«

»LKA?«

»Der Terror hier und der Mord in Bogenhausen gehören zusammen!«

»Ach nee.«

Er setzte sich neben mich. »So gefallen Sie mir schon besser.«

»Tut mir leid wegen eben«, murmelte ich. »Das war nicht eingeplant.« Meine Menschenkenntnis, mein Urvertrauen hatten mich verlassen. Ich war in die Falle getappt, die mein eigener Widerspruchsgeist bereitgestellt hatte. Trotz Kellers Hinweisen hatte ich an Carlos Freundschaft und Vertrauenswürdigkeit geglaubt. Ich musste bescheuert gewesen sein.

»Kann ich mir denken«, sagte Keller.

Er saß so nah neben mir, dass mein Körper Meldung machte. Die untrüglichen Signale boxten sich in mein Bewusstsein, Gegenwehr zwecklos. Mein Atem beschleunigte. Die Luft zwischen uns knisterte.

»Ich könnte bei Juliane übernachten.«

»Gute Idee. Rufen Sie sie an?«

Er warf mir sein Handy zu und stand auf. Ich hatte keine Ahnung, worauf er aus war, als er das Haus Zimmer für Zimmer noch einmal abging.

»Juliane? Hier ist Kea. Kann ich bei dir übernachten? Es ist wichtig. Danke. Ich komme mit dem Auto. Dauert noch ein bisschen.«

»Und?«, fragte Keller, während er zurückkam.

»Ist in Ordnung. Ich kann bei ihr schlafen. Aber ich brauche ein paar frische Sachen zum Anziehen. Meine Zahnbürste. So was.«

»Warten Sie, bis die Kollegen hier waren. Es dauert nicht mehr lange.«

Resigniert sank ich auf das Sofa. Carlo … Er hatte die Handwerker gestern ins Haus gelassen. Er wusste, wo der Schlüssel versteckt war. Nur er und Juliane waren eingeweiht. Und Janne hatte einen Zweitschlüssel. Aber Janne war weit weg. Viel zu weit. Ich vermisste meinen Bruder und verwünschte gleichzeitig meine irrationale Denkweise. Warum besaß Janne den Zweitschlüssel, nicht Juliane? Aus alter Anhänglichkeit? Alle meine Entscheidungen schienen auf kurzfristigen Intuitionen zu beruhen.

Hauptkommissar Jassmund tauchte mit einem Team auf, das die Spuren sichern sollte. Keller verabschiedete sich. Mein Herz machte einen kleinen, traurigen Satz. Hundemüde kuschelte ich mich auf meinem Sofa unter die Decke und schlummerte ein.

57.

»Frau Laverde?«

Jassmunds betroffenes Gesicht tauchte über mir auf.

»Sorry. Ich bin eingeschlafen.«

»Schon gut. Nero sagte, Sie wollten ein paar Sachen zusammenpacken. Das können Sie jetzt tun.«

Ich rappelte mich auf.

»Wir haben keine Einbruchspuren gefunden«, fügte Jassmund hinzu und strich sich über den Bart. »Hat außer Ihnen selbst jemand einen Hausschlüssel?«

Ich hätte ›Ja‹ sagen und Carlos Namen nennen sollen. Ich tat es nicht. Ich sagte, nur mein Bruder Janne habe einen, aber der lebe in Ingolstadt und sei bei dem Wetter ganz bestimmt nicht unterwegs gewesen, um bei mir einzusteigen und die Einrichtung zu demolieren. Jassmund nickte nur, während die Techniker sich verzogen. Ich kannte sie noch von ihrem letzten Einsatz bei mir. Ich sicherte sozusagen ihre Arbeitsplätze.

»Ich begleite Sie zu Ihrer Freundin«, sagte Jassmund.

»Nicht nötig«, murmelte ich.

»Mein Sohn freut sich, wenn ich später komme. Er hat eine ganze Serie CSI: Miami aufgenommen. Die zieht er sich jetzt rein.«

Mit einem flauen Gefühl im Magen schaufelte ich Loo und Litz Futter hin, bevor ich aus dem Chaos im Schlafzimmer Wäsche zum Wechseln hervorsuchte, frische Jeans, einen warmen Pullover. Ich packte alles in meine Reisetasche und tappte ins Bad. Der Speicherstift, den ich in die Aspirinschachtel gesteckt hatte, war noch da. Ich warf die Packung in mein Necessaire und schaltete das Licht aus. Um alles in der Welt hoffte ich, dass Müller und seine Kampfgenossen mein Zimmer in der Hohenzollernstraße nicht kannten. Bitte nicht. Um alles in der Welt? Ich besah mein Gesicht im Spiegel und errötete. Hier hatte ich mit Nero gestanden und Jod auf meine Wange geträufelt.

Entschlossen ging ich zu Jassmund zurück und schulterte meine Notebook-Tasche. Er nahm mir die Reisetasche ab und trug sie zu meinem Wagen.

»Zu dumm, das mit dem Schnee. Falls es hier draußen

Spuren gegeben hat, sind sie unauffindbar geblieben.« Er hievte das Gepäck auf meine Rückbank.

»Gucken Sie auch CSI?«

»Ist ein rechter Schmarrn.«

»Sie und Nero Keller sind befreundet, oder?«

Jassmund zögerte.

»Wir kennen uns schon lange. Und seit Leonors Tod ... es war so schrecklich. Sie wurde erschossen. Vor Neros Augen.«

Ich starrte Jassmund an.

»Es gab einen Raubüberfall im Supermarkt. Wer denkt an so etwas, wenn er einkaufen geht! Nero konnte nichts für sie tun. Er ist beinahe daran zerbrochen, gibt sich immer noch die Schuld. Ich würde ihm wünschen ... ach, fahren wir.«

58.

»Sie sehen in der Geschäftsbeziehung«, Woncka betonte ›Geschäft‹, »zwischen diesem Steinfelder und seiner Ghostwriterin das Bindeglied für unseren Fall?«

Nero warf einen Blick auf die Uhr. 21.09. Er legte die Fingerspitzen zusammen. »Zuerst müssen wir feststellen, wem die Wohnung in Thalkirchen gehört oder wer sie gemietet hat. Frau Laverde hat dort einen Mann, der Johannes Lehr gewesen sein könnte, Frau Steinfelder und eine junge Frau zusammenkommen sehen.« Aus den Augenwinkeln sah er einen vierschrötigen Mann, der ihm als Ulf Kröger vorgestellt worden war, Notizen machen. »Dann ist die Frage: Wer ist dieser Müller?«

»Autokennzeichen, Automarke, irgendwelche Anhaltspunkte?«, erkundigte sich ein rothaariger Kollege mit Pferdeschwanz und Nickelbrille, der Markus Freiflug hieß.

»Frau Laverde stand unter Schock«, entgegnete Nero. »Sie hat nicht darauf geachtet.«

»Verdammt!«

»Und wenn dieser Lehr, das Mordopfer, den Kontakt zur Szene gesucht hat?«, fragte Nero. Er durfte nicht zeigen, dass er von Mister wusste, damit Sigrun keinen Ärger bekam.

»Es sieht eher umgekehrt aus«, bemerkte Freiflug. »Ein Kontaktmann, den wir Mister nennen, hat sich an Lehr gewandt. Die beiden stehen seit dem Sommer in Verbindung.«

»Ein großer, international operierender Ring«, sagte Kröger und fuhr sich durch sein dichtes Haar. Schuppen rieselten auf seinen Rollkragenpulli. »Wir haben herausgefunden, dass dieser Ring mehrere Leute in Kigali sitzen hat. Ein Softwareoffice dort scheint die perfekte Tarnung für Kinderpornos zu sein. Aber mittlerweile steigen sie um auf brutale Pornos mit erwachsenen Darstellerinnen. Die Filme werden in Kerkern gedreht und sind mehr als unappetitlich; Snuffvideos sind auch dabei. Frauen werden vor laufender Kamera umgebracht. Die Pornos sind über Offshore-Server abrufbar.« Er winkte mit seinem Kollegblock und verließ den Besprechungsraum.

»Kigali?«, fragte Nero verdutzt.

»Hauptstadt Ruandas, 1540 Meter über dem Meeresspiegel, 608.100 Einwohner, katholischer Erzbischofsitz, vorwiegend Nahrungsmittel- und Textilindustrie«, referierte der dritte Ermittler, Bodo Roderick, ein bleicher, weißblonder Typ, mit matter Stimme. »Das BKA weiß Bescheid, für eine Interpoloperation fehlen aussagekräftige Hinweise.«

»Wir nehmen an«, fuhr Freiflug fort, »dass Lehrs selbstgemachte Pornos dem Kigali-Ring im Weg waren und Mister sicherstellen sollte, dass Lehr den Markt räumt. Vermutlich hat er nicht eingewilligt, auch nicht für Geld, und so haben sie ihn alle gemacht.«

Bodo Roderick meldete sich zu Wort; wie ein Schüler hob er die Hand, den Ellenbogen lässig auf die Tischplatte gestützt: »Lehr betrieb ein Portal mit dem Namen These-Girls. Um sich Filme ansehen zu können, muss der Kunde eine Zahlung per Kreditkarte leisten. Das Geld wird auf ein Konto in Rabat, Marokko, überwiesen. Lehr hatte Schulden. Er brauchte dringend eine Finanzspritze, und es sieht so aus, als hätte er die Pornos für eine gute Geldquelle gehalten.«

»Lehr ist definitiv nicht in der Garage in Bogenhausen umgebracht worden. Die drei Messerstiche, von denen einer direkt ins Herz ging, wurden ihm woanders zugefügt. Er lag im Sterben oder war schon tot, als sie ihn in der Garage ablegten«, erläuterte Freiflug. »Herr Loring sagte, dass seine Garage zurzeit nicht richtig schließt. Der Bodenbelag der Auffahrt ist aufgefroren. Jeder konnte da rein. Wir haben den Stadtteil durch die Mangel gedreht, aber es gibt keine brauchbaren Zeugenaussagen, keine Hinweise, kein nichts.«

»Möglicherweise wurde er in einem Auto ermordet«, sagte Roderick.

»Aber das muss doch jemandem aufgefallen sein, meine Herren!«, rief Woncka und rieb sich die Hände. »Meine Güte, sind Sie sicher, dass niemand einen Wagen gesehen hat?«

Stille. Die Ermittler fixierten ihre Unterlagen. Nero räusperte sich. Jetzt musste er die Kurve kriegen.

»Frau Laverde schreibt Andys Lebensgeschichte. Ihre Unterlagen werden geraubt von einem Mann, der Minuten danach bei einem Unfall getötet wird. Dennoch bleiben die Dokumente verschwunden. Jemand wirft einen Stein mit einer Warnung durch ihr Küchenfenster. Schickt per Handy ein Video, auf dem einer Gans der Hals umgedreht wird. Frau Laverde besitzt zwei Gänse.«

»Das sagt noch nichts«, wandte Woncka ein.

»Für sich genommen nicht«, bestätigte Nero. »Aber während eines Besuchs bei den Steinfelders findet Frau Laverde auf dem Rechner der Steinfelder-Tochter Jenny ein Video. Es zeigt Gina Steinfelder, wie sie in einer Privatwohnung massiert wird. Jenny scheint dieses Video selber gedreht zu haben. Frau Laverde wird mitten in Schwabing in einen Wagen gezerrt und bedroht. Ihr Entführer, der sich Müller nennt, führt ihr grausame Pornos vor. Schließlich setzt er sie im Schneesturm aus, dem sie nur knapp entkommt. Heute Abend findet sie ihr Haus verwüstet vor. Andy Steinfelder, ihr Kunde, stolpert über eine Leiche. Johannes Lehr ist im Pornogeschäft tätig.« Nero begann zu schwitzen, zog das Cordjackett aus und warf es über einen leeren Stuhl.

Dabei fing er Freiflugs Blick auf. Der Mann war mindestens zehn Jahre jünger als er. In seinen Augen stand eine Ernsthaftigkeit, die Nero unwillkürlich Respekt einflößte.

»Haben Sie denn gar keinen Anhaltspunkt, was die Identität von diesem Müller betrifft?«, fragte Nero. Es wurde still im Raum. Die Bewegungen froren ein. Also hatten sie eine Ahnung. Oder sogar handfeste Beweise. »Also?«, fragte er mit aller Autorität, zu der er imstande war. »Handelt es sich bei Müller um den Ring, für den Mister den Kontakt zu Lehr herstellte?«

»Wenn die Steinfelder mit unserem Mordopfer eine intime Beziehung hatte«, erklärte Roderick ausweichend, »müssen wir sie dazu vernehmen.«

Jemand klopfte an die Tür. Alle sahen auf. In den Gesichtern spiegelte sich der Stress, unterbrochen zu werden, aber auch Dankbarkeit für die Denkpause.

»Eine junge Dame ist hier und möchte eine Aussage machen«, sagte Sigrun West. Sie war totenblass. Ihre Augen wanderten zu Nero, blieben aber ausdruckslos. »Die Kollegen aus der Ettstraße haben sie rübergeschickt. Hat mit Lehr zu tun.«

»Keller, übernehmen Sie das?«, bat Woncka.

Nero nickte und ging hinaus. Der erste Test. Eine Vernehmung, kein Referat. Praxis, nicht Theorie. Er folgte Sigrun, die ihn zu einem Verhörzimmer brachte.

»Die Personalien haben wir schon aufgenommen«, sagte sie. »Marietta Soltau, 22 Jahre alt, geboren in Amberg. Sie vermisst eine Freundin. Sie standen beide für Pornos vor der Kamera, und zwar offensichtlich bei Johannes Lehr. Ich habe die Vermisstenmeldung schon rausgegeben. Sie hat sogar ein Foto ihrer Freundin mitgebracht.«

Sigrun schloss die Tür hinter ihm. Eine junge Frau saß am Tisch, sehr schmal, das Gesicht verweint. Sie trug einen knappen Anorak und hatte einen Schal um ihren Hals gewickelt. Als Nero hereinkam, blickte sie auf. Der Gedanke, sie könnte seine Tochter sein, durchfuhr ihn heiß. Er gab ihr die Hand.

»Ich bin Hauptkommissar Nero Keller. Bitte sagen Sie mir, was Sie auf dem Herzen haben.«

Ihre Hand war eiskalt. Sie zog sie rasch zurück und strich sich eine Strähne hinters Ohr.

»Ich bin zur Polizei gegangen, um meine Freundin Valeska als vermisst zu melden«, sagte sie. »Valeska Keim. Wir sind Nachbarinnen im selben Haus.« Sic nannte die Adresse. »Ich glaube, dass ...« Sie unterbrach sich und verbarg ihr Gesicht in den Händen.

»Frau Soltau!« Sie wirkte kindlich in ihrer Verstörtheit. Es wäre besser, wenn eine Kollegin mitmachte. Warum war Sigrun gegangen? Spielten sie hier einen Initiationsritus auf dem Rücken einer hilflosen Zeugin durch?

»Es ist wichtig, dass ich Ihnen einige Fragen stelle, denn wir nehmen an, dass Sie Informationen haben, die bei der Klärung eines anderen Falles von Bedeutung sind.«

Marietta brach in Tränen aus.

»Möchten Sie, dass eine Beamtin, eine Frau, diese Vernehmung durchführt?«

Marietta schüttelte den Kopf. »Die verachten mich

nur«, brachte sie hervor und fingerte an einer Packung Tempos.

»Erklären Sie mir das.« Dieses vermaledeite Mitleid, das wunde Gefühl in seinem Brustkorb konnte er nicht brauchen. Er musste seine Position klarmachen, Territorium gewinnen.

»Valeska und ich sind neu in München. Seit September. Wir haben uns zwei Apartments im selben Haus genommen. Valeska arbeitet im Klinikum rechts der Isar als MTA. Ich habe mich an der Uni in Jura eingeschrieben. Wir ... versuchen ein bisschen Geld nebenbei zu verdienen.« Marietta hielt sich an den Sätzen fest wie an einem Seil, das sie über eine Schlucht führen würde. »Wir antworteten auf eine Anzeige, die Stripperinnen für Pornos suchte. Alles lief ganz lässig. Jean hieß der Mann, der uns filmte.« Sie sah zu Nero auf, und er nickte ihr zu. »Er war beeindruckt von Valeska. Sie sollte sich vor der Kamera selbst befriedigen, er wollte auch andere Sachen mit ihr machen, was mit Elektroden und so. Auch Fesselspiele. Valeska hat das Spaß gemacht. Das können Sie vielleicht nicht verstehen, aber sie hat einfach mehr sexuelle Energie als andere.« Marietta nestelte an ihrem Schal. »Dann war da die Sache mit der Brücke. Sie haben draußen gefilmt, bei der Kälte, es gab ein Codewort, damit Valeska, wenn sie gefesselt ist, alles sofort stoppen kann. Valeska hat gefroren und hatte Angst und hat das Codewort geschrieen, aber die Männer haben nur gelacht und gar nicht daran gedacht, sie loszubinden.«

Müller, dachte Nero.

»Sie hat sich bei Jean beschwert, aber er ist nicht darauf eingegangen. Weil es nämlich genug andere Frauen gibt, die da mitmachen wollen.« Marietta weinte.

»Ich werde Ihnen jetzt einige Fragen stellen«, sagte Nero. »Schaffen Sie es, sie zu beantworten?«

Die junge Frau nickte und strich sich mit beiden Händen das Haar hinter die Ohren. Die Geste schien sie zu beruhigen.

»Gut. Hat Jean Sie bezahlt?«

Marietta nickte.

»Wie? Bar?«

»Ja.«

»Wie viel?«

»Für eine halbe Stunde hat er 100 Euro gezahlt.«

»Egal, was Sie gemacht haben?«

»Er hat gesagt, im Studio gibt es 100 Euro. Für draußen gibt es 200.«

»Also hat Ihre Freundin für die halbe Stunde Zittern 200 Euro bekommen.«

»Das ist es ja. Er hat sie nicht bezahlt. Er hat gesagt, sie wäre schlecht gewesen. Weil sie geheult hat und damit die Aufnahme versaut hätte.«

»Er hat ihr also kein Geld gegeben und durchblicken lassen, dass es für die Aufnahme bei der Brücke auch keines geben wird?«

Marietta nickte.

»Hat Valeska weitere Termine vereinbart?«

»Jean meinte, wenn Valeska sich beim nächsten Mal steigert, könnte er sich vorstellen, das Honorar zu erhöhen.«

Nero starrte auf die dunkle Scheibe an der Querseite des Vernehmungsraumes und stellte sich dahinter den kleinen Woncka, Freiflug mit dem ernsten Gesicht, den bleichen Roderick und Kröger vor, wie er durch sein Haar strich und Schuppen schneien ließ. Er ahnte, dass es Kunden gab, die für das Entsetzen der Frauen bezahlten. Denen es genau darum ging. Die wachsende Erkenntnis der Darstellerinnen genossen, in eine Sackgasse geraten zu sein.

»Gab es irgendeine Art Vertrag zwischen Ihnen und Jean?«

»Wir mussten einen Bogen ausfüllen. Namen, Anschrift, Telefonnummer. Wir haben auch einen Aidstest machen müssen.«

»Um zu strippen?«

Mariettas Augen wurden riesig. »Ich ...«

Nero ließ ihr eine Pause.

»Ich weiß nicht, warum«, murmelte sie schließlich. »Valeska hat das gemacht. Im Labor.«

»Was mussten Sie noch angeben?«

»Adresse des Arbeitgebers.« Marietta wimmerte.

»Hat Jean Sie bedroht?«

»Er war immer sehr nett. Also, am Anfang. Es hat uns Spaß gemacht. Ehrlich.«

»Haben Sie auch ein Angebot bekommen, ein bisschen mehr zu machen als das Übliche?«

Marietta zögerte.

»Waren Sie nicht so gut wie Valeska?«

»Er hat ... er verlangte, dass ich draußen strippe. Aber ich wollte das nicht.«

»Und was ist passiert?«

»Er hat gesagt, er hätte ja die Adresse meines Arbeitgebers und ich habe gesagt, Pustekuchen, nein, ich studiere. Da hat er sich halb totgelacht. Er sagte, er würde meinen Professoren die Filme zuspielen und der Uni-Verwaltung, dem Kanzler, wer weiß, wem noch.«

»Hat er Valeska auch damit gedroht, ihren Chef zu informieren?«

»Weiß ich nicht.«

»Haben Sie eingewilligt, draußen zu strippen?«

»Ich habe es mir überlegt.« Marietta putzte sich die Nase. »Aber dann dachte ich, ich schaffe das nicht. Jean hat uns Filme gezeigt. Von Frauen, die nackt auf Eisflächen liegen, gefesselt, und denen er … denen er Eisdildos reinschiebt und die er besprüht, mir Wasser aus einer Sprayflasche, und manche zwingt er, sich selbst zu befriedigen, manche begraben sie im Schnee oder stecken sie für eine Stunde in Käfige. Ich habe Angst gekriegt, ich habe …«

Sie würde nicht mehr lange durchhalten. Nero musste schneller zum Punkt kommen.

»Wie haben Sie Kontakt zu Jean gehalten?«

»Handy. Er hat uns jedes Mal eine neue Nummer gegeben.«

»Sie haben diese Nummern angerufen?«

»Ja.«

»Ich hätte gerne Ihr Handy.«

Marietta legte es auf den Tisch.

»Wo haben die Innenaufnahmen stattgefunden?«

»In einer Wohnung in Thalkirchen.«

Nero stellten sich die Nackenhaare auf. Er verspürte das dringende Bedürfnis, aufzustehen und hin- und herzulaufen, aber er wollte Marietta nicht nervöser machen, als sie ohnehin schon war. Sie nannte Straße und Hausnummer. Nero sah zu dem Spiegelglasfenster hinüber und atmete tief durch.

»Welcher Name stand an der Tür?«

»Lehr.«

»War Jean allein dort?«

»Manchmal war eine Frau da.«

»Können Sie die Frau beschreiben?«

»Ich glaube schon.«

»Gut. Das machen wir später. Sagt Ihnen der Name Steinfelder etwas?«

Marietta schüttelte den Kopf. »Aber eine Frau war bei Valeska in der Wohnung. Ich habe sie abgepasst.«

»Was für eine Frau?«

»Sie hat mir ihren Namen nicht gesagt. So Mitte 30 ungefähr. Mollig. Schwarze Haare.«

Ein Klopfen an der Tür ließ Marietta und Nero zusammenfahren.

»Auf ein Wort, Keller!«, sagte Woncka steif.

»Was gibt es?« Nero trat aus dem Vernehmungsraum. Halb erwartete er, eine Note verabreicht zu bekommen, wie einst in der Schule, wenn man in Mathe an die Tafel geholt wurde, um eine Gleichung zu lösen. Setzen, Keller. Ausreichend. Gerade noch.

Im grauen Korridorlicht sah Woncka krank aus. »Eine Frauenleiche im Englischen Garten. Freiflug fährt hin. Ich möchte, dass Sie sich anschließen. Kollegin West macht an Ihrer Stelle hier weiter.«

59.

Julianes helle Augen verschwammen hinter dem Dampf, der aus ihrem Kaffeebecher quoll. Nach meiner umfassenden Beichte war mir klar: Sie wappnete sich, um mir meine Lektion zu erteilen, auf welche Weise auch immer. Mein Hals tat weh. Das Wetter hatte ganze Arbeit geleistet und mir eine ordentliche Erkältung angehängt.

»Unser Leben ist uns nicht gegeben, um uns oder andere zu erniedrigen, sondern um unseren Geist zu schulen und auf unserem Weg weiterzukommen.«

Ich sah mich um, als könne noch jemand in dieses spartanisch eingerichtete Zimmer geschlüpft sein und sich an unserer Diskussion beteiligen. Hatte ausgerechnet Juliane das gesagt? Meine Freundin war eine höchst rational eingestellte Person, die mit Religion oder Esoterik nicht das Geringste im Sinn hatte. Ihre energiegeladene Präsenz schüchterte mich ein. Mit ihren 76 strahlte sie Kraft, Klarheit und Zielsicherheit aus. Sie trug ein enges, grünes Shirt mit der Aufschrift ›Rettet den Berggorilla‹ zu schwarzen Jeans, und zwei grüne Stecker funkelten in ihren Ohrläppchen.

»Ich«, begann ich hustend. »… verdammte Kälte.«

Juliane schüttelte den Kopf. »Mach dir nichts vor. Husten ist ein Zeichen, dass du dich von deinem Leben erstickt fühlst. Du bist nervös und unter Druck gesetzt.«

»Ach, wirklich?«, unkte ich. »Seit wann bist du denn auf der spirituellen Welle unterwegs.« Ich trank einen

Schluck Kaffee, um meine raue Kehle zu befeuchten. »Hör mal, ich werde beklaut, jemand krepiert vor meiner Haustür, Fenster gehen zu Bruch, Autotüren werden verkratzt, ich kriege ein Snuff auf mein Handy, und dann entführt mich ein Kerl mit den grässlichsten Videos auf der Festplatte, die du dir vorstellen kannst, schmeißt mich im Schneegestöber von Bord und riskiert, dass ich erfriere. Wahrscheinlich darf ich noch dankbar sein, dass er mich nicht wie diese Frauen auf seinen Filmen nackt in den Schnee gesetzt hat!«

»Komm zu Atem.«

»Weißt du, wie es bei mir zu Hause aussieht?« Der Gedanke daran, irgendwann mit dem Aufräumen anfangen zu müssen, verursachte mir Übelkeit.

»Wenn du meinst, du müsstest dich erklären, heißt das, dass du dich angegriffen fühlst.«

Ich hatte auf eine ersprießliche Menge Mitleid gehofft, nicht auf Vorhaltungen. Mir war kalt, mein Hals schmerzte, der Kaffee stieß mir sauer auf.

»Juliane, ich – bin – attackiert – worden. Du weißt, was mir mein Haus bedeutet.« Ich war immer ehrlich zu Juliane gewesen. Sie wusste, was ich durchgemacht hatte. Sie kannte meine Abgründe und ihr musste klar sein, dass ich mein Haus brauchte, seine Sicherheit, seine Endgültigkeit.

»Ich denke, es wäre an der Zeit, neue Wege einzuschlagen.« Juliane zog die Fersen unter den Hintern. »Der größte Teil deiner eigenen Gedanken ist dir gar nicht klar. Es geht hier nicht um Schuld.«

Konfus sah ich sie an.

»Wie kommst du auf Schuld?«, brachte ich heraus.

»Du bist dabei, alles aufzugeben, was du dir vorgenommen hast. Unabhängig zu sein, frei zu sein. Du musst akzeptieren, dass dieses irdische Dasein aus Bruchstücken besteht. Warum quälst du dich mit der Vergangenheit? Gib dem Heute eine Chance.«

Ich hatte keine Ahnung, wovon sie redete. Wie kam sie auf die Idee, ich würde meine mühsam errungene Freiheit und Unabhängigkeit aufgeben? Unwillig kroch ich tiefer in den Sessel.

»Ich bin frei und unabhängig«, knurrte ich. »Ich brauche keinen Kerl mehr.«

»Das meine ich nicht. Ist dir kalt? Warte mal.« Sie verschwand und kam mit einer Decke zurück, die sie mir mit einer für sie völlig surrealen mütterlichen Geste um die Schultern legte. »Es geht nicht darum, dass du jede feste Beziehung ablehnst, Kea. Es geht darum, dass du dich in einer Lebensform festbeißt, die nicht förderlich für dich ist.«

Ich kuschelte mich in die Decke. Davon wollte ich nichts hören. Ich musste verdammt noch mal selber entscheiden, was förderlich für mich war. Zum Kuckuck, wie konnte Juliane nur so geschwollen daherreden? Förderlich, was für ein Wort. Hätte ich es versehentlich auf Papier geschrieben, würde ich es rabiat ausstreichen.

»Es gibt etwas, das dich mit diesen Frauen aus den Videos verbindet«, fuhr Juliane fort.

»Was?«

»Das Thema Schuld. Ich weiß nicht, weshalb Frauen so etwas mit sich machen lassen. Aber es hat mit dem Gefühl zu tun, minderwertig zu sein, ein Ding, ein Objekt. Die Lust nicht verdient zu haben, die in einer liebevollen, warmherzigen Atmosphäre aufflammt. Gewalt und Schmerz zu brauchen, um Lust empfinden zu können.«

»Das hat mit mir nichts zu schaffen. Ich würde mich nie so erniedrigen lassen!«

Juliane blieb unbeeindruckt.

»Du tust deiner Seele Gewalt an. Du bleibst in der Kälte eines Lebens hängen, das keine Liebe annimmt.«

»Juliane, bitte, hör auf zu predigen. Ich bin völlig kaputt.«

»Du hörst mir jetzt zu«, sagte Juliane sehr ruhig und sehr bestimmt. »Ich bin es leid, mit anzusehen, wie du die Gesten und Worte der Liebe in deinem Alltag ausradierst.«

»Welche Gesten und Worte der Liebe?« Ich konnte mich an nichts erinnern, aber die Strenge in Julianes Tonfall hielt mich davon ab, genauer nachzufragen.

»Zum Beispiel einen Mann.«

Jetzt wurde es brenzlig. Mein Haus war demoliert, draußen schneite es wie am Nordpol, und Juliane kam mir mit Männern.

»Du weißt, dass ich die Männer, mit denen ich ins Bett gehe, unter anderem danach auswähle, ob sie mich nachher in Ruhe lassen.«

»Die Männer, mit denen du im letzten halben Jahr ins Bett gegangen bist, konnte man allesamt in der Pfeife rauchen.«

Damit hatte sie recht. Aber mit fast allen hatte es Spaß gemacht. Mehr nicht. Einfach nur Spaß.

»Denkst du, du hast nichts Besseres verdient?« Juliane reckte den Hals. »Du brauchst nicht zu antworten. Denn genau das ist dein Punkt. Du denkst, du seiest es nicht wert, geliebt zu werden. Du nimmst deine Einsamkeit an, als sei sie eine gerechte Strafe.«

»Ich bin nicht einsam«, protestierte ich.

»Ich meine nicht die Einsamkeit dort oben in deiner Bruchbude. Ich meine die Einsamkeit hier.« Sie tippte mit ihrem Zeigefinger genau auf ihr Herz. »Eine einmalige Erniedrigung hat dich so aus dem Konzept gebracht, dass du …«

»Lass das.« Ich warf die Decke weg und stand auf. »Bitte, lass mich.« Es kostete mich alle Kraft, nicht auf sie loszugehen, sie nicht anzuschreien, dass sie keine Ahnung hatte, wie ein Verrat, ein wirklicher Verrat, sich anfühlte. Ich brauchte die Geborgenheit ihrer kleinen Wohnung heute Nacht, und allein aus diesem Grund wollte ich es mir nicht mit ihr verderben.

»Keller«, stellte Juliane fest.

»Wie bitte?«

»Nero Keller. Wenn du von ihm sprichst, verändert sich deine Stimme.«

»Vergiss es!« Hitze stieg in mein Gesicht. Sehnsüchte verbrauchten sich. Auch die Sehnsucht nach Liebe. Irgendwann blieb nur das Bedürfnis nach Gleichmaß und psychischer Stabilität. Meine Fähigkeit, Ausschläge auf der Fieberkurve zu verkraften, war hinlänglich ermattet.

»Seit einigen Wochen hast du keinen Kontakt mehr zu deinem Bruder. Was ist da los?«

Teufel auch! Juliane bohrte wirklich in jeder Wunde herum. Ich hatte erfolgreich verdrängt, dass Jannes und mein Verhältnis auf Eis lag. Vermutlich gelang es seiner Frau Marlies allmählich, einen Keil zwischen uns zu treiben. Sie war schon immer eifersüchtig auf mich gewesen. Klar, ich hätte Janne längst anrufen können, ihn bitten können, mich zu besuchen, mit seinen Jungs das Wochenende bei mir zu verbringen und mein Haus mit Chaos, Geschrei und Albernheiten zu füllen.

»Du bist stolz und leistest dem Leben Widerstand. Du tust nur dir selbst damit weh. Mario war ein Saftsack. Was ist mit all den anderen? Durchlebst du keine innere Entwicklung?«

»Du kannst das nicht verstehen, Juliane«, flüsterte ich heiser.

»Du bist nicht schuld daran, dass Mario dich verlassen hat. Du bist auch nicht verantwortlich dafür.«

Ich fror und fühlte mich jämmerlich. Dic grässlichste aller Ängste, die Todesangst, war zurückgekehrt und machte Sekunde um Sekunde Territorium gut. Ich fühlte das Zittern in meinem Inneren, das nicht von der herannahenden Erkältung stammte, sondern aus mir selbst: das Gefühl, es nicht schaffen zu können.

60.

»Sie ist erfroren«, sagte der Rechtsmediziner, ein Riese mit einer kreisrunden Hornbrille auf der Nase.

Sie standen im Englischen Garten im Gesträuch.

Schräg über ihnen ahnten sie den Monopteros-Tempel auf seinem Hügel. Die Geräusche der Stadt waren weggerückt, als habe jemand eine Tür hinter ihnen geschlossen. Nero blickte auf die tote Frau. Sie war nackt und mit ausgebreiteten Armen zwischen zwei Bäume gefesselt worden, ihr Mund mit Paketband verklebt. Eine hauchdünne Eisschicht bedeckte ihren zarten Körper. Die Haut schimmerte bläulich. Einen halben Meter weiter rauschte der Bach. Zapfen und krumme Eisränder hatten sich an den Ufern gebildet, während das Wasser mit umso gebieterischerer Kraft durch das schmale Bachbett rauschte.

»Jemand hat sie mit Wasser besprüht. Das hat ihren Tod beschleunigt. Sie hat definitiv noch gelebt, als sie hier festgebunden wurde. Schaut euch die Spuren am Boden an.«

Nero sah auf den zertretenen Schnee. Die Frau hatte sich gewehrt, vielleicht nach ihrem Mörder getreten.

Freiflug tauchte aus dem Dunkel auf. »Wir haben keine Kleidungsstücke gefunden, keine Tasche, kein Handy, nichts.«

»Eine Abrechnung der Pornoszene?«

»Vielleicht wollte sie aussteigen und sie haben einen letzten Dreh mit ihr gemacht.«

Nero bekam Sodbrennen. Er fror schon jetzt, in Mantel und Stiefeln.

»Wie lange …«, begann er, an den Arzt gewandt.

»… sie durchgehalten hat? Bei ihrem Körperbau … vielleicht zwei Stunden. Schwer zu sagen.«

»Was ist das für ein Kabel?« Nero deutete zwischen die Beine der toten Frau.

»Sieht nach Elektrofolter aus. Das Ding ist festgefroren. Ich muss es mir im Seziersaal anschauen.«

»Sie haben sie bestimmt erst im Dunkeln hergebracht«, sagte Freiflug. »Am Tag ist die Gegend zu belebt. Auch wenn sie sich eine einsame Stelle ausgesucht haben.«

»Finden Sie im Englischen Garten mal eine Stelle, die einsam genug ist für einen Mord. Überall Jogger und Leute mit Hunden«, bemerkte der Rechtsmediziner. »Sie können sie wegbringen lassen.«

»Moment noch.« Nero trat vor, das Foto von Valeska, das Marietta mitgebracht hatte, in der Hand. »Was meinen Sie? Ist das die Frau?«

»Das ist sie«, sagte Freiflug.

»Definitiv«, sagte der Arzt. Er streifte die Gummihandschuhe ab und hielt Nero seine Hand hin. »Lars Klar.«

»Nero Keller.«

»Wurde sie vermisst?«

»Ja. Sie heißt Valeska Keim. Darstellerin in Pornofilmen.«

Die drei machten Platz, damit Valeskas Leichnam weggebracht werden konnte.

»Ihr hört von mir.« Lars Klar packte seine Sachen und stapfte durch den Schnee davon in die Dunkelheit. Nach wenigen Metern war er nicht mehr zu sehen.

»Verdammt.« Freiflug stampfte mit dem Fuß auf. »Wir müssen mehr aus dieser Marietta herauskriegen. Sie muss ihre Freundin identifizieren. Außerdem sollten wir Valeskas Wohnung durchsuchen.«

Neros Handy klingelte.

»Sigrun hier. Die Wohnung in Thalkirchen hat Gina Steinfelder gemietet. Kein Strohmann, nichts.«

»Besorgt euch einen richterlichen Beschluss und geht rein«, bestimmte Nero. »Die Tote im Englischen Garten ist Valeska Keim.«

Freiflug sah ihn von der Seite an, während sie zum Wagen gingen. »Grauenvoll«, sagte er. »Ich verstehe nur nicht, wie sich die Mädchen von der Drohung, Müller würde den Arbeitgebern Filmausschnitte zuspielen, dermaßen einschüchtern lassen konnten. Der Trash ist sowieso im Netz zu sehen.« Er schwieg eine halbe Minute, dann sagte er: »Wobei, wenn der Chef sich in eine Pornoseite klickt und Filme abonniert, wird er sich hüten, dies einer Untergebenen gegenüber auszuplaudern.«

Nero nickte. Er konnte nichts sagen. Nichts über die aufwühlenden Gefühle, die seinen Magen traktierten. Der Anblick des erfrorenen schmalen Körpers hatte in ihm die verzweifelte Sehnsucht geweckt, zu beschützen. Du bist nicht verantwortlich, sagte eine körperlose Stimme in seinem Kopf. Sie könnte von Jassmund kommen, von seinem Therapeuten oder sogar von ihm selbst. Was für ein Quatsch. Natürlich war er nicht verantwortlich, aber er spürte diese unsagbare Qual, dass er nichts hatte tun können. Dass das Schicksal ihm nicht den Zipfel einer Chance eingeräumt hatte. Dass er auf dieser großen Bühne des Lebens nicht einmal als Statist anwesend war, wenn das Entscheidende passierte. Und dass es immer noch niemanden gab, den er in seine Arme hätte schließen können. Obwohl er Kea umarmt hatte, aber das war etwas anderes gewesen. Nur ein Reflex.

Auch Freiflug hatte telefoniert.

»Die Anrufe von Mariettas Handy, die mit dem Pornokram zu tun haben, gingen allesamt auf gestohlene Handys.« Er überlegte. »Ich habe mal gehört, es gibt Freaks, die in der U-Bahn dem Nachbarn das Handy aus der Tasche ziehen, damit telefonieren und es zurückstecken, ohne dass es jemand bemerkt. Krass.«

Nero verstand, dass der Kollege seine Beklemmung abschütteln wollte. Sie stiegen ins Auto.

»Wir wissen nicht, ob Mister für Müller gearbeitet hat«, sagte Freiflug jetzt. »Das haben Sie doch vorhin gefragt.« Er sah auf die Uhr. »Kurz vor Mitternacht. Ich brauche was zwischen die Zähne. Wird eine lange Nacht werden. Mögen Sie Pizza?«

Nero nickte. Ein Gedanke nahm Gestalt an. »Sie wissen, wie Mister aussieht?«

»Klar. Wir haben Fotos.«

»Dann legen wir diese Bilder Kea Laverde vor. Sie hat außer Müller zwei weitere Personen in dem Wagen gesehen. Wenn einer von denen Mister ist …«

»… haben wir ein Bruchstück mehr«, bestätigte Freiflug. »O. k., machen wir.«

Nero zückte sein Handy.

61.

Andy Steinfelder starrt seine Frau an. Ja, sie ist seine Frau, aber sie scheint ihm so fern, ferner als jede Galaxie dort draußen hinter dem schwarzen Nachthimmel.

Gina sagt nichts. Sie dreht sich auf Jennys Schreibtischstuhl hin und her. Der Stuhl quietscht leicht. Jenny übernachtet heute bei ihrer Freundin Sissi in Haidhausen. Die beiden kennen sich vom Volleyball. Gina hat zugestimmt. Andy fühlt sich hintergangen. Natürlich soll seine Tochter bei einer Freundin schlafen dürfen. Bald beginnen die Weihnachtsferien, in der Schule ist nicht viel los, und es ist ja sowieso Wochenende. Aber allein mit Gina im Haus spürt Andy seine Unterlegenheit. Er braucht Jennys Anwesenheit, sie stützt seine Sicht der Dinge. Er und Jenny gegen Gina, so sieht es aus.

»Warum zeigst du mir das?«, fragt Gina. Sie ist sehr blass. Ihre Stimme ist gepresst und scharf.

»Du – Film!«, sagt Andy. Sein gelähmter Arm verkrampft sich noch mehr als sonst. Er hat den Eindruck, die ganze rechte Seite seines Körpers zöge sich zusammen wie ein Gummiband. Heute Abend wird er Gina nicht aus der Verantwortung entlassen. Sie soll ihm zum Teufel noch mal erklären, was das alles zu bedeuten hat. Warum der Masseur tot ist. Ermordet.

»Tot!«, donnert Andy.

Ginas Gesicht wird grau. Ihre Lider ziehen sich zusammen, sie fährt sich mit der Hand durchs Haar, und Andy sieht, wie sie zittert.

»Warum!« Seine Stimme überschlägt sich und seine geballte linke Faust rast auf Jennys Schreibtisch herab. Gina fährt zusammen, ihre Hände krallen sich in ihren Blusenkragen. Sie steht schwankend auf. Aber sie fängt sich, eilt aus dem Zimmer. Andy kommt ihr nach, die Wut verleiht ihm Kraft. Sein rechtes Bein gehorcht leidlich.

»Du gehst nicht!«, schreit er und hält inne. Seit wie

vielen Monaten hat er den ersten Satz gesprochen? Nicht dass er erklären könnte, was ein Satz ist, aber er weiß es noch, was dazugehört, damit es einer ist. In der Schule haben die Lehrer sie mit den Fachausdrücken gequält, an die erinnert Andy sich nicht, aber es gibt noch dieses andere Wissen in ihm. Er weiß, wann das, was er sagt, korrekt ist, und wann er Fehler macht. Er identifiziert die Fehler sogar. Aber er kann sie nicht ausbessern.

»Lass mich in Ruhe, Andy!«, sagt Gina. Ihre Stimme ist fahl wie das Licht, das aus dem Wohnzimmer dringt. Andy drückt auf den Lichtschalter. Im Treppenhaus flammen die Lampen auf.

»Warum?«, brüllt Andy. Er macht die fehlende Ausdrucksfähigkeit durch Lautstärke wett.

»Schrei mich nicht an.«

Andy kann nicht anders. Er greift nach Ginas Arm. Sie wirbelt zu ihm herum.

»Wag es nicht!«

Ihre Gesichter sind einander ganz nah. Andys Herz schlägt Dschungelrhythmen. Er spürt es gegen sein Brustbein hämmern, sein Atem rast, er keucht in Ginas Gesicht, sieht die Haarsträhnen fliegen, sieht ihren Ekel. Er schlägt zu. Sie greift sich an die Wange.

»Du Schwein.« Sie sagt es leise, wiederholt es, sagt, »du Schwein du Schwein du Schwein«, dreht sich um und läuft ins Schlafzimmer.

Andys Kräfte lassen nach. Er beobachtet Gina, wie sie einen Koffer packt. Er hat solche Szenen in Hunderten von Filmen gesehen. Sie kamen ihm theatralisch und überkandidelt vor.

»Ich halte das nicht mehr aus«, murmelt Gina und kippt den Inhalt ihrer Wäscheschublade in den Koffer. »Ich halte es nicht mehr aus. Die Arbeit. Den Stress. Du hier zu Hause wie ein Drache, der alles bewacht. Du und Jenny in eurer trauten Einigkeit.« Sie trommelt mit den Fäusten auf die Wäsche. »Ich hasse es, immer draußen zu stehen. Ich habe alles für dich getan, Andy, alles. Dank habe ich nie erwartet. Aber Rücksicht«, Gina flüstert jetzt, »Rücksicht schon.«

Andy versteht sie nicht. Wieso Rücksicht? Worauf sollte er Rücksicht nehmen? Er ist ein behinderter Volltrottel, so jedenfalls sieht ihn die Außenwelt, und Gina bleibt nur mit ihm zusammen, weil es sich nicht gehört, einen vom Schicksal dermaßen gebeutelten Mann zu verlassen. Das will Andy ihr sagen. Er macht den Mund auf. Wenn er sich nur konzentriert, langsam vorgeht, Schritt für Schritt die Wörter auswählt, sie in eine Reihenfolge bringt und seinem Mund befiehlt, sie auszusprechen – kann er dann nicht doch einen Satz bauen? Du kannst nicht gehen, will er sagen. Du musst mit Jenny sprechen. Es liegt in deiner Hand. Ich kann es nicht tun. Du musst sie fragen, warum sie Pornos auf ihrem Rechner hat. Wo sie die her3hat. Und du musst mit ihr darüber sprechen, wer der Mann ist, der dich massiert hat, und der jetzt tot ist. Sie ist dir nachgegangen. Sie hat dich gefilmt, Gina, sie ist deine Tochter, unsere Tochter, die viel mehr mitmachen und durchhalten muss als ihre Schulfreundinnen. Weil ich ein nichtsnutziger Vater bin, ein stummer, bewegungsloser Sack, der in diesem Haus morsch wird.

»Ko… koko… ko… li…« Entsetzt presst Andy

die Hand auf seine Lippen. Es muss der Stress sein, der ihm auch noch die letzten funktionsfähigen Silben nimmt. »Ko… ki… ko… kokoko!« Mehr kommt nicht. Andy taumelt, spürt den Schrank hinter sich, lehnt sich an, rammt mit plötzlicher Verzweiflung seinen Kopf dagegen, wieder und immer wieder. Das Krachen hört er kaum, bis Gina ihn am Hosenbund packt und wegzieht. Etwas Warmes rieselt in seinen Nacken.

62.

Das heiße Wasser umspielte meinen Körper. Genießerisch blies ich in den nach Mango duftenden Badeschaum. Die Wut in meinem Bauch verflachte zu einem müden Tier, das sich schließlich zusammenringelte und einschlummerte.

Der Zorn, der in mir gewütet hatte, bedeutete nur, dass Julianes Worte zutrafen. Für diese Erkenntnis war ich empfindsam genug. Ihre Bemerkung, ich hätte etwas mit den Frauen in Müllers Filmen gemeinsam, hatte mich erschreckt. In der wonnigen Wärme in Julianes Badezimmer wurde mir klar, was sie gemeint hatte. Wer sich Qualen zufügen ließ, war in den Tiefen der eigenen Seele überzeugt, sie verdient zu haben. Es ging nicht nur um Schmerzen aus der Hand anderer. Jeder Mensch entwickelte ein gewisses Talent, sich selbst zu quälen. Wenn ich ehrlich auf die vergangenen zweieinhalb Jahre meines Lebens blickte, konnte ich zugeben, dass ich mich verhärtet und gegen jegliche Zuneigung, die mehr als Freundlichkeit war, abgeschottet hatte. Das Eingeständnis tat mir gut. Die Fesseln, die mein Inneres so viele Monate geknebelt hatten, lockerten sich. Unter Wasser tastete ich nach den Narben. Sie schnürten wie Stricke in die weichen Rundungen meines Körpers und verzogen die Silhouette meiner rechten Seite. Selbst unter Wasser fühlten sie sich hart an. Es wäre schön, nur körperliche Narben zu haben, dachte ich. Die seelischen sah niemand. Ich selbst leugnete sie am effektivsten.

Es war noch ein Gedanke da, der mich unmittelbar quälte.

»Juliane?«, rief ich.

Sie kam herein. Im Dunst des heißen Wassers sah ihre schmale Silhouette gespenstisch aus.

»Carlo wusste, wo mein Zweitschlüssel versteckt war, Juliane. Er hat die Handwerker reingelassen und nicht abgeschlossen. Nur die Haustür zugezogen.«

Wir sahen uns eine Weile an. Juliane nahm ein Handtuch vom Heizkörper. Ich kletterte aus der Wanne und ließ zu, dass sie mich einwickelte wie ein Kind.

»Ich rufe ihn an«, sagte ich, während Juliane mein Haar bürstete. Sie ging, um das Telefon zu holen, einen altmodischen Apparat mit einem meterlangen Kabel. Ich wählte. Es war fast Mitternacht. Carlos Rushhour. Juliane hielt ihr Ohr dicht gegen meines.

»Carlo hat heute Abend abgesagt«, erklärte Martin, der Kellner im Piranha, gehetzt. »Angeblich ist er krank. Wir mussten in null Komma nix Ersatz herkriegen.«

Juliane und ich sahen einander an.

»Ich fahre zu Carlo«, sagte ich schließlich, obwohl ich mich fühlte, als wäre ein warmes Bett der einzige angemessene Aufenthaltsort für mich.

»Ich komme mit«, bestimmte Juliane.

63.

Das Sträßchen nach Seelbach war nicht geräumt. Die Sträucher und Bäume am Straßenrand ächzten unter ihrer Schneelast. Schwer beladene weiße Arme streckten sich nach uns aus. Hustend steuerte ich den Alfa über die Schneepiste. Die Hinterräder rutschten immer wieder weg. Dieser Ausflug war eine Schnapsidee. Wir hielten vor Carlos Haus.

»Bleib im Wagen!«, befahl Juliane. Sie kletterte über Schneehaufen und schlitterte den Weg bis zu Carlos Haustür. Sein Haus lag im Dunkeln. Auch sein Auto war nicht zu sehen. Juliane bahnte sich einen Weg um das Grundstück. Ich sah sie um die Terrassenecke verschwinden und stieg ebenfalls aus, die Kapuze meines Anoraks tief in die Stirn gezogen. Mein Hals tat entsetzlich weh. Ich konnte kaum schlucken.

»Juliane?«

Ich musste auf der Rückfahrt an einer Apotheke mit Nachtdienst halten, um Halsbonbons und ein Mittel gegen Grippe zu kaufen. Anschließend würde ich mich mit einer Wärmflasche auf Julianes Sofa einrichten.

»Alles still!«, rief Juliane gegen den Wind, indem sie sich einen Weg zurück zum Auto bahnte. »Was jetzt?«

»Sein Wagen ist weg. Er ist nicht zu Hause. Lass uns heimfahren, Juliane.«

Ihr mitleidsvoller Blick rührte mich. Sie legte kurz ihre Hand auf meinen Arm und sagte: »Na, komm!«

Kurz vor Ohlkirchen trällerte mein Handy.

»Laverde?«, krächzte ich.

»Nero Keller. Frau Laverde, ich habe ein wichtiges Anliegen. Wir hätten hier ein Foto von einem Kontaktmann, könnte eine Spur zu Ihrem Müller sein. Wäre es möglich, dass Sie vorbeikommen und sich das Bild ansehen?«

»Könnten Sie das per Mail schicken?« Ich hustete. Mir fiel ein, dass Juliane nicht einmal einen Computer hatte, und die Vorstellung, in mein verwüstetes Haus zurückkehren zu müssen, fühlte sich auch nicht besonders ermunternd an.

»Das geht. Das heißt, es gibt noch ein zweites Foto. Von dem Komplizen, der mit Kugler im Piranha war. Vielleicht erkennen Sie den auch wieder.«

Ich diktierte ihm meine Mailadresse und wendete den Wagen.

»Spinnst du? Du gehörst ins Bett«, schimpfte Juliane.

»Es dauert nicht lang. Ich muss nur diese Mail ansehen.«

Juliane schrie auf, als ein Schneepflug mit grell blinkendem Warnlicht knapp an uns vorbeirasselte.

64.

Andy steht in dem leeren Haus. Er ist das Alleinsein nicht gewöhnt. Er kann die Stille ertragen, wenn er nur aufstehen und in ein anderes Zimmer gehen muss, wo jemand Hausaufgaben macht oder Marmorkuchen backt. Er zittert. Allmählich dringt der Schmerz aus seinem Hinterkopf in sein Bewusstsein vor. Er tastet seinen Nacken ab und spürt Blut, schon halb geronnen, zwischen seinen Fingern. Erschöpft lässt er sich auf die unterste Treppenstufe sinken und sitzt da, wartet ab. Heute Nacht wird niemand zurückkommen. Nicht Gina und nicht Jenny. Gina wird überhaupt nicht mehr kommen. Ein Anwalt wird einen Brief schreiben, den er nicht lesen kann, aber er wird wissen, was da steht. Andys rechte Hand zittert. Sein Rücken schmerzt von den Verkrampfungen in seiner rechten Seite. Er denkt an den toten Mann mit dem entsetzten Gesicht, dessen Blut er noch klebrig unter seinen Fingern spürt.

Das Telefon klingelt. Erschrocken hebt Andy den Kopf. Als es nicht zu läuten aufhört, zieht er sich am Geländer hoch und tappt ins Wohnzimmer. Nimmt den Apparat und murmelt »Ja«, überwältigt von dem Gefühl, dass seine wenigen Worte ihm wieder gehorchen.

»Ist Jenny da?«, fragt eine unbekannte Stimme.

»Wer?«, fragt Andy. Er will wissen, wer da spricht, aber der andere versteht falsch.

»Jenny!«

»Nein.«

»Wo ist sie?«

»Wer? Hallo?«

»Jenny. Wo ist Jenny denn mitten in der Nacht?«

Andy will auflegen. Er kennt den Kerl nicht, aber seine Sprache entscheidet wie so häufig von selbst. »Sissi Schmidt«, sagt er und starrt noch auf das Telefon in seiner Hand, als der andere längst aufgelegt hat.

65.

Ich bemühte mich redlich, keine Notiz von dem zersplitterten Parkett und dem entzweigeschlagenen Schreibtisch zu nehmen, als ich meinen Laptop an den Router anschloss und hochfuhr. Juliane patrouillierte durchs Haus. Ich hörte sie empört vor sich hinmurmeln.

Zum Glück funktionierte die Elektronik noch, die Eindringlinge waren nicht auf den Trichter gekommen, das Kästchen inklusive Kabel zu zertrümmern. Ich rief meine Mails auf und entdeckte sofort eine datenschwere Nachricht mit Anhang in der Posteingangsbox. ›Mister.jpg‹. Das Foto eines Mannes baute sich vor mir auf. Die Körnung war grob, jemand hatte ihn aus großer Entfernung abgelichtet, aber ich war mir dennoch sicher und tippte Kellers Nummer.

»Keller?«

»Mister ist Müllers Kumpel. Der Mann, der mich in den Wagen stieß.« Zu genau erinnerte ich mich an sein grinsendes, selbstzufriedenes Gesicht. Er hatte meine

Angst gespürt. Ihm war förmlich das Wasser im Mund zusammengelaufen.

»Wissen Sie seinen Namen?«

»Nein.«

»Gut. Nein, nicht gut. Aber immerhin haben wir einen Anhaltspunkt mehr. Was ist mit dem zweiten?«

Ich klickte die Datei ›Lehr.jpg‹ an. Ein Passbild öffnete sich. Ich strengte meine grauen Zellen an. War das der Mann auf Jennys Video? Der Kerl in dem schicken Mantel in Thalkirchen? Hatte ich den im Piranha gesehen?

»Ich weiß nicht«, gab ich zu. »Es kann sein, dass Lehr im Piranha war. Oder auch nicht.«

»Vielleicht hat er sein Aussehen verändert.«

»Vielleicht.«

Keller zögerte. »Sind Sie krank?«

»Hört man das?«

»Wo sind Sie denn!«

»Bei mir zu Hause, wo sonst! Juliane hat nur einen uralten Telefonanschluss mit einer Buchse von Anno Tunichtgut. Und W-LAN hat Ohlkirchen noch nicht gesehen.«

»Bleiben Sie nicht in Ihrem Haus. Bitte, Frau Laverde.«

»Nein, sicher nicht, Herr Kommissar. Wir fahren jetzt zu Juliane und schließen die Tür hinter uns ab. Tschüss.«

Ich legte auf. Ich ahnte noch nicht, dass mir keine Zeit bleiben würde, um Julianes Wohnungstür hinter mir abzusperren.

66.

Markus Freiflug und Nero Keller begleiteten Marietta Soltau durch die gekachelten Gänge. Sie sieht so schmal aus, dachte Nero, als er ihr die Tür in den nächsten Korridor aufhielt. Lars Klar wartete schon. Aus den Augenwinkeln erhaschte Nero einen Blick auf die Zettel an der Tür zur Pathologie. ›Sehr geehrte Bestatter, über die Weihnachtsfeiertage gelten Sondertermine für die Leichenabholung‹.

Valeskas Leiche lag bedeckt auf einem Tisch.

»Danke, dass Sie noch heute Nacht kommen konnten«, sagte Markus Freiflug zu Marietta. »Es ist wirklich wichtig.«

So wichtig, dass wir die Nacht durcharbeiten, überlegte Nero. Warum eigentlich. Nur wegen der berühmten 48 Stunden nach einem Mord? Den zwei Tagen, in denen die unverzichtbaren Dinge getan werden müssen, damit die Spuren und der Täter sich nicht in Luft auflösen? Sein Leben bestand neuerdings aus zu vielen Fragen.

»Sind Sie so weit?«, fragte Klar. Marietta nickte. Der Rechtsmediziner zog das Tuch vom Gesicht der Toten.

Marietta wimmerte. Tränen schossen in ihre Augen. Sie wischte sie weg, hob den Blick, sah der Reihe nach alle drei Männer an und sagte: »Ja. Das ist Valeska.«

Während Klar das Tuch über Valeskas Gesicht breitete, sagte Freiflug: »Kommen Sie. Ich bringe Sie nach Hause.«

Marietta ging ein paar Schritte, mit erhobenem Kopf, und Freiflug berührte sie sacht am Ellenbogen. Plötzlich bäumte Marietta sich auf, fing an zu schreien und auf Freiflug einzuschlagen. Freiflug behielt die Kontrolle. Er fasste Marietta an den Schultern und sprach mit ihr, während er sie nach draußen führte.

»Sie haben sie mit Elektroschocks gefoltert«, sagte Klar, als die Tür hinter Freiflug und Marietta ins Schloss gefallen war. »Der Vibrator hat Stromstöße in ihre Scheide abgegeben. Seltsam, dass sie den haben stecken lassen, als sie von ihr abließen.« Er überreichte Keller eine Tüte. Beim Anblick der Kabel würgte es Nero. »Sonst kann ich nur sagen, dass sie erfroren ist. Allerdings gibt es auch ein paar andere Folterspuren. Striemen am Gesäß, wahrscheinlich durch ein schnalzendes Gummiband verursacht, Abschürfungen an den Hand- und Fußgelenken. Das linke Handgelenk ist angebrochen. Sie wurde gefesselt. Ich schätze, mit Metallspangen. Hat sich gewehrt. Tja.«

Während Klar sprach, dachte Nero an Kea. Komischer Name, überhaupt. Es gab eine neuseeländische Vogelart, die so hieß. Er wünschte, sie wäre schon sicher in der Wohnung ihrer ausgeflippten Freundin. Ganz kurz sah er sie vor sich. Die dunklen Augen, den wippenden Pferdeschwanz. Ihm fiel ein, dass er sich noch nicht darum gekümmert hatte, Karl Schöll ein Foto von Lehr zu zeigen und ihn zu fragen, ob er der zweite Mann neben Kugler am Samstagabend im Piranha gewesen war. Oder hatte Jassmund das machen wollen? Kea Laverdes Bild verschwamm, und die weißen Wände, die Stahltische und die an die Kacheln geklebten Merkzettel drängten sich zurück in seine Wirklichkeit.

67.

Meine Hände zitterten, als ich den Motor abstellte. Kurz lehnte ich meinen Kopf gegen die Kopfstütze.

»Du gehörst ins Bett, Mädchen«, sagte Juliane knapp. »Ich bringe dich rauf, fahre zur Apotheke und besorge dir Medikamente.«

Ich winkte ab. Ein heißer Tee würde mir erst einmal genügen, eine Wärmflasche und ein kuscheliges Sofa, vielleicht eine blödsinnige Fernsehsendung dazu. Etwas, das mir half, abzuschalten.

»Sag mal, wenn das jetzt noch mal dein Kommissar ist, kann er was erleben«, schnaubte Juliane.

Ich wandte verwundert den Kopf. Sie hielt mein Handy in der Hand. Ich hatte es nicht klingeln hören, nahm es ihr ab und drückte auf die grüne Taste.

»Laverde?«

»Kea … ko… Gina … weg! Jenny … Telefe… Tefolo… fon!«

»Andy?«, fragte ich und stellte den Lautsprecher an.

»Ja … Gina … Telefolon … folon … sofort Jenny!«

Ich verstand zwar nicht, was er mir sagen wollte, aber

ich hörte die Panik in seiner Stimme, und ich sah Julianes Gesicht an, dass sie dasselbe dachte wie ich.

»Ich komme, Andy«, sagte ich. »In einer knappen Stunde bin ich bei Ihnen.« Das war's dann mit meinem Fernsehfilm.

»Der Mann ist völlig fertig«, bemerkte Juliane, als ich den Motor wieder anließ. Das schätzte ich an ihr. Sie setzte Prioritäten. Hackte nicht auf mir herum, weil ich mit meinem Husten und dem geschwollenen Hals durch die Nacht geistern wollte. »Soll ich fahren?«, fragte sie nur.

»Schon gut. Ich bin o. k.«

68.

»Nero?« Es war Jassmund. »Arbeitest du noch?«

»Ja.« Keller wischte sich die Stirn. »Und du?«

»Morgen ist Samstag. Ich hänge im Internet und schaue mir Rechner an. Suche einen bezahlbaren als Weihnachtsgeschenk für Philipp.«

Jäh durchflutete Nero das schlechte Gewissen. Er hatte Jassmund versprochen, nach einem brauchbaren Computer für seinen Sohn Ausschau zu halten.

»Nebenbei habe ich versucht, Schöll zu erreichen«, fuhr Jassmund fort. »Wegen des Fotos von Lehr. Du weißt schon.«

»Ja.« Nero, der noch kein eigenes Büro hatte, hockte im Besprechungszimmer und sortierte seine Notizblätter.

»Im Piranha haben sie mir gesagt, er sei krank.«

»Was?«

»Er hat angerufen, nachdem der Club schon geöffnet hatte, und sich entschuldigt. Sie haben in aller Eile einen Ersatz organisiert.«

»Geht das denn?« Nero dachte an die sehr speziellen Drinks, die im Piranha geschüttelt und gerührt wurden. Ihm fiel ein, dass bisher niemand vom LKA mit Kea gesprochen hatte. Immerhin war sie kurz vor dem Mord noch bei Andy gewesen. Irgendwie war das untergegangen.

»Ich habe bei ihm zu Hause angerufen. Mehrmals«, machte Jassmund weiter. »Aber er ging nicht an den Apparat. Auch nicht an sein Handy.«

»Wenn er krank ist …«

»Ich habe noch mal im Piranha angerufen. Karl Schöll war noch nie krank, seit er dort arbeitet. Er kommt sogar mit Schnupfen und Husten, schluckt Medizin und hält durch. Er hat nie gefehlt!«

Nero überlegte fieberhaft.

»Gestern hat er bei Ke… Frau Laverde die Handwerker ins Haus gelassen, damit sie das zerstörte Fenster richteten.«

Sie schwiegen beide.

»Danke, dass du mich angerufen hast«, sagte Nero schließlich.

»Wir bleiben in Verbindung«, bestätigte Jassmund, und Nero hörte die Wehmut in der Stimme seines alten Kollegen.

SAMSTAG

69.

In der Villa der Steinfelders herrschten arktische Temperaturen. Vielleicht lag es auch an meiner Erkältung, dass ich bibberte wie ein geschlagener Hund. Wir hockten auf Andys ledernem Wohnzimmersofa. Julianes Anwesenheit nahm er kaum zur Kenntnis. Die Minuten zogen sich in die Länge, während Andy völlig aufgelöst Bruchstücke seiner Geschichte hervorbrachte. Mein Kopf dröhnte. Wenigstens begriff ich, dass Andy und Gina sich gestritten hatten. Er hatte ihr die Filme gezeigt, und sie war ausgerastet. Aber die Sache mit dem Telefonat kapierte ich nicht. Andy mühte sich nach Kräften, uns zu erklären, was passiert war, dann stand er unvermittelt auf und hinkte hinaus. Ich hörte die Badezimmertür zuschlagen. Juliane wanderte im Zimmer auf und ab.

»Sag mal, ist die Heizung ausgefallen?«, fragte ich halblaut. »Mir ist saukalt.«

»Das ist doch klar wie Kloßbrühe«, sagte Juliane, ohne auf meine Frage einzugehen. »Der Mann am Telefon, der sich nach Jenny erkundigt hat, hat es auf sie abgesehen.«

Ihr Gehirn war nicht mit Grippeviren verseucht, deshalb dachte sie effektiver als ich. Es konnte nicht schaden, wenn ich mich auf sie verließ.

»Johannes Lehr, oder Jean, wie er sich den Mädchen vorgestellt hat, ist diesem Müller in die Quere gekommen. Müller räumte Lehr aus dem Weg. Aber Gina als Lehrs Komplizin ist noch da. Und wie kommt man der am besten bei? Über die Tochter.«

Ich begann zu schwitzen. Mein Körper sonderte flüssige Angst ab.

»Andy«, rief ich und trat auf den Flur. »Haben Sie dem Anrufer gesagt, wo Jenny ist?«

Andy kam aus dem Bad. Sein Gesicht glänzte feucht. »Sissi Schmidt«, sagte er.

»Ist das Jennys Freundin?«

Er nickte.

»Wir müssen Jenny abholen, Kea!«, rief Juliane.

»Es ist 1 Uhr. Mitten in der Nacht«, wandte ich ein.

»Na und? Der Kerl hat schon über eine Stunde Vorsprung. Haben Sie Sissis Adresse?«

»Ha … Ha …«

»Wir fahren hin, Kea. Sie wissen den Weg, Andy?«, fragte Juliane in ihrer bewundernswert praktischen Art.

Andy nahm seinen Anorak unter den Arm und riss die Haustür auf. In dem hereindringenden Kälteschwall fing ich an zu zittern.

70.

Juliane steuerte den Alfa nach Andys Vorgaben sicher durch die schlafende Stadt. Der Schnee machte die Metropole still. Ab und zu überholten wir einen Schneepflug. Mir war so kalt, dass ich die Heizung voll aufdrehte und mir meinen Schal um den Kopf wickelte. Irgendwo hatte ich gelesen, dass die meiste Körperwärme über den Kopf entwich.

Sissi Schmidt wohnte in Haidhausen. Falls ich mich doch irgendwann durchringen sollte, in München zu leben, würde ich mich für Haidhausen entscheiden. Ein schöner, normaler Stadtteil. Kein Schickimicki-Gehabe. Kleinstädtisch und gemütlich. Hier baumelten samstags morgens die Brötchentüten an den Fahrradlenkern. Manchmal, im Frühsommer, liebte ich es, an Samstagen noch vor neun mit der Tram durch die Stadt zu schaukeln. Wenn die echten Münchner unterwegs waren, die noch echtes Münchnerisch sprachen. Einfach rauszugucken und zu fahren und schließlich irgendwo in einem kleinen Café in Haidhausen zu ankern. Zeitung zu lesen und auf dem Markt am Wiener Platz Gemüse zu kaufen.

Andy dirigierte uns in die Preysingstraße. Schräg gegenüber lag die Sankt-Johannes-Kirche, und auf der anderen Seite eine Kneipe. Ein Grüppchen Leute stand davor und tratschte. In vielen Fenstern blinkte Weihnachtskitsch. Juliane hielt vor einer Litfaßsäule.

»Bleib im Wagen«, sagte sie, aber sie konnte mich mal. Ich wollte an die Front. Ich war Andys Ghost, auch wenn ein geringfügiger Nebengedanke sich gerade meldete, um mir mitzuteilen, dass dieser nächtliche Einsatz nichts mit Andys Lebensgeschichte und meinem Auftrag zu tun hatte.

Wir klingelten bei Schmidts. Sie wohnten im Vorderhaus von Nummer 22. Juliane presste ihren Daumen eine gute Minute auf den Klingelknopf und erläuterte Sissis Mutter, die nach einer kurzen Debatte die Tür öffnete, was uns hergeführt hatte.

»Aber dann ...« Frau Schmidt blinzelte kurzsichtig, »müssen wir die Polizei rufen!«

»Das erledige ich«, krächzte ich. Meine Stimme wurde von Stunde zu Stunde brüchiger. Morgen würde ich keine Silbe mehr sprechen können. Ich wählte Kellers Handynummer.

»Scheiße, verfluchte!«

»Was ist?«, fragte Juliane.

»Er hat nur die Mailbox an.« Ich erklärte so knapp wie möglich, was bei Andy passiert war, was wir uns zusammengereimt hatten, und wo wir waren. »Wir bringen Jenny jetzt heim«, sagte ich und legte auf.

Kaum hatte ich das Handy weggesteckt, meldete der zweimalige Signalton eine eingehende SMS.

›Kea, ich habe Mist gebaut. Melde dich bei mir. Carlo.‹

Dann geschahen eine Menge Dinge gleichzeitig. Jenny und Sissi wachten auf, stürmten in ihren Schlafanzügen auf den Korridor. Andy drückte seine Tochter an sich. Juliane erklärte zum zweiten Mal die Situation. Frau Schmidt übertönte sie mit einem hektischen: »Aber was wird aus uns, aus Sissi und mir?«

»Vielleicht sollten Sie alle mitkommen«, sagte Juliane. »Wenn Müllers Leute hier hereinschneien, um Jenny zu holen …«

»Juliane?«, murmelte ich und hielt ihr das Handy hin. Sie las Carlos Nachricht.

Wir sahen uns für Sekunden an, bevor Juliane in die Hände klatschte und sagte: »Wir fahren alle zusammen.«

Dankbar sah ich sie an. Wie gut, dass sie die Initiative ergriff. Als meine Knie nachgaben, lehnte ich mich an die Wand und rutschte in die Hocke. Keiner achtete auf mich. Ich gab die Kurzwahl zu Carlos Handy ein und wartete.

›Der gewünschte Gesprächspartner ist zurzeit nicht erreichbar.‹

71.

»Es ist nach zwei«, seufzte Freiflug. »Wir sollten Schluss machen. Sehr viel mehr können wir heute Nacht nicht mehr tun.«

Nero sank in seinem Stuhl zurück und schloss fur ein paar Sekunden die Augen. Die Müdigkeit war in Aktionismus umgeschlagen. Er fühlte seinen Puls beschleunigen. In ihm verstärkte sich die Angst, dass gerade jetzt etwas Schreckliches geschehen könnte. Dankbar registrierte er das Klopfen an der Tür, denn schlafen würde er ohnehin nicht können. Besser, er schuftete bis zum Morgen durch, so lange, bis die Erschöpfung ihm keine andere Wahl ließ, als sich auszuruhen. Sigrun West wirbelte herein.

»In Flughafennähe ist ein Lieferwagen aufgefallen! Es gab einen Unfall, der Lieferwagen landete im Graben. Der Fahrer ist getürmt, bevor die anderen Beteiligten noch ›Piep‹ sagen konnten. Als die Kollegen das Auto überprüften, fanden sie Blutspuren.« Sigrun sah Freiflug, Nero und Köster an. »Viel Blut.«

»Testen!«, befahl Freiflug sofort. Nero fragte sich, wie es kam, dass er als der Jüngste im Team sich eine derartige Autorität erarbeitet hatte.

»Ist schon in die Wege geleitet. Allerdings, um diese Zeit …«

»Verflucht, hol die Leute aus dem Bett!« Freiflug funkelte Sigrun an. Er war ihr Freund, dachte Nero. Er und Sigrun hatten ein Verhältnis, es ging in die Brüche, und seitdem hassen sie einander.

»Hier!« Sigrun warf Nero sein Handy zu. »Das lag bei mir im Büro. Sie haben es wohl vergessen, als Sie vorhin die Mail von meinem PC abschickten.«

Nero fing das Telefon auf und steckte es in sein Sakko.

72.

»Ihr könnt rauskommen«, wisperte ich in mein Handy. »Es ist niemand zu sehen.« Der Schnee knirschte unter meinen Stiefeln. Die Gesellschaft, die vor der Kneipe herumgestanden hatte, war von dannen gezogen. Stille schwang zwischen den Häusern im Franzosenviertel. »Steigen Sie ein, Andy«, raunte ich ihm zu. Die Nacht trug die Stimmen unwirklich weit. Ich ließ den Motor an. Nach dem Schwächeanfall oben in der Wohnung fühlte ich mich unerwartet besser. Mir war nicht mehr so kalt, und das Brummen in meinem Kopf klang auf ein erträgliches Maß ab. Angespannt sah ich in den Rückspiegel. Da kam Juliane mit den beiden Mädchen im Schlepptau. Hinter ihnen lief Frau Schmidt, geduckt, wie in einem von diesen Krimis italo-französischer Machart aus den 70ern. Bestimmt bog gleich Lino Ventura um die Ecke.

»Rein mit euch!« Sie quetschten sich zu viert auf die Rückbank. Ich fuhr an, kaum dass sie die Tür zugeschlagen hatten.

»Siehst du jemanden?«, fragte Juliane.

»Nein. Andy, helfen Sie mir. Ich habe keinen guten Orientierungssinn. Wie kommen wir am schnellsten zu Ihnen nach Hause?«

»Halten Sie es für eine vernünftige Idee, wenn wir zu Steinfelders fahren?«, meldete sich Frau Schmidt. »Was, wenn diese Leute in Bogenhausen schon auf uns warten?«

»Warum sollten sie? Andy hat ihnen gesagt, dass Jenny bei einer Freundin ist. Sie werden versuchen, dorthin zu kommen«, widersprach Juliane.

Irgendwie entging mir der zentrale Punkt von allem. Ich musste es noch mal bei Keller versuchen.

»Sollten wir besser zu dir fahren, Juliane?«, fragte ich, während mein Daumen schon über den Tasten schwebte.

»Zu mir?«

Mein Handy klingelte, und ich ging dran.

»Laverde?«

»Kea? Hörst du mich? Hier ist Carlo.«

Mir stockte der Atem. Schlitternd kam der Alfa an einer roten Ampel zum Stehen. Der Schnee fiel dichter. Ich schaltete die Scheibenwischer auf höchste Stufe.

»Ich muss mir dir reden.«

»Dann mach's.«

»Nicht am Telefon.«

»Verflucht, Carlo, im Moment passt es gar nicht. Was ist denn los?«

»Sie haben mich gezwungen. Ich wollte das nicht.«

»Fahr, es ist grün«, schnappte Juliane von hinten.

»Wer hat dich wozu gezwungen?«

»Wo bist du jetzt, Kea?«

»Das geht dich nichts an. Sag mir lieber, was da für ein Ding läuft.«

»Die haben mich am Haken. Die haben mich gezwungen, deinen Schlüssel rauszugeben.«

Ein Hustenanfall raubte mir den Atem.

»Wer sind ›die‹?«, keuchte ich.

»Ich hatte da eine saublöde … Kea, es tut mir leid …«

»Mein Haus liegt in Trümmern, Carlo.« Ich sah in den Rückspiegel. Bildete mir ein, dass uns jemand folgte, und hielt am Straßenrand. Der BMW, der dicht aufgefahren war, überholte.

»Das … habe ich nicht gewollt.«

Ich wusste nicht, was ich dazu sagen sollte. »Arbeitest du für Müller?«

»Für wen?«

»Für einen Kerl, der sich Müller nennt und Pornos produziert?« Hinter mir hörte ich Frau Schmidt aufstöhnen.

»Kea, bei meiner letzten Arbeitsstätte habe ich Mist gebaut. Richtigen Mist. Mona, die Restaurantchefin, meinte, sie könne mir einen neuen Job besorgen, weit genug weg von allem, nur dass ich für sie bereitstehen müsse, wenn mal was wäre.«

Ich überschlug, was Keller mir über Carlo erzählt hatte.

»Und das hat zwei Jahre gedauert?«

»Sie hat mich damals angezeigt. Aber da war nichts dran, Kea, nichts. Sie hat es gemacht, um mich unter Druck zu setzen. Ich habe sie niemals vergewaltigt. Bitte, glaub mir!«

»Fällt mir schwer.«

»Kea, nun fahr schon!«, fuhr mich Juliane an. »Kaffeekränzchen mit Carlo findet ein andermal statt.«

Dumpf pochte mein Schädel. Ich hatte Durst. Die Erkenntnis, von Carlo verraten worden zu sein, sickerte erst nach und nach zu mir durch.

»Ich habe jetzt keinen Nerv für deine Rechtfertigungen«, sagte ich.

»Ich habe die Arbeit abgesagt, um euch zu beschützen.«

»Hast dir lange Zeit gelassen, um mir Bescheid zu sagen.«

»Kea, ich ...«

»Leave me alone.«

73.

Sie waren vor einer knappen Stunde auseinandergegangen. Nero hockte an einem Rechner im Besprechungszimmer und arbeitete sich durch die Materialien zum Fall, die Freiflug ihm dagelassen hatte. Seine Augen brannten.

»Keller?« Köster trat ein, in den Händen einen Becher Kaffee und eine CD. »Sie sollten sich das anschauen.« Ohne Neros Reaktion abzuwarten, schob er die CD in den Schlitz. »Ich habe bei These-Girls herumgesucht und die Filme gecheckt, die zuletzt eingestellt wurden.«

Die beiden Männer starrten auf den Bildschirm. Sie sahen Valeska, die nackt in einem Keller gefangen war. Sie kniete auf dem Steinboden, Hand- und Fußgelenke steckten in im Boden eingelassenen Spangen. Die Kamera zoomte näher und zeigte in Großaufnahme die geschwollenen Hände.

»Wie lange?«, fragte Nero. »Wie lange hockt sie da schon?«

»Vier Stunden.« Köster wies auf eine Digitalanzeige am unteren Bildschirmrand. »Hier wird die Echtzeit angezeigt.«

Valeska versuchte, ihrer Erschöpfung nachzugeben und sich wenigstens auf ihre Fersen zu setzen, aber der Winkel, in dem sie gefesselt war, verhinderte diese Bewegung.

»Wenn ihre Kraft nachgelassen hätte, wenn sie umgekippt wäre, hätte sie sich Hand- und Fußgelenke gebrochen«, sagte Köster.

»Konnten Sie rauskriegen, wer sich die Filme runtergeladen hat?«

»Wir sind dran.« Er verließ das Besprechungszimmer.

Nero stand auf, stieß den Stuhl zurück. Ein Kaffee wäre jetzt genau das Richtige. Gedankenverloren klappte er sein Handy auf. Unvorsichtig, es in einem anderen Büro zu vergessen. Das passierte ihm sonst nie. Er sah auf das Display. »Verdammt!« Das Symbol für ›Anruf verpasst‹ blinkte. Hektisch wählte er seine Mailbox an. Hörte Keas Stimme. Für Sekunden wurde ihm schwarz vor Augen. Er stürmte aus dem Zimmer.

74.

Wir hielten in Bogenhausen. Die Steinfelder-Villa lag im Finstern, und verständlicherweise hatte keiner von uns Lust, das warme Auto gegen die Dunkelheit und Kälte zu tauschen.

»Na los«, bestimmte Juliane. »Kommt schon.«

In dieser Minute der Unentschlossenheit befielen mich plötzlich heftige Zweifel. Was sollten wir hier? Hatte mein Verstand sich total verabschiedet? In der Villa wären wir viel ungeschützter als im Vorderhaus in Haidhausen. Wenigstens gab es dort Nachbarn hinter hellhörigen Wänden. Hier lag alles tief verschneit und still wie im Innern eines Sargs.

»Lassen Sie uns woanders hinfahren«, bat Sissis Mutter. »Das sieht mir nicht gut aus.«

Wie so oft in solchen Situationen entschied eine ganz lapidare Sache über unser weiteres Vorgehen.

»Ich muss aufs Klo«, meldete sich Jenny, und damit war klar, was wir tun würden. Wir stiegen aus. Ich kroch als letzte aus dem Wagen. Mit einem Mal war mir unerwartet leicht zumute. Fast euphorisch schloss ich den Wagen ab und folgte dem Grüppchen zur Villa der Steinfelders. Andy stieß das Gartentor auf und humpelte auf das Haus zu, den gesunden Arm um Jenny gelegt. Sissi und ihre Mutter folgten aneinandergeklammert. Juliane drehte sich zu mir um.

»Das dauert«, murmelte sie genervt.

Andy tastete in seiner Tasche nach dem Hausschlüssel. Ewigkeiten später schob er ihn ins Schloss und trat zurück, um die anderen einzulassen. Jenny witschte an ihm vorbei. Ich hörte sie die Badezimmertür zuschlagen.

Dann ging alles sehr schnell. Zwei maskierte Typen krochen hinter der Buchsbaumhecke hervor.

»Rein. Alle.«

Ich spürte etwas Kaltes, Hartes in meinem Rücken. Tappte voraus, das Gesicht dem Himmel zugewandt, und fühlte die Schneeflocken auf meiner Haut schmelzen.

»Rein mir dir!«

Ich fand mich auf dem Fußabstreifer wieder. Hinter uns schlug die Tür zu.

75.

»Was für ein Irrsinn!«, sagte Freiflug. »Meinen Sie wirklich, dass ...«

»Wenn unsere Annahme stimmt, dass Gina Steinfelder Lehrs Komplizin in der Pornogeschichte ist, dann möchte Müller sie genauso aus dem Geschäft raushaben, wie er Lehr raushaben wollte.« Nero rieb sich die Stirn. »Dass Müllers Leute sich an der Tochter vergreifen, um die Mutter zur Einsicht zu bringen, ist schlüssig, oder?«

»War schon jemand in dem Apartment in Thalkirchen?«, fragte Freiflug in Sigruns Richtung. »Hat überhaupt schon jemand die Steinfelderin zu ihrer Beziehung mit Johannes Lehr befragt?«

»Nein.«

»Verdammt noch mal ...«

»Beruhige dich«, sagte Sigrun kalt. »Wir haben kurz nach 3 Uhr nachts. Wir arbeiten unter maximalem Druck und mit maximalem Einsatz. Mehr ist nicht drin.«

Freiflug wollte etwas sagen, aber Nero unterbrach: »Lassen Sie uns nach Bogenhausen fahren. Sigrun und Köster schauen sich in Thalkirchen um.«

»Wir alleine?« Freiflug lachte bitter auf. »Jeweils zwei Beamte gegen ...«

»*Ich* fahre nach Bogenhausen«, erklärte Nero. »Wenn jemand mitmöchte: in fünf Minuten am Wagen.« Es war ihm tatsächlich völlig gleichgültig, ob irgendjemand sich den Anordnungen des Neuen unterordnete oder nicht. Er schlüpfte in seinen Mantel und verließ das Besprechungszimmer. Mit langen Schritten stürmte er über den Gang zur Toilette. Er brauchte eine Minute für sich.

76.

Die Nase noch in dem feuchten Fußabtreter hörte ich Andys Wüten. Aus seinem Mund kamen unverständliche Silben, durchbrochen von verstümmelten Wörtern und Satzfetzen. Ich hob den Kopf. Er lehnte an der Wand, das Gesicht gerötet. Juliane stand neben ihm. Einer der beiden Angreifer fesselte sie und Andy mit Kabelbindern aneinander. Der andere checkte unsere Taschen durch und sammelte die Handys ein.

»Wo ist deine Tochter?«, schnappte der Erste und schwenkte seine Pistole. Die beiden trugen Masken, aber ich erkannte die Stimmen. Derjenige, der jetzt Sissi und ihre Mutter zusammenband, war Müllers Fahrer. Der andere, der nach meinem Arm griff und mich hochzog, war derjenige, den ich auf Kellers Foto identifiziert hatte. Mister.jpg.

»Wo ist deine Tochter, Arschloch!«, brüllte Müllers Fahrer.

Ich hielt den Atem an, während ich zu den anderen gezerrt wurde. Jenny steckte im Badezimmer, und wenn sie schlau war, kroch sie aus dem Fenster und verduftete.

Hoffentlich hatten sie nicht noch einen Mann draußen im Garten postiert.

»Könnten wir uns setzen?«, fragte Juliane höflich. Sie kämpfte gegen Andys zuckende Bewegungen, die ihre Lage, da sie aneinander gefesselt waren, reichlich unbequem machten. Mister ging auf Sissi zu. »Du«, knurrte er. »Du bist genauso gut. Dich nehmen wir mit. Haben noch eine Rolle frei für dich. In deinem Alter träumen alle davon, zum Film zu gehen.«

Frau Schmidt begann hysterisch zu schreien, verstummte aber sofort, als Mister ihr ins Gesicht schlug. Sissi schluchzte.

»Sag deiner Freundin, dass sie aus ihrem Versteck kriecht«, blökte Mister.

Erstarrt lehnte ich an der Wand und sah zu, wie der andere, der Müllers Wagen gefahren hatte, nach und nach die Zimmer im Erdgeschoss abging. Bisher war keiner auf die Idee gekommen, mich zu fesseln. Vielleicht, weil ich dastand wie festgefroren und mich nicht rührte. Hustenreiz stieg meinen Hals hoch. Ich versuchte, ihn zu beherrschen, damit sie nicht auf mich aufmerksam wurden. Sissi wimmerte noch immer.

»Halt die Klappe!« Mister zog Klebeband hervor und presste Sissi einen Streifen über die Lippen.

Wenn sie das mit mir machen, bin ich tot, dachte ich. Meine Nase war zugeschwollen. Ich bekam nur durch den Mund Luft. Erst in dieser Sekunde sprang mich die Angst an. Zuvor hatte ich einfach zugesehen, als sei ich in die Dreharbeiten zu einem drittklassigen Actionfilm geraten.

»Jenny!«, schrie Andy, und fast war ich ihm dankbar, dass er es war, der den Ärger machte. »Lauf! We… wa… la…!«

Mister schüttete sich aus vor Lachen.

»Krüppel«, höhnte er, bevor er Andy mit dem Kolben seiner Pistole ins Gesicht schlug. Wir alle hörten ein lautes ›Knack‹. Andy knickten die Knie ein, und mit erstauntem Gesichtsausdruck sank er zu Boden, Juliane mit sich ziehend. Blut sickerte aus seinem Mund. Mister sah uns der Reihe nach an. Ich senkte den Blick. Keinen Augenkontakt, dachte ich. Ermögliche auf keinen Fall Augenkontakt. Ich starrte den Teppichboden an.

»Jenny!«, hörte ich Mister rufen. »Bist du da drin?«

Es war plötzlich still im Haus. Wir hielten den Atem an. Aus den Augenwinkeln sah ich, wie Mister einen Schritt zurücktrat und sich gegen die Badezimmertür warf. Das Splittern mischte sich mit Sissis Weinen und Andys leisem Stöhnen. Und einem fröhlichen Klimpern, unverkennbar der Signalton meines Handys. ›Il core vi dono‹.

77.

Nero bremste. »Bereit?«, fragte er.

Freiflug nickte. Sie griffen nach ihren Dienstwaffen.

»Das ist Kea Laverdes Wagen.« Nero wies auf den Alfa.

Sie gingen langsam auf die Steinfelder-Villa zu. Nero

nahm überdeutlich das Knirschen des Schnees unter seinen Schuhsohlen wahr. Die wenigen Autos, die am Straßenrand geparkt waren, kamen ihm unter ihren weißen Schneedecken vor wie Hügelgräber.

»Sieht ruhig aus«, bemerkte Freiflug.

Das dunkle Haus beunruhigte Nero genauso wie die Tatsache, dass Kea nicht an ihr Handy ging. Aber sie musste hier sein.

Freiflug justierte sein Headset. Sie nahmen verschiedene Wege. Freiflug würde sich von hinten der Villa nähern, Nero von der Straßenseite. Sein Herz schlug deutlich wahrnehmbar gegen seine Brust. Leben oder nicht leben, dachte er.

Freiflug nahm Kontakt auf.

»Ich stehe hinter der Hecke. Blick zur Terrasse ist frei. Im Haus ist Licht, vermutlich im Flur. Ein Fenster steht offen. Da führen Fußspuren weg. Quer durch den Garten.«

»O. k.« Nero dachte fieberhaft nach. Sie hatten keine Zeit gehabt, sich einen Grundriss des Hauses zu besorgen. Er nahm an, dass die Villa geschnitten war wie die meisten anderen aus der Zeit. Späte 70er, mutmaßte er, und sagte leise in sein Mikrofon: »Wir warten.« Er sah sich um. Hoffte, dass Kea diejenige war, die fliehen konnte. Von irgendwoher meinte er, leises Knirschen gehört zu haben, Füße auf Schnee. Aber als er lauschend den Kopf hob, schien ihm die Stille vollkommen.

78.

Mister stürmte das Badezimmer wie ein feindliches Kanonenboot.

»Ausgeflogen, das Vögelchen!« Er schäumte vor Wut. Kam aus dem Bad und trat Andy in den Bauch. Noch einmal. Und noch einmal. »Krüppel!«, brüllte Mister. »Wo ist deine Göre!«

»Sei leiser!« Der zweite Mann stand dicht neben mir. Er hielt mein Handy in der Hand und schaltete es aus. Der Hustenreiz erstickte mich fast, aber ich hielt still. Nur keine Aufmerksamkeit erregen. Schon gar nicht in einem Moment, wo die beiden Galgenstricke komplett unter Stress standen.

»Was ist mit der Mutter?«, fragte Mister.

»Kein Kontakt«, entgegnete Müllers Fahrer.

Was hieß ›kein Kontakt‹? Gab es ein zweites Rollkommando, dass das Apartment in Thalkirchen auseinandernahm? War Gina gar nicht nach Thalkirchen geflüchtet, sondern anderswohin? Hatten Müllers Leute die Spur verloren? Mir lief die Nase. Mein Kopf fühlte sich sonderbar an. Als löse er sich allmählich von meinem Körper und schwebe frei in den Raum hinaus. Sissi hatte aufgehört zu weinen. Andy lag grotesk verkrümmt auf dem Boden, Juliane genauso krumm neben ihm. Eine Sekunde lang begegneten sich unsere Blicke. Ich hatte sie in den Schlamassel hineingezogen. Sie gehörte hier nicht hin. Das schlechte Gewissen schnürte mir die Kehle zu.

»Du passt hier auf!«, bestimmte Mister. »Ich sehe mich draußen um.«

Ich hoffte, Jenny wäre so schlau und würde laufen, was das Zeug hielt. Oder einen Nachbarn kennen, der sie aufnahm, bevor Mister das ganze Viertel abgraste. Schweiß rann mir übers Gesicht, als ich die Eingangstür klappen hörte. Jemand würgte. Ich sah hoch. Andy erbrach Blut auf den Teppichboden.

79.

Nero wich in den Schatten der Hecke zurück, als ein Mann aus der Haustür trat. Er spürte den Unbekannten Witterung aufnehmen. Alle Sinne anspannen, so wie er es gerade selber tat. Der Mann setzte sich in Bewegung. Nero zog sich weiter zurück.

»Vorsicht«, wisperte er in sein Mikro. »Mann aus der Haustür gekommen.«

Der Mann ging bis zum Gartentor, stieß es auf und trat auf die Straße. Nero wartete. Nicht allzu weit weg kam ein Auto gefahren. Auch der Mann auf der Straße hörte es. Jetzt konnte Nero die Waffe sehen, die er in der Hand hielt. Im Schein der Straßenlaterne blitzte das Metall auf. Es war nur ein kurzer Reflex, der sich sofort verflüchtigte, als der Mann ein paar Schritte ging. Das Motorengeräusch erstarb eine Straße weiter. Ein Anwohner, der spät nach Hause kam. Nero biss sich auf die Lippen. Freiflugs Stimme schallte allzu laut in seinen Ohren: »Hier ist alles ruhig.«

Nero beobachtete konzentriert den Mann auf der

Straße. Er ging einige Schritte in die Richtung, in der Neros Volvo stand. Er würde den Wagen nicht erkennen. Der Mann kehrte um und ging um die Villa herum. Nero flüsterte eine Warnung an Freiflug ins Mikro.

80.

Müllers Fahrer sah unruhig auf seine Uhr. Alle paar Sekunden. Er schien sich allein mit fünf Geiseln nicht wohl in seiner Haut zu fühlen. Wahrscheinlich besaß er nicht die Kaltschnäuzigkeit von Mister. Ich schniefte. Meine Nase lief immer noch. Irgendwann hob ich vorsichtig den Arm und wischte mir das Gesicht ab. Es war totenstill. Nur Andys Stöhnen durchbrach von Zeit zu Zeit das Vakuum, in dem wir festsaßen.

Es musste einen Weg geben, mit einem einzelnen Wächter fertig zu werden. Ich zerbrach mir den schmerzenden Kopf. Juliane würde bestimmt eine Idee haben, aber sie lag an Andy gefesselt halb auf dem Rücken, halb auf der Seite, und hielt die Augen geschlossen. Sie atmete flach. Der Geruch von Andys Erbrochenem waberte durch den Flur. Was für ein Aufwand wegen ein paar Pornos, dachte ich, und wusste zugleich, dass der Gedanke absurd war. Es ging um Geld. Juliane hatte schon vor Tagen genau darüber gesprochen. Bei allem Schrecklichen ging es um Geld. Ich beobachtete den Mann, der seine Pistole nun in ein Holster verfrachtete und unruhig auf und ab zu gehen begann. Er schien vergessen zu haben, dass er mich nicht gefesselt hatte. Kam ganz nah an mir vorbei. Löschte das Licht im Korridor. Wir hockten im Dunkeln.

81.

»Vorsicht«, kam Freiflugs Stimme aus dem Headset. »Unser Mann beendet seinen Spaziergang. Kommt in deine Richtung.«

Nero verschmolz mit dem Schatten, den die Hecke auf die Schneefläche warf. Der Unbekannte kam um die Hausecke zurück direkt auf ihn zu.

»Wir besorgen Verstärkung«, hörte er Freiflug sagen.

Es war das Vernünftigste. Nero sah zu, wie der Mann an der Haustür innehielt, unschlüssig, ob er hineingehen sollte. Erneut meinte Nero, Schritte auf Schnee zu hören. In dem silbrigen Schimmer dieser Nacht drangen sie überdeutlich an sein Ohr, um gleich wieder zu verklingen. Auch der Unbekannte an der Haustür hatte sie gehört. Er hob seine Pistole.

82.

Ich schloss die Augen. All meine Aufmerksamkeit lag nun in meinen Ohren. Hinter dem dumpf hämmernden Kopfschmerz hörte ich, wie Müllers Fahrer die Zwischentür öffnete, die vom Flur zum Eingang führte.

»Gerd?«, fragte unser Wächter.

Ich rappelte mich auf. Ganz leise.

»Gerd? Was läuft?«

Keine Antwort. Die Stille drückte gegen mein Brustbein. Ich stand. An die Wand gelehnt und zittrig, aber aufrecht. Die Silhouette von Müllers Fahrer zeichnete sich gegen die helle Schneenacht ab. Weiter draußen stand der andere. Mister.

Ich hatte nicht vorgehabt, unseren Peiniger anzugreifen. So viel Vernunft hatte ich in meinem von der Grippe vernebelten Hirn schon noch aufzubieten. Ich beobachtete nur. Und sah einen schwarzen Schatten auf Mister zueilen. Ein Schuss fiel. Das Flurlicht flammte auf. Sissi und ihre Mutter begannen zu schreien.

Wir hockten auf dem Präsentierteller. Hübsch beleuchtet wie morbide Ausstellungsstücke. Ich war als Einzige bewegungsfähig.

Ich sprang vor. Versetzte Müllers Fahrer einen Tritt ins Kreuz, stürzte mich auf ihn und trat mit der Wucht meiner 80 Kilo auf seine Hände. Ich hörte die Knochen splittern. Trat noch einmal zu, bis ich draußen jemanden schreien hörte und mich der Länge nach über den Mann warf. Ich sah den Lichtblitz und hörte den Schuss. Ob ich in diesem Moment losschrie, weiß ich heute nicht mehr. Ich sah verkohlte, verbogene Stahlträger, hörte Ambulanzfahrzeuge, ahnte Schmerz durch meine rechte Seite kriechen. Sah die Zeiger einer riesigen Uhr vorrücken. Kea!, rief ich mir im Stillen zu. Das sind nur ein paar blutige Erinnerungen, die dir einen Streich spielen. Ich wusste, dass die Wirklichkeit kalt war, eine Winternacht und kein heißer, trockener Wüstensommer. Leute schrien durcheinander, aber nur eine einzige Stimme vermochte ich zu erkennen. Juliane.

»Er schießt auf dich, Kea.«

Ich fühlte das kalte Metall zwischen meinen Fingern, als der Mann unter mir sich regte. Vollkommen ruhig nahm ich seine Pistole und richtete sie auf Mister, der im grellen Licht einer Taschenlampe vor Andys Haustür stand und die Mündung der Pistole in den Korridor richtete, geblendet und für Bruchteile von Sekunden aus dem Konzept gebracht. Ich drückte ab.

83.

Ich fand mich auf einem Sofa wieder. Andys Sofa. Ich erkannte das kalte Leder. Hier hatte ich Stunden zugebracht. Mein Mund war so trocken, dass mir die Zunge am Gaumen klebte.

»Habe ich ihn erschossen?«, krächzte ich.

»Nein. Leider nicht«, antwortete Juliane.

Meine Güte.

»Und Jenny?«

»Ihr geht es gut. Sie hat sich in einem Garten ein paar 100 Meter die Straße runter versteckt. Andy haben sie ins Krankenhaus gebracht. Verdacht auf Milzriss.«

»Scheiße.« Endlich öffnete ich die Augen. »Ich brauche was zu trinken.«

Juliane holte mir ein Glas Leitungswasser.

»Du hast Fieber«, stellte sie fest, während ich gierig trank.

»Deswegen verschonen sie mich erst mal, oder?«

»Mag sein. Viel dramatischer ist, dass der Typ, den sie Mister nennen, beinahe dich erschossen hätte. Dass das nicht passiert ist, hast du Carlo zu verdanken!«

»Carlo?« Ich setzte mich auf.

»Irgendwie ist unser Kumpel in all das verwickelt. Hat vor Jahren was ausgefressen, und seine Exchefin hat ihm freundlicherweise neue Möglichkeiten eröffnet. Er musste versprechen, bei Bedarf diverse Dienstleistungen zu vollbringen. Zum Beispiel den Haustürschlüssel einer gewissen Kea Laverde rausrücken.« Juliane massierte sich die Handgelenke. Überdeutlich sah ich die Abschürfungen von den Kabelbindern. »Damit er auch glaubte, dass sie es ernst meinte, zeigte sie ihn wegen Vergewaltigung an.«

»Sie war seine Freundin.«

»Eben nicht. Sie stellte es nur so dar.«

Mir schwirrte der Kopf. Also hatte ich mit meiner Loyalität zu Carlo doch nicht ganz falsch gelegen.

»Carlo hat heute Abend das Piranha sausen lassen, weil er Angst um dich bekommen hatte. Er wusste ja nicht, was Müllers Leute in deinem Haus wollten. Die ganze Zeit ist er hinter uns her und hat sich im richtigen Moment auf Mister gestürzt.«

»Aber ...«

»Es ist ihm nichts passiert. Mister hast du einen hübschen Streifschuss verpasst«, beruhigte mich Juliane.

»Das war Notwehr«, kam eine andere Stimme.

Keller. Natürlich. Der hatte mir noch gefehlt.

»Was ist mit Sissi und ihrer Mutter?«, flüsterte ich Juliane zu.

»Jemand von der Polizei hat sie heimgefahren. Gina Steinfelder hat sich gestellt.«

Ich räusperte mich. Mein Hals fühlte sich an, als hätte ich eine Wassermelone verschluckt. Gefasst sah ich Keller in die Augen.

»Und Sie? Wo kommen Sie her?«, fragte ich ihn.

»Wir hatten das Haus unter Beobachtung.«

»Wie außerordentlich beruhigend.« Juliane lachte trocken.

Keller kam näher und setzte sich auf einen Sessel mir gegenüber.

»Sind Sie vollkommen wahnsinnig?«, begann er. »Das hätte schiefgehen können.«

»Ich verlasse mich nur auf mich selbst.«

»Sie hätten warten müssen ...«

Ich rastete aus. Das ›Klink‹ der Zahnräder in meinem Kopf schallte in meinen eigenen Ohren. Ich sprang auf und ging auf ihn los.

»Was wissen Sie denn schon von mir!«, brüllte ich ihn an. »Sie sehen mich nur als verquere Tussi, die auf dem Land lebt und keine Ahnung vom Leben hat, was?«

»Ich ...«

»Das macht mal unter euch aus«, bemerkte Juliane und verließ das Zimmer.

Ich drehte richtig auf.

»Ich kenne das Niemandsland. Vor zwei Jahren habe ich einen Bombenanschlag nur knapp überlebt!« Ich keuchte und aus weiter Ferne sah ich Kellers Torfaugen funkeln. Schweiß durchtränkte meine Pulloverschichten. »Mein Freund und ich waren im Hard Rock Café in Scharm al-Scheich. Am 23. Juli 2005 wurde mein Leben in Stücke gerissen. Eine irrsinnige Explosion war das. Ein Geschoss zerriss meinen Oberschenkel. Zerfetzte die Arterie. Ich wäre fast verblutet, und wenn ich nicht das Glück gehabt hätte, ziemlich nah am Eingang zu liegen und den Rettungsleuten als Erste in die Finger zu fallen ... dann ...« Meine Stimme überschlug sich. Ich hielt japsend inne. Aber nicht lange. »Ein anderes Geschoss zertrümmerte meine Hüfte. Sie haben mir ein neues Gelenk eingesetzt. Die Operationen waren schrecklich. Einmal habe ich die Ärzte reden hören, aber auf Arabisch, Gott sei Dank habe ich sie nicht verstanden. Ein paar Splitter haben an meiner Bauchdecke gekratzt, aber nur die Haut versengt.« Ich schüttelte meinen vom Fieber betäubten Kopf hin und her, um die Kontrolle zurückzubekommen. Ich stand dicht vor Keller. Er war aufgestanden, und meine Fäuste trommelten auf seine Brust. Als ich es bemerkte, riss ich mich abrupt los und trat ein paar Schritte zurück. »Fünf Tage nach dem Anschlag kam Mario, mein Freund, ins Krankenhaus, mit gepacktem Koffer. Er verabschiedete sich. Er ging wieder auf Tour.« Die Bitternis füllte meinen Mund ganz aus. Sie schmeckte wie Gallenflüssigkeit.

»Ihm ist nichts passiert. Er hat für ein paar Minuten ein paar Leute ins Hotel begleitet. War aus der Schusslinie. Er hat mich in dem ägyptischen Krankenhaus alleingelassen. Sich um nichts gekümmert. Mein Bruder und meine Mutter kamen und sorgten dafür, dass ich mit einem Ambulanzflugzeug nach Deutschland zurückgebracht wurde, und das war gut, denn die Wunde am Oberschenkel hatte sich entzündet. Ich bekam eine Sepsis und kämpfte wochenlang auf der Intensivstation um mein Leben.« Ich riss Knopf und Reißverschluss meiner Jeans auf. Kellers Torfaugen wurden noch größer, aber nichts konnte mich stoppen. Ich stellte mich seitlich zu ihm. »Schauen Sie! Ja, schauen Sie nur!« Mein Finger fuhr über die Operationswunde an der Hüfte und die Nahtstellen an Schenkeln und Bauch, wo meine zerfetzte Haut zusammengeflickt worden war wie ein alter Lumpen, der noch eine Weile halten sollte. Gänsehaut kroch über meine Beine. »Mein Knie schmerzte in all den Wochen wie verrückt. Auf dem Röntgenbild war nie was Genaues zu sehen, also wurde eine Arthroskopie gemacht. Dabei entdeckten die Ärzte einen Innenbandriss und einen Kreuzbandriss. Der Innenmeniskus war auch noch im Arsch. Das Knie war nach einem Skiunfall sowieso schon lädiert, und als ich bei dem Anschlag die Treppen runterstürzte, hat es dem Band den Rest gegeben. Also noch mal OP. Meine ersten Schritte nach der Sepsis machte ich mit einer Schiene am Bein.« Ich zog die Jeans hoch und schloss den Reißverschluss. Der Knopf sprang von dem maroden Zwirnrest und rollte durchs Zimmer, irgendwohin, und mir war es vollkommen egal. »Ich wollte wieder ein Leben haben! Einen Job, der mich nicht in die unsichersten Gegenden der Welt jagt. Wo ich nachts kaum schlafe aus Angst, was der nächste Tag bringt. Ich wollte das, was den meisten selbstverständlich erscheint: einen Platz, wo ich hingehöre. Einfach ein Zuhause. Musste nichts Außergewöhnliches sein. Nur ein Haus, das meines ist. Ein sicherer Ort eben. Und jetzt …«

Mir ging die Puste aus. Mein Hals schmerzte so heftig, dass ich kaum noch schlucken konnte. Die Selbstzensur bekam nach und nach die Oberhand, und ich fühlte einen Anflug von Scham über meinen Ausbruch. Schnell schloss ich die Augen, um Keller nicht ansehen zu müssen. Sollte er hingehen, wo immer er sein wollte. Ich fror. Die Erkältung würde durchbrechen, so oder so, und am besten, ich legte mich gleich in das nächstbeste Bett.

EPILOG

Ich warf den Pinsel in den Farbeimer und sah mich zufrieden um. Das Arbeitszimmer strahlte in sattem Zitronengelb. Ich hatte bis gestern gebraucht, um das Parkett zu verlegen, und spontan für einen neuen Anstrich optiert. Zum Schreiben war ich zu unruhig, und beim Malern konnte ich wenigstens meinen schwarzen Gedanken nachhängen. Nach einer knappen Woche mit Grippe im Bett, mit Juliane als Krankenschwester an meiner Seite, fühlte ich mich körperlich ausgeruht und fit, aber meine Seele hatte ganz schön was abbekommen. Da halfen auch keine japanischen Gedichte. Deswegen hatte ich nicht dagegen protestiert, dass Juliane bei mir gewohnt hatte, um mich mit Rinderbrühe und Kamillentee aufzupäppeln. Sie hatte die Überbleibsel der nächtlichen Demolage beseitigt, dafür gesorgt, dass mein Haustürschloss ausgewechselt wurde, sich um die Gänse gekümmert, ein Vorhängeschloss für den Stall besorgt und war mehrmals zum Baumarkt gefahren, um fehlende Materialien für die Reparaturarbeiten zu besorgen. Heute früh war sie aufgebrochen, weil sie Weihnachten bei ihrer Schwester verbringen wollte. Ich vermisste sie schon jetzt.

Ein Wagen fuhr vor. Der Schnee war weggetaut, braungrauer Schlamm schluckte das letzte Licht des Tages. Ich sah den Volvo und rüstete mich. Mir war klar gewesen, dass Keller hier aufkreuzen würde. Morgen war Heiligabend, also gab es jede Menge Vorwände, um irgendwo unangemeldet vorbeizuschauen. Man brauchte nur ein hübsch verschnürtes Päckchen mit Lebkuchen oder Christstollen dabeizuhaben.

»Guten Abend«, begann Keller. »Störe ich?«

»Ich habe mein Arbeitszimmer renoviert. Wollen Sie es sich anschauen?«

Lässig legte er seinen Mantel ab und folgte mir. Wir sprachen über neue und alte Wohnungen, Renovierungsarbeiten und anfallende Reparaturen. Ich kochte Espresso. Schließlich fragte Keller:

»Wie geht es Andy?«

»Er liegt im Krankenhaus. Sie haben ihm einen Teil der Milz rausgenommen. Der Nasenbeinbruch ist dagegen harmlos. Andy ist völlig verstört. Zum Glück kommt Jenny ihn jeden Tag besuchen.«

Ich suchte Tassen aus dem Schrank. Ich war aufgewühlt. Juliane hatte mich in den letzten Tagen fast plattgeredet. Von wegen Schuld und Verantwortung, Verrat und Vertrauen und all so was. Dass immer dann, wenn keiner von zwei Partnern bereit war, Verantwortung zu übernehmen, alles den Bach runterginge. Das wäre bei Mario und mir die Ursache allen Übels gewesen. »Du wolltest keine Anforderungen. Er auch nicht. Also ist er gegangen, als es unbequem für ihn wurde.« Recht hast du, Juliane, dachte ich und betrachtete den Zuckerstreuer in meiner Hand. Was jedoch bedeutete das konkret? Stimmte die Chemie zwischen Keller und mir? Juliane behauptete es, aber woher wollte sie das so genau wissen?

Keller räusperte sich. »Lehr ist in einem Lieferwagen umgebracht worden. Es war Zufall, dass wir den Wagen später gefunden haben. Er war in einen harmlosen Unfall verwickelt. Der Fahrer flüchtete. Im Wagen haben wir Lehrs Blut gefunden.«

»Wem gehört der Lieferwagen?«

»Alfons Gaus. Übrigens auch Eigentümer des Piranha. Und einiger anderer Kneipen.«

Ich goss Espresso in die Tassen. Keller hielt mir ein Foto vor die Nase.

»Aber, das ist Müller!«, rief ich. »Der Kerl aus der Limousine!«

Kellers Gesicht nahm einen zufriedenen Ausdruck an. Ich lachte auf: »Ein toller Einstand für Sie in Ihrem neuen Job!«

Er wiegte den Kopf.

»Wie man's nimmt. Schreiben Sie Andys Lebensgeschichte zu Ende?«

»Ich habe die letzten Tage unentwegt darüber gegrübelt. Ich denke, ich werde es machen. Ein Buch, das man nicht fertigschreibt, drückt.«

»Armer Kerl«, bemerkte Keller und trank seine Tasse aus.

»Ich fühle mich für ihn verantwortlich, obwohl ich das nicht müsste«, gab ich zu. Juliane hatte mich wirklich windelweich gekocht.

»Ihre Freundin hat recht«, sagte Keller. »Es ist Andys Leben. Nicht Ihres.«

»Haben Sie und Juliane …?« Ich lehnte mich zurück. Nun wurde mir einiges klar. Vor einigen Tagen hätte ich mich jetzt ziemlich wichtig gemacht und eine Show abgezogen. Aber eine Grippe in Kombination mit einer

Geiselnahme und Magenflattern beim Anblick eines Mannes veränderten die Vorzeichen.

Keller lächelte.

»Wir haben telefoniert«, sagte er leichthin und sah mich mit überraschend fröhlichem Gesichtsausdruck an. »Sie hatten neulich so einen wunderbaren französischen Landwein.«

Ich holte eine Flasche aus meinem Baustellenzimmer, während Keller die Gläser bereitstellte. Er kannte sich hier im Haus wirklich bestens aus.

»Was ist mit Gina?«, fragte ich. »Hat sie sich strafbar gemacht?«

»Nicht einfach zu beantworten. Wir wissen noch nicht, ob sie Lehr bei den Pornos aktiv zur Hand ging. Ob sie überhaupt wusste, was Lehr trieb, wenn er nicht Mädchen beim Strippen filmte. Wenn Gina Steinfelder schlau ist, streitet sie alles ab, was mit den harten Filmen zu tun hat, für die Valeska und Marietta vor der Kamera standen.«

»Hat Lehr Valeska umgebracht?« Juliane hatte mir von der erfrorenen Frau im Englischen Garten berichtet. Nun wurde mir klar, weshalb sie so gut informiert war. Sie hatte sich offensichtlich mit Keller angefreundet und das ein oder andere Schwätzchen mit ihm gehalten. Vielleicht stand Keller auf ältere Frauen? Auf Juliane oder diese Tiziana aus dem italienischen Buchladen? Ich bemerkte Kellers Zögern. »Sie müssen es mir nicht sagen, wenn es Dienstgeheimnisse sind«, sagte ich altklug.

»Das wissen wir noch nicht. Lehr hatte massive Schulden. Ich denke schon, dass er sich mit den harten Pornos sanieren wollte. Es gibt genug Leute, die für solche Sachen richtig gut zahlen.«

Ich schüttelte mich. Mir hatte gereicht, was ich auf Müllers Laptop gesehen hatte.

»Gina Steinfelder scheint emotional von Johannes Lehr abhängig gewesen zu sein«, fuhr Keller fort. »Ich kann mir nicht vorstellen, dass sie aus Geldgier an harten Pornos beteiligt ist. Sie verdient selbst nicht schlecht.« Er errötete. »Meine neue Wohnung habe ich über ihr Immobilienbüro gefunden.«

»Und Carlo ...?«, fragte ich. »Hat er den Stein in mein Fenster geworfen?« Angespannt wartete ich die Antwort ab. Das war der schlimmste Gedanke. Er quälte mich Tag und Nacht.

»Herr Schöll steckte ziemlich in der Patsche.«

»Das ist keine Entschuldigung!«, fauchte ich Keller an.

»Nein. Selbstverständlich nicht.« Er warf mir einen erschrockenen Blick zu. Vermutlich hatte Juliane ihn gewarnt, ich sei seelisch labil und daher mit Samthandschuhen anzufassen. Warte nur, Juliane, bis du von deiner Schwester zurück bist!

»Mona Beck, Schölls frühere Chefin, hatte ihn in der Hand. Sie ist Müllers ehemalige Geliebte. Die Geschichte einer Vergewaltigung ist frei erfunden. Schöll hat ihr nie etwas angetan. Wir haben sie hart angefasst. Sie hat sofort alles zugegeben.«

Ich atmete tief durch. Carlos Verrat machte mir zu schaffen, aber wenigstens hatte ich mich in dieser einen Sache nicht in ihm getäuscht.

»Er wollte auch nie irgendwelche Bilder ins Netz

stellen. Vielmehr hatte Mona Beck Interesse, gemeinsam mit Karl Schöll in Müllers Geschäft einzusteigen und Müller rauszudrängen. Schöll hat ganz gute Informatikkenntnisse! Mona Beck brauchte Geld, wollte die kanadische Staatsangehörigkeit haben und in den Rockys ein Skihotel eröffnen. Schöll weigerte sich, bei dieser Geschichte mitzumachen.«

»Deshalb hat sie ihm was angehängt?«, fragte ich ungläubig und goss Wein in die Gläser.

»Schöll unterschlug irgendwann Geld. Nicht wenig. Mona Beck bekam es spitz und hatte ihn am Haken. Sie bot ihm einen neuen Job, wenn er ab und an kleinere Aufgaben für Müller verrichten würde.«

»Moment. Für Müller? Ich dachte, sie wollte Müller aushebeln.«

»Schon, aber nachdem sie für ihr Projekt keinen Partner gefunden hatte, tat sie sich mit Müller zusammen. Verdammt, ich ärgere mich immer noch schwarz, dass ich Mona Beck nicht schon früher auf den Zahn gefühlt habe. Die Kollegen in Hamburg haben damals schlampig gearbeitet. Sie nahmen es als gegeben hin, dass Mona und Schöll eine Affäre hatten, obwohl Schöll immer wieder auf seine andersartige sexuelle Orientierung hinwies.«

Ich musste grinsen. Keller drückte sich aus, als könne er mir das Wort ›schwul‹ nicht zumuten.

»Haben Sie Müller – Gaus – eingebuchtet?«

Keller betrachtete seinen Rotwein.

»Nein. Er ist flüchtig. Aber wir haben seine beiden Kampfgenossen, und die werden wir in die Mangel nehmen, bis sie einknicken.«

»Wenn sie überhaupt etwas wissen!« Ich hatte da meine Zweifel.

»Aber einer von den beiden hat Lehr umgebracht. Vielleicht sogar alle beide in Tateinheit. Möglicherweise haben sie auch Valeska auf dem Gewissen. Wir stehen noch lange nicht am Ende der Ermittlungen.«

Ich hörte gar nicht richtig hin. »Aber der Stein mit der Drohung? Das Snuffvideo?« Ich betete, dass Carlo nicht dahintersteckte.

»Sie haben mir doch erzählt, dass Sie an jenem Montagabend, nachdem der Stein durch Ihr Fenster geflogen war, einen dritten Wagen hörten, der aus Ohlkirchen kam.«

Ich nickte.

»Das war Schöll. Er ahnte, dass etwas im Busch war, und sah sich bei Ihnen um. Wollte Sie im Notfall beschützen.«

»Tolle Idee.« Ich trank endlich von meinem Wein. Der Alkohol stieg mir sofort zu Kopf.

»Wahrscheinlich hat einer von Müllers Spezialisten den Stein geworfen, Ihr Auto verkratzt und das Snuff geschickt. Jedenfalls nicht Schöll«, versicherte Keller. »Auch Freitagnacht war Schöll in Ihrer Nähe. Er lungerte um die Steinfelder-Villa herum, um einzugreifen. Ich habe seine Schritte sogar gehört. Mir war nur nicht klar, dass ausgerechnet er sich dort rumtrieb.«

»Er hat mich vorher angerufen«, brummte ich.

»Schöll kam nah an den Garten heran. Der Mann, der sich Mister nannte, sah ihn und schoss. Daraufhin gab ich einen Warnschuss ab.« Keller räusperte sich. Er stellte das Glas ab. Einen Augenblick glaubte ich, er wolle aufstehen, aber er fing sich und blieb sitzen. »Mister richtete seine Waffe in den Hausflur.«

»Das habe ich mitgekriegt«, sagte ich. »Deswegen fand ich, es wäre an der Zeit, einzugreifen.«

»Das war riskant, Frau Laverde.«

»Sollte ich mich abschießen lassen?«

»Ein Kollege und ich waren da.«

»Und woher sollte ich das wissen?« Mein Herz hämmerte. »Ich verlasse mich lieber auf mich selbst. Damit kann man nicht fehlgehen.«

Keller sah verletzt aus.

»Ihre Dokumente und Ihr Laptop sind aufgetaucht«, wechselte er das Thema. »Sie lagen in Misters Wohnung.«

»Kriege ich sie zurück?«

»Natürlich.«

»Wie kam Kugler in mein Haus?«

»Er und Lehr wollten an Ihre Unterlagen ran. Sie dachten, Andy habe etwas spitzgekriegt von den Pornomachenschaften des Johannes Lehr, da Andys Frau immerhin Lehrs Geliebte war. Müller wollte sichergehen, dass die Kontakte zwischen seinem Verbindungsmann und Lehr nicht auf Ihren Datenträgern dokumentiert waren. Überhaupt interessierte ihn brennend, was Andy wusste.«

»Andy wusste gar nichts«, sagte ich. »Dass Gina überhaupt einen Geliebten hatte, wurde ihm erst richtig klar, als er Jennys Film entdeckte. Obwohl er es instinktiv schon vorher gespürt hat.«

»Sicher«, bestätigte Keller. »Infam genug, die Leiche in der Nähe von Andys Haus abzulegen, um den Verdacht auf ihn zu lenken. Wollen Sie nicht wissen, wie Kugler an jenem Abend in Ihr Haus gekommen ist?«

»Doch.«

»Die beiden Spießgesellen beobachteten Sie im Piranha. Als Sie heimfuhren, kam Kugler nach. Schöll hatte ihm verraten, wo der Haustürschlüssel versteckt war.«

Also wieder Carlo. Ich würde darüber nicht hinwegkommen. Von den beiden Menschen, denen ich hier draußen vertraute, konnte ich einen abschreiben. Die Sache war gelaufen.

»Er hätte reinkommen, die Dokumente klauen und verschwinden können. Warum blieb er bis zum Morgen?«, fragte ich.

»Vielleicht checkte er die Daten an Ihrem Computer durch. So hätte er vermeiden können, den Laptop und ihre Notizen zu stehlen. Sie hätten nicht mal was gemerkt.«

»Er wird versucht haben, die Passwörter zu knacken.«

»Und hat das so schnell nicht hingekriegt. Also musste er alles mitgehen lassen.«

»Aber Lehr«, wandte ich ein, »wurde durch den Unfall total unter Stress gesetzt. Hat er sich wirklich zu dem Wagen geschlichen und dem toten Kugler die Papiere unterm Hintern weggezogen?«

»Ich denke, ja. Fragen können wir beide nicht mehr.«

Wir schwiegen. Die Pause zog sich in die Länge.

»Ich wollte Sie nicht verärgern«, gab ich meinem Herzen den entscheidenden Stoß. »Aber das Leben hat mir beigebracht, dass es besser ist, nicht zu warten, dass andere einen aus der Scheiße rausholen.«

»Da habe ich gegenteilige Erfahrungen gemacht«, entgegnete Keller.

Wir sahen uns an.

Schließlich sagte ich: »Ich möchte mich entschuldigen. Ich habe Sie neulich ziemlich angemacht.«

»Das spielt keine Rolle«, erwiderte er steif.

»Ich wollte Ihnen mein Leid nicht so unter die Nase reiben«, fuhr ich fort. Ich hatte dieses Gespräch, von dem ich wusste, dass es irgendwann stattfinden würde, beim Wändestreichen so oft durchgespielt, dass sich die Worte zuverlässig aneinanderreihten, auch wenn es mir nicht leicht fiel. »Ich meine, Sie haben schreckliche Dinge hinter sich. Sie kennen das schwarze Loch. Ich wollte nicht als eine dastehen, die meint, ihr ginge es am schlechtesten von allen auf der Welt.«

»Meine Frau ist bei einem Raubüberfall getötet worden«, sagte Nero mit leerem Gesicht. »In einem Supermarkt mitten in München, und ich konnte nichts tun. Sie wollte sich ducken, sich in Sicherheit bringen, aber ihre Bewegung wurde von einem der Kerle falsch verstanden. Er feuerte auf sie.«

»Es tut mir so leid«, sagte ich.

Wir waren eine Zeitlang still. Plötzlich hielt ich es für eine ernst zu nehmende Option, weiterzuziehen. Das Haus zu verkaufen und das Leben anderswo auszuprobieren. Was hielt mich hier schon.

»Ich habe ein Weihnachtsgeschenk für Sie«, sagte Keller schließlich.

»Was denn?«

»Arbeitsklamotten, Werkzeug und einen Gutschein vom Baumarkt.«

Ich starrte ihn verständnislos an.

»Ich habe noch Urlaub.« Er warf mir einen unsicheren Blick zu.

»Weiß ich.«

»Den ich nutzen könnte, um mich an den Renovierungsarbeiten zu beteiligen. Ich dachte, es wäre gut, wenn Sie ein Gästezimmer hätten. Ihr Besuch müsste nicht mehr in der Küche schlafen.«

Ich dachte an Andy. Er hatte sein Leid totgeschwiegen, und Gina auch. Zwei Menschen, die vielleicht einen Neuanfang wagen konnten. Die einander brauchten, egal wie zerrüttet ihr Leben bereits war. Für die beiden konnte ich nichts tun. Wohl aber für mich. Ein Versuch sollte nicht allzu schwierig sein. Ich verschob den Aufbruch in die weite Welt auf später. Auf nächstes Jahr. Nah genug, aber noch weit entfernt.

»O. k.«, sagte ich. »Morgen fahre ich zu meinem Bruder nach Ingolstadt. Plätzchen essen, Geschenke auswickeln und das alles. Übermorgen komme ich heim. Wenn Sie dann noch Lust haben, den Pinsel zu schwingen …«

»Kein Problem«, antwortete Nero. »Ich habe Zeit.«

ENDE

Weitere Krimis finden Sie auf den folgenden Seiten und im Internet: www.gmeiner-verlag.de

FRIEDERIKE SCHMÖE

Spinnefeind

371 Seiten, Paperback.
ISBN 978-3-89977-782-6.

Jens Falk, Mathematiklehrer und Hobby-Kryptoanalytiker, steckt in der Klemme: Im letzten Halbjahr sind nicht nur wichtige Schülerakten verschwunden, sondern auch sein Schüler Hannes Niedorf – während einer Exkursion mit Falk.

Aus Angst um seinen Job sucht er Hilfe bei Privatdetektivin Katinka Palfy. Da wird Doris Wanjeck, Falks Ex-Verlobte, ermordet, und der Lehrer ist dringend tatverdächtig. Gemeinsam mit seiner Anwältin macht sich Katinka an die Aufklärung des Falls, fühlt sich aber bald von der Juristin hintergangen. Wie gerufen kommt das Angebot ihres ehemaligen Archäologieprofessors, an einer Ausgrabung in Libyen teilzunehmen. Doch es scheint, als würde jemand gezielt versuchen, die einzige Person aus dem Rennen zu werfen, die an Falks Unschuld glaubt …

FRIEDERIKE SCHMÖE

Pfeilgift

278 Seiten, Paperback.
ISBN 978-3-89977-756-7.

Privatdetektivin Katinka Palfy braucht eine Auszeit. Sie nimmt deshalb in den Haßbergen bei Bamberg an einem Kurs in Bogenschießen teil. Mit Paula Stephanus, einer anderen Teilnehmerin, freundet sie sich an. Nach einer durchzechten Nacht liegt Paulas Mann Hagen tot im Wald: Sein Brustkorb wurde von einem Pfeil durchbohrt. Laut Obduktion starb er einen langsamen, qualvollen Tod, verursacht durch das Pfeilgift Curare.

Während die Polizei den Mörder jagt, bittet die verängstigte Paula Katinka um Schutz. Doch auch Paula ist verdächtig, immerhin wollte sie sich von Hagen trennen. Und von seinen Geschäften mit verbotenen Substanzen weiß sie auch mehr, als gesund für sie ist …

GMEINER

Wir machen's spannend

FRIEDERIKE SCHMÖE

Januskopf

271 Seiten, Paperback.
ISBN 978-3-89977-737-6.

Im unterfränkischen Königsberg stürzt eine Frau in den Tod. War es ein Unfall, Selbstmord oder gar Mord? Dem neuen Klienten der Bamberger Privatdetektivin Katinka Palfy wird der mysteriöse Todesfall per anonymem Brief in die Schuhe geschoben. Noch rätselhafter ist allerdings der Mann selbst: Ewald Isenstein leidet seit einem Unfall an einer Persönlichkeitsspaltung, sein Innenleben ist unberechenbar. Katinka hält ihn für unschuldig, doch dann geschehen zwei Morde, und Isenstein hat wieder kein Alibi. Als auch ein Anschlag auf Katinka verübt wird, macht Kommissar Harduin Uttenreuther eine erstaunliche Entdeckung: Der Mörder scheint E.T.A. Hoffmanns *Die Elixiere des Teufels* »nachzuspielen«. Doch wenn das stimmt, wird es einen dritten Mord geben …

FRIEDERIKE SCHMÖE

Schockstarre

324 Seiten, Paperback.
ISBN 978-3-89977-710-9.

Jahresbeginn 2005: Privatdetektivin Katinka Palfy ist vom Pech verfolgt. Erst wird sie Opfer eines Anschlags, dann verschwindet ihre Beretta, um kurz darauf wieder aufzutauchen: als Mordwaffe in einem Fall ohne Beweise, dafür mit umso mehr Motiven. Katinka folgt der Spur in das mittelalterliche Städtchen Coburg, wo sie sich sehr zum Missfallen der dortigen Polizei in die Ermittlungen einklinkt. Diese führen sie zur Arbeitsstelle des Toten, einer Werbeagentur. Als die Detektivin erkennt, dass seelische Abgründe hinter scheinbarem Glück und beruflichem Erfolg klaffen, wird der Burghof der trutzigen Veste Coburg zur tödlichen Falle.

GMEINER

Wir machen's spannend

FRIEDERIKE SCHMÖE

Käfersterben

323 Seiten, Paperback.
ISBN 978-3-89977-681-2.

Eine spektakuläre Verbrechensserie im kalten Bamberger Frühsommer: VW-Käfer werden rituell ›erdolcht‹ und in der Stadt »ausgestellt«. Die Polizei glaubt an einen Spinner, doch Privatdetektivin Katinka Palfy hat schlimmere Sorgen: Warum verschwindet ihre Freundin, die Wiener Bildhauerin Dani Zanini, kurz vor einer wichtigen Ausstellung? Und wer stellte den »erdolchten« Spielzeug-Käfer vor Danis Haustür ab? Als Katinka einen Hilferuf von Dani erhält, sucht sie Rat bei ihrem kunstverständigen Vater. Doch Ignaz Palfy verheimlicht seiner Tochter etwas und bringt sie damit in größte Gefahr …

FRIEDERIKE SCHMÖE

Fratzenmond

277 Seiten, Paperback.
ISBN 978-3-89977-675-1.

Privatdetektivin Katinka Palfy wird von der 76-jährigen Ida Schenck um Hilfe gebeten. Angeblich schleicht allabendlich ein als der berühmte »Bamberger Reiter« verkleideter Mann um ihr Haus und jagt ihr Angst und Schrecken ein. Katinka glaubt zunächst an eine etwas zu üppige Fantasie der alten Dame, doch als sie sich im Garten auf die Lauer legt, wird Ida Schenck zur selben Zeit in ihrem Haus ermordet …

GMEINER

Wir machen's spannend